ANTONIO CAPRARICA

I GRANDUCHI DI SOLDONIA

Sperling & Kupfer Rai Eri

I GRANDUCHI DI SOLDONIA

ISBN 978-88-200-4795-5
92-I-09

A Iolanta, anima gentile della Russia.
E ad Annamaria, Serenella, Natasha

«Maledetta bramosia dell'oro
A che cosa non guidi il cuore dell'uomo?»

VIRGILIO, *Eneide*, 3.56

«MANO, nome. Un singolare strumento attaccato alla fine di un braccio umano e comunemente infilato nella tasca di qualcuno.»

AMBROSE BIERCE, *Il dizionario del diavolo*

«Il lusso o viene dalle ricchezze o le rende necessarie; esso corrompe a un tempo ricchi e poveri, i ricchi per possesso e i poveri per cupidigia.»

JEAN-JACQUES ROUSSEAU, *Il contratto sociale*

Indice

Parte seconda
La fiera degli eccessi

Parte terza
Santa Russia tra pallottole e paillettes

Introduzione

QUESTO libro aspetta di essere scritto dal giorno in cui, a Mosca, incontrai Konstantin Borovoi. Era l'inverno gelido del 1993, e *tovarisch* Borovoi, fondatore della *Birzha*, la Borsa della capitale, era appena diventato il primo milionario in dollari della ex repubblica dei Soviet. Lo intervistai per un'ora al solo fine di fargli la domanda che mi ero tenuto per ultima: come si può diventare tanto ricchi in così poco tempo? Rimase per un momento incerto se considerare la questione offensiva, poi scoppiò a ridere e rispose: «Non ho mai sentito di nessuno che ci sia riuscito in modo onesto».

Associo data e risposta alla nascita di quel fenomeno planetario che va – ancora una volta – sotto il nome di «nuovi ricchi». Non c'è dubbio che Mosca sia stata la loro prima culla. All'inizio la definizione tendeva a sovrapporsi, fino a confondersi, con quella più neutra di «nuovi russi». Il primo di questa specie in cui mi imbattei da fresco corrispondente del TG1 fu Yuri, il giovane autista dell'ufficio RAI. Timido, educato – e divorziato –, mi chiese il permesso di assentarsi una settimana a luglio per portare il suo bimbo in vacanza in Tunisia. Lo disse come annunciandomi un viaggio sulla Luna, e per lui in effetti non era molto diverso. Era l'estate del 1995, e per la prima volta gli ex sudditi sovietici potevano viaggiare in massa fuori dal proprio Paese. Prima, varcare la frontiera era permesso solo all'élite di scacchisti, sportivi e musicisti. Oltre, naturalmente, alle spie e alle delegazioni ufficiali. Almeno dieci milioni di persone quell'anno andarono in vacanza all'estero: una migrazione in sandali e prendisole senza precedenti nell'intera storia nazionale. Il popolo della penuria aveva finalmente un assaggio del benessere.

Ma se i «nuovi russi» rappresentavano una promessa, i «nuovi ricchi» apparvero presto come una minaccia. Osservavo all'opera «gli spiriti animali del capitalismo», e non era una bella vista: specialmente per la notevole spintarella che fornivano organi governativi non proprio disinteressati. A differenza di François Guizot, che nel 1848 disse ai capitalisti francesi: «Arricchitevi», Yeltsin provvide personalmente a trasformare in miliardari i suoi famigliari. La ramificazione più vasta del fiume d'oro che cerco di seguire in questo libro scaturisce dalla confusa appropriazione di quei giorni, dalla fine non rimpianta di uno Stato-padrone che morendo arricchiva i suoi burocrati e i suoi clienti. Il boom delle materie prime negli ultimi due lustri ha fatto il resto.

Esagerati, maleducati, pacchiani, esibizionisti. I «nuovi ricchi» non sono più soltanto russi, ma allineano i passaporti di mezzo mondo. Cinesi, indiani, arabi, brasiliani. E anche le origini delle loro fortune appaiono molto diverse. Il denominatore comune sembra rappresentato dalla condivisa passione per il lusso. La ricchezza, per chi la possiede di fresco, è una condizione che si gode soprattutto in funzione della sua ostentazione. Questa debolezza dei miliardari del Ventunesimo secolo stimola in noi comuni mortali l'invidia per quello che non potremo mai avere, ma anche un sottile e piacevole sentimento di superiorità di fronte a mancanze grossolane. «Ma lo sa che sono usciti all'intervallo pensando che l'opera fosse già finita?» mi dice l'autista di Verona, pagato profumatamente da una comitiva di russi per accompagnarli allo spettacolo dell'Arena e riportarli indietro.

Veramente oggi abbiamo ragioni anche più solide su cui poggiare quella che i tedeschi, sempre precisi nel loro lessico, chiamano *Schadenfreude*, e che tradurrei, più terra terra, «gioia maligna». Non ingiustificata, mi pare. Mai come negli ultimi vent'anni il mondo aveva assistito a una tale esplosione di ricchezza accompagnata da una disparità crescente, e anche mostruosa, tra gli *haves* e gli *have-nots*, «chi ha» e «chi non ha niente». La crisi scoppiata nell'autunno del 2008 ha cancellato i sogni di onnipotenza di quei giocolieri della finanza che già si autodefinivano «padroni dell'universo». Perciò non si può che concordare con il vecchio adagio inglese secondo cui «ogni nuvola è foderata d'argento». In parole povere, c'è sempre un lato buono della faccenda, e in questo caso la crisi economica che ci angustia già da un paio d'anni promette almeno, per converso, una modesta soddisfazione. Stavolta, è opinione diffusa, anche i ricchi piangono. Ma davvero? Le prossime pagine solleveranno, credo, più di qualche ragionevole dubbio sulla fondatezza di questa asserzione.

Ci sono in giro, certo, meno miliardari. Ma sempre molti di più di quanti un mondo più sensato potrebbe permettersene. E, dopo tutto, il proverbio inglese vale anche per loro. La consolazione in questo caso, dopo aver sofferto massicce perdite in Borsa, consiste nella consapevolezza di essere diventati membri di un club ancora più ristretto. E non c'è bisogno di un Karl Marx per capire che non si avverte una grande differenza tra sedere in cima a una fortuna di quattro miliardi di dollari o una di *soli* tre, che è la media della perdita dei moderni Paperoni.

È strano come il boom della ricchezza abbia fatto la fortuna dei giornali pettegoli, con le loro descrizioni scintillanti del jet set, ma abbia trovato pochi osservatori disposti a una precisa opera di catalogazione. Mi è sembrato necessario farla, seguendo la traccia dei soldi di continente in continente, proprio ora che la crisi demolisce i miti del successo che hanno dominato gli ultimi due decenni.

Considerate questo libro come un resoconto di viaggio, lungo un itinerario che si snoda dalle spiagge dorate della Costa Azzurra e della Costa Smeralda fino ai caveau rigurgitanti denaro delle capitali dell'eccesso e della finanza. Londra, Mosca, Pechino, Hong Kong, New York... Ho cercato di tenere il diario puntiglioso del paesaggio, degli uomini, dei costumi di un Paese sparso e senza confini. Anzi no, con un confine preciso: il livello del conto in banca. Questo spazio, immateriale e fisico al tempo stesso, è Soldonia, la nazione dei super-ricchi, il luogo dove spostano senza riguardo al passaporto le masse enormi dei loro capitali. Da una città all'altra, da una banca all'altra. E a ogni passaggio il patrimonio s'ingrossa. Il gioco di prestigio è stato per vent'anni così affascinante da ipnotizzare la sinistra non meno della destra, e alla fine forse anche di più. Tony Blair avrà pure inventato la Terza Via, ma la sua eminenza grigia, Peter Mandelson, aveva idee molto chiare sulla prima: «Mi sento intensamente rilassato in merito alla gente che diventa schifosamente ricca». Alla fine, anche gli elettori laburisti erano così rilassati che hanno votato per i conservatori.

Ottobre 2009

PARTE PRIMA

Prologo in banca

1

Specie in pericolo? Salvate il caviale!

LUTTUOSE furono le Idi di marzo. Anche nel 2009, sebbene con leggero anticipo rispetto alla data canonica: precisamente il 12. Quel giorno, piovoso annuncio di primavera, i giornali di mezzo mondo riportavano l'annuale graduatoria di miliardari stilata dalla rivista *Forbes*, una specie di elenco telefonico per Paperoni. Insolitamente anglosassoni si mostrarono perfino alcuni dei quotidiani italiani più sinistrorsi. Un freddo e cronachistico «La crisi dimezza i patrimoni dei supericchi» fu per esempio il titolo di *Repubblica.* Quello del *Times* invece avrebbe potuto farlo *Liberazione*: «*As you tighten your belt, spare a thought for a new endangered species: billionaires*». Vale a dire: «Mentre stringete la cinghia, dedicate un pensiero a una nuova specie in via d'estinzione: i miliardari». Titolazione che sembra riflettere meglio i sentimenti presumibilmente prodotti dalle statistiche di *Forbes* tra la larga maggioranza dei poveracci del pianeta. Barry Wigmore sul popolare *Daily Mail* li riassumeva così: «È difficile non ridacchiare, almeno un po', tra il vostro chardonnay del supermarket e il toast ai fagioli».

Insomma, come da titolo sarcastico, «Compatite i poveri vecchi miliardari!» e intanto fregatevi le mani per la soddisfazione. Gigantesche fortune dimezzate, panfili rimpiccioliti, jet privati rimasti a terra. Improvvisamente quella di *Forbes* si trasforma in una lista di re Mida alla rovescia: nel giro di un anno la loro ricchezza complessiva si è quasi dimezzata, scendendo dai 4,4 trilioni di dollari (vale a dire 4400 miliardi del 2008) a 2,4 trilioni. E per la prima volta dal 2003 il numero dei «signori nove zeri», anziché salire, scende: da 1125 nel 2008 a 793 oggi. Il che vuol dire che ben un terzo, esattamente 332, si sono abbassati al rango di semplici milionari. Be', non è precisamente quel che si dice essere ridotti in miseria...

Un mese e mezzo dopo *Forbes*, è la volta dell'annuale «Rich List» pubblicata dal *Sunday Times*. L'elenco in questo caso riguarda solo i Cresi del Regno Unito, ma son sempre lacrime e sangue (e, sotto i baffi, ironico compiacimento). «Il falò dei miliardari», titola il 26 aprile il quotidiano londinese, e in effetti la recessione ha bruciato il 37 per cento delle fortune dei mille sudditi più ricchi di Sua Maestà britannica: tutti assieme adesso valgono 258 miliardi di sterline, contro i 413 miliardi del 2008. Dalle loro tasche sono evaporati 155 miliardi di sterline, che sono all'incirca 180 miliardi di euro. Più dell'intera ricchezza annua prodotta da Israele o Irlanda. Ma per loro, che cosa cambia? Voglio dire, archiviato l'ovvio disappunto di avere qualche miliardo di meno in banca, c'è qualcosa di diverso nella vita di questi gaudenti? Alla *Caviar House*, su Piccadilly, le perle grigie di storione vanno sempre a due sterline il grammo – la qualità inferiore –, e non si registrano cali nella domanda. Fermo restando che gli «oligarchi» russi di casa a Londra consumano solo caviale importato direttamente da Astrakhan, il porto tra Volga e Caspio dove ogni storione finisce in gloria.

Non risulta che le perdite eccezionali dell'*annus horribilis* abbiano smorzato l'appetito dei «nuovi ricchi», né per il beluga né per i lussi. La differenza con il passato rischia di ridursi a quella segnalata dal vignettista del *Times*: «Era ricco da far schifo, adesso è un ricco appena un po' sporco».[1] Immagino che a leggerla, su uno dei suoi giornali preferiti del mattino, Lakshmi Mittal si sia limitato a sorridere. Il magnate planetario dell'acciaio vive in una reggia londinese che ha pagato 57 milioni di sterline, ma viene da un poverissimo villaggio indiano, nell'arido

Rajasthan. Il padre Mohan trasferì la famiglia a Calcutta, la megalopoli del Bengala, e lì mise in piedi il business dell'acciaio. Appena diplomato al prestigioso St. Xavier's College, Lakshmi raggiunse papà in ditta, e da allora non si è più fermato finché non è riuscito a costruire il più grande gruppo metallurgico mondiale. Una storia formidabile, che ha registrato il passaggio più ambizioso nel 2006, con la conquista del colosso franco-lussemburghese Arcelor per 18 miliardi di sterline. Mezza Europa guardava con sufficienza alla pretesa di un indiano venuto su dal niente di entrare nel salotto buono dell'industria continentale. Lui scrollò le spalle e mandò giù il boccone.

Ora che è in cima a una multinazionale di cui possiede il 45 per cento, Mittal vive nello sfarzo come un imperatore della leggendaria dinastia Moghul. Probabilmente anche meglio. Ha comprato pure lui – *noblesse oblige* – una quota della squadra di calcio inglese Queens Park Rangers facendosi rappresentare in consiglio dal genero Amit Bhatia. Ha fondato un trust per sostenere gli atleti indiani, un altro per finanziare progetti educativi e sanitari nel Paese d'origine, un terzo per convogliare fondi in un'università del Rajasthan e in parecchi college femminili. Sana filantropia che non toglie nulla a uno stile di vita a dir poco vistoso. Quando la figlia Vanisha, che fa parte del consiglio d'amministrazione di ArcelorMittal, si è sposata, papà Lakshmi ha fatto le cose in grande. Sei giorni di festa per millecinquecento ospiti nella reggia di Versailles, e in altri luoghi da favola. Sì, proprio lì, tra marmi e giardini del Re Sole, con apposito castello di legno costruito nel parco ed esibizione privata di Kylie Minogue tra cinquemila bottiglie di champagne vintage. Costo stimato: 34 milioni di sterline.

Tatiana Serafin, condirettrice di *Forbes*, è una che di ricchi se n'intende e propone un'intrigante test di nazionalità: «Gli americani tendono a parlare di come hanno fatto i soldi, mentre i tedeschi non amano dirlo. Ai russi piace soprattutto mostrarli». Eppure i miliardari moscoviti sono passati attraverso una vera e propria decimazione. Sulla scia del crollo della Borsa, i loro capitali complessivi sono precipitati da 471,4 a 102,1 miliardi di dollari. Oleg Deripaska, re dell'alluminio, con 28 miliardi di dollari era nel 2008 l'uomo più ricco di Russia e il numero 9 del mondo. Nel 2009, con una fortuna rimpicciolita ad appena 3,5 miliardi (ma sarebbero 4,9 secondo la rivista russa *Finans*), è scivolato al decimo posto in patria e addirittura al centosessantaquattresimo nell'agone internazionale. Pure il nostro Berlusconi lo batte agevolmente, sebbene sia sceso a 6,5 miliardi di dollari. Il primo italiano comunque è Michele Ferrero, il padre della Nutella, quarantesimo nella lista mondiale grazie a 9,5 miliardi di dollari.

Tanto Ferrero è silenzioso e riservato fino a sfiorare l'inesistenza, tanto i ricchi dei cosiddetti mercati emergenti amano apparire. E soprattutto esibire i simboli della loro felice condizione, a cominciare dal principale: il lusso. Questo piacere ha fatto da detonatore al boom del consumo spendaccione.

Per anni la Millionaire Fair, la fiera dei milionari organizzata a Mosca dall'olandese Gjirath Media Group, è stata famosa per la eccentricità delle delizie riservate ai soli eletti. Dagli attrezzi per il fitness ricoperti di foglia d'oro (prodotti dall'italiana Technogym per una clientela tanto esclusiva quanto pacchiana) ai telefonini con i tasti di diamante taglio baguette e placca in oro zecchino (il cellulare Vertu Signature a 4000 euro). Tra le offerte del 2005, un oligarca trovò da regalarsi un'isoletta da 10 milioni di euro. E nell'edizione 2007 della grande pacchia andarono in mostra l'iPod più costoso del mondo (presentato da Bonford), la vodka imbottigliata in una fiasca d'oro massiccio firmata da Donald Trump, il bob subacqueo Seabob, e perfino sciocchezzuole come i biglietti d'auguri tempestati di diamanti (mai che ce ne arrivasse uno...).

Erano gli anni in cui le grandi ricchezze nascevano sempre più a est. E seguendo la scia del carnet degli assegni, in una carovana scintillante di gemme e di sprechi, anche le maggiori aziende internazionali dei beni di lusso si spostavano verso Oriente. Anche nei gusti. La rassegna Capri milionaria, copia in tono minore dell'originale moscovita, riuscì una volta a presentare come «pezzo unico» un biliardo interamente rivestito in pelle di coccodrillo. L'edizione di Monaco di Baviera, perfino nell'autunno del tracollo, arrivava a presentare un copriletto disseminato di 550 diamanti per 300.000 euro, un camper con sauna e idromassaggio per 800.000 euro e sigari dorati a 200 euro l'uno. Tanto, ha dichiarato con un sorrisino il fondatore della Fiera Klaas Obma, «ci sono sempre abbastanza ricchi che possono permettersi di tutto».

Lo tsunami finanziario del 2008 ha fatto di nuovo inclinare l'asse delle fortune mirabolanti verso gli Stati Uniti. I russi decimati, gli indiani dimezzati (da cinquantatré a ventiquattro), e anche gli arabi non si sentono tanto bene: i cinquanta sceicchi più ricchi del pianeta hanno perso complessivamente 25 miliardi di dollari, 4 da solo il principe saudita Alwaleed Bin Talal, che con i suoi 13,3 miliardi rimane tuttavia il numero uno della regione e 22 del mondo.

La classifica dei primi quattordici super-ricchi torna a stelle e strisce: la metà è americana, guidata da Bill Gates, che con 40 miliardi di dollari si riprende il primo posto, dopo la penitenza al terzo nel 2008. Anche qui è l'industria che si rifà sulla finanza. Il fondatore di Microsoft perde sì 20 miliardi, ma il finanziere Warren Buffett, primo nel 2008 con 62 miliardi e secondo oggi con 37, perde anche di più: 25 miliardi di dollari. La Grande Recessione ha certamente ridisegnato la geografia del denaro, secondo coordinate più spostate a Occidente. È ben lontana però dall'aver cancellato dalla mappa le vette irraggiungibili degli «oscenamente ricchi». La lista di *Forbes* ci informa che sono diminuiti. Ma forse sarebbe più interessante sapere quanti milioni o miliardi bisogna perdere prima di non potersi più permettere il jet privato.

Congrega di filantropi o «cupola» planetaria?

Due riunioni ultrasegrete di super-ricchi e superpotenti nello spazio di dodici giorni sono francamente un po' troppo. Ci eravamo appena ripresi dal brusio planetario sul meeting Bilderberg (dal nome dell'hotel olandese dove si tenne nel 1954 il primo appuntamento), svoltosi dal 14 al 17 maggio 2009, che il sito web Irishcentral.com ha rilanciato con la notizia di un altro summit di soli miliardari. Convocato a tambur battente, e ovviamente in gran segreto, con una scarna lettera firmata Bill Gates e Warren Buffett. Appuntamento alle tre del pomeriggio del 5 maggio nella President Room della Rockefeller University di New York.

Quando la storia è arrivata all'orecchio dei giornalisti, erano già passate due settimane. A riprova della diabolica abilità dei convenuti – tutta gente famosissima – nel mantenere riservato l'incontro. E tanta segretezza, com'è ovvio, non poteva che alimentare ulteriormente gli interrogativi sulle ragioni autentiche del summit. Nella sala presidenziale dell'ateneo Rockefeller hanno preso posto in effetti quel pugno di americani che compongono l'autentica élite del Paese (e del pianeta), i Padroni del Dollaro capaci di condizionare con le loro immense ricchezze l'economia della nazione più ricca di tutte. E, per estensione, quella dell'intero globo.

L'elenco dei convitati pare preso direttamente dalla top list dei miliardari di *Forbes*. Bill Gates e la moglie Melinda vantano beni per 57 miliardi di dollari, Warren Buffett, guru dei mercati, quest'anno ha sbagliato qualche previsione e da quota 40 è sceso a 37 miliardi. Al confronto, il finanziere George Soros, con i suoi 11 miliardi di dollari, sembra quasi un poveraccio. La media risaliva con il sindaco di New York, Michael Bloomberg, titolare di un impero editoriale di 16 miliardi di dollari, e con il patron della CNN, Ted Turner, 20 miliardi anche lui (dopo averne regalato uno all'ONU) e terre vaste quanto Delaware e Rhode Island. Attorno al tavolo, di ricchi davvero sfondati ce n'erano moltissimi altri. Alcuni erano autentiche celebrità, come Oprah Winfrey, che da conduttrice televisiva ha costruito una fortuna da 2,7 miliardi di dollari. Altri meno noti a tv e giornali ma con patrimoni importanti, come i 5,2 miliardi di Eli ed Edythe Broad, seduti accanto a John Morgridge, ex presidente di Cisco,

Peter Peterson, capo di Blackstone Group, Julian Robertson, fondatore di Tiger Management Corporation. E, ovviamente, David Rockefeller, il banchiere che «si accontenta» di 2,2 miliardi di dollari ma discende dalla famiglia decisiva nell'economia americana del Novecento.

Pare che questo club così esclusivo si riunisca una volta ogni cento anni. L'ultima volta che i più ricchi d'America si sono seduti tutti assieme attorno allo stesso tavolo è accaduto nel 1907: il banchiere John Pierpont Morgan chiamò nel proprio studio a Manhattan i grandi finanzieri di Wall Street per cercare un rimedio al panico che anche allora devastava le quotazioni di Borsa. È per questo dunque che si sono riuniti i magnati di oggi? Silenzio tombale degli interessati. Ma quando i siti Internet, versione contemporanea dei fogli-pirata di inizio Settecento, hanno cominciato a parlare di «un patto tra ricchi» per salvare dalla crisi le loro enormi fortune, gli interessati hanno mandato in campo un portavoce.

Sugli schermi della ABC, Stacy Palmer – direttore del *Chronicle of Philanthropy* – ha sostenuto che lo scopo dell'incontro era solo «stabilire un nuovo approccio alla filantropia globale»: e magari sarà pure vero, visto che i partecipanti sono benefattori autentici su scala planetaria e tra di loro assommano donazioni benefiche complessive per 70 miliardi di dollari in tredici anni. Ma sarebbe pure ben strano che da un vertice di simili personaggi non uscisse un confronto di idee, uno scambio di opinioni sullo stato della crisi e sulle sue possibili evoluzioni. E si sa che le previsioni di coloro che contano spesso hanno la virtù di autorealizzarsi.

Filantropia o business, di certo i potenti amano da sempre fare gruppo a sé, anche se questo eccita la fantasia dei dietrologi e fa fiorire le teorie del complotto. Agli amanti del genere si offrirà a questo punto un dilemma: quale sarà la vera «cupola» planetaria che controlla il mondo, la congrega newyorkese dei Paperoni o i centocinquanta potenti senza volto del Gruppo Bilderberg, riuniti a conclave dieci giorni dopo in un mega-albergo greco? I segugi antiglobalizzazione non mollano la presa: tanto mistero conferma che è in atto un diabolico piano del capitale per succhiare le ricchezze del mondo. È strano come per i dietrologi questi appuntamenti, benché riservatissimi, non sembrino avere segreti. Daniel Estulin è un reporter del *Canada Free Press* che marca da presso i Bilderberg come un bracco una pernice: sul suo sito assicura che il nostro futuro prossimo, compreso un altro dolorosissimo capitombolo delle Borse, è stato deciso non a Manhattan ma a metà maggio nelle suite del *Nafsika Astir Palace*, a Vouliagmeni, vicino ad Atene.

È lì che si è tenuta l'annuale riunione dei Bilderberg: banchieri, politici, accademici, funzionari di grandi istituzioni internazionali, insomma tutti personaggi collocati agli snodi cruciali delle vicende del globo. Chi fa parte dell'eletta schiera, come Martin Wolf, una delle firme più prestigiose del *Financial Times*, si irrita di fronte alla pretesa di aprire i lavori al pubblico: «L'idea che questi incontri non possano essere coperti dalla privacy è fondamentalmente totalitaria. Non si tratta di un organismo esecutivo. Nessuna decisione viene presa lì».

A Londra ho incontrato più volte Lord Denis Healey, ex ministro delle Finanze laburista negli anni Settanta, uno dei soci fondatori del club, e la sua versione dei fatti consisteva in una scrollata di spalle. Ha sempre sostenuto che il Bilderberg sia solo un posto per la discussione, non un luogo dove cercare di raggiungere un consenso sui grandi temi. E il livello confidenziale, senza clamore all'esterno, consente alle persone di parlare in modo chiaro. Insomma, sotto non c'è assolutamente nulla: parola di Sua Signoria. Ma andate a raccontarlo a tutti gli Estulin del pianeta, convinti – come recita uno dei tanti siti appassionati di sette segrete e occultismo – che «Bilderberg rappresenta uno dei più potenti gruppi di facciata degli Illuminati».[2] Dalle astruserie dell'alta finanza ai romanzetti di Dan Brown. O qualcuno lo prende troppo sul serio o lo scrittore americano ha sbagliato a collocare i suoi cattivi tra i cardinali.

La carica dei Seimila, ovvero i Templari in jet

Lasciamo nelle librerie *Angeli e Demoni* e occupiamoci del mondo reale. Dove non c'è bisogno di raffigurare romanzescamente l'élite dei miliardari come una specie di loggia massonica planetaria: basta seguire ogni anno la pubblica passerella di Davos, sede del Forum Mondiale dell'Economia, per capire che al vertice del globo si è insediata una Superclasse. La definizione dà il titolo a un libro di David Rothkopf – *Superclass*, appunto – che è stato tra i primi a occuparsi del fenomeno.[3] Rothkopf è un ex sottosegretario di Bill Clinton per le politiche commerciali internazionali, e il suo lavoro deve avergli suggerito una rielaborazione della vecchia teoria marxiana delle classi sociali, ma in chiave mondializzata. Perché qui all'ultimo posto non troviamo il proletariato, bensì i «dannati della Terra» descritti dal filosofo anticolonialista Franz Fanon, e in cima alla piramide invece un nuovo club: cosmopolita, poliglotta, molto più omogeneo di quanto differenze di razza e di bandiere potrebbero far supporre. È quel fortunatissimo 1 per cento della popolazione del pianeta che possiede il 40 per cento delle ricchezze planetarie. Nell'inferno degli slum tre miliardi di esseri umani vivono invece con meno di 2 dollari e mezzo al giorno (dati: Banca Mondiale, 2005).

L'élite ha i suoi rituali. E i suoi leader. Sono loro, quelli che ai microfoni di Davos sfilano senza segreti, lasciando a un ridottissimo gruppetto di testa i meeting riservati e itineranti della Trilateral Commission o del Gruppo Bilderberg. Sono loro a determinare, con il movimento dei loro capitali, gli indirizzi dell'economia mondiale, molto più delle presunte trame plutomassoniche dei conciliaboli ultrasegreti. Sono loro a condividere i condomini esclusivi in giro per il mondo, le stesse località di villeggiatura, uguale stile di vita e identici simboli di successo e ricchezza.

L'annuale summit d'inverno a Davos, tra le nevi svizzere, è stato per decenni la vetrina luccicante della Superclasse del capitalismo mondiale, palestra di dibattiti e di idee destinate a dettare l'agenda globale. Tanto che il filosofo Samuel Huntington aveva desunto da quest'appuntamento l'esistenza di una nuova specie, l'«Uomo di Davos». Ma molti dei suoi esemplari più prestigiosi sono stati cancellati dalla crisi. Le montagne dei Grigioni non hanno visto, nel gennaio del 2009, le facce familiari di John Thain, CEO della Merrill Lynch dimissionato dopo perdite per 90 miliardi di dollari. Né di Robert Rubin, che ha firmato il disastro di Citigroup. E non c'era nemmeno l'indiano Ramalinda Raju, fondatore della Satyam Computer Services e adesso incriminato per falso in bilancio. Né è comparso il cinese Huang Guangyu, capo dell'impero di elettrodomestici Gome: era fisicamente impedito, visto che è finito in carcere dopo due mesi di latitanza.

Nomi, passaporti, fortune possono mutare. Ma la verità enunciata da Rothkopf non sembra destinata a cambiare: «Il potere sta nelle mani di un circolo incredibilmente ristretto di persone». È un reticolo in cui spesso i ruoli sono intercambiabili: chi ha soldi entra in politica (da Berlusconi a Bloomberg), e i politici che finiscono il mandato passano a governare l'economia (vedi l'ex cancelliere tedesco Gerhard Schroeder, oggi uomo della russa Gazprom in Europa). Ma non ci sono soltanto i potenti in senso classico. A buon diritto fanno parte dell'élite i trentasette atleti che guadagnano complessivamente quanto tutte le altre decine di migliaia di sportivi messi assieme. Così come l'ex rockstar Bono, che ha titolo a farsi fotografare con i leader del G8. E pure i quattordici presidenti di banca convocati per risolvere la crisi dei derivati. Nella lista figurano i miliardari alla Abramovich, ma anche ex presidenti come Clinton e Gorbaciov, capi terroristi come Osama Bin Laden, il boss della Exxon Mobil o quello della Banca di Cina, e anche il papa e il Dalai Lama. (Gli italiani? Solo Berlusconi.)

Quante sono le semidivinità di quest'empireo? A tentarne un calcolo approssimativo è stato ancora Rothkopf, in una lezione al Middlebury College nel Vermont. È partito dalle duemila maggiori corporation del mondo, che contano ovviamente altrettanti amministratori delegati: «Poiché sono società quotate, gli azionisti hanno il loro peso. Ma gli scambi in realtà sono opera dei

10.000 *hedge fund*, di cui 300 gestiscono l'80 per cento delle transazioni, e 100 il 60 per cento». Se si aggiungono gli executive dei fondi e delle banche maggiori, nonché politici e militari d'alto rango, e infine i principali leader religiosi, ecco raggiunta la cifra dei seimila membri del club più esclusivo del pianeta.[4]

Non molti di più del primo gruppo di Illuminati indicati dalla tradizione esoterica: i Templari. Ma, per restare al gioco, non c'è nessun Filippo il Bello, e nessun papa Clemente che possa minacciarli della stessa fine riservata ai ricchissimi cavalieri con la Croce sette secoli fa. I seguaci del Gran Maestro Jacques de Molay, per quanto innocenti, non riuscirono a evitare il rogo. Oggi i magnifici Seimila tengono in pugno la vita di una larga fetta di mondo. Le duemila più grandi società del pianeta impiegano settanta milioni di persone in giro per il globo. In più, c'è l'indotto. Attorno alla sola Procter & Gamble, per esempio, ruotano trentamila ditte fornitrici. Sommando salariati e famigliari, alla fine si arriva facilmente a mezzo miliardo di persone: tutte dipendenti dalle decisioni dei Seimila della Superclasse. Fatte le dovute proporzioni, persino il veneziano Consiglio dei Dieci appare al confronto un po' troppo democratico.

In più, i «nuovi Templari» vanno in giro con valigette piene di dollari e minacciano tuoni e fulmini se il jet privato dei loro desideri non è subito disponibile. Giura Robert Baugniet, portavoce della Gulfstream: «Quando si sentono dire che il G550 che vogliono comprare gli arriverà nel primo trimestre del 2013, richiudono stizziti la valigetta piena di dollari e non capiscono perché devono aspettare tanto». Si registra evidentemente una certa caduta di stile.

L'Eldorado dei «nuovi ricchi»

Nell'ultimo quarto di secolo la fisionomia di chi conta è cambiata profondamente. Al vecchio denaro (sempre meno), e al suo snobismo, si mescolano i nuovi arrivati, segnati dalla fame di lusso e soprattutto dalla pulsione a esibirlo. Nella lista *Forbes* dei quattrocento più ricchi del 1982 gli eredi facoltosi erano il 21 per cento: nella lista del 2006 sono scesi sotto il 2 per cento. Come dire che oggi la maggior parte delle fortune sono *self-made*. Con il contributo decisivo dei neoricconi del BRIC (Brasile, Russia, India e Cina).

Come abbiamo detto, il 2009 ha segnato un'inversione di tendenza, con gli Stati Uniti di nuovo primi nella graduatoria dei super-ricchi: Paperone torna a New York con 55 miliardari contro i 32 di Mosca. Ma ancora nel 2008 era la capitale russa in testa, con ben 87 *billionaires* (e con l'omonima griffe Briatore ci ha fatto una fortuna a rivestirli): a conferma che nel primo lustro del nuovo secolo la ricchezza tirava più da Est a Ovest che viceversa. Basta dare un'occhiata alla ricerca Merrill Lynch-Capgemini sui milionari del 2007. Cala la quota degli americani tra quanti investono in titoli oltre un milione di dollari, aumenta invece a un tasso cinque volte più alto quella dei Paesi emergenti. E quell'anno nel BRIC il numero dei nuovi Cresi sale del 19 per cento, negli Stati Uniti cala del 3,7 per cento.

La verità, come scrive perfino l'*Economist*, settimanale cantore del capitalismo, è che «gli ultimi trent'anni sono stati un gran periodo per i ricchi. I loro affari sono diventati più redditizi; le loro azioni e proprietà sono cresciute di valore; per chi lavorava nelle banche d'investimento o negli hedge fund, le gratifiche andavano alle stelle».[5] Si potrebbe dire: è la finanza, bellezza. Nel 1982, i quattrocento ricconi di *Forbes* totalizzavano appena 92 miliardi di dollari: un quarto di secolo dopo, di miliardi ne valevano 1250. E contemporaneamente i patrimoni generati dalle attività finanziarie passavano dal 10 per cento dell'82 al 25 per cento del 2006.

Più si saliva la scala del reddito, meglio andavano le cose. Negli anni Ottanta sono stati i poveri a perdere terreno, nei Novanta è toccato alla classe media. La forbice della diseguaglianza si è allargata enormemente. Lo strumento classico per misurarla è quello che gli economisti chiamano il «coefficiente di Gini»: più è alto, meno uguale è la società. In America il coefficiente è cresciuto costantemente dallo 0,395 nel 1974 allo 0,463 nel 2007. Ancora di più è salito nei Paesi emergenti.

Secondo l'Economic Policy Institute (un think-tank di Washington che conduce ricerche finalizzate, come dice lo slogan dell'istituto, al raggiungimento di una «prosperità condivisa»), tra il 1947 e il 1979 lo 0,1 per cento di americani al vertice della piramide dei redditi incassava in media 20 volte di più del 90 per cento che si trovava in basso: nel 2006, i fortunati al top guadagnavano 80 volte di più. E fino a quel drammatico giorno del settembre del 2008 che spedì all'inferno la banca Lehman Brothers, nessuno si vergognava di ostentarlo.

Scrooge? Si è fatto la plastica e ha la villa in Costa Azzurra

Il 12 giugno la nuova Russia celebra, con la data della Costituzione postsovietica, anche la festa nazionale. A Roma l'ambasciata apre le porte a qualche centinaio di invitati. Ci si va sempre molto volentieri, perché l'ospitalità è generosa e la festa è in uno dei più bei giardini della capitale: il parco della magnifica Villa Abamelek, alle pendici del Gianicolo. La comperò un secolo fa il principe Semion Semionovich Abamelek Lazarev, aristocratico georgiano di origine armena che aveva fatto una fortuna giocando (anche lui...) con le banche e investendo nelle miniere di sale della regione russa di Perm. Su sua indicazione, i migliori architetti della Roma «liberty» ne hanno fatto un grandioso esempio di eclettismo. Di certo, la splendida residenza dimostra che i vecchi miliardari russi non erano da meno dei nuovi quanto a passione per lo sfarzo.

L'avvento di Putin ha rimesso la divisa anche ai diplomatici: come ai tempi dello zar, tutti i funzionari dello Stato tornano in uniforme, almeno nelle occasioni ufficiali. Quella estiva dell'ambasciatore è candida, e spicca nella fila di dignitari che accoglie gli ospiti all'ingresso dei giardini. Saluti e congratulazioni di rito, poi si passa al tavolo con i *pelmeni* (i ravioli russi) e i bicchierini di vodka.

Nel giugno del 2008 la corsa al rialzo del petrolio continua a inondare d'oro le casse della Russia. Il mio amico moscovita, consigliere commerciale in ambasciata, ha tutte le ragioni per continuare a brindare, cosa che fa con evidente piacere. Al quarto bicchiere, di punto in bianco, mi chiede: «Secondo te, a Porto Cervo è possibile comprare un paio di ettari di terra lungo il mare?» «Se sei padrone della Banca di Russia, certamente», dico scherzando. Ma lui non scherza affatto, e a me tornano in mente le voci che si sentono in giro: incantato dalla Costa Smeralda pare che anche il neopresidente Medvedev, eletto da pochi mesi alla guida della Federazione russa, amerebbe comprarsi in blocco sei-sette ville, tutte sul mare. Com'è finita? Non lo so. Lo zar forse non è arrivato, o magari non ha mai avuto intenzione di andarci, ma sulle coste della Gallura si sono già insediati da tempo i suoi feudatari.

Il principe della vodka Roustam Tariko ha stabilito la sua base a Porto Rotondo, nella Villa Minerva che apparteneva a Veronica Lario: piaceva così tanto a Liudmila, moglie di Putin, che molti sospettano Tariko di aver fatto soltanto da prestanome al padrone della Russia. Alisher Usmanov, ras di acciaio e gas, ha fatto arrivare le gondole da Venezia per la festa inaugurale del suo fresco acquisto, Villa Merloni a Romazzino. Il già citato giovane re dell'alluminio, Oleg Deripaska, ha piantato lo stendardo su Villa Le Valchirie, e non lontano si è sistemato anche il suo concorrente Vassily Anisimov.

E poi, ovviamente, c'è Abramovich. Anno duro, il 2007, perfino per l'uomo all'epoca classificato come la sedicesima persona più ricca del mondo (18,7 miliardi di dollari). Una stagione deludente per il suo Chelsea. Un divorzio miliardario dalla moglie Irina. C'era indubbiamente di che farsi almeno un regalo. Eccolo, una reggia da 30 milioni di euro nascosta nell'insenatura di Cala di Volpe. Un posto da sogno, con un solo problema: dove ormeggiare i piroscafi che Abramovich usa come yacht?

Se c'è una cosa che non fa difetto ai supermiliardari dei tempi nostri, è l'autoindulgenza. Tra loro non ci sarebbe posto per l'orribile avaro Ebenezer Scrooge. Ricordate il dickensiano *Canto di Natale*? E i fantasmi che visitano Scrooge nella notte santa, per spingerlo a fare ammenda e cambiare vita? Correva l'anno 1843, e l'avido vecchio di Dickens, attaccato a ogni penny, non poteva che essere scheletrico, disgustosamente squallido, fiaccato lui stesso dalla sua avarizia. Ma come sarebbe lo Scrooge dei giorni nostri? Una grande scrittrice canadese, Margaret Atwood, ha provato a disegnarlo. E trovo il ritratto esilarante: «Scrooge Nouveau ha gli stessi anni di Scrooge Original ma non li dimostra. Sembra molto più giovane perché, a differenza sua, lui i soldi li spende, e per se stesso. Dunque si è fatto fare un trapianto di capelli e un ritocco di chirurgia estetica al viso, è sempre abbronzato perché viaggia molto a bordo del suo yacht e ha i denti bianchissimi, curati da mani esperte, che al buio rifulgono di un candore quasi sovrannaturale».[6]

I nuovi ricchi caricaturizzati dalla Atwood accoppiano alla frenesia acquisitiva una mania compulsiva allo shopping, una prodigalità inesauribile verso se stessi. Forse un giorno anche loro arriveranno alla conclusione del grande finanziere Warren Buffett, che è doveroso restituire alla società almeno una parte di quanto si è ricevuto. Ma al momento quel giorno appare ancora piuttosto lontano. Come osserva Robert Frank, geografo di quel Paese nuovo che ha chiamato «Richistan», la terra senza confini abitata dai super-ricchi, «il livello di spesa dei richistani ha creato un nuovo mondo di consumismo ai massimi livelli».[7] La sfida, che ha molto spesso infranto i limiti della decenza, è a chi ha la casa più bella, il dipinto più costoso, lo yacht più lungo, l'aereo più sfarzoso...

Allo zenith della follia spendereccia, sulle nevi francesi di Courchevel bisognava moltiplicare i prezzi per dieci per vendere casa ai novelli uomini d'oro: sennò quelli non compravano. Invece che giocare a Monopoli, il banchiere Pugaciov (ex ufficiale del KGB, come Putin) ha preferito scucire un miliardo di dollari per acquistare Hédiard, marchio storico della cucina francese. Buon appetito.

Un altro ex ufficiale, stavolta dell'Armata Rossa, Nikolay Tsvetkov, è diventato il primo fabbricante di porcellane in Francia, e un terzo si è preso tutt'intero l'hotel de Montesquieu, storica dimora parigina pagata 142 milioni di euro.

Sulla Costa Azzurra, alla faccia della crisi, sembra tornato il tempo dei granduchi russi che la sceglievano per svernare e dilapidare fortune. L'insenatura tra Cap Ferrat e Cap d'Antibes è stata ribattezzata la «baia dei miliardari»: sul mare si affacciano le ville da sogno dei primi dieci ricchi di Russia. *Gospodin* Blavatnik, azionista del colosso petrolifero TNK-BP, si è assicurato per 100 milioni di euro, così dicono i bene informati, la tenuta Eiffel a Beaulieu. Prima di lui, su queste spiagge d'oro era già arrivato nel '96 il più sulfureo degli oligarchi, Boris Berezovsky, all'epoca ancora all'apogeo del potere politico (oltre che economico). Come vicesegretario del Consiglio di sicurezza nazionale del vecchio Yeltsin, nello Château de la Garoupe – ettari di parco giusto sul promontorio d'Antibes – ne ospitava regolarmente anche la figlia Tatiana, autentica eminenza grigia del padre.

I padroni della Riviera sono gli stessi del cuore di Londra. Riecco Abramovich, che arriva sulle orme dell'ex protettore Berezovsky, per comprare ad «appena» 20 milioni di euro lo Château de la Chloë: un vero affare, dice la gente del posto, anche se il magnate siberiano ci mette quattrocento persone al lavoro per una ristrutturazione pluriennale. La gara tra gli oligarchi fa letteralmente impazzire i prezzi delle proprietà in Costa Azzurra. Jean-Marie Tarragoni, vecchio immobiliarista di Nizza, si frega le mani: «Duecento persone stanno completamente destabilizzando il mercato. Questi ricconi russi si sono gettati in una guerra al rilancio sullo stile di Onassis e Niarchos».[8] Ma nemmeno i due armatori greci protagonisti del jet set anni Cinquanta potevano contare su una tale riserva di munizioni.

La più recente e memorabile tenzone si consuma in quella che sarà pure l'ultima estate d'oro, nel 2008. È il momento di gloria di Mikhail Prokhorov, all'epoca sesto Paperone di Russia (19,5 miliardi di dollari) e ventiquattresimo posto nella classifica mondiale di *Forbes*. A lui riesce ciò che è andato fallito, secondo le voci della Costa, perfino ad Abramovich. A Ferragosto i giornali danno la notizia: è Prokhorov il misterioso compratore della villa più bella del pianeta, la Leopolda, un angolo di paradiso che domina il promontorio di Cap Ferrat. Nel compromesso di vendita l'acquirente figura come la società Atenaco, ma il magnate russo è chiaramente indicato come l'azionista della compagnia e il beneficiario ultimo della magione. Costruita da re Leopoldo del Belgio nel 1902, la villa è stata poi degli Agnelli, per passare infine nelle mani di Lily Safra, la vedova di Edmond Safra, il banchiere libanese ucciso a Montecarlo nell'incendio appiccato al suo appartamento da un dipendente, nel 1999.

La signora non ha certo bisogno di soldi e può permettersi di snobbare i 310 milioni di euro che, stando ai bene informati, le propone Abramovich. Resiste pure per mesi alle offerte sempre più alte di Prokhorov, ma alla fine si arrende: come si fa a rifiutare mezzo miliardo di dollari, pari a 392 milioni di euro? È la cifra più alta mai pagata per un'abitazione. Il magnate russo ha finalmente un record imbattibile da vantare nella gara allo spreco con gli altri oligarchi.

Purtroppo per lui, il sogno si infrange contro il *credit crunch*, la stretta del credito. Al momento del compromesso, Prokhorov sborsa l'abituale deposito pari al 10 per cento del totale, con l'impegno a completare la transazione entro la fine dell'anno. Ma alla scadenza del 31 dicembre, ben 10 dei suoi 19 miliardi di dollari sono andati in fumo nel gigantesco falò di valore alla Borsa di Mosca. Il padrone dell'Onexim Group (nichel, e non solo) adesso ha bisogno pure dell'ultimo centesimo per salvare il suo impero, altro che comprare ville. La vedova Safra aveva già traslocato i mobili e si era perfino impegnata a pagare una penale se avesse cambiato idea. Ora che è il russo a ripensarci, lei s'infuria e passa all'azione. A gennaio chiede al tribunale di Nizza di autorizzarla a trattenere l'anticipo di 39 milioni di euro. Motiva la richiesta con una lettera che sembra uno schiaffo in faccia appioppato dal vecchio denaro a quello nuovo: «Desidero trasformare il deposito per l'acquisto in donazione. Mi piacerebbe incoraggiare tutti coloro che si adoperano per sostenere la ricerca medica, la cura dei pazienti, l'educazione e altre importanti attività umanitarie in questo periodo di gravi incertezze economiche».[9]

Prokhorov si oppone, e ci rimedia soltanto una doppia brutta figura: di re Mida mancato e di cuore di pietra. Scrooge forse si è fatto il lifting, ma bastano le mani adunche a rivelare il vecchio avaro.

2
Squali sul Tamigi (non tutti in formalina...)

L'ANELLO d'oro che divide in due l'Inghilterra è in realtà un nastro d'asfalto che corre per 200 chilometri attorno a Londra. La chiamano M25 ed è la tangenziale più lunga (e più intasata) d'Europa. Ma la caratteristica più interessante è un'altra: chi vive all'interno di questo cerchio è molto più ricco di chi sta fuori. Agli inizi del 2008 il popolo di Londra, quei sette milioni e mezzo di fortunati dell'area chiusa dalla M25, avevano un patrimonio mediamente più alto del 41 per cento rispetto al resto degli inglesi. Uno spicchio del cerchio, esattamente la porzione del West End, era addirittura del 450 per cento più ricco rispetto al resto della nazione. La crisi, al massimo, ha leggermente limato questa abissale sproporzione. Sir Stuart Rose, amministratore delegato dei popolarissimi grandi magazzini Marks & Spencer, scuote la testa: «Sono trentacinque anni che faccio questo mestiere, e non ho mai visto un'economia così polarizzata. I poveri sono sempre più poveri, fuori da Londra è una vita completamente diversa. E i ricchi sono sempre più ricchi, nel West End non ci sono abbastanza diamanti per rispondere alla domanda». Le gemme non sono del resto un bene rifugio?

Per mettersi sul sentiero delle grandi fortune, è inevitabile partire dai quartieri chic della capitale inglese. Non c'è posto al mondo che sia stato maggiormente rimodellato dall'afflusso incessante dei «nuovi ricchi» del pianeta. Petrolieri russi, sceicchi arabi, miliardari indiani, megaimprenditori cinesi. Tutti attratti per vent'anni dalla più generosa politica fiscale d'Occidente. La formula magica era «residente non domiciliato»: grazie a questo legalissimo escamotage i super-ricchi potevano evitare di pagare le tasse su qualunque tipo di reddito o profitto realizzato all'estero. Il grande studio fiscale Grent Thornton ha stimato che nel 2006 i 54 miliardari britannici hanno pagato tasse per soli 14,7 milioni di sterline, su fortune che assommano a 126 miliardi di sterline.[1]

Il buco nella rete fiscale, ora chiuso dal governo Brown, era però solo una delle ragioni dell'attrazione esercitata da Londra. Si è trattato piuttosto di una combinazione di fattori. Stabilità politica, amministrazione statale corretta, un esercito di consulenti per evitare le tasse, un'armata di immigrati pronti a lavorare a basso costo, negozi di lusso, ristoranti e club con prezzi sufficientemente alti da confermare ai super-ricchi che loro sono davvero speciali, la presenza della City, lo scintillante smart set dominato dalle celebrità, una vita culturale piena di creatività ed energia.

La ricchezza d'importazione non è una novità nella metropoli commerciale che da oltre due secoli è all'incrocio di oceani e fusi orari. Per molti armatori greci Londra è diventata una seconda casa, dopo il porto del Pireo, già a partire dalla seconda metà dell'Ottocento: sul finire del Diciannovesimo secolo gli armatori di nazionalità ellenica residenti sul Tamigi, o comunque con uffici nei *docks* londinesi, controllavano circa metà della flotta mercantile greca.[2] Poi, dopo la guerra, sulle ali dei prezzi del petrolio è toccato agli sceicchi arabi, che da allora hanno invaso Mayfair e Belgravia (le zone residenziali più lussuose della città) e non se ne sono più andati. Infine, l'ultima ondata ha gonfiato enormemente la colonia degli indiani ricchi, superata a breve scadenza dall'invasione degli oligarchi russi all'alba del 2000. È allora che Londra è diventata per i miliardari il posto dove stare.

Tatler, la rivista inglese che da trecento anni registra le imprese del jet set più dovizioso, lanciò qualche tempo fa un concorso tra i suoi lettori (i più ricchi d'Europa, secondo il direttore Geordie Greig). Il riconoscimento, intitolato Party Award, sarebbe andato alla descrizione della festa più originale. In redazione arrivarono motivazioni che menzionavano: nevicata artificiale in piena estate, visita privata della Cappella Sistina, caviale consumato a chili, balletti acquatici di nuotatrici sincronizzate, sfilata di donne nude su cavalli bianchi, cena a base di risotto al foie gras ricoperto di foglia d'oro, ballo in maschera in un palazzo di San Pietroburgo...

Una signora reclamava il premio per la «migliore tenuta di fronte alle avversità – per aver continuato la festa a tema su Peter Sellers nel giorno degli attentati di Londra» (cinquantasei morti, il 7 luglio 2005). Niente, secondo il direttore Greig, poteva stupire «in un'epoca di sbalorditive ricchezze spese e guadagnate. C'è gente pronta a pagare 250.000 sterline a un'asta di beneficenza perché il figlio possa accompagnare Beckham in campo».[3]

Il trionfo dell'esibizionismo ha coronato l'ondata di piena della ricchezza. Secondo qualcuno, anzi, si è trattato più di ostentazione che di crescita vera. Naturalmente, la vecchia capitale dell'ex impero più vasto del globo disponeva già in casa di un congruo numero di grandi patrimoni. Che trent'anni fa, prima che Lady Thatcher si affacciasse all'orizzonte, sembravano essere destinati alla sparizione, causa trionfo del socialismo. E dunque via con le svendite, come quella della secolare residenza – al 12 di Kensington Palace Gardens – dei marchesi di Cholmondeley, per diritto ereditario Lord Gran Ciambellani del Regno. Se l'aggiudicò la famiglia reale saudita, che tuttora possiede la villa. E allora nessuno avrebbe potuto immaginare che i vicini sarebbero diventati gli eredi miliardari dello spauracchio sovietico, come il tycoon Blavatnik, o un indiano *self-made* come Mittal. Tutto sommato, anche i Cholmondeley se la sono cavata: anche se piuttosto in basso, figurano ancora tra i mille più ricchi della lista del *Sunday Times*.

La pattuglia *all english* in graduatoria, gli isolani purosangue, in altri tempi sarebbe risultata doverosamente capitanata dal monarca in carica. Sulla stampa pettegola Elisabetta II ha figurato a lungo come la donna più ricca del mondo. Oggi, non lo è più nemmeno del suo reame. Certo, tra palazzi, gioielli e opere d'arte, la regina è titolare nominale di una ricchezza che non conosce l'altalena delle Borse. Purtroppo per lei, da quando il suo avo Giorgio III rinunciò alle proprietà della Corona passandole allo Stato in cambio di un appannaggio annuale, quei 3-4 miliardi di sterline di patrimonio famigliare, non le appartengono più della corona che indossa.

L'inglese più ricco non è Elisabetta (ferma a un paio di centinaia di milioni), ma Gerald duca di Westminster, sesto discendente di quel Robert Grosvenor che a metà Ottocento lottizzò poco meno di 150 ettari di bella e salubre campagna alle spalle di Buckingham Palace. Ora quei verdi pascoli sono i quartieri di Mayfair e Belgravia, come dire il metro quadro più caro del mondo. Non ci crederete, ma benché straricco, felicemente sposato e con splendida prole, il duca ha perfino pubblicamente raccontato la sua discesa nell'inferno della depressione (psicologica). E questo ben prima dell'inizio della crisi. Che del resto lo ha appena sfiorato. Sua Grazia, miliardario numero 29 al mondo, mantiene grosso modo intatta la sua gigantesca fortuna di 7 miliardi di sterline, con una perdita (da calo del mercato immobiliare) di appena 500 milioni. Noccioline.

Certo, non tutti hanno la buona sorte di ereditare il Grosvenor Estate. Parimenti, la Londra del *credit crunch* non è più la stessa sberluccicante babilonia dell'era Blair, con l'economia che cresceva a un ritmo medio annuo superiore al 2 per cento. Che silenzio, quando arrivo a Mayfair all'inizio del primo *bank holiday* di maggio, il lungo ponte d'esordio della tardiva primavera inglese. Il vuoto festivo della città sembra una metafora della tetraggine calata sulla City. Da Harrods, da Selfridges, da

Fortnum & Mason, svanite le folle che trasformavano un acquisto in una conquista. Al clangore dello shopping di massa si è sostituito un quieto, educato brusio da funzione religiosa. Non c'è più da aspettare un'ora, come succedeva ancora fino al Natale del 2008, per averc un tavolo al ristorante *The Fountain*, al piano terra di Fortnum, o in quello all'attico di Harrods, il *Georgian*, oggi frequentato in gran parte da clienti che hanno in tasca l'euro.

La lista dei ricchi testimonia «il falo dei miliardari», ma le ceneri sul tappeto sono piuttosto quelle della classe media. 29.000 posti in fumo alla City quest'anno, che s'aggiungono ai 28.000 del 2008. Il 30 per cento degli impiegati nella finanza che cerca un posto all'estero. 240 casi di bancarotta al giorno, uno ogni 90 secondi davanti all'Alta Corte di Londra. La disoccupazione, scesa sotto il 5 per cento negli anni d'oro, è balzata al 7,1, con un aumento di 600.000 senza lavoro. Per chi, come me, ha vissuto a Londra i nuovi *swinging years* dell'epoca Blair, il conto dei danni si può fare facilmente a occhio. Dalle porte ormai sbarrate della miriade di ristorantini francesi tra Notting Hill e Covent Garden alla moltiplicazione dei fast food americani. Dai negozi che si svuotano ai *booths*, le rosse cabine telefoniche, che tornano invece a riempirsi degli espliciti biglietti da visita di prostitute d'ogni colore. Londra, e la City in particolare, sono sempre state divoratrici di sesso, a dispetto del puritanesimo d'inizio Novecento. E la crisi ha semplicemente aumentato il consumo.

È boom di negozietti di lingerie sexy: solo la catena Agent Provocateur ne ha aperti altri tredici. Fanno affari d'oro i sex-shop, con vendite record di giocattolini acconci (o piuttosto, sconci...), film e riviste di erotismo burlesco. E vanno come non mai i sex-party alla *Eyes Wide Shut*, il cupo film di Kubrick che inscena come pezzo forte un'orgia di massa. Anche in quelle vere organizzate mensilmente dal club virtuale Killing Kittens il pudore è confinato alle mascherine sul volto.

Ogni appuntamento, un successone. Dalla fine del 2008, si è

passati da trenta invitati a serata a duecentocinquanta. Banchieri, avvocati, *raiders* (finanzieri d'assalto), tutti professionisti fra i trenta e i cinquant'anni, convocati all'ultimo minuto come per un rave, sempre in posti diversi. A occuparsi dell'organizzazione, Emma Sayle, ex pierre passata ai giochi trasgressivi del sesso: servono a sconfiggere la depressione da crisi, assicura, e infatti «il 70 per cento degli ospiti viene con il partner».[4] Ingresso di coppia 150 sterline, le donne sole (uniche ammesse senza accompagnatore) pagano la metà.

Il vitello d'oro dell'«imbalsamatore» Hirst

Alla ginnastica sessuale sembra confinato per il momento il vitalismo che aveva fatto di Londra, al debutto del Ventunesimo secolo, la città più vibrante del pianeta. La «città-mondo», come nell'estate del 2008 riconosceva in copertina perfino il francese *Nouvel Observateur.* Ricordo i fantastici fuochi artificiali che accolsero il 1° gennaio 2000: «Celestiale fiammata che illumina il Tamigi», scrisse liricamente Matt Wells sul solitamente disdegnoso *Guardian.* Il barbaglio multicolore degli apparati pirotecnici ricordò ai vecchi londinesi quegli altri lucori in cielo di sessant'anni prima, quasi allegri alla prima apparizione sopra il fiume: «Improvvisamente, ci trovammo a guardare in alto. Il cielo brillante era attraversato su tutto l'orizzonte da innumerevoli scie di vapore [...] Le piccole stelle d'argento che scintillavano in testa alle tracce di fumo piegarono a est. Lo spettacolo sembrava così immateriale, senza pericolo, perfino bello. Poi, con un pigro boato che fece tremare il suolo attraverso Londra, la prima ondata di bombe colpì i docks». Così Desmond Flower descriveva il bombardamento degli Stukas nazisti sulla zona portuale il 7 settembre 1940.[5]

Sei decenni dopo, Londra celebrava con quarantamila fuochi artificiali la sua vittoria, e il suo primato: «Mentre il Big Ben rintoccava la mezzanotte, l'acqua si mutò in fuoco nel più grande spettacolo pirotecnico del mondo acceso sopra il Tamigi. Da ognuna delle sedici chiatte ancorate tra Tower Bridge e Vauxhall, una media di 3,75 tonnellate di esplosivo danzarono in aria al ritmo di quarantacinque fuochi al secondo. Più di un milione di persone ammassate lungo le sponde del fiume guardavano su in cielo, rapite da una vista unica».[6]

L'età dell'oro pare oggi un'illusione come le magie pirotecniche, allo stesso modo svanita in una spira di fumo. Per una coincidenza singolare, di quelle che sembrano trasformare il caso in destino, nello stesso giorno una «bolla» scoppia e un'altra raggiunge il suo punto di massima espansione. Nel lunedì nero di metà settembre del 2008 a New York fallisce la Lehman Brothers e a Londra l'imbalsamatore di pescecani Damien Hirst fa segnare un record storico nell'asta delle sue opere da Sotheby's: una folla di collezionisti in delirio si disputa i 223 pezzi in vendita, regalando infine all'artista la fantastica somma di 200 milioni di sterline.

Come i prezzi delle case, il valore delle azioni, gli stipendi dei supermanager, anche Hirst è a quel tempo parecchio inflazionato. I suoi «capolavori» sono alquanto imbarazzanti. Gli squali non sono gli unici animali che figurano nel bestiario alla formalina del principe della New British Art. Hirst ha tagliato a fette buoi, cavalli e pecore, per poi riassemblarli così sezionati, ma ogni parte in una scatola a sé. Ha spiaccicato farfalle sulle tele. Ha riempito di lische di pesce costose teche di vetro, oltre a rivestire di foglie d'oro zecchino le corna del suo celebrato *Vitello d'oro*. Ricordo di aver visto le sue prime opere a metà degli anni Novanta, lui poco più di un Carneade. Il suo quarto di agnello in formalina era allora opportunamente esposto nelle sale di un ristorante appena aperto: si chiamava *Quo Vadis?*, e un cuoco che sarebbe anche lui diventato celebre e ricco – Marcus Pierre White – lo aveva inaugurato in una delle viuzze di Soho, nella casa abitata un secolo e mezzo prima da Marx e dalla sua famiglia. Ah, se il vecchio filosofo avesse potuto vedere…

Invece del fantasma di Marx, capitò quel genio della comunicazione di nome Charles Saatchi, l'uomo che aveva venduto agli inglesi l'immagine di Margaret Thatcher come una Giovanna d'Arco isolana. Stanco di politica e straricco, Saatchi giocava al novello Mecenate con Hirst, Tracey Emin, Fiona Rae: fu lui a battezzarli «Young British Artists», anche se questi giovani talenti britannici arrivavano un po' in ritardo all'arte povera o al concettuale. A cavallo dei due secoli, Londra traboccava d'oro: stagione ideale per insegnare ai nuovi ricchi il «valore» del bello. Saatchi stabiliva il canone e il prezzo. E il «corso» degli artisti da lui sponsorizzati era solo e sempre verso l'alto. I più furbi si emanciparono, e fecero da soli. Fino al boom irripetibile dell'asta di Hirst, proprio lo stesso giorno in cui la Lehman Brothers si inabissava sotto il carico di miliardi di carta straccia. Riferisce la nostra economista Loretta Napoleoni, di casa a Londra, il melanconico commento di un mercante d'arte: «Nell'istante stesso in cui il mondo globalizzato scivola nel baratro della recessione i suoi abitanti fanno a gomitate per acquistarne le reliquie». Che oggi non saprebbero a chi rivendere.

Le aste mirabolanti della prima decade del secolo hanno segnato record oggi divenuti mitici come il vello d'oro. Nel mercato dell'arte, chi non ricorda i sette giorni del giugno del 2007 in cui Christie's batté ogni primato con vendite per 237 milioni di sterline (e il pound valeva 1,48 euro)? Un autoritratto di Francis Bacon aggiudicato a 21,5 milioni di sterline, i barattoli dei medicinali del solito Hirst venduti a 10 milioni, e perfino Freud, il difficile ed elitario Lucien Freud, battuto a 7,8 milioni di sterline, aprendo la strada al suo ingresso nella lista dei supermilionari...

La cuccagna ha lasciato il posto a sale semivuote e acquirenti assai selettivi. Finché è durata, la corsa al record non solo ha gonfiato i portafogli di artisti e mercanti, ma è stata pure un tratto distintivo nell'esibizione mediatica delle nuove ricchezze: i vecchi collezionisti non potevano competere con gli incessanti rilanci di Cresi semisconosciuti. Bei tempi andati. In toni quasi lirici, Carol Vogel descriveva così il mercato dell'arte a metà maggio del 2009, dopo il gelido inverno della Grande Recessione: «Il mondo è un posto molto diverso da quello che era quando le sculture di Jeff Koons comportavano somme a due cifre. Sono scomparsi gli speculatori dal rialzo facile sull'appariscente del momento. Il mercato divenuto più sobrio cerca ora valori che rimangano».[7]

Ma anche per questi i prezzi scendono, com'è proprio il caso di Koons, uno dei padri dell'arte contemporanea. Il *Baroque Egg with Bow* (Uovo barocco con fiocco), una delle sue opere della serie «Celebration», nella primavera dello scontento finisce battuto da Sotheby's, a New York, ad appena 5,4 milioni di dollari contro i 6 della stima minima. E il confronto con il *Balloon Flower* della stessa serie di giganteschi giocattoli, venduto meno di un anno prima da Christie's a Londra, è addirittura devastante: 25,7 milioni di dollari fu il prezzo per il grande pallone color magenta. Sarà stato un caso, ma a cedere l'uovo barocco, per una somma certamente inferiore alle attese, è stato un certo Daniel S. Loeb: professione, gestore di hedge fund. Si capisce che, come dice il famoso gallerista Larry Gagosian, «il mercato sia drasticamente cambiato». Quanto a Loeb, non compatitelo troppo. Socio quarantatreenne dei fondi Third Point LLC, nel 2003 aveva comprato un dipinto – titolo: *UNO-Gebäude Haus per la pax* – dell'artista tedesco Martin Kippenberger: nel 2005 lo ha venduto al solito Saatchi realizzando un guadagno del 500 per cento e incassando un milione di dollari. Senza nessuno sforzo, proprio come vendere derivati.

Eppure, al punto più basso della crisi – tra febbraio e marzo del 2009 – l'asta della collezione Saint Laurent realizza addirittura il record della più grande vendita di sempre per una singola raccolta. Per qualcuno, anche questo è un segnale che il peggio è alle spalle. Sta di fatto che in tre giorni di rilanci da Christie's a Parigi gli oggetti d'arte accumulati dal grande stilista francese e dal suo partner Pierre Bergé totalizzano 374 milioni di euro. Cifra colossale perfino ai tempi d'oro. Un doppio ritratto firmato Géricault raccoglie 9,02 milioni di euro, superando di un terzo la stima più alta. E oltre il doppio della valutazione più rosea è pagata la *Composizione con Blu, Giallo, Nero e Rosso* di Piet Mondrian, aggiudicata per 21,56 milioni di euro. 36 milioni di euro per un Matisse del 1911, 11 milioni per *Il Ritornante* di De Chirico, addirittura 21,9 milioni di euro per la poltrona disegnata tra il 1917 e il 1919 da Eileen Gray, in un curioso stile Barocco... Bergé esulta per i denari che affluiscono alle sue fondazioni benefiche. Christie's per le commissioni astronomiche. François Pinault, il miliardario francese proprietario della casa d'aste, non è evidentemente tra quelli che vedono calare il loro gruzzolo.

A proposito, e il «mago» Saatchi? Accantonati gli Young British Artists, il vecchio pubblicitario continua a fare e disfare mode e gruppetti. I cinesi hanno il vento in poppa con i collezionisti? E lui subito organizza una mostra. Anche questo mercato svanisce per lasciar posto a quello mediorientale? Nuova mostra, e nuovi acquisti massicci per proprio conto. Nemmeno Internet, ovviamente, gli sfugge: nel 2008 ha creato un megasito dove gli artisti possono mettere le loro opere in Rete.

E l'ultima novità, per rincorrere un mercato diventato più guardingo ed esigente, è di lanciare un concorso per giovani creativi britannici, una specie di *X Factor* per pittori e scultori: ai sei vincitori verrà garantito un posto in una prestigiosa accademia di Belle Arti, e al trionfatore unico è già assicurata una mostra delle sue opere prima a San Pietroburgo e poi a Londra. A casa o sull'isola, gli oligarchi russi – potenziali acquirenti – non avranno scampo.

I più ricchi? Sempre immigrati, a cominciare dai normanni...

Nella lista dei ricchi del Regno Unito i residenti di recente approdo fanno da un pezzo la parte del leone. Abramovich e Mittal, Al Fayed e Usmanov guidano la classifica dei più doviziosi di Gran Bretagna spesso senza nemmeno averne il passaporto. Ma dopotutto non si tratta di una grande novità. L'indiano Mittal e il russo Abramovich, al primo e al secondo posto nell'annuale classifica del *Sunday Times*, valgono oggi assieme quasi 18 miliardi di sterline. Bazzecole rispetto alla fortuna ammassata da un semisconosciuto emigrante francese dell'XI secolo. Quando morì a cinquantatré anni, più di nove secoli fa, Alan Rufus («il Rosso», in latino, dal colore dei capelli) lasciò un patrimonio che al giorno d'oggi varrebbe 81 miliardi di sterline. Non solo in Inghilterra ma sulla faccia dell'intero pianeta a nessuno probabilmente è mai riuscito di accumulare un simile tesoro.

Dobbiamo l'informazione a Philip Beresford e Bill Rubinstein, che hanno setacciato catasti immobiliari e archivi notarili per stilare l'elenco dei duecentocinquanta individui più ricchi della storia inglese, esclusi i monarchi.[8] Tra i dieci più danarosi di tutti i tempi, ben cinque sono... normanni! Insomma, immigrati o piuttosto, data l'epoca, invasori. E dunque si capisce che nella top 10 non figurino uomini d'affari ma piuttosto soldati, diplomatici, vescovi, ammiragli e generali. Quanto ai super-ricchi del Ventesimo secolo, per avvistarne uno in classifica bisogna arrivare al ventesimo posto, dove si trova appunto Lakshmi Mittal con i suoi 11 miliardi di sterline, o in dollari poco più di 19. Se il magnate indiano ha dovuto vedersela con le resistenze del monopolio francese dell'acciaio per riuscire infine a fondare il suo impero, ad Alan Rufus era toccato in verità un compito un po' più impegnativo. Gran parte della sua ricchezza derivava infatti dai 120.000 ettari di terra sparsi dallo Yorkshire al Cambridgeshire, dal Northamptonshire a Londra, e poi ancora

Norfolk, Suffolk, insomma uno Stato nello Stato: lo aveva ricevuto dallo zio Guglielmo il Conquistatore, primo sovrano normanno, come compenso per aver soffocato le ribellioni dei Sassoni nel Nord dell'isola.

Più o meno la stessa origine degli altri giganteschi patrimoni dei magnati normanni che guidano la classifica. Dopo Alan il Rosso viene infatti William di Warenne, primo conte di Surrey, e poi Robert de Mortain, il vescovo Odo di Bayeux (fratellastro di re Guglielmo) e Henry di Grossmont. In cima alla lista c'è anche Edward, il famoso Principe Nero che morì prima di ascendere al trono ma non senza aver messo da parte «risparmi» per 35 miliardi di sterline. E anche i santi del tempo si lasciavano talvolta tentare da Mammona: Thomas Beckett, l'arcivescovo di Canterbury fatto assassinare da re Enrico II, era riuscito ad ammassare 24 miliardi di sterline in valuta di oggi. Al momento del trapasso, nel 1093, il «numero uno» Alan Rufus era valutato 11.000 sterline: una cifra che, stando alle ricerche di Beresford e Rubinstein, equivaleva a più del 7 per cento del prodotto interno lordo dell'Inghilterra del tempo (e che oggi sarebbe pari, appunto, a un'ottantina abbondante di miliardi di sterline). Non c'è tycoon che sia riuscito a fare di meglio in seguito.

Torniamo alla Londra dei giorni nostri. Non potendo rifarsi sui sassoni, come difendono i loro patrimoni i super-ricchi insidiati dalla crisi? Il segreto, secondo i suggerimenti del *Sunday Times*, sta in un sandwich triplo da 100 sterline e in un modestissimo piatto di uova e prosciutto da 2 sterline e 99 pence. Poiché la Gran Bretagna appare sempre più una nazione di due estremi, ci sono parimenti fortune da fare offrendo beni di lusso ai «pochi felici» oppure articoli in saldo a una classe media sempre più «strizzata». È la lezione che viene dai soli tre superricchi tra i primi cento che non solo non hanno perso soldi nella bufera della crisi, ma sono anzi riusciti ad aumentare i loro patrimoni.

Il settantaseienne Mohamed Al Fayed sprizza euforia: «Recessione? Quale recessione? Non per Harrods, questa volta». E infatti. Sempre più labirintica caverna di Alì Babà, il grande magazzino di Knightsbridge offre in vendita un dipinto di Monet per 1,2 milioni di sterline. O, nell'adiacente dipartimento gioielleria, un paio di pantofoline ricamate di rubini al modico prezzo di un milione di sterline. Come vedete, l'eccesso non è morto. E anzi, continua a pagare. Le vendite di Harrods sono aumentate del 9 per cento nel 2008, e i profitti saliti da 34,8 milioni di sterline a 55,7: grazie soprattutto ai compratori arrivati dal continente, con più sterline da spendere in cambio dei loro euro. A loro Mr Fayed deve anche se la sua fortuna personale si è gonfiata di altri 95 milioni, toccando quota 650.

All'altro estremo del mercato macina soldi Sir Ken Morrison. Lui, settantasettenne ex capo di Morrisons, grande catena di supermarket, è un altro dei tre fortunati che nella tempesta della crisi invece di perdere ci ha guadagnato. Con 160 milioni di sterline incassate in un anno, il suo patrimonio è arrivato a 1 miliardo e 610 milioni. Come ha fatto? Semplice. La sua catena di 375 magazzini, costruita a partire da una bancarella d'ambulante, si è messa a vendere bottiglie di liquore Baileys a 10 sterline l'una. Un richiamo irresistibile per i pensionati e le arzille signorine dell'Essex innamorati persi della dolce mistura.

Non sono tra i primi cento, ma hanno seguito lo stesso schema alto-basso, Andrew Davis e Tim Martin. Il primo, proprietario di trenta alberghi di lusso incluso un castello in Francia e lo strepitoso palazzo di Cliveden nel Buckinghamshire, è l'inventore del club-sandwich più caro del mondo. Tre fette di pane scuro farcite di prosciutto iberico di maiale nero, scaglie di tartufo bianco, uova di quaglia e polletto di Bresse. Una bomba proteica: servito al prezzo di 100 sterline nel meraviglioso salotto di Cliveden, tra le vecchie boiserie di Maria Antonietta e le aristocratiche bellezze dipinte da Sargent, si è giustamente guadagnato il posto nel Guinness dei Primati. E contemporaneamente ha contribuito ad aumentare di 80 milioni di sterline nel

2008 la fortuna personale di Mr Davis, portandola a 290 milioni. Mr Martin invece è passato da 90 a 130 milioni di patrimonio seguendo la strada verso il basso. Nella sua catena di pub, che prospera a dispetto della recessione, prosciutto, uova e patatine arrivano in tavola ad appena 2 sterline e 99, accompagnate da una pinta di birra a solo 1 sterlina e 29. A questi prezzi non sono solo gli emuli di Andy Capp ad affollare le birrerie della catena JD Wetherspoon, ma anche parecchi apprendisti stregoni, ormai decaduti, della City.

I giovani ricchi oggi vanno cercati altrove, lontano dalla finanza creativa. Chi volete che si metta a fare il manager di una banca, adesso che la folla odia i grandi finanzieri come i sanculotti aborrivano i nobili dell'Ancien Régime? Sir Fred Goodwin, il boss della Royal Bank of Scotland, non sarà stato certo uno stinco di santo, e soprattutto incassò nel 2007 ben 4 milioni di sterline per condurre l'anno dopo la banca nel baratro del fallimento: ma le sassate contro i vetri di casa, e le minacce di giustizia sommaria, non saranno un po' troppo? «Siamo andati tutti in questo tempio chiamato denaro», ha detto John Sentamu, arcivescovo anglicano di York, a una cena dell'Associazione banchieri credenti. «Nessuno è senza colpa.»[9]

Mentre i finanzieri si interrogano (finalmente) sull'etica, le nuove fortune londinesi spuntano sorridenti e levigate tra gli attori, per cominciare. La diciannovenne Emma Watson, insostituibile Hermione Granger nei film di Harry Potter, ha già messo da parte la bellezza di 12 milioni di sterline. Non raggiunge ancora la soglia fatidica dei 55 milioni di sterline che la proietterebbero subito nell'empireo dei mille top ricchi, ma certo è un buon inizio. Si è portato più avanti il coetaneo Daniel Radcliffe, la star della serie nel ruolo di Potter: lui ha accumulato quasi tre volte tanto, 30 milioni di sterline. E anche piccole imprenditrici crescono. Ci sono novantasette donne tra i mille milionari al vertice, e molte di loro incedono aggressive sui tacchi alti venduti da Natalie Massenet. A quarantatré anni, l'affascinante Natalie gestisce Net-à-porter, abbigliamento d'alta moda via Internet, che vende a prezzi da saldo i capi dei migliori stilisti. Svelta a cogliere il segno dei tempi, la Massenet offre di consegnare ai clienti gli abiti firmati in semplici borse di carta marrone. La sua fortuna vale oggi 54 milioni di sterline, e la sua stella è in ascesa.

Divorzi, pomodori, la bionda polacca e il falso visconte

Può sembrare il titolo di un film di Pupi Avati, e invece la donna, l'uomo e i pomodori sono i principali elementi di una storia tragica, e a modo suo emblematica. Il nome di lei è Kinga Legg, ma da ragazza si chiamava Wolf, famiglia contadina di Opatówek, nel cuore della Polonia rurale. Lui invece si presentava così: «Salve, mi chiamo Griffin. Visconte Griffin». Sempre abbronzato, camicia blu con collo e polsini bianchi, abito sartoriale a righe corredato di bretelle rosse e cravatta in tinta, il «visconte» Griffin sapeva come affascinare l'ipotetico partner d'affari: «Ma vi prego, chiamatemi Ian... Non mi piacciono le cerimonie». Martedì 26 maggio 2009 la bionda Kinga, appena trentaseienne, è stata trovata picchiata a morte nel bagno dell'hotel *Le Bristol*, uno degli alberghi più lussuosi di Parigi. Ian, da due anni suo compagno, se l'era filata qualche ora prima sulla sua rombante Porsche 911, con l'avvertimento al portiere di non disturbare la signora in camera: «Dorme».

La fuga di Ian Griffin è durata non più di un paio di giorni. I suoi comportamenti si sono rivelati perfettamente in sintonia con la faccia abbronzata da cucciolone quarantenne. La polizia ha prima trovato la Porsche parcheggiata vicino alla casa dei genitori, a Warrington, e poi il fuggiasco al riparo di una tenda nel bosco adiacente. Che cosa sia successo nella camera del *Bristol*, e che cosa l'abbia spinto a massacrare di botte l'amante e a lasciarla nuda e senza vita nel bagno, forse non lo dirà mai davvero ad anima viva. Ma non è la fine della storia che conta. Piuttosto l'intreccio dei caratteri. E il contesto.

Quando crollano i mercati ci sono vite che ci restano sotto. Letteralmente, come in questo caso. Ma non solo. Ritorneremo alla cella e ai ricordi del «visconte» Griffin. Prima però sarà utile gettare un'altra occhiata ai quartieri-bene di Londra. Ci sono le imprenditrici alla Massenet che brindano, ma parecchie sue clienti invece si disperano. Sono le divorziate di lusso, che credevano di aver conquistato l'Eden con accordi di separazione sontuosi, e ora contemplano invece le rovine di Atlantide. La seducente prospettiva di una vita di capricci si inabissa con i patrimoni dei mariti divorziati.

Raymond Tooth, un sessantottenne con una simpatica faccia da mascalzone, è l'avvocato dei ricchi. Non c'è separazione multimilionaria a Londra che non sia passata sul suo enorme tavolo nel magnifico studio di Mayfair. Nell'ambiente lo chiamano affettuosamente «Squalo». Ne sanno qualcosa i mariti azzannati. Dall'attore Jude Law ha scucito una casa da 2 milioni di sterline e 15.000 sterline al mese per l'ex moglie Sadie Frost. Dal presentatore Michael Barrymore 3 milioni e mezzo di sterline per la ex, Cheryl. A Eimear Montgomerie, stufa dei tradimenti del marito, ha passato un assegno di 15 milioni di sterline firmato dal golfista Colin. E sono ancora noccioline, al confronto con il divorzio Abramovich. All'oligarca russo, Tooth – che difendeva ovviamente la ex moglie Irina – ha fatto pagare un miliardo e mezzo (sempre sterline, non rubli...). Adesso lo Squalo ammonisce le signore: «Restate con i vostri mariti». Ed esorta i gentiluomini: «Signori, divorziate ora, mentre la vostra stella è bassa. Risparmierete una fortuna...»

Il caso Myerson contro Myerson (Tooth sta con la moglie, ovviamente) è esemplare della minaccia che pende su molte signore beneficate oltre misura dalla finanza d'oro. Quando Bryan Myerson, tosto fund manager sudafricano, ha lasciato la moglie Ingrid e i loro tre figli, ha accettato di versare alla signora 11 milioni di sterline: precisamente il 43 per cento della loro fortuna di 28,5 milioni. La parte di Ingrid comprendeva proprietà in Sudafrica e un pagamento in contanti – una tantum – di 9,5 milioni di sterline. Al marito restavano invece, secondo l'accordo, le azioni della coppia nel fondo da lui gestito, Principle Capital Holdings. Il crollo dei mercati ne ha polverizzato il 90 per cento del valore, così oggi Mr Myerson, per onorare il suo debito residuo di 2,5 milioni verso la moglie, deve addirittura chiedere in prestito mezzo milione di sterline (che le banche non gli danno). Il povero ex ricco ha chiesto al giudice della High Court di Londra di rivedere l'accordo, ma ha perso l'appello. E in più ci sono le nuove spese legali.

L'avvocato Tooth digrigna soddisfatto le zanne in un sorriso sardonico. Lui di solito punta a una divisione 50 e 50, ma la conferma dell'accordo per lo sfortunato Myerson vuol dire 105 per cento del patrimonio alla signora, e una quota negativa per lui. Il giudice Thorpe ha motivato la decisione sostenendo che il manager aveva optato per una posizione speculativa: «Si è tenuto le azioni e ha ceduto i liquidi. Perché adesso la Giustizia dovrebbe venire in suo soccorso?» Ma Tooth sa che non tutti i divorziati sono aggressivi speculatori, e la crisi ha rosicchiato fette anche dei maggiori patrimoni. Perfino Paul McCartney, Bernie Ecclestone, Roman Abramovich potrebbero trovarsi nella condizione di non poter onorare i generosi impegni presi con le ex mogli. Succede già con nomi meno famosi. Molte ex consorti di finanzieri scoprono orripilate che il marito non paga più da mesi i cospicui alimenti concordati. I bonus sono scomparsi e lui semplicemente scarica il passivo sulla ex. Tempi duri, per le signore stufe di un'unione di facciata e per le cacciatrici di divorzio. «Potete rassegnarvi per un paio d'anni? Se riuscite a sopportarlo, fatelo», consiglia gratis l'avvocato Tooth. «È la più importante transazione finanziaria della vostra vita. Non sciupatela.»

I divorzi multimilionari e l'omicidio di Kinga Legg non hanno in comune solo la rilevanza nelle pagine di cronaca. Rivelano piuttosto gli angoli bui, gli aspetti meno scintillanti della fascinosa Inghilterra dei *roaring Nineties*. I «ruggenti anni Novanta» suggerivano agli osservatori più distaccati (pochi...) storie di frontiera, duelli da corsa all'oro. Spazi aperti agli avventurieri. Ricchezze rapide alla portata dei più furbi, o dei più svelti. Niente impacci, imbarazzi, remore morali. Come in una colossale ubriacatura collettiva, solo il conto in banca – o l'esibizione del lusso – serve a misurare il valore di una vita.

Mancare la ricchezza? Un'ammissione di fallimento. E quelli come Griffin preferiscono la fuga. Non dopo il delitto, ma prima. In un mondo, una vita immaginaria. Non è falso solo il titolo nobiliare, ma anche il mantello di rispettabilità e di ricchezza in cui Ian si drappeggia. La Londra opulenta conosce il playboy abbronzato e muscoloso che gira in Porsche e tiene ormeggiato sul Tamigi il motoscafo per le gite sul fiume. Nessuno sembra sapere che l'ex modello è finito in bancarotta da un pezzo, e oltre ai creditori lo cerca pure l'ispettore delle tasse, per un debito che sfiora il milione di sterline.

È la bancarotta che spinge Ian verso Kinga? Di fatto, la relazione comincia quando i guai per il businessman fallito si fanno più seri, e va avanti per due anni tra scenate di gelosia, sbronze a due, liti e vita di lusso. La giovane donna nata nelle campagne polacche sembra essere l'esatto contrario dell'inconcludente giovanottone inglese. Quel che lui sogna – ricchezza, successo – lei ce l'ha già, a poco più di trent'anni. Intelligente, spregiudicata, versatile – come spesso gli slavi – con le lingue. Alle spalle un matrimonio e due relazioni, entrambe con uomini di trent'anni più vecchi. E un fiuto per il business che le fa acquistare rapidamente una fortuna e uno stile di vita da tycoon occidentale.

Le traiettorie di queste due esistenze sembrano obbedire ineluttabilmente alla forza di gravità del denaro. Quello di Kinga è vero e sonante. Quello di Ian fantastico e rutilante. L'ufficiale giudiziario lo cerca, ma sul website Friends Reunited, «amici riuniti», lui continua a scrivere: «Non mi sembra necessario annoiarvi tutti con i miei incredibili successi durante gli ultimi diciassette anni. Voglio solo dire che se uno qualunque di voi è riuscito a realizzare anche solo una frazione di quel che ho fatto io, be', complimenti! Ma a essere onesti non mi pare che nessuno abbia concluso molto, a parte bambini, cani e pesciolini rossi». E dopo la firma, una nota: «Date un'occhiata alle foto, per ispirazione».

La acclusa galleria fotografica offre nell'ordine una villa con campo da tennis, una Lamborghini, una Rolls-Royce, una Ferrari rossa e una Mercedes SL argento. Non mancano yacht e motoscafi, e un ritratto del fortunato Mr Griffin che sorseggia champagne in un jet privato, con la seguente didascalia: «Il solo modo di garantirsi un piacevole volo di ritorno a casa senza scocciatori attorno è di acquistare tutti gli altri posti». E che sarà mai, per un uomo che si fa ritrarre come James Bond alla guida di un minialiscafo e proclama di galleggiare su una liquidità di 46 milioni di sterline?

Invece di oceani di denari, ci sono soltanto montagne di debiti. Dice un amico che se Griffin avesse avuto alle spalle un buon team, sarebbe diventato il nuovo Richard Branson. Ma c'è una differenza tra l'essere un imprenditore visionario e avere le traveggole. Il culturista di Warrington cerca di vendere macchine da abbronzatura integrale istantanea che in realtà lasciano i malcapitati chiazzati come un tasso. Ci riprova con GadgetMaster, tipica società Internet per la vendita degli aggeggi più curiosi, come appunto il minidisco volante sulle onde: l'idea fa rumore, ma non più del tubo di scappamento. La sola cosa che Ian sa vendere è la sua immagine di milionario fasullo.

Kinga la compra, e probabilmente sta lì la chiave della tragedia. Gelosa, possessiva, sospettosa delle vecchie amicizie femminili del «suo» Ian: al punto, sosterrà poi Griffin per difendersi, da riempire i telefoni di casa, e perfino l'auto di lui, di «cimici» per l'ascolto di tutte le conversazioni.[10] Che sia vero o no, la ricchezza della giovane polacca è la calamita che mette in moto la tragedia. Il suo patrimonio non ha né le dimensioni né la notorietà di quelli dei tycoon esteuropei sbarcati a Londra a metà dei Novanta. Ma per tanti versi la storia è simile. E soprattutto, anche lei è un prodotto di successo del crollo del comunismo.

Per cinquant'anni, in Polonia, suo nonno e poi suo padre hanno condotto una cooperativa agricola di nome Vegex, specializzata nella produzione e vendita dei pomodori. La ragazza, che sbarca in Inghilterra nel 1995 per sposare un semplice funzionario comunale di Preston, studia, viaggia e pianifica la sua scalata. Separazione, nuove unioni socialmente più rilevanti. Nel 2003, la svolta. Kinga ha un nuovo compagno, un multimilionario del Cheshire, ma soprattutto è lei ora a prendere le redini della Vegex: in poco tempo, la «giovane bionda molto alta, magra, flessuosa», come la descrive un'amica dell'Alderley Edge Tennis Club, trasforma l'impresa agricola. I 40 ettari della ex cooperativa diventano i principali fornitori di pomodori di grandi catene alimentari in Francia, Svezia, Gran Bretagna, incluse Tesco, Carrefour e McDonald's.[11] Un'altra conferma, insomma, che le donne dell'Est non sono soltanto lunghe gambe e lineamenti sexy.

Il denaro per Kinga non è più un problema. Quando incontra Ian, nel 2005, lui recita ancora la parte del milionario di successo. Ma probabilmente lei non ci mette molto a scoprire la verità. Ed è chiaro da dove vengono i soldi per una vita a cinque stelle. La villa da 4,5 milioni di sterline affittata a Oxshott, nel Surrey, per la quale paga un anno di pigione in anticipo (e si parla di 5000 sterline alla settimana, le macchine di grossa cilindrata, le vacanze programmate in Costa Azzurra).

Il 20 maggio il motor-yacht *Overdraft* arriva da Minorca nel porticciolo francese di Port Leucate, vicino a Perpignano: è un palazzetto galleggiante lungo 20 metri e Kinga Legg lo ha affittato per un mese, a 5000 sterline al giorno, con l'intesa che in caso d'acquisto l'importo le verrà scontato. Il programma prevede una crociera romantica con Ian tra le località dorate della Riviera, prima tappa Montecarlo per assistere il 24 maggio al Grand Prix di F1.

A Port Leucate, la milionaria polacca non ci arriverà mai. La sua breve avventura nella terra dell'oro finisce orrendamente tra le specchiere e i velluti del parigino *Bristol*. Nel garage della villa nel Surrey resta a impolverarsi la Mercedes da 100.000 euro, targata BOND, che Kinga non guiderà mai più. Mille chilometri a sud, nelle acque tranquille di Port Leucate, il panfilo per una vacanza di sogno si dondola vuoto. A scorgerne il nome, lei avrebbe certamente sorriso: *Overdraft*, in inglese, vuol dire «scoperto bancario».

3

Benvenuti a Chelsea. Pardon, Chelskij!

Il primo ad attraccare al porticciolo fluviale di Chelsea con un bastimento carico di soldi fu Roman Abramovich, nell'ottobre del 2003. Era il tempo in cui l'ex orfano siberiano presentava al mondo la sua immensa fortuna. E dunque comprava tutto. A qualsiasi prezzo. Il Chelsea Football Club per 128 milioni di sterline, per cominciare. Più altri 120 per rafforzarlo. E, ovviamente, casa a Londra, nuova capitale della finanza globalizzata. Il palazzetto di sei piani con la tipica facciata di mattoni su Eaton Square, il miglior indirizzo di Belgravia, gli costò considerevolmente meno della squadra di calcio: al duca di Westminster staccò un assegno di appena 28 milioni di sterline, che all'epoca – con il pound ancora fortissimo – valevano oltre 40 milioni di euro. Ben spesi, non c'è che dire. Da allora, grazie soprattutto all'incessante afflusso proprio di miliardari russi, il mercato immobiliare nei quartieri chic di Londra è schizzato alle stelle. Una corsa senza respiro, almeno fino al settembre del 2008.

Nella prima metà dell'anno della crisi, una grande agenzia immobiliare britannica come Knight Frank aveva venduto altrettante case oltre i 10 milioni di sterline quante nella prima metà del 2007. Poi anche il segmento dei super-ricchi ha dato globalmente segni di declino. A New York i prezzi delle proprietà più care – sostiene Pamela Liebman, amministratore delegato del Corcoran Group – sono scesi del 20-30 per cento. Cali a due cifre anche a Hong Kong, Singapore, Sydney. Ma le statistiche non sono fatte per i re Mida. E per quelli che volano sul Tamigi non c'è crisi che tenga.

Anzi, il collasso della Lehman Brothers, seguito dal naufragio delle maggiori banche d'affari del pianeta, ha fatto sparire dalla lista dei possibili acquirenti i papaveri della City desiderosi di indirizzi sempre più eleganti. E questo offre occasioni in più per chi di soldi certo ne ha persi ma siede ancora su montagne di quattrini. Knight Frank, che opera nelle aree più costose e ricercate di Londra, conferma l'aumento di doviziosi clienti stranieri che sperano di sfruttare contemporaneamente la debolezza della sterlina e le valutazioni ridotte.

Ridotte? Un momento.

La pesantissima flessione del mercato immobiliare – fino a meno 20 per cento – anche nelle aree più centrali della capitale tocca la gente comune, la borghesia benestante, perfino i ricchi con conti in banca pari a 5-6 milioni di sterline: quanto basta per investire magari un paio di milioni in un appartamento con tre camere da letto nel West End londinese. Ma i super-ricchi, quelli che i milioni li contano a decine o a centinaia, non vogliono più vivere nel «selvaggio» West End, che pure è da sempre il cuore dello chic. Adesso inorridiscono quando i mediatori propongono loro indirizzi lontani più di 800 metri da Hyde Park Corner: il che restringe la scelta a Belgravia, Knightsbridge, Mayfair.

A New York esigono appartamenti con vista su Central Park, oppure del tutto fuori città, tra le ville degli Hamptons. In Europa, Montecarlo o niente, e per l'inverno Alpi francesi. Mescolate il numero ridottissimo di località preferite con la crescita esponenziale della ricchezza negli ultimi vent'anni, ed ecco saltar fuori prezzi demenziali per chiunque, tranne per quelli che possono permettersi le proprietà di alto prestigio. Per loro il costo a metro quadro è un'informazione irrilevante. Pagare 20 milioni di sterline, o anche più, per un appartamento sembra assurdo alla stragrande maggioranza della gente. Ma questa cifra è solo una minima frazione del portafoglio di un miliardario.

Lucy Russell, direttrice di Quintessentially Estates, agenzia specializzata negli immobili di lusso, sostiene che «il mercato delle case tra i 5 e i 10 milioni di sterline comincia a soffrire un calo: ai compratori stranieri i consulenti finanziari suggeriscono di aspettare, per vedere quel che succede. Le compravendite attorno o sopra ai 20 milioni di sterline continuano invece ad andare a gonfie vele, giacché in questo segmento la domanda resta più alta dell'offerta». In poche parole, nel mattone londinese si è fissata, temo ormai per sempre, una vera e propria frattura tra il mondo dei guadagni normali – perfino molto elevati – e l'Olimpo della Superclasse, quella ridottissima élite internazionale che controlla e muove migliaia di miliardi di euro, di dollari e sterline. E può comprare un appartamento con una sola camera da letto per l'incredibile cifra di 128 milioni di sterline.

Non ci credete? Eppure, per questa valanga di soldi uno ha il privilegio di affacciarsi direttamente dal sontuoso giaciglio (chissà, foderato d'oro zecchino...) sul verde magnifico di Hyde Park. È lì, sul limitare del parco più famoso del pianeta, tra la ex caserma della Divisione della Guardia Reale e il grande magazzino Harrods, che da anni è in costruzione il complesso residenziale più lussuoso e costoso non solo della Gran Bretagna ma del mondo intero. Sono quattro brevi torri di sei piani, tutte vetro e acciaio, arredate dagli interior designer più di moda del momento, Candy & Candy. L'indirizzo è One Hyde Park, e conviene ricordarlo perché negli anni a venire sarà l'accampamento dorato della planetaria tribù degli eletti. Niente di più esclusivo sotto le stelle. Naturalmente, se l'unità più piccola supera i 100 milioni di sterline, immaginate quanto costeranno gli attici con sette stanze da letto che coronano ognuna delle torri.

Al cospetto, l'appartamento da 33 milioni di sterline in cui gentilmente mi conduce un'impiegata dell'agenzia Savills rischia di alimentare insopportabili complessi di inferiorità. Per fortuna aiuta a superarli la vicinanza a quei due templi dello shopping che sono Harrods e Harvey Nichols, su Knightsbridge. E dalla terrazza lunga 25 metri conforta la vista spettacolare di Hyde Park, del laghetto chiamato Serpentine, disegnato per la capricciosa regina Carolina, e in lontananza quella della esclusiva collina di Hampstead. L'interno pare anch'esso adeguatamente confortevole: cinque camere da letto ognuna col suo bagno supertecnologico, schermi al plasma e climatizzatori spaziali, fuga di saloni sfarzosamente arredati, sebbene in verità tipo albergo a cinque stelle (a quanto pare, lo stile preferito del nuovo ricco cosmopolita). Il tutto copre 5914 *square feet* calpestabili (o all'incirca 500 metri quadri), che «equivalgono», si premura di precisare l'agente, «a sette volte la superficie di una casa media di nuova costruzione». Questo sicuramente dovrebbe massaggiare l'ego ancora ammaccato dal confronto con gli adiacenti campi elisi di One Hyde Park. E dunque si suppone che il fortunato acquirente non batterà ciglio dinanzi a spese condominiali fissate in 70.000 sterline l'anno.

Questo pied-à-terre per proprietari di miniere d'oro è al decimo piano di The Knightsbridge, un condominio superlusso di 198 appartamenti costruito cinque anni fa. Ovviamente sono assicurati tutti i comfort: portieri gallonati, vigilanza 24 ore, domestici a disposizione, piscine e complesso sportivo e tv al plasma pure dentro gli ascensori, rigorosamente bordati di pelle apparentemente della stessa qualità delle borse di Hermès. E tutto questo al modico prezzo di 5579 sterline a *square foot*: se vi interessa sapere quanto fa al metro quadro basta moltiplicare per 11. Sì, proprio così, 61.300 e rotte sterline al metro quadro. Al confronto, perfino Montecarlo pare un buon affare.

A quanto assicurano gli agenti di Savills, più si sale verso i piani alti e più cresce la richiesta di appartamenti a The Knightsbridge. Gli stranieri – informa Alex Christian – sono per ora la maggior parte tra i visitatori del decimo piano, e da loro sono arrivate anche le offerte d'acquisto più interessanti: «non lontane un milione di miglia dal prezzo richiesto», specifica con una litote. Scambiandomi forse un istante per uno dei potenziali acquirenti, ci tiene anche a sottolineare che «a differenza degli appartamenti più piccoli e più bassi, le unità più grandi ai piani più alti hanno maggiori possibilità di conservare il loro valore». Lo ringrazio, lo saluto e gli assicuro che per il mio prossimo investimento a prova di recessione farò tesoro della sua informazione.

Bojarska Uliza, ovvero la zarina insidia la regina

Se esistesse, Bojarska Uliza vorrebbe dire «via dei Boiardi». A Londra, questo indirizzo non c'è, né in inglese né in russo. Eppure, almeno un paio di strade tra Kensington e Belgravia meritebbero di chiamarsi con il titolo che spettava ai magnati della corte zarista, e oggi si adatta a pennello ai nuovi potenti di Moscovia. In mancanza di questo aggiornamento topografico, i londinesi che sanno si accontentano di attribuire una scherzosa pronuncia cirillica – Chelskij – all'elegante sobborgo reale di Chelsea: è tra le case basse di questa ex zona d'artisti e le *mansions* vittoriane di Kensington che agli inizi del nuovo secolo si contavano almeno mille neomilionari russi, più di quanti ne fossero rimasti in patria. Nell'estate del 2008, subito prima che la Borsa di Mosca cominciasse la sua discesa negli abissi del meno 72 per cento, i ricconi dell'ex Paese dei Soviet possedevano una su cinque di tutte le abitazioni britanniche di valore superiore a 6 milioni di sterline. Nell'arco di un anno il numero degli oligarchi miliardari è certamente calato, come sostengono le statistiche e i bilanci delle loro società, ma non facciamoci trarre in inganno: non risulta che nessuno di loro abbia rimesso sul mercato regge e palazzi di cui ha fatto man bassa in Inghilterra (e in Costa Azzurra) nell'età dell'oro.

L'ultimo grande colpo sul mercato immobiliare londinese è del luglio del 2008, e porta la firma di Yelena Baturina. La ritroveremo, ovviamente, quando ci sposteremo a Mosca, giacché la quarantacinquenne signora è nientemeno che la moglie del sindaco della capitale russa, Yuri Luzhkov. Molto più giovane di lui, è pure la donna più ricca del regno di Putin: una vera zarina dell'edilizia postsovietica, valutata 1 miliardo e 600 milioni di euro prima del *credit crunch*. Suo è diventato, contro un assegno di 50 milioni di sterline (all'epoca 63 milioni di euro), un palazzo storico sulla collina di Highgate, con novanta stanze – comprese le venticinque da letto –, 3700 metri quadri coperti, un parco di tre ettari e quattro campi da tennis. Witanhurst, questo il nome della residenza, è la più grande di Londra dopo Buckingham Palace. Per fortuna, almeno la regina finora resiste.

Ma certo Elisabetta avrà ripensato, leggendo i quotidiani, ai giorni lontani in cui da bambina giocava su quei campi da tennis. Nostalgia, forse, di una Londra che non c'è più, travolta prima dalla guerra e poi dalla rivoluzione thatcheriana. Le grandi magioni, i *piles* – come li chiamano gli inglesi – acquistati oggi dai russi, furono il teatro della *roaring London* degli anni Trenta, il palcoscenico di ogni eccentricità di un'aristocrazia tanto più priva di freni quanto più vicina alla perdita del suo dominio sociale. C'è una sorta di storica fatalità nelle compravendite che consegnano oggi ai nipotini rinnegati dei Soviet l'eredità più preziosa della casta lungamente aborrita e combattuta.

Dubito che la signora Baturina, bionda ma tutt'altro che longilinea come da stereotipo delle sue connazionali, si sia soffermata su queste considerazioni. Da solida donna d'affari, ha pagato senza batter ciglio il 56 per cento in più di quanto l'immobiliarista Mr Cooper aveva versato al precedente proprietario di Witanhurst, uno sceicco arabo che ha venduto per «soli» 32 milioni di sterline. E appena messo piede nella hall, la tosta Elena si sarà certo soffermata a valutare gli urgenti lavori di restauro: cornicioni che si sbriciolano, buchi nel tetto, erbacce padrone del parco... Ma poi, al piano nobile, ecco i pavimenti di quercia, le pareti tappezzate di noce, i soffitti talmente alti da essere perfetti per un museo. E un salone delle feste che può ospitare centinaia di invitati, con vetrate che lasciano correre la vista sulla città adagiata ai piedi della collina, verso sud. A restauri finiti, e a recessione si spera superata, la proprietà potrebbe valere fino a tre volte il prezzo d'acquisto, 180 milioni di euro. A meno che, come si mormora, la signora sindachessa non intenda farne un museo privato dove alloggiare la sua inestimabile collezione d'arte.

Non è certamente la sola a coltivare, dietro l'apparente rozzezza dell'educazione, le ambizioni culturali di un principe rinascimentale. Anche maggiori, e con fondamento, quelle di Piotr Aven, che in Inghilterra preferisce farsi chiamare con il locale Peter. Sua è la più grande collezione privata al mondo di arte russa. Ma non è per proteggere icone sacre e tele di Kandinskij che la sua villa nel Surrey somiglia piuttosto a una fortezza. Da chi deve difendersi il colto, mite e miliardario Piotr Olegovich Aven?

Telecamere e filo spinato: castellano o prigioniero?

Il pezzo forte di Ingliston House, assicura chi l'ha disegnata, è la *panic room*, il rifugio a prova di bomba dove la famiglia Aven può rinchiudersi e sostenere un lungo assedio. Le scorte d'aria, di cibo e d'acqua sono costantemente rinnovate per durare almeno trenta giorni. Difficile che un'eventuale incursione di ladri possa prolungarsi tanto. Ma non sono i rapinatori ad animare gli incubi del padrone di casa. I fantasmi che lo perseguitano portano uno scudo e una spada: il vecchio simbolo del KGB. La polizia segreta sovietica è ovviamente morta. Ma sono vivissimi i suoi eredi dell'FSB, la Federalnaya Sluzhba Bezopasnosti, il servizio di sicurezza putiniano. Che con i critici o i nemici usa gli stessi metodi spicci della milizia politica sotterranea creata da Felix Dzherzhinsky e perfezionata da Lavrenty Beria. E qualcuno, nel tetro palazzo su *ploshad* Lubjanka, la piazza una volta dominata dalla statua del fondatore della Ceka, continua ad avercela col gentiluomo accasato sulle colline del Surrey.

Come accade con molti altri oligarchi, il nome di Aven è pressoché sconosciuto fuori dai circoli riservati del potere economico e politico. Al grande pubblico arrivano le gesta discutibili dei ricchi smargiassi, quelli impegnati a esibire lo yacht più lungo, l'aereo più potente, il castello più sfarzoso. Ma molti dei nuovi milionari ex sovietici coltivano invece una riservatezza al limite della paranoia: un'aspettativa di vita piuttosto bassa, e non per cause naturali, rende quest'allerta costante più una sensata precauzione che una mania di persecuzione.

Piotr Aven è il capo della più grande banca privata russa, la Alfa-Bank. Il suo impero include la metà moscovita di una joint-venture con BP, la British Petroleum. L'istituto di credito fa parte del gigantesco conglomerato Alfa Group (petrolio, finanza, telecomunicazioni), controllato da una ristretta cerchia di colleghi miliardari: Mikhail Fridman, German Khan, Aleksey Kuzmichev. La fortuna personale del banchiere con passaporto lettone è valutata da *Forbes* attorno ai 2 miliardi di dollari: eppure, per lui la magione inglese pare assomigliare più a un'assicurazione sulla vita che a una semplice abitazione, per quanto sontuosa.

Nel 2004, per 8 milioni e mezzo di sterline, ha acquistato un pezzo della tenuta di Wentworth, quasi 4 ettari vicino a Virginia Water, nel verdissimo Surrey. Ne ha spesi altri 15 per tirar su Ingliston House: una villa austeramente neoclassica progettata dal Robert Adam Group sul modello, addirittura, della celebre Rotonda del Palladio, vicino a Vicenza. Comoda, non c'è che dire, per la famigliola di quattro persone (Piotr ha moglie, Yelena, di professione storica, e due figli). Con i suoi 2700 metri quadri, sei camere da letto, suite riservata «per i nonni» – come si legge sulla planimetria – e un'intera ala destinata alla piscina coperta e alla palestra, non c'è proprio nulla che manchi. Nessun risparmio negli arredi, affidati a un designer spendaccione e alla moda come Nicky Haslam. E soprattutto nessun risparmio nelle misure di sicurezza.

Il bunker «antipanico» (o anti-FSB?) è l'ultima risorsa in caso di attacchi di sicari. Gli eventuali assalitori dovrebbero comunque vedersela prima con una rete di vigilanza all'apparenza impenetrabile. I dettagli vengono ovviamente tenuti segreti, però tutti sanno che una recinzione elettronica «intelligente» corre lungo l'intero confine della proprietà. Le ditte di costruzione tengono la bocca chiusa, i vicini meno: «Gli operai ci hanno detto che solo le ultime installazioni costano 1 milione e mezzo di sterline, per rendere l'edificio sicuro come una fortezza».

Peter Clements, consulente dell'azienda di sicurezza Templepan, uno specialista nella protezione dei vip, spiega: «I sistemi di individuazione degli intrusi, controllati da una centrale di sicurezza all'interno della proprietà, includono di solito raggi infrarossi, che formano un reticolo attorno al perimetro, e segnalano subito un movimento intercettato dal raggio. Ma è probabile che ci siano anche cavi microfonici in grado di rilevare all'istante suoni e vibrazioni da passi».[1]

Piotr Aven ha più di qualche ragione per rinchiudersi nel suo castello e tirar su il ponte levatoio. All'inizio degli anni Novanta, in piena era yeltsiniana, è stato viceministro degli Esteri, e soprattutto ha contribuito a formare il nuovo ministero del Commercio estero. Shatalin e Gajdar, gli economisti che tra scontri violentissimi disegnano il nuovo corso delle privatizzazioni postsovietiche, sono suoi mentori e amici. Ma l'amicizia che gli cambia la vita è quella con Fridman, boss dell'Alfa Group. Si ritrovano nel '94, dopo comuni frequentazioni giovanili di un club musicale, e presto il sodalizio si trasforma in partecipazione azionaria ad Alfa-Bank. Aven entra pure alla Duma, nelle prime elezioni parlamentari del 12 dicembre 1993, e ne esce rapidamente, per dedicarsi agli affari. Ma alla politica resta ancorato: inevitabilmente, in una Mosca dove i nuovi *biznessmen* lottano a mani nude per accaparrarsi le enormi ricchezze un tempo custodite nei forzieri di Stato.

Come funzionassero le cose, Aven lo lascia capire in una delle sue rarissime interviste, di qualche anno dopo: «Quando gli impiegati ricevono stipendi normali, ma prendono decisioni che riguardano milioni di dollari, allora si scopre la corruzione...» Paura che lo Stato reagisca, magari anche con misure estreme? «Io qui non ho paura. La eventuale pena di morte per corruzione è solo un retaggio di antiche tradizioni asiatiche. No, non è questo il nostro obiettivo».[2]

Nella stessa intervista Aven si definisce «un cinico. Ma il cinismo – secondo il mio modo di vedere – consiste nel saper guardare la verità... Gli affari sono un fatto di cinismo e tutti gli uomini d'affari sono cinici».[3] Lui non manca di darne prova a più riprese. Soprattutto nelle decisive elezioni presidenziali del '96: prima si schiera con il generale nazionalista Lebed, poi si ravvede e passa con Yeltsin. La ricompensa è una carriera folgorante, fino ai vertici del mondo finanziario.

Ma l'arena politico-economica della Russia postsovietica è luogo di scontri durissimi, e abbondantemente bagnato di sangue. Paradossi della storia: l'avvento di Krusciov alla testa del PCUS aveva finalmente bandito l'eliminazione fisica degli avversari nella vita pubblica dell'URSS, la fine dei Soviet ha invece reintrodotto l'assassinio come metodo di soluzione delle vertenze. Soprattutto d'affari. Nemmeno i miliardi bastano a fare barriera contro gli assassini a pagamento, specie se col training del vecchio KGB. Bisogna sempre prepararsi una via di fuga. L'esilio inglese, o magari un posto da primo ministro in un Paese baltico: nel febbraio 2009 si sparge la voce che Aven voglia candidarsi a premier della Lettonia, e subito dopo un fido assistente finisce licenziato. Solo un caso?

Come che sia, le costose misure di protezione adottate a suon di milioni a Ingliston House sono diventate standard nelle residenze inglesi degli oligarchi di Putin. Tanto più necessarie, sembrerebbe, dopo l'assassinio al polonio dell'ex spia sovietica Aleksandr Litvinenko, che dalle parti di Wentworth era peraltro di casa. È proprio lì che ha una magnifica residenza il suo ex datore di lavoro, il più celebre e antiputiniano degli oligarchi, Boris Berezovsky. E proprio un amico di Berezovsky, Alex Goldfarb, conferma che Aven ha tutte le ragioni di preoccuparsi: «La sola persona che protegge Alfa dalla famelica cricca dei generali dell'FSB è Putin, a causa della sua speciale relazione con la British Petroleum. Che cosa potrà accadere dopo, nessuno lo sa».

Ma Aven probabilmente lo sospetta. Se non altro, per esperienza. Il 14 giugno 2000 proprio lui raccoglie le firme di un foltissimo gruppo di industriali e finanzieri di primo piano per chiedere la liberazione del «collega» Vladimir Gusinsky, il primo oligarca a sperimentare la collera, e la galera, di Putin. Liberato, Gusinsky è riuscito a salvare la sua fortuna e a mantenere la sua influenza. Ma lontano da Mosca. Ora si divide tra Israele e Londra: saggiamente, era stato il primo magnate russo a trovarsi casa in Inghilterra.

«Una casetta piccolina, con il cinema e piscina...»

Magdalena Pleskacz sa quel che i russi vogliono. Almeno in termini di alloggio. Magdalena dirige Prospekt London, immobiliare per *high-flyers* – come gli inglesi chiamano gli ultra-milionari –, e a me il nome richiama subito il mio vecchio indirizzo moscovita, Prospekt Mira: sinceramente, tutto il contrario dello chic e dello stile delle case offerte in vendita da Magdalena. Il gigantesco condominio che ospitava il mio ufficio, e la mia abitazione da corrispondente della RAI, era amministrato dall'Upedeka, come si pronunciava l'acronimo dell'organismo statale incaricato di alloggiare noi stranieri sin dai tempi sovietici (UPDK). Un tozzo, massiccio e tetro edificio di epoca staliniana, tirato su negli anni Cinquanta – secondo la leggenda – dai prigionieri di guerra tedeschi: e proprio per questo, ritenuto dagli stessi russi più solido, meno raffazzonato e scadente dei contemporanei edifici costruiti da maestranze locali.

Ma la qualità mediocre è precisamente ciò che i compratori russi oggi non tollerano a Londra. Mrs Pleskacz assicura che le cose sono cambiate moltissimo dalla prima invasione di «nuovi ricchi» alcuni anni fa: «I gusti dei russi sono diventati molto più in linea con lo stile europeo e i compratori hanno sviluppato un occhio per la qualità più elevata. E questo riguarda tutto, dagli accessori pratici, come il garage o il forno, alle rifiniture, tipo ringhiere intagliate a mano e giardini con siepi arabescate».

Gli abitanti di «Londongrad», come la pubblicistica corrente ha ribattezzato la comunità russa tra Chelsea, Belgravia e Mayfair, non sono certo tutti oligarchi, ma sono sicuramente tutti benestanti. E molti, sia pure senza entrare nella lista dei supermiliardari, sono ricchissimi. Secondo le stime della Bank of England, i depositi dei sudditi di Putin nelle banche inglesi sono saliti da 5,8 miliardi di sterline nel 2002 a 14,4 miliardi nel 2004, alla fantasmagorica cifra di 49 miliardi a metà del 2006. È presumibile che il *credit crunch* ne abbia ridotto l'ammontare, ma la crisi non sembra aver affievolito più di tanto l'appetito per il lusso e per l'eccesso, che è storicamente una costante dei russi danarosi. E dunque, per vendergli a buon prezzo una casa occorre puntare su quello che James Taylor, del gigante immobiliare British Land, definisce il *wow-factor*, il «fattore-meraviglia». Bisogna in altre parole stupire, sedurre, incantare. Come una delle più eleganti e nuove abitazioni di Mayfair, un terra-tetto a Culross Street in vendita a *soli* 17 milioni e mezzo di sterline.

Il cinema nello scantinato non solo è indispensabile, ma è pure ben lungi dall'essere qualche seggiola di fronte a uno schermo rudimentale. La sala a forma di galleria è in verità uno dei migliori cinema di Londra. In un angolo splende un lucido Steinway nero a coda, accompagnato solo da due candidi sofà. Dalla parte opposta, poltrone girevoli in pelle morbidissima circondano una dormeuse tappezzata di scamosciato, sotto un soffitto illuminato come il firmamento. L'impianto stereo è di qualità incommensurabilmente superiore a quella della maggior parte dei cinema di quartiere. E per clienti sempre ossessionati dalla sicurezza, c'è un ultimo tocco irresistibile: la possibilità di trasformare lo schermo cinematografico in telecamere di sorveglianza, che possono anche essere controllate a distanza da ogni dove grazie a una semplice connessione Internet. All'altro capo della casa, all'ultimo piano, la suite da notte padronale, con stanza-guardaroba e bagno hollywoodiano, si apre direttamente su un terrazzo segreto: la vista spazia su tetti e camini alquanto dickensiani. «Questa», dice convinta Magdalena Pleskacz, «è la ragione per la quale i russi vengono a Londra: le tipiche case di città inglesi e le tradizionali vedute. Pagheranno sempre per una vista».

I numeri finora le danno pienamente ragione. Uno studio dell'immobiliare Knight Frank ha tracciato la crescita delle proprietà russe nella capitale a partire dai primissimi acquisti nel 2000: quell'anno i nuovi immigrati spesero appena 93 milioni di sterline, ma nel 2006 i ricchi di Moscovia possedevano già immobili per un valore di 2,2 miliardi di sterline. Una bella fetta di città, abbastanza per parlare – appunto – di Londongrad. Il trend ascendente non si è mai interrotto. Sempre la ricerca di Knight Frank stima che nei primi undici mesi del 2006 i connazionali di Putin abbiano comprato duecentoquaranta abitazioni di valore superiore al milione di sterline l'una. E la crisi, piuttosto che danneggiarli, li avvantaggia. Il rublo sarà pure una moneta malaticcia, ma il saggio *biznessman* ha provveduto per tempo a far provvista di dollari all'estero, e adesso, con la sterlina calata ai minimi, è tempo di fare shopping tra gli indirizzi più esclusivi di Londra. All'inizio del 2009, per i russi le case con il miglior codice postale della capitale erano il 43 per cento meno care che all'apice del boom del 2007. Insomma, un affare da non perdere.

E infatti. Ai vecchi investitori si aggiunge la gioventù dorata che viene a studiare a Londra: mamma e papà si preoccupano di comprare l'appartamento ai ragazzi, e i licenziamenti nella City offrono abbondanza di case vuote. A Chelsea Bridge Wharf, complesso nuovo di zecca che si specchia nel Tamigi all'altezza del Battersea Park, si sente parlare russo più che inglese. Magari non c'è il cinema incorporato. Ma molti esigono i nuovi garage ultratecnologici che vanno tanto di moda adesso. È l'ultimo gadget di chi non sa più che inventare. E di quanti non sanno più che chiedere.

Oh, il garage, il garage... Le rampe di lancio sottoterra non sono più confinate al mondo della fantascienza, non sono riservati ai Thunderbirds o alla Batmobile. «Un anno sui tre del nostro programma di costruzione al Lancaster Hyde Park se ne va nello scavo del parcheggio sotterraneo», dice John Hunter, amministratore delegato della società di costruzioni Northacre. Senza, risulterebbe difficile piazzare i settantasette appartamenti ricavati da un vecchio palazzo sul parco in stile rinascimentale. Dall'altra parte di Hyde Park, in quel famoso Number One che abbiamo già visitato, gli architetti fratelli Candy hanno creato il parcheggio più high-tech che si possa immaginare, compresi ascensori di vetro e acciaio capaci di ospitare una Mercedes Maybach.

Ancora niente rispetto all'opera veramente sbalorditiva realizzata da Nigel Boyd-Farquhar per un collezionista d'auto con villa nelle Home Counties, cuore della vecchia Inghilterra. Tra le macchine possedute dal facoltoso (è un *understatement*...) gentleman ci sono una Bugatti Veyron, una Ferrari, una McLaren e una Maserati, per citare giusto le più famose. In tutto, le dieci vetture supersportive valgono all'incirca 20 milioni di sterline, e il proprietario – un boss delle assicurazioni – è comprensibilmente ansioso in fatto di sicurezza. Ma poiché la villa si trova nel cuore della «cintura verde» d'Inghilterra, in superficie non si poteva costruire altro che la classica rimessa in stile tradizionale. La meraviglia sta sotto: «Uno deve semplicemente guidare l'auto sopra una piattaforma d'ascensore, e un sofisticato sistema computerizzato, che somiglia a un gigantesco juke-box, riconosce la vettura e provvede a sistemarla al suo posto numerato in garage», spiega Boyd-Farquhar. Garage? Ma queste sono piuttosto vetrine da esposizione! E del resto, dove esibire sennò, senza impolverarlo, l'ultimo modello di Rolls-Royce?

Meglio un castello Tudor o un uovo Fabergé?

L'arrivo degli oligarchi ha cambiato, come ci si poteva attendere, lo stradario della society londinese: chi frequenta chi, e dove. Ma anche le abitudini di interi quartieri. Miliardari che si muovono con un esercito di guardie del corpo non passano inosservati. Una flotta di superautomobili richiede pronti interventi di manutenzione. Personaggi capaci di spendere 80.000 sterline in poche ore di shopping, come è riuscita a fare l'ultima fidanzata di Abramovich, Daria Zhukova, stimolano la crescita di nuovi poli commerciali, perfino nelle più tradizionali zone residenziali. Comunque vada a finire, l'alluvione di ricchezza rovesciatasi dalla Moscova fin sulle sponde del Tamigi lascerà un segno duraturo sulla mappa della capitale. Anche se è improbabile che l'amministrazione comunale decida di ricordare con la tipica targa bianco-blu chi ha vissuto in quella certa casa, o proprio in quella strada.

Così cercherò di rimediare io con il breve elenco che segue. Un intrigante miscuglio di soldi, mattoni e capricci.

Leonard Blavatnik ha goduto l'indiscusso privilegio di aver sborsato il prezzo più alto mai pagato da un russo per una casa a Londra. Ma questo prima che Madame Baturina lo stracciasse, superando di ben 8 milioni di sterline i 42 versati da Blavatnik nel 2004 per la sua *mansion* da dieci camere da letto, al numero 15 di Kensington Palace Gardens, sulla strada chiamata non a caso «dei miliardari», Billionaire Row. Questo genere di gare al rialzo mi ricorda sempre la storiella sui «nuovi ricchi» che girava a Mosca all'inizio degli anni Novanta. Due *biznessmen* si incontrano per scoprire che portano tutti e due al polso lo stesso tipo di orologio Cartier. «Quanto l'hai pagato?» chiede il primo al secondo. E quello: «20.000 dollari». «Dannazione», fa il primo, «lo sapevo che mi avevano fregato. Io solo 15.000.»

Non so se Blavatnik se ne dispiaccia, ma credo proprio di no, comunque lui ha davvero fatto un affare: ha pagato la sua villa 2000 sterline a *square foot*, una miseria rispetto ai prezzi di oggi. Costruita nel 1855, la magnifica residenza vicino al palazzo reale di Kensington ha limonaia, piscina, palestra, bagno turco e aromaterapia, cinema (ovviamente...), climatizzazione computerizzata, nove bagni, una cucina tipo industriale per ricevimenti di massa e un garage per otto macchine. Il muro di protezione, alto quasi 10 metri, è sorvegliato giorno e notte da poliziotti armati. Anche se Blavatnik, cinquantadue anni, vive principalmente a New York.

La villa vittoriana di Yelena Franchuk non è al West End ma in Central London, e quanto a prezzo ha battuto davvero tutti gli altri oligarchi: 80 milioni di sterline per cinque piani e dieci camere da letto, acquistata nel febbraio del 2008. Ma la Franchuk, donna d'affari e filantropa, è ucraina e dunque tecnicamente fuori dalla competizione. Anche il suo nido, una volta scuola per fanciulle, è comunque niente male, attrezzato con il solito elenco di accessori indispensabili, compresa la *panic room* (pure l'Ucraina non è un posto tanto sicuro...).

Difetta tuttavia di fascino se paragonato al castello Tudor che Alisher Usmanov, padrone di miniere, ha comperato nel Surrey. La magione, che è monumento nazionale, ha 150 ettari di parco, dieci saloni da ricevimento e sei camere da letto. Fu costruita nel 1524 e re Enrico VIII la donò a Sir Richard Weston, un gentiluomo che si adoperò per mandare a morte Lord Buckingham, secondo i desideri di Sua Maestà. Usmanov non ha dovuto ricorrere a tanto per averla. Ma chi lo conosce bene assicura che non avrebbe esitato.

Roman Abramovich avrà anche perso un terzo della sua dozzina di miliardi (in sterline), oltre a subire un divorzio onerosissimo, ma continua ad ampliare il suo impero immobiliare. In parte per sé, visto che tra il 2005 e il 2006 ha comprato immobili per 50 milioni di sterline tra Knightsbridge e Belgravia. In parte proprio per far fronte alle esigenze di una famiglia sempre più «allargata»: alla seconda moglie Irina, abbandonata con la prole, ha dovuto acquistare per 18 milioni di sterline la tenuta di Fyning Hill, nel West Sussex. La casa principale è del

1920, ma c'è anche una seconda casa, sei cottage, un appartamento per la servitù e quattro per gli ospiti. Oltre ai soliti ammennicoli – cinema, piscina coperta e scoperta eccetera – Fyning Hill dispone di una pista per go-kart, un poligono per carabina, due campi da polo e uno da bocce. Sapete com'è, con i ragazzini che crescono...

L'invasione di oligarchi nel Surrey, l'angolo di campagna più vicino a Londra, ha prodotto sfortunatamente per i non milionari un'impennata dei prezzi. Un acro di terra, che è meno di mezzo ettaro, costa oggi fino a 3 milioni di sterline: che è forse la ragione per cui il padrone della vodka Stolichnaya, Yuri Shefler, ha deciso di monetizzare l'investimento. mettendo in vendita la villa Neo-Regency comprata a 8 milioni e 650.000 sterline nel 2005. Non ha invece nessuna intenzione di lasciare il suo regno nel Surrey Boris Berezovsky, il più controverso dei magnati russi, prima *kingmaker* di Putin e poi suo nemico mortale, ricambiato dal Cremlino con odio di pari intensità. Per questo ha chiesto e ottenuto asilo politico in Gran Bretagna, stabilendosi nel verde di Wentworth Park, una casa-maniero costruita dal celebrato architetto novecentesco Lutyens e circondata da una tenuta di un centinaio d'ettari. Prezzo del gioiello: sconosciuto, come molti particolari importanti degli affari di Berezovsky.

In piena Belgravia abita invece il tycoon dell'alluminio, quell'Oleg Deripaska che è stato per una stagione l'uomo più ricco di Russia prima di perdere il titolo – e più di 20 miliardi di dollari – nell'inverno della grande crisi. Ma Putin, che gli è amico, gli ha teso la mano (per ora...) e Deripaska può tenersi la splendida casa Regency, tutta stucchi e colonne, che si affaccia su Belgrave Square. Un pezzo di storia inglese è passata da quelle stanze negli anni Trenta: non solo Winston Churchill, ma anche re Edoardo VIII era un regolare visitatore del salotto dell'allora proprietario, il gran mondano «Chip» Cannon, miliardario angloamericano protagonista dello *smart-set* londinese d'anteguerra. La sala da pranzo Rococò in blu e argento, identica a quella del palazzo di Amalienburg, a Monaco, era il suo principale motivo di vanto. Il quarantenne Deripaska per fortuna l'ha conservata.

Bisogna osservare che lui ha pure anticipato le tendenze più recenti. Pare infatti, dalle più aggiornate segnalazioni degli immobiliaristi, che le candide case dalla facciata di stucco di fine Settecento o inizio Ottocento siano l'ultimo oggetto del desiderio dei russi superaffluenti: «L'equivalente dell'uovo Fabergé tempestato di gioielli, 'bolla' zarista d'elezione».[4]

PARTE SECONDA

La fiera degli eccessi

4

Oligarchi alla guerra del metro

Il dottor Clotaire Rapaille è antropologo-psichiatra a New York, e l'oggetto dei suoi studi al momento è ciò che definisce il «codice russo». Vale a dire, le associazioni inconsce che i russi fanno quando comprano prodotti di consumo: «C'è l'idea che hanno dovuto patire troppe sofferenze. Oggi si svegliano, lo comprendono e vogliono vendicarsi. E il lusso è la miglior vendetta». Teoria opinabile? Forse. Però aiuta a capire la rincorsa sfrenata a chi spende di più tra i nuovi boiardi di Putin.

È un autentico conflitto totale. Per terra, per cielo, per mare. Ecco, appunto, il mare. Uno immagina che al proprietario di un panfilo non resti che farsi cullare dalle onde. Errore. Se la barca è più piccola di quella del collega miliardario ormeggiata lì accanto, il piacere lascia presto il posto al disappunto. E dal disappunto alla guerra, il passo è breve. La vittoria si misura dal numero magico dei metri.

È il luglio del 2007 quando il giornale russo *Izvestia* riferisce con malcelato orgoglio le parole di Nick Griffiths, il manager inglese della maggiore società europea di brokeraggio nautico: «I clienti russi desiderano avere gli yacht più lunghi di chiunque altro. Vogliono gli alberi più alti e gli arredi più lussuosi».[1] Quest'anno il solito Abramovich li batte tutti, i vari Usmanov, Prokhorov, Potanin. E polverizza pure concorrenti arabi e americani. Solo lo sceicco Mohammed Bin Rashid Al Maktoum, principe regnante di Dubai, gli tiene testa. A loro appartengono infatti – consegna 2009 – i primi due panfili privati al mondo lunghi oltre 150 metri.

La «barca» dello sceicco si chiama ovviamente *Dubai* e si sa che è lunga 160 metri. Quella del *Wunderkind*, il bambino prodigio russo, è rimasta invece celata sotto il nome in codice *Eclipse*, e anche le dimensioni effettive sono state a lungo tenute segrete, per offrire al magnate la certezza di possedere davvero l'imbarcazione di lusso più lunga al mondo. Il record è stato difeso per ben ventidue anni dall'*Abdul Aziz*, il panfilo dei reali sauditi. Ma con i suoi 145 metri è ormai eclissato, di nome e di fatto, dalla barca di Abramovich: 167 metri e 60 centimetri, grande una volta e mezzo un campo di calcio. Per 300 e passa milioni di dollari, i cantieri tedeschi Blohm & Voss hanno prodotto non solo un gigante dei mari ma pure un gioiello di tecnologia avanzata. Nella pancia del vascello c'è un vero sottomarino, ultimissima moda tra i super-ricchi. E sui ponti, oltre a varie piste per elicottero, funziona anche un sistema di ricognizione antimissile. Non si sa mai fino a che punto può arrivare l'impopolarità quando accumuli una decina di miliardi di sterline.

Il petroliere siberiano si è dotato comunque di una vera e propria flotta. Ha cominciato con il *Sussurro*, lungo all'incirca 50 metri. È passato all'*Ecstasea* (86 metri), poi ha aggiunto il favoloso *Pelorus* (suppergiù 125 metri). Difficile batterlo sui mari. Ma la competizione è spietata, e in gara stavolta non ci sono soltanto i russi. Anzi, loro sono arrivati dopo. La rincorsa «al più lungo» è cominciata con i magnati americani. Non a caso, i porti della Florida e i mari dei Caraibi sono letteralmente ingorgati di superpanfili. Paul Allen, cofondatore della Microsoft, è stato tra i primissimi ad allestire una personale Invincible Armada: la *Octopus*, a sei piani, funziona da barca principale, ma in riserva c'è sempre la *Totoosh*, da 90 metri, e la *Meduse*, con i suoi più modesti 60 metri, sempre buoni comunque a ospitare parenti e amici.

La passione marinara del neofita Allen, crescendo assieme al valore delle azioni Microsoft, è stata il detonatore delle sfide di gigantismo nautico. Nel '97 il genio dei computer acquistò la sua prima imbarcazione extralarge, *Le Grand Bleu*, un 107 metri che cancellava i 95 della *Limitless* posseduta da Leslie Wexner, boss della Limited Brands Inc. (e di Victoria's Secret, lingerie di lusso). Ma Allen si accorse presto che 107 metri non gli bastavano e ordinò il fantastico *Octopus*, già sulla carta lo yacht privato più grande del mondo. Per 250 milioni di dollari, sopra e dentro c'è di tutto. Piscina, campo da pallacanestro, studio di registrazione, motoscafo veloce da 17 metri. E sottomarino, il primo del genere: per calarlo in mare, è stata allestita sotto coperta una speciale banchina presa a prestito dalla fantasia di Jules Verne.

L'*Octopus* non aveva nemmeno ricevuto ancora il battesimo del mare che Larry Ellison, il capo di Oracle Corporation, decise di lanciare il guanto di sfida. Ordinò allo stesso cantiere tedesco utilizzato da Allen un panfilo dal progetto segretissimo ma lungo non meno di 120 metri. Purtroppo per lui, al momento del varo l'*Octopus* risultò di ben 121 metri, e a quel punto la barca di Ellison cominciò ad allungarsi. Nel 2004 era finalmente pronta, e i 200 milioni di dollari spesi avevano prodotto uno scafo della lunghezza di 140 metri.

Dai Caraibi a Porto Cervo, l'ingorgo dei megayacht

Gli «anni ruggenti» a cavallo del millennio ricordano agli storici della nautica i *roaring Twenties* del Novecento, quando alle soglie della Grande Depressione degli anni Trenta i superricchi del tempo si dilettavano, pure loro, di barche gigantesche. Ma non a caso li chiamavano *happy few*, i pochi felici: il loro numero complessivo era largamente inferiore a quello di oggi, sicché non c'è dubbio che gli oceani non abbiano mai visto prima d'ora una tale concentrazione di megayacht. E di volgarità: *Tette* è il nome imposto al suo panfilo dal principe Jefri del Brunei, e *Capezzolo 1* e *Capezzolo 2* si chiamano le scialuppe di salvataggio. Nel 1998 furono commissionate all'incirca un centinaio di superbarche, nel 2008 quasi cinquecento.[2] Nello stesso decennio gli ordini per imbarcazioni superiori ai 45 metri sono raddoppiati, arrivando a oltre duecento l'anno.

I prezzi sono astronomici – dai 20 milioni di dollari per un 40 metri ai 75 milioni per gli 80 metri – e le spese di manutenzione sono ovviamente proporzionali: si calcola dal 10 al 15 per cento del costo d'acquisto, il che vuol dire che la gestione di un «modesto» 40 metri comporta l'esborso di almeno un paio di milioni di dollari l'anno. Si sa che in mare tutto costa dieci volte quanto in terraferma. Senza contare i rifornimenti che arrivano via aereo, i *bagels* da New York o gli *shproty* (acciughe sott'olio) da Mosca.

Ma certo nessuno che compri queste barche ha il problema del prezzo del carburante o dei salari dell'equipaggio. In media, ci sono tra le diciotto e le trenta persone di staff, e raramente gli ospiti sono più di sei. I grandi ricchi non amano starsene sul megayacht di un altro. Piuttosto, va di moda anche il ricorso alla «nave ombra», che è una specie di rimessa galleggiante in cui sono stipati i «giochini» acquatici e i veicoli di terra del califfo di turno. Ne ha una il magnate indiano dell'acciaio, Lakshmi Mittal: un bastimento da 80 metri che segue da presso l'ammiraglia carico di ogni genere di gadget. Sul *Paladin*, nave-appoggio acquistata da un ricco saudita, ci sono da quattro a sei vetture di gran lusso, moto d'acqua, motoscafi, un sottomarino, un elicottero, camera di decompressione, palestra. E pure una cella frigorifera, toccando ferro...[3]

«È una nautica da magnati russi», si lamenta nel sole di ottobre l'editrice Fiorenza Mursia alla vigilia del Salone di Genova 2008. Vera pasionaria del mare, anche lei se la prende con i «nuovi ricchi» di Mosca, che dettano inedite, sgradevoli rotte all'antica arte marinara. Tutta la filiera, insiste, «sta virando pericolosamente verso un'idea del mare e delle barche come privilegio di pochi». Pochi, però più numerosi, forse, di quel che si può immaginare. Nel settembre del 2008 i mercati finanziari sono già nella tormenta quando a Mosca, sul lago al centro di Gorky Park, apre i battenti lo Yacht Festival, a conferma della passione marina dei neofiti oligarchi. Nell'occasione *The Yacht Report*, bibbia delle superbarche, informa con ragionieristica pignoleria che nell'anno il numero dei megapanfili in costruzione o già ordinati in tutto il mondo arriva a 445. Dieci anni prima si fermava a 81.

Certo, alla Mostra Nautica di Mosca della primavera del 2009 il clima era diverso. Nel grande complesso espositivo alla periferia della capitale, il Crocus (una volta e mezzo la fiera di Genova), non c'era più traccia dell'ostentazione dell'anno precedente. Niente più stand a forma di yacht in dimensioni reali, con standiste procaci intubate in completini latex da pornoinfermiere. Niente più modelle lunghe-gambe tenute a mollo per un giorno intero nella vasca idromassaggio. Soprattutto, niente più folla di aspiranti capitani, ed espositori in calo da 230 a 160.

Ma i nuovi super-ricchi non passano dalle fiere. Vanno direttamente in cantiere. Il gigayacht se lo fanno tagliare su misura, e il costo standard di uno di questi dinosauri marini si aggira tra i 50 e i 90 milioni di euro. «Grosso modo, attorno a un milione di sterline al metro», specifica da Londra in valuta locale Jamie Edmiston, della Edmiston & Co., storica ditta della nautica di lusso. «Per quella cifra, si possono già avere eliporto, piscine e sala termale come dotazione di base».

Gli oligarchi, si capisce, vogliono molto di più. Non si accontentano di una barca dal fondo di vetro per i bambini. Vogliono il sottomarino, come Abramovich. E, come lui, anche i sistemi antimissile. Comprensibilmente, visto l'alto tasso di mortalità violenta della categoria, la sicurezza è in cima alle loro priorità. E sono, giura un altro broker, «decisamente ossessionati dalle barche. Non fai in tempo a finirne una che già ci trovano qualche difetto, e ne ordinano un'altra». Anche adesso con la crisi? «È più probabile che si sbarazzino di qualche casa piuttosto che cancellare l'ordine. Anche nei divorzi, il panfilo è l'unica cosa che rimane sempre all'uomo.»

«Ci sono ancora i ricchi», conferma lieto Mr Edminston. «E non li vedrete dar via i loro yacht.» Se succede, è solo perché ci fanno un buon affare. Come l'esiliato Berezovsky, che realizza una fortuna vendendo al miliardario arabo Abdullah al Futtaim il suo bastimento ancora in costruzione: 1200 metri di nave, definita un «hotel galleggiante», che il russo ha pagato 170 milioni di sterline nell'autunno 2008 e che gira ad al Futtaim per un assegno da 217 milioni. Guadagno netto, 47 milioni di sterline.

Dieci anni fa un'imbarcazione da 60 metri era già considerata stravagante. Oggi deve superare almeno i 90 metri per entrare nella lista delle top 100. Nemmeno la dimensione da sola è sufficiente per essere notati. La maggior parte di queste barche presenta una straordinaria dotazione di eccentrici optional. Lo è perfino il libro che ne fa l'elenco, *Superyacht*, un volume rilegato in seta dal costo di 2000 sterline, proprio il perfetto regalo da yacht. Nelle sue pagine i dettagli degli extra compilano l'elenco delle voglie di questi nuovi Capitano Nemo.

C'è chi sceglie architetti di grido come Philippe Starck per farsi progettare lo scafo. Oppure l'artista Jeff Koons, che ha appena disegnato *Guilty*, una «cosina» elegante da 35 metri. C'è chi pretende invece una «spiaggia» finta in legno di teak, che possa essere abbassata al livello del mare per tuffarsi o partire con lo ski-jet. Nessuno ha ancora richiesto un campo da tennis a bordo. Ma Hugo Andreae, direttore della rivista *SuperYacht World* informa che «i progettisti della ditta Wally stanno lavorando a uno yacht chiamato *Wally Island*, con un giardino pensile, come piace ai russi».[4]

Nemmeno la crisi ha tenuto lontano questi piroscafi privati dalle banchine di Porto Cervo, dove il panfilo del sovrano saudita si alterna a quelli degli altri principotti arabi. Ognuno di noi comuni mortali a passeggio sui moli ha avuto modo di assistere agli sbarchi di veri e propri commando per lo shopping nella piazzetta di Porto Cervo. Il portellone laterale dello yacht si apre per far planare dolcemente sulle acque piatte del porto lo shuttle già inzeppato di principesse e dame di compagnia, più guardie del corpo. Ai tavolini del caffè del *Cervo Hotel* i consumatori seguono distratti la carovana che si dirige dal molo verso le boutique sotto i portici, o direttamente alla gioielleria De Grisogono, ospitata nel celebre albergo comprato dal miliardario americano Tom Barrack. Nelle vetrine blindate, gli stessi sgargianti orecchini, gli stessi diamanti neri avidamente ricercati dai clienti milionari di Londra o New York, e adesso in vacanza in rada. Arabo e russo, si capisce, le lingue più parlate: nei negozi più costosi, anche prima dell'italiano. La spola tra Costa Smeralda e Costa Azzurra è incessante, e fra i transumanti di lusso non c'è distinzione di passaporto. Ma sono come sempre i russi a spargere il pepe dell'eccentricità sulle storie delle due Riviere.

Sulla spiaggia del *Voile Rouge*, a Saint-Tropez, tra i tavolini del night *Bâoli* di Port Canto, a Cannes, o del *Karement* a Monaco, gli habitué respingono come fantasie i racconti di feste selvagge, illuminate da festosi falò di biglietti da 500 euro. In Sardegna invece, culla del *Billionaire* (a proposito, niente male anche il 50 metri a vela del proprietario Briatore...), certe esibizioni di potenza finanziaria vengono accreditate perfino con una punta di civetteria. Nell'estate del 2008 tenne banco la festa di Ferragosto offerta dalla milionaria moscovita Eleni Boyko sulla sua barca di 61 metri, all'ancora a Porto Cervo. Ma malloreddus e seadas della cucina gallurese non le sembravano adatti alla sua tavola raffinata. Perciò il catering lo ha fatto arrivare direttamente da Cannes.

Spesucce da niente in confronto ai capricci messi in acqua dai connazionali più noti. Suleyman Kerimov, boss della Nafta, società petrolifera moscovita, in genere è alquanto discreto, ma sullo yacht non ha lesinato: 150 milioni di dollari per varare *Ice*, una meraviglia lunga 90 metri. Il petroliere Usmanov, che è anche editore del giornale *Kommersant*, si rivela un sentimentale e ha chiamato il suo yacht *Dilbar*, come la madre. Anche per il re dell'alluminio, Vladimir Potanin, la famiglia prima di tutto, ma per la superbarca nuova di zecca lui ha scelto invece il nome della figlia, Anastasia, tre volte campionessa del mondo di moto d'acqua.

L'ex russo più ricco di tutti, Oleg Deripaska, in mare si mostra il tipo più pratico: per «soli» 100 milioni di dollari, si è accontentato di comprare un «usato sicuro» da una società giapponese, la *Queen K*. Per l'equipaggio vige, a quanto raccontano, la disposizione rigidissima di non farsi vedere dai passeggeri: i marinai sono autorizzati a lasciare i propri alloggiamenti solo per le manovre necessarie. Chissà se l'ordine nasce dalla volontà di evitare chiacchiere malevole su certi ospiti. Sulla *Queen K*, per esempio, ha passato una piacevolissima crociera in Grecia l'ex commissario europeo per il commercio, il britannico Lord Mandelson. Intimità assai criticata dai giornali inglesi e negli ambienti dell'Unione a Bruxelles. Ma, dopo tutto, è anche a questo che servono gli yacht.

Crisi permettendo, si aspetta un nuovo botto, una barca capace di oscurare l'*Eclipse* di Abramovich. Un misterioso committente russo l'ha ordinata alla nostra Fincantieri, e per ora va sotto il nome in codice *Hull 6154*. Con i suoi 134 metri non sarà più lunga della concorrente, ma molto più sfarzosa sì. Presenti eliporti e sottomarino, va da sé. Ma qui i bagni saranno decorati in marmo e oro, Jacuzzi e palestra costruite in modo tale da affacciarsi sul mare da tutti i lati. Sembra già un racconto da *Mille e una notte*. Di russo in russo, Sheherazade ha abbandonato lo spartito di Rimskij-Korsakov per imbarcarsi con un oligarca.

Sulle ali dei capricci

Dall'acqua all'aria, dai bagni d'oro a filo d'onda alle toilette in pelle di coccodrillo a 10.000 metri d'altezza. Anche questa è vera, e la racconta Eric Roth, capo di un'azienda che allestisce cabine per jet privati nel New Jersey, a due passi da New York: «Il cliente mi chiedeva se potessi fargli l'asse del water di pelle di coccodrillo. Dissi: 'Eccome!'» 8000 dollari di spesa, per due pelli acquistate in Florida, e il riccone è servito.

Negli anni della cuccagna finanziaria il jet privato è rapidamente diventato il maggior simbolo di status per chiunque al mondo fosse veramente ricco. È così *flashy*, sfacciatamente esibizionista, che perfino il rapper P. Diddy, non esattamente un maestro d'eleganza, ha preferito rinunciarci. La regina d'Inghilterra invece ha *dovuto*, segno eloquente dello spostamento di potere, non solo economico, dalle vecchie élite ai nuovi potenti. Sua Maestà Elisabetta II non può più permettersi il Boeing privato – così come lo yacht *Britannia* – perché costa troppo. Per lei obbligatorio rassegnarsi a viaggiare su un volo di linea anche quando va in visita di Stato: affittato nella sua interezza, per carità, e non a basso prezzo, ma certo senza salottini e letti in oro zecchino che abbondano sui jet di molti suoi sudditi. Sir Philip Green, per esempio. Il proprietario di alcune tra le maggiori catene commerciali d'Inghilterra avrà pure perso 500 milioni dei suoi 4,3 miliardi di sterline, ma la consorte ha fatto in tempo, per il cinquantesimo compleanno, a regalargli il Falcon d'ordinanza.

Come per le superbarche, e forse anche di più, le vendite degli aerei privati sono schizzate alle stelle fino alla vigilia del grande crac. Qualche cifra per dare giusto l'idea. Dai 3,3 miliardi di dollari del 1995, gli acquisti di nuovi jet personali sono saliti a oltre 13 miliardi nel 2005. Le industrie che producono i Gulfstream, i Bombardier, i Dassault hanno venduto 750 aerei nel 2005, più del doppio rispetto a dieci anni prima. I prezzi hanno seguito lo stesso andamento. Nel 1995 il Gulfstream più caro era il G4 da 27 milioni di dollari, ma adesso di milioni ne occorrono 47 per il G550. Con 13 milioni portate a casa solo un G150, considerato un aereo per principianti.[5]

I grandi ricchi, ovviamente, non si accontentano nemmeno di velivoli da 18 posti. Vogliono veri bestioni dell'aria. Che ci crediate o no, nel solo 2005 sono stati venduti a privati una ventina di giganteschi Boeing 747. La moda è stata lanciata dai fondatori di Google, Sergey Brin e Larry Page. Comprarono un Boeing

767 da 224 posti e lo riadattarono per soli 50 passeggeri. Poi è arrivato Abramovich, e di 747 se ne è comprati due, trasformandoli in sontuosi palazzi volanti. La mania di personalizzarli in ogni dettaglio ha contagiato tutti i proprietari. Per gli arredi del loro jet sono disposti a spendere delle fortune: anche 12 milioni di euro, rispetto ai 50 che hanno pagato per il velivolo.

Ha fatto tendenza il jet griffato. Ci sono quelli che portano tra le nuvole la firma di Versace: una greca che avvolge la fusoliera. La *maison* di via del Gesù si è specializzata nel business. In accordo con lo stile di casa, progetta pure gli arredi del jet. Ma la spesa va dai 40 milioni di euro in su. Non tutti se li trovano in tasca. Per chi può firmare assegni di pochi milioni, c'è pur sempre la soluzione dei VLJ, i *very light jet*, piccoli aerei per piccole distanze, dai 4 milioni e mezzo di dollari del Cessna Mustang al milione e mezzo scarso dell'Eclipse 500, costruito in New Mexico. Con il bel tempo, vola.

Il signor Roth, che abbiamo visto prima occuparsi di water ricoperti di pelle di coccodrillo, è naturalmente una miniera di racconti sulla ossessione dei miliardari per arredi e rifiniture. Lega d'oro e rame per i pomelli delle porte e le fibbie delle cinture di sicurezza, credenze riempite di porcellana Versace, argenteria Christofle e cristalleria Lalique, tappeti orientali di lana e seta... Particolare attenzione richiama pure, a quanto pare, la giusta venatura del legno per la cabina. Una ricca americana, proprietaria di un Gulfstream IV, spese 30.000 dollari di viaggio per volare in Indiana, a scegliersi il pezzo di radica che desiderava.

Nessuno può capire i suoi turbamenti meglio di un proprietario di Rolls-Royce. È così difficile optare per una delle oltre 140 venature di radica che l'auto più celebrata del mondo offre ai suoi clienti. Sono spesso gli stessi che raggiungono l'area di parcheggio del loro jet privato a bordo dell'ultimo modello di Phantom. La nuova opulenza ha riportato la Rolls al suo posto tra i simboli di status dopo qualche decennio di sofferenza. Alla fine degli anni Sessanta, la controcultura hippy aveva reso assai impopolare l'esibizione di ricchezza. La Silver Cloud dai paraurti barocchi e la Nike d'argento sul cofano facevano troppo monarchia britannica perché gli affluenti del tempo volessero usarla. L'auto dei re cercò piuttosto di mimetizzarsi con modelli sobri, anziché stupire. Finché la BMW non l'ha acquistata, proprio in contemporanea alla nascita della Superclasse globale. E farsi notare è precisamente quel che i ricchi tornano a desiderare.

Pur con il mio modestissimo conto in banca ho avuto il piacere di guidare la nuova Phantom, lanciata nel 2003. All'epoca ero corrispondente della RAI da Londra, e accolsi con entusiasmo l'invito a visitare con la mia troupe televisiva lo storico stabilimento di Crewe, dove si assemblano i pezzi prodotti ormai in Germania. Ma lo stile non cambia. All'ipotetico acquirente si offre la scelta tra oltre cento tipi di pellami, l'altezza della moquette, il genere di radica per i profili delle porte e i cassettini interni, e qualsivoglia altra caratteristica personalizzata. Alla fine il prezzo può anche raddoppiare, ma se vi accontentate del modello base, con 250.000 sterline ancora ve la cavate. Tempi d'attesa? Anche più di un anno, quando l'economia tirava.

«Il bello di questa macchina è che non c'è bisogno dell'autista per guidarla», mi dice a Crewe il simpatico addetto stampa, «anzi, sarebbe sciocco lasciargli tutto il piacere.» È quello che ripete a tutti i possibili compratori, perché anche agli esperti di marketing è chiaro ciò che la sensibilità di scrittrice fa intuire a Margaret Atwood: oggi il ricco sfondato «è un narcisista egocentrico e non è colpa sua: è cresciuto circondato da messaggi pubblicitari che gli dicevano che se lo meritava e lo doveva solo a se stesso».[6] Non faccio parte della categoria, ma quando il giovane pierre ordina allo chauffeur David di scendere dalla macchina e cedermi il posto, sono felice come un bambino in attesa di Babbo Natale.

Sei metri di lucente carrozzeria, un peso di 2 tonnellate e mezzo, eppure la Phantom fila come una libellula, grazie a un motore da 453 cavalli. In 5,7 secondi passa da zero a 100 chilometri, e voi nemmeno ve ne accorgete: uno speciale meccanismo isola la scocca e riduce a niente le vibrazioni. Basta un dito per far ruotare il volante, e alla fine del giretto per la campagna inglese confesso un certo rammarico per la momentanea mancanza di 250.000 sterline.

La Rolls-Royce non è rimasta sola a giocarsi la carta del superlusso. C'è la Bentley, che con il coupé Continental GT è diventata in Inghilterra la macchina dei calciatori milionari: ce l'hanno sette su undici delle star del Manchester United. Che volete che siano 200.000 sterline per un Ronaldo che in tre anni ne ha spese 2 milioni in auto fuoriserie.

Anche la Mercedes è della partita. Per esempio, ha riesumato la Maybach, la regale berlina che comincia a riempire i garage a juke-box dei manieri di campagna inglesi. Negli anni Venti e Trenta il modello era un altro simbolo di sfarzo, ed è tornato a esserlo. Lunga oltre 6 metri, può volare fino a 250 chilometri all'ora, al costo base di 358.000 dollari, più della Phantom. Frigobar nel salone posteriore, portachampagne retrattile con calici, poggiapiedi estensibile e sedili che offrono perfino la modalità «massaggio». Unico movimento percepibile su questo genere di macchina.

Specchio, specchio delle mie brame...

Avviciniamoci un po' verso casa. Anzi, prendiamo direttamente l'aereo per Milano. Scegliete il bar di un qualsiasi grande albergo a cinque stelle per consumare l'aperitivo serale. Sì, i signori del tavolino accanto, che non smettono mai di fumare negli occhi di due stupende bionde dalle gambe infinite, parlano proprio russo. È abbastanza probabile che siano sbarcati tutti assieme da un jet privato. Affollano il *Bulgari Hotel*, il *Four Seasons* in via del Gesù, il *Principe di Savoia* o meglio ancora il *Baglioni*, che ha l'entrata posteriore proprio su via della Spiga, porta d'ingresso al quadrilatero della moda. Ma tanto, se soggiornano un po' più lontano, noleggiano una Maserati quattro porte con autista che li accompagna a far shopping.

Cavalli, Dolce & Gabbana, Versace, Armani... Qui anche le

commesse arrivano da Mosca. Se è per questo, anche il nuovo cameriere del caffè alla moda, dai capelli impastati di gel e – sospetto – un fondo di autoabbronzante, parla italiano con un marcato, simpatico accento russo. Pure il giovane portiere del *Miramonti* a Cortina e la gentilissima receptionist del *Cervo* in Costa Smeralda tradiscono impeccabile idioma moscovita. Chiunque venda lusso, sa bene che i clienti più ricchi e più disposti a spendere devono potersi sentire a casa, a cominciare dalla lingua. E dunque, *dobra pozhalovat*, benvenuti, signori e signore, anzi *gospodin y gospozha*, così tanto chiacchierati «nuovi russi» che generosamente contribuite a tenere a galla la barca Italia.

Ignorano l'*understatement*, l'eleganza del sottovoce? Non sanno che per il vecchio George Brummel un gentiluomo veste sempre in modo tale da attraversare un mercato senza farsi notare? Per le élite odierne, almeno fino alla crisi, vale semmai proprio il contrario: esibire, colpire, stupire. A che serve la ricchezza senza le sue manifestazioni? E meno male che, nonostante l'inverno dello scontento, sono ancora in tanti a Mosca a pensarla in questo modo. La Russia è il secondo mercato per la nostra alta moda femminile: dei 6 miliardi e rotti di export, quasi il 10 per cento arriva dall'ex Paese dei Soviet, che si piazza secondo subito dopo la Francia. Esportiamo stile, importiamo modelle.

Purtroppo l'amore ha condotto Natalia Vodianova a Londra anziché a Milano. Dico purtroppo perché Natalia, con la sua aria da bambina imbronciata, è giustamente considerata una delle donne più belle al mondo. E a Milano sì, ci viene, ma giusto per sfilare, da modella qual è tra le più pagate del pianeta. Non che abbia davvero bisogno dei tanti soldi che guadagna (secondo *Forbes*, 4 milioni e mezzo di euro solo nel 2008): ha sposato uno dei più bei nomi d'Inghilterra, Justin Portman, erede di una famiglia di visconti che possiede mezzo quartiere di Marylebone, nel centro di Londra. Ma i soldi – dice – per lei non stanno al primo posto: «Non ne ho mai avuti e sarei felice anche con pochissimo. Quando ho cominciato cercavo soprattutto il successo, per allontanarmi da un posto in cui stavo solo sopravvivendo».

In un certo senso, una sopravvissuta è precisamente quel che Natalia è. Sopravvissuta alla miseria, alla fame, alle offerte facili dei *biznessmen* di una Russia senza più regole, anche morali. Prima di sbarcare a Mosca, e da lì volare verso la celebrità, Natalia viveva in un paesino vicino a Nizhnij Novgorod, a est della capitale, nella sconfinata e piatta campagna russa. A sei anni puliva casa, andava a fare la spesa e tornava ad aiutare la madre, che vendeva frutta al mercatino sulla strada. Come questa esile Cenerentola sia arrivata sulle copertine delle più prestigiose riviste patinate, ha a che fare con la seduzione e il destino, due forze largamente incognite. Un'amica aspirante indossatrice la spinge a Mosca, verso una scuola per modelle, un'agenzia fotografica la individua e ci scommette. A diciassette anni, nel 1999, vola a Parigi. Diventa subito il volto di Chanel. A diciannove anni Gucci ne fa la testimonial del suo profumo, seguono Guerlain, Saint Laurent e Vuitton, Calvin Klein e via enumerando.

Come tutte le favole, anche questa per essere completa deve offrire un finale con principe azzurro. Natalia si accontenta di un visconte, che le dà tre amatissimi bambini. E una vita di castelli e loft sparsi in tutto il mondo, come si conviene ai Portman, vecchia famiglia dell'aristocrazia britannica. Una tenuta di 20 ettari nel Sussex, un appartamento trendy a New York molto frequentato dal marito pittore, una magione a Londra e una casa di vacanza in Uruguay. La bambina poverissima di Nizhnij oggi non è solo l'immagine stessa della bellezza, ma anche una donna d'affari intelligente e determinata. Se Cindy Crawford si è messa nel business della forma fisica, e Liz Hurley ha dato il suo nome a una linea di costumi da bagno, lei ha iniziato a disegnare lingerie. Se vi capitano sott'occhio le foto che la ritraggono, vestita solo di mutandine e reggiseno in raso rosa e fiocchetti grigi, capirete che sa quel che fa. Ne sono più che convinti i manager del gruppo francese Etam, che vendono i suoi capi. Nel maggio del 2009 l'inaugurazione della prima linea, nella boutique Etam di rue de Rennes, scicchissimo Settimo Arrondissement di Parigi. Ai giornalisti Natalia spiega: «Gli uomini sono come bambini. Vedono i dettagli, si incuriosiscono e ti chiedono: 'Cos'hai addosso?'»[7]

Se un gruppo come Etam, con 3300 punti vendita nel mondo, decide di investire ancora in piena crisi, vuol dire che, a dispetto di qualche crepa, la fortezza-moda ancora tiene. Piuttosto, la fine della finanza a credito, con relativi bonus milionari per ragazzini imberbi e manager furbacchioni, ha prodotto una selezione ulteriore nel mercato del lusso. I veri ricchi abbandonano i grandi marchi che anche grazie a loro sono diventati un comune oggetto del desiderio. Addio Gucci, Tod's, Hogan e Prada, e gli altri della filiera, brand anche cari ma ancora per tutti, motori fuori giri di un'industria del lusso di massa valutata 125 miliardi di euro. Cosmetici, abbigliamento, accessori di pelle, tutto ciò che indica uno stile di vita agiato ma certo non da super-ricco. Come la lingerie di Natalia: capi un po' rétro, con tocchi alla Marilyn Monroe, ottima qualità («chi spende molto, per prima cosa tocca quel che sta per comprare...»), ma tutto a prezzi accessibili. Il contrario di quel che cerca un autentico Creso: l'inaccessibilità.

Perciò non pensate che la biancheria femminile di vero lusso porti la firma della Vodianova, o nemmeno quella più raffinata e famosa di Victoria's Secret. La nuova tendenza per ogni Lady Miliardo è l'intimo su misura, seguendo l'esempio di una eletta schiera di stelle dello spettacolo (e dunque, anche, milionarie in proprio...). Monica Bellucci: per un baby doll di pizzo e tulle trasparente nero, almeno tre prove. A Juliette Binoche servono quattro sedute per il reggiseno preferito, modello Gilda, con inserti di raso color carne.

Quattro prove anche per la guêpière indossata da Catherine Zeta-Jones, mentre ce ne vogliono addirittura cinque per il modello moiré che piace tanto a Isabelle Huppert ed Emmanuelle Béart. Prezzi: 200 euro per lo slippino, da 650 a 900 per il reggiseno a balconcino, 1000 per un microtop, 2000 euro per una camicia da notte. Volete l'indirizzo? Parigi, rue Cambon, nell'esclusivo Faubourg Saint Honoré, a due passi dal palazzo dell'Eliseo e da Carla Bruni-Sarkozy. È lì – informa Dana Thomas, corrispondente parigina di *Harper's Bazaar* – che Poupie Cadolle, discendente di Herminie, inventrice del reggiseno, vende alla crème del pianeta slip e culotte tagliati addosso.[8]

Sarà perché snobbati dai super-ricchi che gli stilisti francesi adesso invocano «il ritorno ai valori»? Affiora una doppia tendenza, contrastante. Sembra un ossimoro ma esiste un mercato del lusso di massa, ed è quello che oggi affronta una evidente contrazione. Anche i suoi marchi di maggior tradizione denunciano difficoltà: Vuitton ha rinunciato per ora ad aprire a Tokyo quello che sarebbe stato il più grande e scintillante dei suoi negozi, Chanel ha tagliato duecento posti di lavoro a Parigi, in Italia Luxottica soffre la riduzione delle esportazioni per l'America... Al contrario, il circuito ristretto degli uomini d'oro punta a vertici di raffinatezza e a nuovi record di spesa. Sono i Paperoni che resistono al tornado del *credit crunch*. A dispetto del vortice finanziario, a fine 2008 è cresciuto il numero dei fortunati con redditi tra i 4 e i 24 milioni di euro. E il World Wealth Report ha registrato tra il 2006 e il 2008 la bella cifra di 8,3 milioni di milionari, con patrimoni che assommano a 240 miliardi di euro. Sai quante guêpière su misura...

E fosse solo l'intimo. La mania della griffe sempre più personalizzata è all'origine delle fortune più recenti di modesti artigiani trasformatisi rapidamente in mito. Chi conosceva il calzolaio Jimmy Choo prima che la geniale ex signora Mellon, col fiuto degli affari tipico di una famiglia di finanzieri, eleggesse i suoi tacchi-stiletto assassini a *must have* della nuova aristocrazia danarosa? E che ne sarebbe del catalano Manolo Blahnik se le ragazze di *Sex and the City* non avessero fatto delle sue calzature un'arma di seduzione di massa?

Ma oggi, tra le valchirie che calpestano i tappeti dell'*Hôtel de Paris* a Montecarlo o il selciato dell'esclusiva Avenue Montaigne a Parigi, non sei una vera ricca se ai piedi non porti una creazione del mago Christian Louboutin. Nessuno come lui riesce a personalizzare le estremità più celebri. Vedere per credere. Basta provvedersi di una copia di un qualunque settimanale patinato e si possono ammirare le Louboutin di Victoria Beckham, che le vuole con intarsi d'oro e materiali speciali, dalla lana mohair al satin. Mary-Kate Olsen e Lindsay Lohan non rinunciano mai alle loro Very Privé con 12,5 centimetri di tacco, ma – mi raccomando! – rigorosamente decorato di pizzo. Per Christina Aguilera e Hilary Duff il modello preferito sono le Bruges in pelle lucida: il tacco chilometrico però deve essere tempestato di pietre.

Ai capricci sempre più complicati dei miliardari non ha la forza di sottrarsi nemmeno un colosso come Hermès. I foulard carré di serie e le tradizionali borse – perfino in coccodrillo a 12.000 euro – sono ormai roba per borghesi benestanti ma nulla più. Per «loro», quelli senza limiti di spesa, il tempio della pelletteria mondiale si è piegato a fare di tutto: borse come custodie per violino, rivestite all'interno di foulard con il celebre marchio, oppure set di valigie demenziali per clienti giapponesi, decorate con personaggi dei Pokémon.

I gioielli non fanno eccezione alla tendenza che impone l'obbligo del «su misura». Perciò affari a gonfie vele per un «creativo» d'eccezione come il celebre gioielliere Boucheron di Place Vendôme a Parigi, con succursale all'angolo di New Bond Street a Londra. Nei saloni scintillanti della sede parigina, giusto di fronte al famoso hotel *Ritz*, è passato tutto lo smart set, i gran signori del Novecento. Lì Wallis Simpson, divenuta duchessa di Windsor, sceglieva le sue spille più belle. Lì principi di Galles e maharaja indiani, Rockefeller e Astor e Vanderbilt, insomma i titani della ricchezza planetaria, hanno lasciato larghe porzioni delle loro fortune.

Ma adesso se possibile va pure meglio, confessa lieto Boucheron: «La produzione su ordinazione è cresciuta al ritmo del 15 per cento all'anno». L'elenco delle clienti speciali presenta in prima fila un plotone di bellissime hollywoodiane (ma solo perché le altre gentildonne lontane dalla celluloide preferiscono prudentemente conservare l'anonimato). Julianne Moore e Anne Hathaway hanno chiesto collane a foglie larghe e smeraldi. Cameron Diaz un anello d'oro bianco assolutamente unico, con un pavé di zaffiri cabochon. Un orecchino floreale con rubini e diamanti è invece destinato a quel giglio flessuoso di nome Nicole Kidman. Cifre? Non se ne fanno, da Boucheron.

Non fa misteri invece Jean-Michel Duriez, profumiere da Patou. Ha creato un'essenza *ad personam* per la quale riceve ordinazioni da tutto il mondo. Lui imbottiglia in speciale cristallo Baccarat e spedisce l'alchemica mistura all'indirizzo di casa. Prezzo? 55.000 euro. Purtroppo, non la vendono a gocce.

5

Tornano i sanculotti ma griffati Gucci

SOMIGLIA quasi a un'omelia. «Abbiamo bisogno di tornare alla ragione, alla decenza, a discrezione, bellezza e creatività. In altri termini, ai veri valori.» Parole alate di Alain Némarq. E chi è? Un prete, un artista, un filosofo? Macché, Monsieur Némarq è il manager nientemeno della gioielleria Mauboussin, vanto dell'industria del lusso francese. È un po' come se la regina Maria Antonietta avesse lodato la Dichiarazione dell'89 dei Diritti dell'Uomo e del Cittadino. Monsieur Némarq pare anche un tipo coerente. Mauboussin è infatti passata a dare l'esempio. Ha messo in vendita il suo pezzo forte, l'anello con diamante solitario Chance of Love, a soli 14.500 dollari, un terzo meno del prezzo normale. E la versione più economica, con un diamantino di appena 0,15 carati, è finita in vetrina a soli 895 dollari.

La mossa di Mauboussin segnala che la crisi addenta anche il mercato del lusso. Nella prima metà del 2009 gli indizi sono stati molteplici, anticipati dalla scarsa letizia delle feste di fine anno. Si è visto meno champagne perfino sulle tavole dei francesi, ma già a ottobre del 2008 la vendita globale di brut a denominazione controllata era caduta di oltre il 16 per cento. Dopo il collasso della Lehman Brothers, l'indice dei prezzi dei vini pregiati era precipitato addirittura del 18 per cento. Non ancora abbastanza da spaventare Dominique Hériard Dubreuil, presidente della Rémy Cointreau, che produce il cognac Rémy Martin e lo champagne Piper-Heidsieck: «Siamo nel business da trecento anni. Abbiamo visto la Rivoluzione dell'89. Nell'Ottocento ci ha colpito la filossera che ha distrutto le nostre vigne e la nostra capacità di produzione. Siamo passati attraverso due guerre mondiali. Vedo la crisi come una prova dura ma costruttiva».

Di necessità virtù, i parigini affluenti hanno imparato a risparmiare perfino sul foie gras. In quel labirinto di ghiottoni che è La Grande Épicerie, il favoloso reparto alimentari del magazzino *Le Bon Marché* in rue de Sèvres, non bastavano le decorazioni natalizie a nascondere i musi lunghi del management. Andavano a ruba italianissime uova di lompo al posto del vero caviale di storione. Le costose confezioni di *bûche de Noël* – il tronchetto di Natale – a 100 euro l'una erano lasciate piuttosto a inghirlandare gli scaffali. Frédéric Verbrugghe, direttore generale di questo deserto paradiso terrestre della buona tavola, manifestava la tipica attitudine francese a filosofeggiare al momento della sconfitta: «I prodotti di lusso devono avere *savoir-faire* piuttosto che sbrilluccicare. Solo così possono offrire alla gente un senso di rifugio. Le vendite di Dom Pérignon non hanno sofferto, ma le confezioni pacchiane non si sono mosse. In passato, i clienti compravano il pezzo intero di foie gras. Quest'anno, giusto quattro, cinque fette».

Ma è finita davvero l'epoca del *bling bling*, come i francesi definiscono il gusto per l'ostentazione? L'espressione deriva dal tintinnio dei braccialetti d'oro degli spacciatori di droga, e si presta magnificamente a descrivere l'esibizionismo sfacciato degli spacciatori di derivati. La verità è che il mercato dei beni e servizi voluttuari è altamente stratificato. «C'è una grande differenza tra quelli che possono permettersi un maggiordomo e quelli che possono comprarsi solo una borsa di Gucci», è il parere di Marc Cohen, dell'Istituto di ricerca Ledbury: «I veri super-ricchi sono appena lo 0,1 per cento dei consumatori su questo mercato, ma i marchi di lusso hanno bisogno di una platea più vasta per fare profitti. L'espansione però può creare un dilemma: se si esagera, un brand perde il suo fascino».

È il bivio al quale sembra arrivata oggi un'intera economia nata esclusivamente per servire i ricchi e soddisfare i loro desideri. Ajay Kapur, *equity strategist* (analista azionario) di Citigroup, ha coniato un termine per questo fenomeno: *plutonomy*.

La plutonomia e le magie del vichingo Johannesson

Sono «plutonomie», sostiene Kapur, soprattutto i grandi Paesi anglosassoni: Stati Uniti, Gran Bretagna, Canada. Che cosa li distingue dalle altre aree economiche sviluppate? Al confronto, nelle plutonomie i ricchi dispongono di una parte ancora maggiore della ricchezza nazionale, della spesa, dei profitti, della crescita. Questa gigantesca disparità, come si è visto, deriva dal rapidissimo arricchimento degli ultimi trent'anni accoppiato alla crescente divergenza tra redditi più alti e redditi più bassi. Il risultato è che Kapur non era probabilmente lontano dal vero immaginando che negli Stati Uniti si dovesse al 20 per cento dei guadagni più alti il 70 per cento dei consumi: nelle plutonomie «ci sono ricchi consumatori, pochi, ma sproporzionati nella gigantesca fetta di entrate e consumo che occupano. E poi ci sono i restanti, i 'non ricchi', molti, ma sorprendentemente rappresentano solo una briciola della torta nazionale».[1]

Se a uno capita di incontrare Dorrit Moussaieff, moglie del presidente dell'Islanda, può avere l'impressione che ai poveracci non restino nemmeno le briciole. Il Paese dei geyser è notoriamente fallito, ma la signora trabocca di diamanti e altre gemme: cubi di diamanti purissimi alle orecchie, tre collane di diamanti al collo, e una è montata attorno a un antico smeraldo Moghul, una pietra verde scuro grande come una scatola da fiammiferi. Non sono regali del marito. Dorrit discende dalla celebre dinastia di gioiellieri israeliani Moussaieff. È arrivata a Londra con i genitori a tredici anni, e il negozio di famiglia nell'*Hilton* di Park Lane – assicurano i bene informati – ha il fatturato per metro quadro più alto dell'intera Inghilterra. È insomma una plutonomica doc, nemmeno sfiorata dalla crisi, sebbene il *credit crunch* abbia travolto proprio il Paese di cui il marito è presidente.

La piccola Islanda, con la sua finanza d'azzardo, è stato il primo esempio di un'economia interamente costruita sulle esigenze dei ricchi. E la storia d'amore tra la miliardaria gioielliera londinese e Ólafur Ragnar Grímsson, capo di Stato della gelida isola vichinga, pare un singolare riflesso della ben più vasta liaison tra il denaro facile islandese e il mercato inglese dei beni voluttuari, il tipo di negozi definito in gergo *high street.* Il protagonista di questo *love affaire* finito in frantumi si chiama Jon Asgeir Johannesson. Nel maggio del 2007 aveva affittato un'intera flotta di jet privati per trasportare più di duecento soci e dipendenti dalla fredda Reykjavik giù nell'assolata Monaco, per un weekend da sogno nello sfarzoso *Monte-Carlo Bay Hotel.*

In ogni camera una borsa posata sul letto conteneva una bottiglia di champagne Perrier-Jouët, candele profumate Jo Malone, oli da bagno e un telo da spiaggia realizzato appositamente dall'albergo con tutti gli appuntamenti di un fitto programma per i due giorni a seguire: da una esibizione privata della favolosa Tina Turner a una serata d'intrattenimento condotta da Jonathan Ross, presentatore milionario della tv inglese. Tra gli ospiti si trovavano infatti alcuni tra i più noti uomini d'affari britannici. In cima Sir Tom Hunter, l'uomo più ricco di Scozia, e Kevin Stanford, proprietario del marchio di moda All Saints.

Tanta bella gente tutta riunita per il Baugur Day, un felice mix di lavoro, piacere, celebrazione e contatti in onore della Baugur, il gruppo islandese di investimenti guidato appunto da Johannesson. Una società più aggressiva e vorace dei vecchi guerrieri vichinghi. Nei quattro anni precedenti una serie di raid fortunati avevano portato sotto il controllo del gruppo i più bei marchi della distribuzione britannica: Oasis, Hamleys, Karen Millen, Whistles, Coast, il gioielliere Goldsmiths, la catena del freddo Iceland… Un impero da sessantacinquemila dipendenti, un fatturato di 10 miliardi di sterline, tremilaottocento punti vendita. Un solo difetto: tutto, interamente, costruito sulla sabbia dei debiti.

A crac avvenuto, uno dei soci di Johannesson ha rivelato al *Sunday Times* come funzionava lo schema del tycoon nordico: «Per esempio, comprava una proprietà del valore di 100 milioni di sterline indebitandosi per 80 milioni. Poi conferiva il bene a una nuova società, in cambio di azioni per 20 milioni di sterline, e apriva una nuova linea di credito offrendo le azioni in garanzia. Ma non era certo solo. Negli ultimi anni, se non giocavi a questo gioco non giocavi affatto. E le banche facevano a gara per prestargli i soldi».[2] A cominciare da Royal Bank of Scotland e HBOS, i due giganti che solo il denaro dei contribuenti inglesi hanno poi salvato dalla catastrofe.

Ma finché è durata, Johannesson affascinava tutti per il suo dinamismo, la sua spregiudicatezza senza paura. Quarantenne, ricco, giovane, ah che vita per una decina d'anni... Accumulava tutti i giocattoli che il denaro può comprare. Attico su Central Park a New York, appartamento a Cadogan Square, la più esclusiva piazza di Londra, magione di tre piani a Reykjavik con una stanza a prova di bombe in caso di attacco, uno yacht di 50 metri per le crociere d'estate nel Mediterraneo. Due anni dopo la trasvolata di gruppo a Montecarlo, era tutto finito, l'impero schiacciato sotto la montagna di un miliardo di sterline di debito. Qualcuno dei vecchi soci non nasconde il rimpianto: «Il progetto era di classe. E se questa fosse stata una recessione del tipo una-ogni-dieci anni, starebbe ancora in piedi. Purtroppo, questa è del genere una-ogni-cento anni».

Il guaio è che il sogno del prestigiatore Johannesson ha mandato in bancarotta l'intera Islanda. La piccola nazione che sperava di aver trovato nei desideri dei ricchi la fonte della ricchezza è finita sul lastrico. Le banche del Paese avevano preso in prestito sul mercato mondiale dei capitali una cifra pari a dieci volte il prodotto interno lordo dell'Islanda: più di 250.000 dollari a testa per ogni isolano, uomo, donna o bambino.

Adesso, nel suo sfarzoso salotto londinese a Belgravia, Toulouse-Lautrec e preraffaelliti alle pareti foderate di legno, Dorrit Moussaieff s'arrabbia con gli gnomi di Reykjavik. Tutta colpa loro, sostiene, dei maghi della finanza che hanno giocato alla roulette con i soldi degli altri: «Se è denaro tuo, bene, vai e punta tutto sul 12 al tavolo del casinò. Ma se è denaro di altra gente, hai un dovere di responsabilità verso di loro, e devi risponderne». Ma non è che la consorte del presidente stia lì a battersi il petto perché magari anche il marito avrebbe dovuto prestare maggiore attenzione. Non è che la signora delle gemme si presenti in saio e cenere sul capo. Anzi, le idee per uscire dalla crisi esposte da questa Maria Antonietta dei ghiacci, per quanto confuse, restano sempre ancorate alla plutonomia: «Pillole d'olio omega-3. Mappatura genetica.[3] *Lazy Town*, lo show per la tv dei ragazzi. Operazioni al ginocchio. Cure termali. Acqua islandese e agnello islandese. Bisogna pensare a parecchie differenti nicchie di consumo».[4] Il concetto di fondo non cambia. Un'economia tagliata su misura per desideri e capricci degli affluenti. In fondo, giusto una versione di Dubai un po' più fredda. Se non fosse che nel frattempo anche Dubai è finita nei pasticci.

Ma non Dorrit e i super-ricchi come lei. Da un semplice astuccio di pelle estrae un anello con un solo, unico diamante, ma della misura di un ciottolo: 14 carati di un rosa vivo, appena venduto a una famiglia reale. Se non fosse tra le mani di una Moussaieff, il profano potrebbe prenderlo per un pezzo di plastica. Finché lei non ti dice il prezzo: 15 milioni di dollari.

Dalle api di Mandeville al coiffeur di Camilla

L'esplosione di ricchezza creata dalla deregulation[5] degli anni Ottanta si è trascinata dietro come prima conseguenza l'effetto *trickle-down*, cioè «sgocciolamento». Un grande economista come John Kenneth Galbraith lo descrive così: «Se dai da mangiare abbastanza avena al cavallo, qualcosa riuscirà a sfamare anche i passeri». O ancora, in altri termini, una politica economica che avvantaggia i più ricchi finisce, stimolando l'economia, per arrecare benefici anche agli strati sociali meno benestanti. Nulla di particolarmente nuovo: è una delle pietre angolari del pensiero liberista da ancor prima che l'economia di mercato diventasse il modello di crescita dominante.

Politici, filosofi, economisti illuminati del Settecento attaccavano i super-ricchi dell'epoca per uno stile di vita imperniato sullo sfarzo e sullo spreco. Una delle cause contingenti del crollo dell'Ancien Régime fu l'*affaire* della collana di diamanti. Nella Francia afflitta da crisi e carestia si accusò il re Luigi XVI di aver dissanguato le finanze statali per un capriccio della giovane, viziatissima moglie: il gioiello da oltre un milione di franchi, per il tempo una cifra astronomica. Non era vero, ma accese oltre ogni misura l'odio dei sanculotti contro «l'austriaca». La ghigliottina su place de Grève pose drasticamente termine a una «polemica sul lusso» che durava dall'inizio del Settecento.

Ad accendere le polveri fu un libro dal titolo innocente che da allora è entrato nella storia della filosofia, della morale e delle dottrine politiche. *La favola delle api: o vizi privati, pubbliche virtù* nacque come poemetto satirico indirizzato da un emigrato olandese a Londra, Bernard de Mandeville, contro John Churchill, primo duca di Marlborough. I benpensanti e benintenzionati reagirono indignati alla tesi centrale della favoletta, che è in sostanza un'apologia dell'interesse egoistico. Proprio questo, perfino sotto il suo aspetto di vero e proprio vizio – sostiene Mandeville – favorisce la prosperità economica. Ai filantropi che progettano scuole per educare i poveri e così instillare in loro la virtù, il pragmatico olandese ribatte con il suo apologo delle api: l'alveare, cioè la società, che possiede tutte le virtù – comprese moderazione e onestà – cade nell'apatia e nella paralisi. L'assenza di egoismo è la morte del progresso. Le cosiddette virtù superiori sono solo ipocrisia, e in realtà derivano dal desiderio egoistico di sentirsi migliori.

La conclusione paradossale è che i comportamenti più bassi e volgari producono effetti economici positivi. L'esempio di

Mandeville è diventato celebre. Un libertino, cioè il tipico gentiluomo settecentesco impegnato a soddisfare i propri piaceri, è certamente un personaggio vizioso. E tuttavia proprio il denaro da lui dissipato offrirà impiego a sarti, servitori, profumieri, cuochi e opportunisti di entrambi i sessi pronti a prostituirsi. Queste persone a loro volta daranno lavoro a panettieri, falegnami e artigiani vari. In conclusione, la rapacità e la violenza delle passioni del libertino offrono beneficio alla società nel suo complesso.

Escludendo le frequentazioni equivoche, lo stile di vita dello spendaccione settecentesco pare coincidere al dettaglio con quello che mena oggi il principe di Galles. E parecchi altri emuli appartenenti alla Superclasse. Perfino un Creso come Larry Ellison è stato ripreso dal suo consulente finanziario quando le spese stavano per raggiungere il limite di credito di un miliardo di dollari. E si capisce, a furia di yacht da 200 milioni di dollari e ville da non meno di 25 milioni... Carlo non può certo competere con questo trend, ma è comunque tra i pochi fortunati del «vecchio denaro» in grado di eguagliare i capricci dei «nuovi ricchi» (yacht e jet privato a parte: non se li può permettere...).

A metà giugno del 2009 gli uffici contabili di Sua Altezza Reale hanno reso noto il bilancio dell'anno precedente. Il ducato di Cornovaglia è una gigantesca proprietà di oltre 54.000 ettari sparsi in ventitré contee del Sudovest inglese. Dal 1337 le sue rendite mantengono l'erede al trono, e nel 2008 hanno raggiunto il livello record di 16,5 milioni di sterline. Aggiunte al milione e 200.000 versate dal governo come appannaggio per la funzione reale, fanno 18 milioni e 727.000 sterline.[6] Carlo è un buon amministratore, ma anche un *bon vivant*: detratte le tasse al 40 per cento, le spese ufficiali e quelle per le sue tante organizzazioni benefiche, gli sono rimasti pur sempre 2,2 milioni di sterline per le spese di casa. A cominciare dallo staff domestico: centoquarantacinque persone a libro paga del principe. E poi auto, sarti, parrucchieri. Ogni volta che la consorte duchessa di Cornovaglia va dal suo coiffeur preferito, Nicky Clarke in Mount Street, vola via qualche migliaio di sterline. A quanta gente dà dunque da mangiare, direttamente e indirettamente, il lusso di Carlo?

Un indizio viene dalle valutazioni di un analista finanziario americano. Daniel Gross ha calcolato nel 2005 che l'un per cento più ricco della città di New York può mantenere suppergiù 153.000 posti di lavoro, tutti collegati alle esigenze di questa «casta». Per stare a un solo manager di hedge fund, «se spende annualmente un milione per il personale dei vari servizi – autista e domestici, agenti d'investimento e immobiliari, ristoranti e psicoterapisti – probabilmente dà da vivere a venticinque famiglie».[7]

Sui bagni della Versilia lo stendardo di Abramovich

Negli anni della bolla finanziaria, con la popolazione dei ricchi in rapidissima espansione, i consumi voluttuari si sono gonfiati in proporzione e hanno generato a loro volta un'industria in crescita tumultuosa. Il boom del settore del lusso è stato travolgente e duraturo. Un'indicazione della domanda fortissima per i beni di prezzo elevato viene da uno speciale osservatorio del costo della vita allestito dalla rivista *Forbes*. Si chiama Indice per «il costo di vivere estremamente bene» (*cost of living extremely well*), e comprende beni e prestazioni come il lifting, i cappotti di pellicce pregiate, i mocassini Gucci. Tra il 1982 e il 2006 questo indicatore è quasi quadruplicato, mentre il normale indice dei prezzi al consumo è semplicemente raddoppiato.

L'inventore della plutonomia, Ajay Kapur, ha elaborato un altro preciso diagramma per misurare la crescita delle aziende che forniscono servizi ai ricchi, da Bulgari a Richemont (proprietaria di Cartier e Alfred Dunhill) a Kuoni, agenzia di viaggio dell'élite. Questo «indice plutonomico», come lo definisce lui, a partire dal 1985 è aumentato del 17,8 per cento all'anno. Non c'è settore che possa tenere il passo. Il che vuol dire semplicemente una cosa: un modo per diventare più ricchi è proprio quello di investire nelle aziende che lavorano per i ricchi.

È una verità così evidente perfino in questi tempi di vacche magre che addirittura un plutocrate come Abramovich si è incamminato su questo terreno. Il primo segnale è arrivato nell'ottobre del 2008. Alla rivista inglese *Star* ha dichiarato: «La Toscana? Se potessi, me la comprerei tutta. È una regione bellissima che conosco bene. Adoro la Versilia, in particolar modo Forte dei Marmi». È una passione condivisa da parecchi altri oligarchi, ma pure da molti russi «milionari semplici», che hanno fatto razzie tra le ville della zona. Con il risultato che il furbo Roman ci ha subito visto l'affare.

La notizia appare sul *Corriere della Sera* nell'inizio estate 2009. Un gruppo di imprenditori moscoviti guidati appunto da Abramovich è interessato ad acquistare lo scalo aereo di Lucca-Tassignano, a due passi dagli ombrelloni delle spiagge versiliesi. Niente voli di linea, per carità, ma un aeroporto moderno e affidabile esclusivamente per i jet privati di vip e magnati. Insomma, un'eccellente alternativa agli scali maggiori di Pisa e Firenze, dove spesso i velivoli privati degli oligarchi hanno difficoltà a ottenere il permesso di decollo e atterraggio. Il direttore di Tassignano, Giorgio Giorgi, già sogna: «Un accordo così ci proietta nel futuro. Con ampliamenti e miglioramenti, possiamo diventare il primo scalo toscano di lusso dedicato a jet privati». Ne arrivano già adesso, ma non più grandi di quattordici posti. Bazzecole se un club di potenti decide di farne l'aerostazione di casa, grazie anche a una collocazione strategica: «Lucca è a cinque minuti, Firenze a venti, autostrada e ferrovia costeggiano lo scalo. E soprattutto la Versilia è a quindici minuti», si scalda Giorgi.[8]

L'assalto dei russi a Forte dei Marmi, Pietrasanta e le colline di Serravezza è cominciato un paio di lustri fa. Qualche tempo dopo, in verità, noi habitué delle dune di Sabaudia, all'ombra del Circeo, li abbiamo visti arrivare anche sulle nostre spiagge, qualche centinaio di chilometri più a sud. Si vede che apprezzano i lunghi litorali sabbiosi. Si narra di ville sulle dune strappate con uno schiocco di dita e un assegno da 10 milioni di euro. Perfino un vecchio casale sul lago di Paola, lungo l'antico canale romano, è stato acquistato a prezzi da sogno – pare oltre 4 milioni di euro – per farne un bed & breakfast da super-ricchi. Ma certo niente in confronto a quella specie di corsa all'oro scatenatasi in Versilia.

Sulle spiagge del Tirreno non arriva più solamente la nota specie degli oligarchi arroganti e cafoni. Nell'impero di Putin è nata una nuova borghesia rampante, una versione cirillica dei defunti yuppie, che non si fa mancare nulla e prova ad avere gusti più raffinati dei vecchi prototipi. Anche se la passione per il lusso rimane immutata, a qualunque prezzo. A Forte dei Marmi non sono poche le agenzie immobiliari che raccontano la stessa storia: «Arrivano con bigliettoni da 500 euro in tasca e offrono qualunque cifra pur di ottenere quello che vogliono».

Così, dopo aver occupato la costa a suon di milioni di euro per terreni, ville, discoteche, alberghi, adesso è cominciata – a dispetto della crisi – la corsa verso le proprietà dell'interno. Borghi e castelli, ville e antiche magioni di storici casati. Senza badare a spese. Si va dai 3 milioni di euro in su. E se non si trova esattamente ciò che si vuole acquistare, si affitta: pagando fino a 130-150.000 euro a stagione. È il caso di Mikhail Kusnirovich, il miliardario che possiede tra l'altro il GUM, lo storico grande magazzino che si affaccia sulla Piazza Rossa a Mosca: sono dieci anni che affitta per sé e la famiglia una villa a Cinquale, la zona del Forte più amata dagli oligarchi.

È proprio lì, al ristorante *Cinqualino Beach*, che un'ignota milionaria russa ha fatto i titoli dell'estate 2009: ha tirato fuori dalla borsetta trenta banconote da 500, lasciando 4200 euro di mancia al cameriere su un conto di 10.800 euro per quattro persone. E 10.000 euro erano solo per le due favolose bottiglie di rosso Chateau Petrus, annate '92 e '96. Alla faccia della vodka.

La sconosciuta e i suoi ospiti si sono dileguati nella notte su una Bentley nera, probabilmente verso lo yacht ormeggiato di fronte al Forte. Ma naturalmente, per chi invece ha lasciato la barca in Sardegna o in Costa Azzurra, c'è sempre la possibilità di affittare uno yacht Riva a 10.000 euro al giorno: è la cifra alla quale lo noleggia un imprenditore di Milano che si frega le mani, «così tra qualche anno potrò già chiudere il mio mutuo».

Per i viali del Forte come tra le viuzze di Porto Cervo, giovani e bellissime signore russe segnalano la mutazione genetica già in corso. Scarpe basse, biciclette col cestino di vimini, insomma in tutto e per tutto lo stile rilassato delle parigine in giro per aristocratiche magioni di campagna. La differenza è che le russe non si muovono (per ovvie ragioni) senza la scorta di massicce bodyguard. E se hanno bambini la tata inglese è d'obbligo, assieme a un esercito di domestici che pare uscito dalle pagine di *Vestivamo alla marinara*. Ma gli Agnelli erano più misurati.

Sarà il riaffiorare del nomadismo ancestrale, ma questi ricconi slavi sembrano non riuscire mai a star fermi. Il jet privato è sempre lì, pronto a portarli a una cena a Parigi o a un'asta da Christie's a Londra. Se sono in Sardegna, l'elicottero è *de rigueur* per andare a prendere il cocktail a Romazzino o a Cala Pitrizza. Costa 2000 euro l'ora, ma c'è chi lo preferisce alla Bentley o al fuoristrada anche per andare a messa nella chiesetta di Nostra Signora di Bonaria, a Liscia di Vacca, dove il pope celebra le funzioni con il rito ortodosso. Dal Forte l'elicottero va bene anche per un salto a Milano, lunch leggero al *Four Seasons* (addio grasse matrone krusciovìane...) e shopping pomeridiano nel solito quadrilatero. Perché, raffinati o meno, la cosa certa è che i russi continuano a comprare il lusso più esagerato. Se prendono la Kelly di Hermès, sarà di coccodrillo, e se cercano sandali, il meglio si trova da René Caovilla: anche a 91.000 euro il paio. Di ritorno al Forte, nottata come sempre al *Twiga*, dove si fa merenda a base di champagne e ostriche. Briatore, che riveste i miliardari con la sua linea Billionaire, sa sfruttarli anche quando sono in mutande.

Davanti al Bagno America è spesso ormeggiato lo yacht di Abramovich, e sempre lì è stata vista tuffarsi una leggenda dell ex Armata Rossa: l'ultimo comandante del Corpo di spedizione sovietico in Afghanistan, Boris Gromov. Me lo ricordo a Kabul, vent'anni fa, ritto e massiccio nella tuta mimetica, che impartisce l'ordine di partenza all'ultimo convoglio di carri armati russi in ritirata. Eravamo riusciti a salire su uno dei tank, con il mio cameraman Franco Stampacchia, e non fu precisamente un viaggio confortevole – puzze e pulci nel blindato, e fuori i razzi dei mujaheddin – fino a Termez, dall'altra parte del confine sull'Amu Daria, in Uzbekistan. Bandiere rosse e fanfare e commozione, quando Gromov da solo attraversò per ultimo a piedi il ponte sul fiume, trovando sul suolo di casa l'abbraccio del figlio.

Vecchie storie, prima che la Russia fosse conquistata dai giovani boiardi che si bagnano adesso nel Tirreno, nelle stesse acque che accarezzavano gli Agnelli e il fior fiore dell'aristocrazia europea. Adesso tocca ai soliti noti, Deripaska, gli industriali Sergey Pronin e Vadim Fedotov, l'importatore di auto e yacht di lusso Andrey Boyko, l'ex gran tennista Yevgeny Kafelnikov. Al sindaco PD del Forte, Umberto Buratti, pare sia venuta l'idea di commissionare perfino un Cremlino di cartapesta ai creatori dei carri del Carnevale, a Viareggio. E perché no? «Agnelli ormai è un mito, i russi sono realtà», commenta disincantato Giorgio Giannelli, ottantadue anni e una vita da cronista e storico della Versilia: «Prendiamoci con allegria e ospitalità gli ex comunisti. Comprano case e terreni e le pagano il doppio. Baffone è finalmente arrivato. Anche se è diventato Babbo Natale».[9]

Il «modesto» Lagerfeld e il seno di Claudia Schiffer

«Quest'intera crisi è come una grande pulizia domestica di primavera: sia morale che fisica.» Karl Lagerfeld, com'è noto, non è solo lo stilista di Chanel ma un autentico guru di mode e tendenze. Se è proprio lui a suonare le campane a morto per il mondo dello sfarzo, bisognerà sul serio prepararsi al funerale? Lagerfeld assicura: «Il *bling bling* è finito. Tutta quella roba, tappeto-rosso-cosparso-di-gemme, finita. Out. È quel che io chiamo 'la nuova modestia'».[10]

Per qualcuno è solo una nuova ipocrisia. La pensa così per esempio la rivista *Tatler,* bibbia soprattutto degli affluenti angloamericani. Attenti, avverte i suoi lettori, alla tribù dei *new faux poor*, efficace inglese bastardo per dire i «nuovi falsi poveri». Chi sono? I soliti noti dell'alta società globale che per esibire buon gusto fingono di avere il meno possibile. Ipocriti, tuona *Tatler*, che fino a ieri si ingozzavano di caviale e Puligny-Montrachet e oggi fingono di indossare il saio della crisi per licenziare un po' di personale e lamentarsi di quanto hanno perso in Borsa. Ma poi, di nascosto, spendono come prima. Se perfino *Vogue* ha dettato le sue «40 dritte del favoloso vivere frugale», c'è legittimamente da dubitare della sincerità dei neopuritani.

È un sospetto che purtroppo non risparmia Lagerfeld. «Modesto» nei giorni dispari, in quelli pari fa soldi sfruttando alla lettera l'antica massima che vuole un seno perfetto della misura esatta di una coppa di champagne. Come al solito, si tira in ballo la povera Maria Antonietta, che per prima nel 1787 avrebbe personalmente sperimentato e stabilito questa proporzione aurea. Lagerfeld ha rovesciato la regola, e ha preso un seno perfetto per disegnare la coppa ideale. Uno come lui aveva solo l'imbarazzo della scelta, e non poteva certo trovare stampo migliore del corpo di Claudia Schiffer per la sua Dom Pérignon Oenothèque Bol Sein: un gioiello in porcellana e platino prodotto soltanto in mille pezzi dalla Ancienne Manufacture Royale de Limoges. L'immagine alquanto esplicita di una Claudia solo in candida biancheria di pizzo e reggicalze domina la pubblicità. Prezzo della coppa, 2500 euro: ma insieme con una bottiglia di Dom Pérignon Vintage 1995... Alla salute della modestia. Chi accosta le labbra alle bollicine può forse sognare di sfiorare altre inebrianti superfici.

La coppa della Schiffer rientra di diritto in quelle spese stravaganti dei super-ricchi che hanno fissato – dice l'economista Robert H. Frank – un nuovo modello da emulare per la classe media e per le famiglie con redditi più bassi.[11] Così è nato e si è esteso, per effetto imitativo, il mercato planetario del lusso. Anche se la parola, avverte Gérard Mazzalovo, esperto del settore, ha bisogno di qualche specificazione: c'è il lusso «autentico», di chi è nato ricco, quello «ostentatorio», di chi ricco ci è diventato; e infine il lusso «intermedio», cioè quello di chi desidera vivere come i ricchi pur non essendolo. Aspirazione che ha ampliato enormemente l'economia dei beni voluttuari, spingendo però le aziende del settore a tirare troppo la corda. E adesso gli tocca tirare un po' la cinghia.

C'è la rarefazione, evidentemente, dei consumatori di lusso «per imitazione». Ma anche i ricchi, non abbastanza però da entrare nell'Olimpo dei miliardari, hanno modificato i loro comportamenti. Per due buone ragioni. La più ovvia è che pure i loro portafogli sono stati colpiti dal calo delle azioni e degli immobili: un'indagine della Oliver Wyman, azienda internazionale di consulenza, ha stabilito che la crisi è costata 10.000 miliardi di dollari ai grandi ricchi del mondo – gli *high net worth individuals*, o persone ad alto patrimonio netto, secondo il gergo bancario, partono da almeno un milione di dollari –[12] vale a dire, un quarto delle loro fortune. Logico che anche nello shopping mall più lussuoso di Monaco, Le Métropole, i saldi siano già cominciati ai primi di febbraio. Saks, sulla Quinta Avenue a New York, li aveva addirittura anticipati, e di molto: i prezzi del suo abbigliamento superlusso tagliati fino al 70 per cento ancor prima che cominciasse la stagione delle feste natalizie.

La seconda ragione del cambio d'abitudini ha a che fare con i manuali «per sembrare meno ricchi». Sarebbe inappropriato abbandonarsi all'ostentazione quando l'economia è in recessione e la gente è più povera. Ma questo genere di sensibilità tocca piuttosto il mondo anglosassone. Non a caso, è il mercato inglese e americano a essere inondato di auto di lusso usate: «A molti non va di parcheggiare una nuova Mercedes davanti a casa quando sanno che i vicini sono nei guai», spiega Jim Taylor, della Harrison Research. Alla fine, inevitabilmente, pure i settori commerciali di gamma alta hanno finito col risentire della crisi. La peggiore débâcle l'ha sofferta Tiffany, che ha visto le vendite nei negozi americani crollare del 35 per cento tra novembre e dicembre 2008. Il gruppo ginevrino Richemont, che controlla tra l'altro Cartier, ha contenuto la flessione al 12 per cento nell'ultimo trimestre 2008. È andata meglio a un colosso come LVMH, che tra moda e pelletteria occupa quasi la metà del settore lusso: nell'ultimo quarto del 2008 ha registrato perfino una lieve crescita, del 4 per cento.

Onda dopo onda, anche la passione dei super-ricchi per i panfili sembra avvertire un leggero mal di mare. Ferretti, storico cantiere delle barche più costose, è finito in piena tempesta. Per salvarsi, ha dovuto dichiarare una parziale insolvenza, e ai creditori toccherà accontentarsi di soli 11 centesimi per ogni dollaro di debito. I ceti affluenti adorano girare il mondo coccolati, ma hanno tagliato sulle spese di viaggio. Stando ai numeri della Smith Travel Research, a fine febbraio del 2009 gli hotel di lusso registravano un calo annuo del 17,5 per cento del tasso d'occupazione delle stanze, e una riduzione del reddito per camera addirittura del 27,5 per cento. In parole povere, per mantenere l'albergo un po' più pieno molti manager hanno preferito scontare i prezzi.

È una strategia al ribasso che il direttore dell'*Hotel Métropole* di Monaco, uno dei più sfarzosi del mondo, si rifiuta risolutamente di adottare. Luca Virgilio è convinto che farebbe un errore ad accettare compromessi sulla qualità: i clienti scendono al suo albergo precisamente perché è di lusso. Perciò, piuttosto che abbassare le tariffe, il *Métropole* offre magari più servizi per lo stesso prezzo, nello sforzo di conservarsi una clientela tradizionalmente esigente.

Sulla stessa linea altri templi dello sfarzo a 5 stelle super. A Villa Serbelloni, sul lago di Como, gli ospiti possono arrivare con l'idrovolante, mentre i bagagli seguono in battello. Al *Capri Palace*, ad Anacapri, si può oziare tra opere di De Chirico, Schifano, Pomodoro, Paladino. E il *Principe di Savoia*, albergo milanese, offre per 16.000 euro a notte una suite presidenziale di

500 metri quadri, completa ovviamente di piscina. Obiettivo: catturare a ogni costo i veri ricchi là fuori.

Questa scelta sembra riflettere chiaramente il dilemma che si presenta agli strateghi del lusso. «La nostra industria è andata così bene e così a lungo, che ha perso di vista alcuni dei suoi capisaldi», ammette Guy Salter, vicedirettore di Walpole, gruppo britannico di beni voluttuari. Vuol dire, probabilmente, che l'espansione ha finito per applicare la parola «lusso» a una produzione di massa che è il contrario dell'esclusivo. Numeroso, facilmente accessibile, visto dappertutto: sembrano le qualificazioni più adatte ai prodotti delle griffe a diffusione globale.

Complice la crisi, il rischio è che il cliente di classe media non compri più borse firmate perché non ha soldi, e quello di classe alta per disaffezione. I ricchi non hanno bisogno di fare un altro buco nelle cinture griffate, ma sembrano chiedersi se non convenga a questo punto comprare meno cose ma di maggior qualità. Magari anche più care ma esclusive sul serio. E per gli amanti (mai in crisi) del «lusso ostentatorio», ci sono ancora in giro cosucce veramente rare. Come il Black Diamond Miracle Bra. Lo firma Victoria's Secret ed è il reggiseno più caro mai realizzato nella storia: costa 4 milioni di euro. È completamente intessuto di 3900 pietre preziose, migliaia di minuscoli diamanti neri, 117 diamanti da un carato ciascuno e 34 rubini. Ma ciò che lo rende realmente unico sono due rarissime «lacrime» di diamante nero, da 100 carati ciascuna. Quali forme paradisiache quest'opera d'arte andrà a coprire? Forse nell'harem di qualche petro-principe? In ogni caso, pare un capo di difficile esibizione.

«Dagli ai ricchi»: banche come Bastiglia?

Tra i settori del lusso maggiormente colpiti c'è quello degli orologi di gran pregio. Non solo Cartier, come abbiamo visto, ma anche tutto il mondo degli ultrapiatti, extraprecisi, supersensibili che sono il vanto dei grandi orologiai svizzeri. Il calo, qui più che altrove, ha nome e cognome. A pagare il conto di questi cronometri preziosi come gemme erano di solito le gratifiche dei maghi della finanza. Il fiume di denaro si è prosciugato, lasciando gli orologi a sbiadire in vetrina come sassi sotto il sole.

L'inglese è una lingua fantasiosa, e lo sprezzante appellativo di *fat cats*, gatti grassi, rende bene i sentimenti popolari verso i grandi manager, soprattutto quelli della City londinese o di Wall Street. «Nuovi ricchi» più di chiunque altro, i dirigenti di banche, fondi d'investimento, società finanziarie di qualsiasi genere hanno accumulato negli anni dell'abbondanza fortune impensabili. E hanno continuato a spremere soldi anche quando le istituzioni da loro dirette erano più asciutte di un limone strizzato.

Non che siano mancati gli avvertimenti. Difficilmente il governatore della Banca d'Inghilterra può essere sospettato di simpatie socialiste, eppure fu giusto Mervyn King a denunciare pubblicamente, nella primavera del 2008, la *hybris* (usò proprio la parola greca), cioè l'arroganza e l'avidità dei banchieri. Esattamente lo stesso giorno la banca britannica Barclays rendeva nota la retribuzione 2007 per il proprio presidente Robert E. Diamond Jr: 18,5 milioni di sterline. E questo nonostante la Barclays avesse perso quell'anno, sotto la direzione di Mr Diamond, 1 miliardo e 600 milioni di sterline.

Il governatore King, coerente con le sue parole, ha rifiutato di aumentarsi lo stipendio annuale di 290.000 sterline, ma l'esempio non ha scosso più di tanto gli gnomi della City. Buona parte del Regno Unito è ancora indignata con Sir Fred Goodwin, l'amministratore delegato che ha portato quasi in bancarotta la Royal Bank of Scotland: non solo nel 2007 ha ricevuto emolumenti per 4 milioni di sterline, ma una volta cacciato ha preteso il pagamento fino all'ultimo soldo della pensione che aveva accumulato. 703.000 sterline all'anno, finché morte non ci separi… Si capisce che alla fine qualche sasso sia volato contro le finestre della sua sontuosa villa a Edimburgo. Ne hanno fatto le spese un paio di finestre e pure la mastodontica Mercedes S600 parcheggiata davanti al garage. Non sono certamente argomenti democratici, ma sembrano piuttosto efficaci. Sir Fred, che aveva sempre altezzosamente rifiutato di ridursi almeno la pensione, a giugno si è «spontaneamente» ridotto le prebende di oltre il 50 per cento, a *sole* 342.500 sterline l'anno.

I gattoni britannici appaiono tuttavia gattini in confronto ai loro colleghi americani.

Il caso che ha suscitato più clamore è certamente quello di Richard Fuld, l'amministratore delegato della Lehman Brothers, la prima delle grandi banche d'affari statunitensi ad affondare nella «tempesta perfetta» del credito. Nel 2008, giusto pochi mesi prima che la sua società sprofondasse nel fallimento, Fuld – che amava il suo soprannome di Gorilla – è riuscito a farsi pagare oltre 40 milioni di dollari. Un buon capo si preoccupa sempre dei suoi dipendenti, anche quando li conduce al licenziamento. Così, a crac consumato, anche i diecimila dipendenti Lehman di New York finiti sul lastrico hanno ricevuto uno zuccherino niente male: un superbonus da 2,5 miliardi di dollari, da spartirsi tra tutti loro ma non con i colleghi europei o asiatici, e fermo restando che al top management andava la parte del leone. L'annuncio, con il suo strascico di polemiche, ha rischiato perfino di far saltare il piano di salvataggio del Tesoro americano. Ma se c'è una cosa che sembra accomunare oggi i grandi boss della finanza, è la loro impermeabilità alla critiche.

Per forza, sono letteralmente ricoperti d'oro. John Thain, nella primavera 2008, per un mese alla guida di Merryll Lynch – altro gigante piegato dalla crisi – ha incassato un bonus da 15 milioni di dollari. Robert Willumstad, ultimo boss della boccheggiante AIG (colosso mondiale delle assicurazioni), stava per intascare 22 milioni di dollari di liquidazione per tre mesi di lavoro, se lo Stato non lo avesse fermato. Al suo predecessore Martin Sullivan, il responsabile del disastro, il colpaccio invece è riuscito: a giugno del 2008 se n'è andato con 47 milioni di dollari, mentre la società colava a picco. Non ce l'ha fatta, peccato, a stabilire il record. Quello spetta a Lloyd Blankfein, boss di

Goldman Sachs. Perfino nell'anno nero è riuscito, tra stipendio e stock option, a mettere in salvo oltre 60 milioni di dollari.

Queste mirabolanti retribuzioni hanno finanziato la bolla immobiliare e del lusso su tutti e due i lati dell'Atlantico. Gli attici di New York, le *town-houses* di Londra... Gli inglesi, sempre *prude*, si fingono modesti in confronto agli eccessi degli americani, ma quanto a sprechi non sembra poco un conto di 44.000 sterline per una bevuta tra venti banchieri. E nemmeno il palazzetto a Chelsea pagato 25 milioni di sterline. È pur vero che nessuno alla City si è mai organizzato un sessantesimo compleanno da 3 milioni di dollari, come ha fatto a New York Stephen Schwarzman, presidente del gruppo Blackstone: un evento, nel febbraio del 2007, che è parso simboleggiare un'intera epoca di eccessi.

Almeno parzialmente, i grandi manager la stanno ora pagando. La crisi ha messo in evidenza la loro sostanziale irresponsabilità. Nel capitalismo di vecchio stampo, il dirigente che sbaglia paga e va via. Nelle alchimie della finanza d'oggi, il top manager ha sempre – o almeno aveva – un «paracadute». Come Carly Fiorina, consigliera economica dell'ex candidato alla Casa Bianca John McCain: licenziata come direttore generale della Hewlett-Packard, però con una «buonuscita» da 42 milioni di dollari. Alla fine, l'indignazione della gente ha cominciato ad assumere i connotati dell'odio. Soprattutto nel mondo angloamericano dove la crisi è stata generata.

Alla ricerca di colpevoli della Grande Recessione i giornali, soprattutto quelli inglesi, hanno scatenato la caccia all'uomo. È cominciata in piena tormenta d'autunno, quando le banche sembravano destinate a fallire una dopo l'altra. «E perché il manager di una banca che fallisce deve avere uno stipendio annuo da 1,5 milioni di euro?» tuonava il 29 settembre 2008 perfino il conservatore *Telegraph*. Il giorno dopo il populista *Mail* ci andava a nozze, e con tanto di nomi: «Steven Crawshaw era fino a giugno direttore della Bradford & Bingley con stipendio milionario. Se n'è andato mentre la nave affondava con un altro bel milione di buonuscita...»

Alla fine, per andare a lavorare senza rischi alla City o a Canary Wharf, gli ex padroni dell'universo hanno dovuto lasciare a casa gli abiti firmati e pedalare in jeans e maglione fino all'ufficio. Travestimento indispensabile nei giorni caldi del G-20 londinese, su consiglio della stessa polizia. Poi è diventato stratagemma abituale dei finanzieri più prudenti. Dipende anche molto dal quartiere. A Mayfair, che nella crisi ha semmai accentuato il suo profilo *posh*, elegante e alla moda, banchieri e immobiliaristi sono già tornati al doppio petto e ai gemelli d'oro. E da *Scott's*, ristorante di pesce in Mount Street riportato agli antichi splendori dal neoproprietario Richard Caring, non provate nemmeno ad affacciarvi se non avete prenotato. Pieno come un uovo anche al lunch, tipica ora dei businessmen. Io ho fatto la prova e mi hanno consigliato di tornare dopo le 15. Per il caffè, magari.

Il conforto della tavola, riferisce da Zurigo il *New York Times*, non ha mai abbandonato i banchieri svizzeri nemmeno nei momenti più cupi della loro caduta. Preferito soprattutto il cibo italiano. Per i ristoranti tricolori nella capitale finanziaria elvetica è stato il momento del boom. *Il Giglio*, tredici tavoli all'ombra della pencolante UBS, è sempre tutto prenotato, racconta il proprietario Vito: a pranzo e cena, anche con settimane d'anticipo. Il motivo di tanto successo lo spiega al caffè Jan A. Bielinski, della Bank Julius Baer, esclusivo istituto privato giusto sulla Bahnhofstrasse: «È il posto dove uno può andare nel buono e nel cattivo tempo. Certo, l'umore cambia con il mercato. Un cattivo andamento influenza tutti». Ne sanno qualcosa i banchieri che qualche sera prima si lamentavano ad alta voce per i soldi persi. Un cliente a un tavolo vicino è saltato in piedi urlando: «Non siete voi che perdete soldi, ma i poveracci come me».[13]

È andata anche peggio a uno dei grandi nomi della finanza elvetica. Marcel Ospel, presidente del consiglio d'amministrazione della UBS, cenava regolarmente ogni mercoledì sera alla *Kronenhalle*, una vecchia brasserie vicino al teatro dell'Opera, che ai muri esibisce dipinti di Miró, Picasso, Matisse. Quando nel 2008 Ospel ha annunciato che la UBS aveva perso 19 miliardi di dollari, alla *Kronenhalle* – raccontano i media svizzeri – gli hanno fatto capire che era diventato «persona non grata». È stato riammesso solo nella primavera del 2009.

La rimonta primaverile delle Borse ha in effetti restituito ai baroni della finanza un po' di fiducia, e anche delle vecchie abitudini spendaccione. A quell'appuntamento supremo della *season* estiva inglese che è Wimbledon, i nuovi boss della Royal Bank of Scotland sentivano di non poter mancare. E a dispetto dei 20 miliardi di sterline ricevute in prestito dallo Stato, anche a luglio 2009 i manager hanno affittato come ogni anno dall'All England Tennis Club sfarzose suite per ospitare personaggi di riguardo. Il costo? Per ricevere quaranta ospiti al dì, e trattarli a leccornie e champagne da 100 euro a bottiglia, la RBS ha sborsato la bellezza di 320.000 sterline per i tredici giorni del torneo.

È proprio il genere di consumo che i nuovi sanculotti oggi sono pronti a condannare senza appello. Soprattutto nei Paesi che hanno particolarmente beneficiato dell'ondata di ricchezza finanziaria. In Gran Bretagna nel 2006 un'imbarazzante autoesaltazione nazionale aveva marcato il ventennale del cosiddetto Big Bang, la deregolamentazione del mercato finanziario voluta da Lady Thatcher. Nel febbraio del 2009 un sondaggio Populus trova invece i britannici trasformati in furiosi giacobini: il 64 per cento pensa che i dirigenti delle banche in parte nazionalizzate non debba ricevere alcuna gratifica annua, i famosi bonus; la stessa proporzione ritiene che almeno i top manager responsabili degli errori debbano ripagare i loro bonus; infine, addirittura l'82 per cento considera auspicabile un tetto alle retribuzioni dei massimi dirigenti. Non si sentono più in giro molti nostalgici della Thatcher. Perfino un ex agente di Borsa come George Blakey, autore di *A History of the London Stock Market*, pensa che il tanto celebrato Big Bang abbia trasformato «la City in un folle casinò capitalista».

I contribuenti inferociti chiedono le teste dei banchieri, o almeno i loro portafogli. Indulgente con i milionari del pallone o dello spettacolo, l'opinione pubblica ce l'ha invece a morte con i finanzieri d'assalto, e più in generale con gli uomini d'affari: secondo il giudizio corrente, fondato su più di qualche evidenza, nella buona sorte guadagnano fortune e in quella cattiva chiedono aiuto allo Stato. Cioè, in ultima analisi, alla collettività che paga le tasse. È da qui che nasce la rivolta contro i ricchi e la predicazione di una nuova austerità. Il lusso, di qualsiasi tipo, è nel mirino dei nuovi puritani. Ma nel nostro mondo globalizzato le cose sono sempre più complesse.

La prospettiva cambia, per esempio, se si guarda alla crisi da una conceria di Ouagadougou. Quanti di noi sospettano che la caduta della domanda di lusso incide su una risorsa vitale per il remoto Burkina Faso? Stiamo parlando del secondo Paese meno sviluppato del mondo, nell'Africa che ospita anche il primo, la Sierra Leone. Katrina Manson, inviata dell'agenzia Reuters, racconta che la conceria Tan-Aliz, nella capitale Ouagadougou, dà lavoro a trecento operai. Tra di loro, perfino tre indiani attirati nello stabilimento africano da paghe tre volte più alte che a casa. Le meritano per le loro capacità: l'industria indiana della pelle è molto più avanzata e conta mille concerie nella sola Chennai, ex Madras. Tan-Aliz è invece l'unico impianto in Burkina Faso, ma già inserito in un lucroso commercio globale. Rifornisce perfino alcuni tra i maggiori marchi della moda, come Gucci. Le pelli verranno da capre e pecore di villaggi sperduti nella savana, ma finiscono per raggiungere i posti più affascinanti del pianeta: il 70-80 per cento è esportato in Italia, e una piccola quantità in Spagna e in India.[14]

Tan-Aliz è la scommessa più importante del Burkina Faso per sottrarsi alla dipendenza dalla monocoltura: il cotone da solo rappresenta il 25 per cento delle esportazioni, ma i prezzi si sono quasi dimezzati nelle incertezze dell'ultimo anno. L'industria della pelle, appena nata, ha già raggiunto il 10 per cento dell'export. Tan-Aliz, che lavora l'85 per cento delle pelli, ha entrate per 9,8 milioni di dollari all'anno. Ma adesso nella boutique annessa alla conceria si accumulano migliaia di borse colorate e invendute. È un «danno collaterale» del *credit crunch*. Il calo della domanda dei beni di lusso ha cancellato richieste e ordinativi dall'Occidente. Nessuno compra più nel londinese Selfridges le sacche etniche. E per la gente del posto sono troppo care. Come buona parte del mondo, anche Mahanmadou Ouedraogo, direttore generale della fabbrica, spera nella Cina: «Decisamente può offrici una nuova opportunità. È un mercato enorme, e aperto a una vasta gamma di articoli». È l'ultima capriola del nostro tempo: il lusso salvato dai comunisti.

6

Miliardari modello filibusta

SE c'è un nome che vuol dire abominio alle orecchie di un ricco, quello è Bernie Madoff. È vero, *l'escroc du siècle*, il truffatore del secolo, come lo ha ribattezzato il francese *Le Point*, non ha derubato solo i suoi amici del gran mondo. La peste diffusa dalla sua società ha contagiato la finanza dell'intero pianeta. Nella voragine che ha aperto, un buco nero da 50 miliardi di dollari (65 secondo altri), sono precipitati anche migliaia di piccoli risparmiatori che avevano affidato la loro pensione all'accorto investimento della banca di fiducia. Un errore madornale. Ma niente in confronto all'onta che ha accompagnato il danno per i super-ricchi e le maggiori istituzioni finanziarie del globo. Tutti ridicolizzati da un trucchetto semplice e banale come una catena di Sant'Antonio. Solo che ci sono cascate le più grandi banche del mondo.

Avidità? Incuria? Incapacità? La Fairfield Greenwich Group, società di gestione americana, ci ha rimesso 7,5 miliardi di dollari dei suoi facoltosissimi clienti. 3,3 ne ha lasciati il Tremont Group, fondo di copertura statunitense, e 2 miliardi e 870 milioni lo spagnolo Banco Santander. A 2 miliardi e 100 si è fermata l'austriaca Bank Medici (poi travolta) e tra 1 e 2 miliardi hanno perso Ascot Partners, Fortis Bank Nederland, Union Bancaire Privée, HSBC, BNP Paribas... Svizzeri, francesi, inglesi: il gotha internazionale delle banche.

Il pianeta delle grandi ricchezze sembra avere, come la luna, una faccia perennemente nascosta. A noi, che lo guardiamo da lontano, mostra sempre il lucore abbacinante dell'oro, lo scintillio dei gioielli sulle sue donne preziose, un volteggiare di barche e di aerei, maggiordomi inappuntabili, sfarzosi design d'interni. Ci vuole la tempesta magnetica delle crisi per rovesciare l'asse di questo mondo fantastico ed esporre in piena luce i maneggi, le truffe, le evasioni fiscali. I delitti.

Bernard Madoff, affettuosamente Bernie per i tanti amici, era l'immagine stessa dell'onest'uomo: discreto, generoso, gran lavoratore. Come non fidarsi? Perfino dopo il crollo, perfino dopo l'aperta ammissione della truffa, George Somlo non direbbe una parola contro di lui. Mr Somlo ha uno splendido negozio di orologi vintage sotto le volte vittoriane della Burlington Arcade, in piena Piccadilly. Tratta solo pezzi di gran pregio, orologi in platino o tempestati di diamanti. Non so quante volte, nei miei lunghi anni a Londra, mi sono fermato dinanzi a quelle vetrine. Come davanti alle teche di un museo. Con ammirazione e incredulità, per la perfezione e per i prezzi: chi mai può permetterseli, mi chiedevo. Adesso lo so. Bernie Madoff. «Aveva una passione per Patek Philippe e Rolex, il top degli orologi da collezione», confida Mr Somlo, ma non una parola di più. Se non per dire che «era degno della massima fiducia. E fosse venuto a dirmi: 'Posso prendermi una mezza dozzina d'orologi per portarli a casa e mostrarli a mia moglie?' glieli avrei dati senza esitazione». Ecco, così l'hanno visto per vent'anni i suoi clienti: una roccia di assoluta fiducia. E lui intanto gli spillava quattrini peggio di un'idrovora.

Fino a quel 10 dicembre 2008, quando convoca i figli e li informa che non ha nemmeno un dollaro dei 7 miliardi che dovrebbe restituire ai clienti entro la fine del mese. Mark e Andrew sostengono di essere rimasti increduli e inorriditi. Chiedono di vedere i libri dei conti, custoditi in una cassaforte di cui solo il padre conosce la combinazione. Ed è allora che finalmente si lascia sfuggire un grosso sospiro, e la confessione: «Era tutto nient'altro che una grossa menzogna. Sono finito».[1]

Come ha fatto, continuano a chiedersi i nuovi commissari della SEC, l'autorità di controllo sulla Borsa di New York, che pure per anni aveva ignorato sospetti e denunce. Come ha fatto, si interrogano gli investigatori e il giudice che ha spedito Madoff in galera probabilmente fino all'ultimo giorno di vita. La storia dell'ex ragazzo ebreo di Queens, che stava per mandare a gambe all'aria l'economia del pianeta, è un paradigma dell'età dell'ingordigia. Sentite come la raccontava lui, quando era ancora sul tetto del mondo.

Una famiglia veramente speciale

È l'estate del 2000. La rivista *Wall Street & Technology* dedica un numero alle imprese famigliari. Spicca all'indice la spettacolare *success story* di Bernard, di suo fratello Peter, dei loro figli. Lavorano tutti per la Bernard L. Madoff Investment Securities LLC, un piccolo impero costruito dal niente se non sul solido reticolo degli affetti domestici. Il fondatore non ama parlare con la stampa, riservato come un buon finanziere dell'Ottocento. Uno dei figli, Mark, accetta invece volentieri di rivelare qualche segreto della casa. Be', almeno quelli che si possono... «In famiglia, fin da bambini, abbiamo sempre sentito parlare d'affari. È divertente camminare per i corridoi dell'impresa e vedere la tua famiglia al lavoro. È una sensazione un po' speciale. Non si è veramente in competizione. Piuttosto si è lì per fare qualcosa di buono insieme.»

Che quadretto edificante! Anche il fratello ha raggiunto Mark in ditta appena finite le scuole. Lo zio Peter rimarrà il «numero due» sino all'ultimo giorno. Non mancano due cugini maschi e una femmina, Shana, responsabile giuridica dell'azienda e sposata – ma guarda il caso! – a un alto dirigente della SEC, che come abbiamo detto è la commissione di controllo sulla

Borsa di New York. L'immagine dell'azienda a conduzione famigliare, manco fosse un ristorantino italiano, invia alla clientela un messaggio trasparente. Dai Madoff niente bonus stratosferici a manager ingordi. Il successo della ditta viene dalle oculate scelte di investimento, che peraltro sembrano poco influenzate dagli alti e bassi delle azioni. Ogni anno i Madoff sono in grado di offrire rendimenti estremamente attraenti, ben superiori a quelli di mercato. Come fanno? Ecco un segreto che viene gelosamente custodito.

Fino all'ultimo la cavalcata trionfale della famiglia ebrea, dal popolare quartiere di Queens ai pinnacoli del jet set di New York, è l'ennesima versione del «sogno americano». I genitori di Bernie non avevano un centesimo per spedirlo al college. Ma lui non si perde d'animo. Raccoglie tutti i lavori part time che può, e studia. La sera maestro di nuoto alla piscina comunale di Long Island, la notte inserviente ai drive in, i fine settimana solo sui libri, con un unico intervallo: la visita del sabato in sinagoga, con tutta la famiglia. Tra i grattacieli di Manhattan non conosce nessuno, ma il suo sogno ha contorni precisi: conquistarsi un posto a Wall Street.

A ventidue anni, gli studi non li ha finiti, ma con poche migliaia di dollari mette in piedi la sua prima ditta. L'occasione arriva all'inizio degli anni Sessanta, quando il New York Stock Exchange – il NYSE che detta al mondo il corso delle Borse – è in pieno boom. C'è posto anche per Bernie. Niente di speciale, la sua è una piccola impresa di brokeraggio che raccoglie per conto di banche e istituzioni gli ordini d'acquisto delle azioni e le trasmette al NYSE. Si lavora duro, anche dodici-tredici ore al giorno, ma si guadagna bene. Madoff chiama con sé il fratello, assumono una dozzina di dipendenti, lasciano finalmente il Queens. Bernie si concede una bella villa a Long Island, e la moglie Ruth si conquista uno spicchio di popolarità tra i vicini pubblicando un libro con le sue migliori ricette kasher. Ma è ancora ben lontano dall'essere il guru di Wall Street. Per quello bisogna aspettare l'inizio dei folli anni Ottanta.

Informatizzazione e deregulation, è la miscela che innesca il boom del mercato azionario. E Madoff è lì, tra i primi ad aver informatizzato l'impresa. Il fiuto viene presto premiato. Il flusso di ordini diventa un'alluvione, le commissioni una montagna, Bernie guadagna molto ma conserva la mente fredda. Lavoro duro come sempre, e figli e parenti assunti in ditta a cominciare dai lavori più umili.

Ma a quel punto è ormai entrato nel *sancta sanctorum* della finanza mondiale. A cinquantacinque anni viene eletto presidente del Nasdaq, la Borsa dei titoli tecnologici. È la consacrazione. Adesso che è nel gotha, Madoff si stacca a poco a poco dal vecchio lavoro di broker. Comincia a offrire consigli, suggerimenti. Senza mai dar l'impressione di imporsi. Spesso sono amici della comunità ebraica. Per qualcuno, digiuno di Borsa, va anche più in là: accetta di gestirne i portafogli azionari. Tra i primi a godere del suo aiuto, il padre di Jeff Wilpon, un compagno di scuola dei figli, che è un ricchissimo uomo d'affari, ex proprietario dei Mets, la mitica squadra di baseball di New York. Wilpon versa entusiasta una grossa somma nel fondo d'investimento creato da Madoff, e davanti ai sostanziosi guadagni apre l'agenda degli indirizzi e porta a bordo anche i suoi amici più facoltosi... È l'inizio della costruzione della «piramide Madoff».

«Don't ask, don't tell», ovvero «incassa e zitto»

Lo schema d'imbroglio concepito dal guru fasullo di Wall Street è vecchio come la finanza. Il gestore del fondo utilizza semplicemente i denari degli ultimi investitori per pagare sontuosi interessi ai primi. È un meccanismo che ho visto all'opera a Mosca, nel capitalismo arrembante dei primi anni Novanta. Ma è sempre stupefacente l'ingenuità di tutti noi esseri umani di fronte a chi solletica la nostra avidità.

Chara Bank era una tra le tante istituzioni finanziarie che

prometteva ai clienti interessi sui depositi fino al 30 per cento annuo. E loro ci credevano. Sul serio. Anche perché all'inizio la banca riusciva a mantenere l'impegno. Metà Mosca – netturbini e giornalisti, funzionari comunali, scrittori e musicisti – era corsa a consegnare i suoi risparmi, spesso di un'intera vita, ai nuovi maghi dei soldi. Che facevano esattamente lo stesso giochino di prestigio di Madoff: usavano i denari degli ultimi per pagare i mirabolanti interessi promessi ai primi. Ma visto il ridotto numero dei merli con contante nella Russia di allora, l'esercizio di illusionismo non durò che pochi mesi. Un bel giorno del 1994 gli sportelli di Chara Bank non aprirono più al pubblico. Le file di gente disperata non servirono a riportare indietro i manager che se l'erano squagliata con gli ultimi soldi in cassa.

Prima di arrivare anche lui a questo punto, Madoff è stato per due decenni un protagonista della plutonomia. Il brokeraggio? Roba del passato. Lascia questa attività ai due figli e lui si occupa esclusivamente di speculare per conto dei suoi clienti multimilionari. Lavora da solo, in un ufficio allestito all'ultimo piano dell'edificio che ospita più in basso la ditta di famiglia, all'885 della Terza Avenue. Uno strano palazzo, conosciuto come il Lipstick Building, per la forma che ricorda un rossetto. Dal suo ufficio solitario al diciassettesimo piano, dove nessuno è autorizzato a entrare, Bernie governa un impero in espansione. Anno dopo anno, diventa ricco. Ricchissimo, come molti dei suoi investitori, che sono anche suoi amici e compagni di piaceri. Ha un appartamento da 7 milioni di dollari in uno dei quartieri più alla moda della Grande Mela, l'Upper East Side. Una splendida villa in Florida, a Palm Beach. Un'altra da 9 milioni di dollari agli Hamptons, sull'Oceano, forse il posto più chic di tutti gli Stati Uniti. Vola su un jet privato.

E non basta. Ci sono sempre i Madoff tra la crema dei ricchi che affolla Cap d'Antibes: una tenuta di due ettari sul promontorio più esclusivo della Costa Azzurra, dove la coppia soggiorna ogni anno il mese d'agosto. Al quotidiano *Nice-Matin* Dany, il gestore della spiaggia Chez Keller, proprio accanto alla proprietà di Bernie, lo racconta così: «Era un cliente che tutti adoravano. Generoso ma senza ostentazione. Mai una parola sgarbata. Mai una richiesta o un capriccio». Non che stesse molto sulla sabbia. Lui adorava il mare, o forse piuttosto lo usava: l'estate prendeva a bordo investitori e amici, e li rendeva partecipi della sua passione per la pesca. Per le sortite rapide, lasciava le banchine dell'esclusivo yacht club di Palm Beach con un battello del 1969, il *Rybovich*, un gioiello retrò per amatori. Per le partite di pesca più impegnative, invece, tutti sul ponte del *Bull*, il toro, una barca di 27 metri battezzata con il nome della fase di crescita della Borsa. La moglie Ruth preferiva il golf: al punto da diventare socia dei sei club più prestigiosi della East Coast.

«Nuovi ricchi», certo, ma senza le maniere degli arricchiti. Al contrario. Gli amici milionari, magari da più tempo, li ammirano per la loro raffinatezza, la discrezione. Bernie non parla mai delle sue operazioni. Il suo motto è: «*Don't ask, don't tell*», non chiedere, non raccontare. Il truffatore sfrutta genialmente l'ossessione dei grandi ricchi per la segretezza. Mai una volta si lascia sfuggire i nomi dei clienti più prestigiosi. Ma tanto lo sanno tutti che l'aristocrazia della comunità ebraica internazionale, e più di qualcuna delle grandi famiglie WASP[2] americane, affidano a lui i suoi soldi. Saranno loro stessi, dopo il crac, a esporre sui giornali il conto delle perdite. Steven Spielberg, che ci ha rimesso capitali di tasca sua e anche della sua fondazione benefica, Wunderkinder (arte, educazione, medicina). Il Nobel per la pace Elie Wiesel, che aveva consegnato a Madoff 15 milioni di dollari, quasi tutti i fondi della sua organizzazione impegnata nella lotta all'antisemitismo. Ezra Merkin, ex presidente della banca di General Motors, Leonard Feinstein, creatore della catena Bed Bath & Beyond (accessori da bagno), Jeffrey Katzenberg, gran capo della DreamWorks Animation, che perde tanto da indebolire perfino la società.

Tutti investitori condotti nelle mani dello stregone dal passaparola di altri amici influenti.

«AAA Ereditiera rovinata cerca lavoro, anche cameriera»

La piovra Madoff non risparmia l'Europa: a che servirebbe sennò la villa in Costa Azzurra? L'amicizia con Philippe Junot, primo marito di Carolina di Monaco, e Michele di Jugoslavia apre a Bernie le casseforti delle grandi fortune europee. Il grimaldello però è il fondo d'investimento Access International, guidato dal discendente di una storica famiglia di armatori bretoni: Thierry Magon de La Villehuchet. Ex capo del Crédit Lyonnais Securities a New York, La Villehuchet convoglia nel sistema di drenaggio Madoff i milioni di amici di primo piano, oltre a buona parte dell'eredità di famiglia. Fra le vittime compare Liliane Bettencourt, maggior azionista di L'Oréal, che con 13,4 miliardi di dollari è la donna più ricca d'Europa e tra i possessori di grandi patrimoni francesi è seconda soltanto a Bernard Arnault. C'è anche lui tra gli investitori, il maggiore patron dell'industria francese, che siede su 16,5 miliardi di dollari. E poi Daniel Hechter, lo stilista: nel '97 vende la maison di moda e consegna tutto il ricavato all'amico americano. In totale, versano almeno un miliardo e mezzo di euro che si volatilizzano.

Poca cosa in confronto ai 7 miliardi e mezzo di dollari ramazzati da un altro sodale di Madoff, Walter Noel, gestore della società d'investimento Fairfield Greenwich Group. Con l'aiuto di due generi, uno a Madrid, l'altro in Italia, Mr Noel rastrella soldi soprattutto in Europa, ma anche tra gli sceicchi del Medio Oriente: nel solo 2008 ricava 135 milioni di dollari di commissioni. Di che finanziare lautamente lo stile di vita ultraglamour suo, della moglie Monica e delle cinque bellissime figlie.

Quando infine le manette si serrano ai polsi di Bernie, non

tutte le sue vittime riscuotono solidarietà. C'è gente che è veramente rovinata. Persone anziane, tante vedove, magari sino a quel momento invidiate per la qualifica di «milionarie». E hanno invece commesso l'errore di affidare tutto quello che avevano alla confraternita segreta dei maghi del denaro. Maureen Ebel è una di loro. Alla morte del marito aveva messo la cospicua eredità, 4 milioni e mezzo di dollari, nelle mani di Madoff. Quando lo «schema Ponzi» (dal nome del primo truffatore, italiano, che l'ha applicato) è collassato, Maureen a sessant'anni si è trovata per strada, senza più un centesimo. Non le è rimasto che accettare il lavoro di badante per la madre novantatreenne di un'amica facoltosa. Purtroppo, dopo poco tempo, è stata licenziata in favore di una immigrata messicana di minori pretese. A *Vanity Fair*, che ha raccontato la sua storia, l'ex ereditiera ha dichiarato: «Se devo mangiare, posso andare a lavorare come cameriera».[3]

Più difficile è provare simpatia per altre categorie di presunte vittime della truffa. Quelli che, già scandalosamente ricchi, erano attirati dalla prospettiva di guadagni ancora più succosi. Quelli che prendevano a prestito i soldi a tasso bassissimo dalle banche per depositarli all'8 per cento nella società di Madoff. E soprattutto i gestori dei fondi, che pure si sono presentati in tribunale per chiedere di essere risarciti. Gente che a lungo ha riscosso rendimenti annui superiori al 40 per cento. Che cosa sapevano i grandi collettori dei capitali conferiti esclusivamente a Madoff? Non avrebbero dovuto sospettare, o quanto meno controllare l'affidabilità dell'impiego? Sembra difficile rammaricarsi per Walter Noel, che dopo aver perso metà dei 15 miliardi dollari del Fairfield Greenwich Group si è visto disgraziatamente negare l'ingresso al suo vecchio country club. O solidarizzare con un altro Arpagone americano, Jeff Picower, che anno dopo anno ha spillato a Bernie 5 miliardi di dollari. Una sola persona ha pagato nel modo più tragico: travolto dalla rovina e dal disonore, Thierry de La Villehuchet il 23 dicembre 2008 si è tolto la vita nel suo ufficio di Manhattan.

Chissà se Bernie Madoff ci ha pensato quando il 29 giugno 2009 è uscito dal tribunale di New York con la condanna a centocinquant'anni di carcere irrogata dal giudice Denny Chin. In faccia il «detenuto n. 61727/054» portava stampato il suo sorrisino di sempre. Forse un rictus. O forse un moto inconscio di soddisfazione per il trattamento insolitamente riguardoso riservatogli dal magistrato, che gli ha risparmiato l'onta di presentarsi in aula – e davanti alle telecamere – in manette e divisa arancione da galeotto. O forse rifletteva divertito sull'abilità del resto della famiglia rimasto a piede libero. I truffati si azzannano per riavere qualche briciola dei loro soldi, ma Ruth Madoff è già passata all'attacco del governo americano rivendicando come suoi 70 milioni di dollari degli 825 milioni intestati alla coppia, e finiti sotto sequestro. «Sono roba mia», sostiene, giacché il matrimonio è in regime di separazione dei beni.

Che accorta investitrice, la signora. Molto più del marito, a quanto pare. Per esempio, il suo conto presso la banca Wachovia ammonta a ben 17 milioni di dollari, mentre il deposito a doppia firma, con il coniuge, non supera i 21.000 dollari. A nome suo anche 45 milioni in obbligazioni municipali e 2 milioni e mezzo di gioielli. Sul conto di lui, invece, non ci sono che 200.000 dollari in azioni. Se è l'ultimo trucco di Madoff, dice qualcuno, comunque non gli servirà a molto. Con il mucchio d'anni che si è beccato, morirà in prigione. Sicuro? Assieme alla condanna sono arrivate pure strane voci sulla cattiva salute del «povero» Bernie: si parla di cancro al pancreas, si sostiene che in galera non potrebbe sopravvivere a lungo. Che strano, però. Dagli stessi documenti di questo premio Oscar dei truffatori non si direbbe proprio una salute così malmessa. Nella denuncia dei redditi 2008 le spese mediche raggiungono, a stento, i 200 dollari.

Le isole del tesoro al Tropico dell'Evasione

Le acque di Grace Bay hanno tutte le sfumature del turchese e la dolce temperatura di una fonte termale. La sabbia fine, bianchissima, dipinge sul mare un orlo di spiaggia lungo quasi 50 chilometri. Verso il largo, la barriera corallina frena con un ricamo di schiuma candida la potenza dell'oceano. L'indirizzo del paradiso in terra non può essere che questo. L'isola di Providenciales, nel microarcipelago di Turks e Caicos, uno degli ultimi lembi di Gran Bretagna nei Caraibi. È ovvio che le stelle di Hollywood abbiano tutte preso casa su queste briciole di terra immerse in un mare cristallino. Bruce Willis, Donna Karan, Michael Douglas, Keith Richards, Oprah Winfrey… Non solo attori e stilisti. Anche alcuni dei più bei nomi dell'imprenditoria europea hanno costruito su queste spiagge i loro castelli. Ma se le acque sono trasparenti, certi fondi, invece, sembrano decisamente opachi…

Anche Turks e Caicos, come le isole vicine e tutte le Antille, sono sulla lista nera dei paradisi fiscali. Una corrente ininterrotta di denaro «caldo» percorre nel senso contrario il tragitto della corrente del Golfo, risalendo dalle casseforti d'Europa e del Nordamerica alle società anonime dei Caraibi. Non c'è affare poco chiaro che non depositi i suoi detriti su queste spiagge immacolate. Anche l'imbroglio Madoff, ovviamente, ha lasciato una pista che porta a poca distanza da Providenciales, tra altri scogli di esagerata bellezza: le Isole Vergini. È qui che hanno trovato casa, almeno formalmente, tre fondi di investimento che sembrano fatti in fotocopia.

Uno l'abbiamo già incontrato. È il Fairfield Sentry, che appartiene al gruppo controllato da Walter Noel, caro e fidato amico del vecchio Bernie. Gli altri due, anch'essi registrati presso le Isole Vergini e gestiti dalle Bermuda, sono il Kingate Global di Londra e il Thema Coral di Ginevra. Apparentemente i tre non hanno niente da spartire, eppure hanno moltissime cose in comune, a cominciare dalla registrazione. Tutti e tre hanno guadagnato nel 2007 più del 7 per cento ma meno dell'8 per cento. Tutti e tre seguono le stesse tecniche d'investimento, descritte perfino con le medesime parole: *split strike conversion*, ovvero – secondo la definizione standard – «strategia di trading non tradizionale azioni/opzioni: si comprano azioni di grandi compagnie e opzioni di acquisto e vendita di quello stesso titolo. In questo modo è possibile guadagnare sia nei mercati al rialzo che al ribasso». E tutti e tre, soprattutto, hanno la caratteristica di aver puntato tutto, e perso tutto, su Bernard Madoff. È per questo che i commissari della SEC e gli investigatori dell'FBI ci vogliono vedere chiaro.[4] Si tratta di capire se i fondi che investivano esclusivamente nella gestione Madoff siano anch'essi coinvolti nella frode. Quello che è certo già oggi è che non svolgevano il compito di controllo per il quale erano pagati dai loro clienti.

È curioso come l'antico regno della Filibusta si sia confermato, tre secoli dopo, un forziere ideale per tutte le ricchezze di dubbia provenienza. Solo che adesso il tesoro non finisce sepolto in una buca nella sabbia ma esibito nelle targhette di ottone con il nome di una delle tante società anonime ospitate in vecchi edifici coloniali. Prendete, per esempio, Ugland House, sul lungomare di Georgetown, capitale delle vicine isole Cayman: le guide informano che ospita non meno di… quindicimila società! I nomi degli «affittuari» scorrono su un pannello luminoso come le azioni alla Borsa di New York.[5] Ci si può stupire dunque che le minuscole Cayman, con i loro 260 chilometri quadrati di territorio, figurino tra le grandi potenze finanziarie del pianeta? Qui sono registrati 140 trust, 268 banche, 780 compagnie d'assicurazione, e soprattutto 9600 hedge fund dei 10.000 in giro per il mondo.

È facile immaginare che sia stata la sua fiscalità, esotica quanto i pesci dei suoi fondali, a trasformare questo microscopico staterello nella quinta piazza finanziaria del pianeta. Dopo Londra, New York, Tokyo e Hong Kong. Una vera isola del tesoro su cui transitano ogni anno 2000 miliardi di dollari: l'equivalente di un ventesimo del Prodotto lordo mondiale. Che lasciano su questi scogli briciole sufficienti a rendere ricchi gli abitanti. Nel 2007 il PIL nazionale segnava una media di 47.000 dollari a testa, di gran lunga maggiore rispetto a quella dei principali Paesi avanzati. Per capirci, la nostra veleggia sotto i 30.000 a testa. Com'è possibile? Abbastanza semplice, parrebbe.

«In quindici giorni e con un dollaro, si può mettere in piedi un hedge fund abilitato a operare sui mercati finanziari internazionali», spiega Raymond Baker, direttore dell'associazione Global Financial Integrity. Dove e come raccoglie i soldi, e che ne fa, affari suoi. Grazie a un escamotage per cui i fondi stranieri registrati alle Cayman sono riservati a investitori oltre i 100.000 dollari, la legge non chiede nessun altro chiarimento. Lo stesso lassismo per le filiali delle tantissime multinazionali presenti sulle isole. Se non si tratta di banche, non è neppure richiesto un regolare *audit*, il controllo di regolarità dei bilanci. Evidentemente, non è un caso che i grandi scandali finanziari degli ultimi anni, da Parmalat a Enron a Elf, abbiano tutti una connessione con le Cayman.

Infatti, gli imbroglioni più astuti scelgono ormai altre isole. L'ultimo – per ora – a essere smascherato è Allen Stanford, finanziere texano che ha però ricevuto cittadinanza e titolo di Sir dalle autorità dell'ex colonia britannica di Antigua e Barbuda, sempre a due passi lì nei Caraibi. Onorificenza più che giustificata, visto che proprio ad Antigua Sir Allen aveva stabilito la base del suo impero di cartapesta.

Il nuovo Madoff è di proporzioni più ridotte, con una frode di «soli» 8 miliardi di dollari. Ma il meccanismo è identico, stando alle accuse della SEC. Certificati di deposito e fondi comuni, per oltre 9 miliardi di dollari, venduti con la garanzia di guadagni straordinari quanto improbabili. Al centro della ragnatela proprio la Stanford International Bank con sede ad Antigua. L'istituto vanta 8,5 miliardi di beni e trentamila clienti, che si devono supporre al momento assai preoccupati. Non sono i soli.

L'intero gruppo finanziario guidato da Stanford avrebbe in gestione oltre 51 miliardi di dollari di attività. Anche Sir Allen è un tipo riservato, ma meno solitario di Madoff. Secondo la SEC, avrebbe organizzato la truffa «con una ristretta cerchia di familiari e amici con i quali gestiva il business». Assai lucroso. La solita lista dei ricchi gli attribuisce un patrimonio personale di 2,2 miliardi di dollari. Molto di più dell'intero PIL della sua Antigua.

A Turks e Caicos guardano con malcelata invidia a questo fiume di denaro che scorre nelle isolette contigue. Be', veramente, non tutti i ventiduemila abitanti sognano questo destino. Tanto che qualcuno si è rivolto alla Corona britannica, che ancora esercita la sovranità, per chiedere aiuto contro la corruzione rampante. Bastano pochi giorni su quest'eremo dorato per capire che hanno ragione. E per capire anche come un'isola da cartolina si trasforma rapidamente in una slot machine che fa vincere sempre gli stessi giocatori. Quelli che la truccano.

Dall'inizio del Duemila questo minuscolo arcipelago semideserto, ma a un'ora e mezzo di volo da Miami, ha cominciato ad attirare ricchezza come un magnete il ferro. Niente tassa sul reddito. E con una popolazione di due decine di migliaia di anime, non esiste nemmeno la criminalità. Quella di strada, voglio dire. Perché secondo Sir Robin Auld, il giudice britannico competente per le isole, il territorio si trova «in una condizione pericolosa e volatile. Ci sono timori diffusi, in larga parte della popolazione, di essere privi di leadership mentre il patrimonio della bellezza nazionale corre il rischio di essere dilapidato».[6] Da chi? Oh, giusto un primo ministro corrotto, un immobiliarista slovacco legato al sottobosco criminale, e naturalmente un paio di società che «lavano» nel Mar dei Caraibi i soldi sporchi dell'Est Europa.

Costosa la vita felice di Michael Misick

Che ci fosse del marcio tra le palme e le rosee conchiglie che qui chiamano *conch*, l'avevo annusato pure io molto prima del giudice Auld, nella mia unica visita a Providenciales. Invitato da un amico inglese, ero sbarcato al cosiddetto «aeroporto internazionale», un capannone squassato da una tempesta tropicale, agli inizi di luglio del 2005. Mi sono trovato rapidamente circondato da una folla di mediatori, costruttori, proprietari di terreni, impiegati di banca e avvocati: la professione, quest'ultima, più diffusa sull'isola. E praticata anche dal premier dell'arcipelago Michael Misick, prima di passare in politica. Ma non l'ha lasciata nemmeno dopo. Anzi, fa pure l'immobiliarista, il costruttore, il consulente finanziario e il consigliere d'amministrazione di parecchie società. Insomma, un tipo vulcanico, con un'idea fissa: edificare ogni centimetro quadrato delle spiagge stupende delle sue isole.

Quando vince le elezioni, nel 2003, è l'era dei soldi facili e Turks e Caicos si riempiono di milionari americani. Un appartamento di 200 metri quadri in un condominio di qualità media, sulla spiaggia di Grace Bay, costa 1 milione e 200.000 dollari. Ma se si vuole un attico in un complesso di lusso sulla baia – ne spuntano come funghi –, si va fino a 5 milioni di dollari, e oltre. Fatico a convincere il fratello di Mr Misick, Chal, che incontro una sera a una cena, che non è questo purtroppo il mio budget. Lui insiste: peccato, perde una grande occasione, siamo appena all'inizio del boom, tempo due anni e i prezzi raddoppieranno... Mi cita la lungimiranza di un paio di noti imprenditori italiani che hanno realizzato in insenature nascoste ville da sogno. E il giorno dopo vado a vederne una, in costruzione. È di una coppia italiana che vive a Los Angeles e controlla una grande azienda di profumi. Gli operai stanno smantellando i pavimenti di marmo da 250.000 dollari che avevano posato appena due settimane prima. I proprietari sono venuti a vederli, non gli sono piaciuti e hanno ordinato di buttarli via. Ne deduco che il progetto dei fratelli Misick di trasformare l'Eden nell'ennesima Disneyland per ricchi fa passi da gigante.

Anche il loro benessere. Il premier ha a disposizione due jet privati e un numero imprecisato di residenze da favola. È uno stile di vita necessario – si difende lui – per corteggiare gli immobiliaristi del lusso che hanno aiutato a trasformare una colonia derelitta in un tempio delle vacanze d'élite. In effetti, dal 2003 a oggi il prodotto interno lordo delle isole è raddoppiato, arrivando a più di 750 milioni di dollari. Ma a che prezzo?

Molti isolani sospettano che quello del loro primo ministro non sia economico. All'inchiesta del magistrato inglese salta fuori che Mr Misick ha ricevuto prestiti non dichiarati per 20 milioni di dollari. A elargirglieli banche e società finanziarie, compagnie straniere, anche membri del suo stesso governo. Corruzione? Ma quando mai, replica indignato il premier. D'accordo, non ha registrato sui libri mastri i redditi e le indennità dei vari consigli d'amministrazione, ma questa – si giustifica – è pratica normale a Turks e Caicos. E quanto ai prestiti, dichiara di avere bastanti proprietà per coprirli. Del resto, la vita costa nel paradiso dei ricchi. E durante l'inchiesta la ex moglie Lisa-Raye McCoy, un'attrice americana, ha fornito un quadro alquanto dettagliato del bilancio domestico. A cominciare dal periodo del corteggiamento.

In quel magico 2005, l'innamorato Misick spese oltre 100.000 dollari per affittare un aereo privato destinato a fare la spola, due-tre volte al mese, tra Providenciales e la casa dell'amata a Hollywood. E non dimentichiamo il viaggio di nozze in Africa, su jet privato, come l'escursione in Svizzera per andare a trovare la figlia di lei a scuola sulle Alpi. Volarono anche a Londra, in visita ufficiale, ma ebbero il tempo per un salto da Harrods e Liberty. Il premier spese 190.000 sterline in gioielli, e la fresca First Lady 137.000 in abiti degni del nuovo ruolo. Ma poteva permetterselo: il marito, che è anche ministro del

Turismo, le aveva appena versato 300.000 dollari dai fondi del governo perché lei diventasse il volto di una campagna turistica internazionale. Come stupirsi che viaggiassero tanto, sempre ovviamente in jet privato? Una puntata a Milano, a Los Angeles, a Praga... Praga? Guarda guarda, proprio nella capitale ceca si trova una delle banche così generose con lo spendaccione Mr Misick.

«Il governo è roba mia»

Mario Hoffman è un uomo d'affari slovacco molto impegnato, ma a Turks e Caicos non ci va per godersi sole, mare e relax. Per la semplice ragione che una buona parte dei suoi affari si svolge proprio sulle isole. Il suo progetto più importante è la costruzione di un golf club e un albergo sui 100 ettari di Salt Cay, un isolotto deserto a mezz'ora di barca da Providenciales. Un affare d'oro. Perché Salt Cay è *Crown land*, terra dello Stato, e per affittarla per novantanove anni (secondo l'uso britannico) Hoffman sborsa 238 dollari l'anno. Avete capito bene: 238 dollari per un'isola che messa sul mercato si venderebbe a 8 milioni di dollari.

Ma il businessman slovacco ha per fortuna un socio di tutto rispetto. La nostra buona conoscenza Chal Misick, il fratello del primo ministro Michael. Tutti e due respingono sdegnati qualsiasi illazione. Il premier nega per di più di aver mai concesso a Hoffman uno speciale permesso di immigrazione. Ma ammette che l'immobiliarista europeo lo ha presentato al direttore di una banca di Praga: proprio quella che in seguito ha organizzato un prestito di 1 milione e 600.000 dollari su un conto segreto del partito di governo, il Progressive National Party. Ma, come recita il motto dell'Ordine della Giarrettiera, «*Honni soit qui mal y pense*», vergogna a chi pensa male.

Il denaro, ha spiegato Floyd Hall, vicepremier dell'arcipelago, è stato effettivamente versato a figure di spicco dell'amministrazione, ma solo per farne uso a scopi politici. Lo stesso Hall ha ammesso di aver incassato 355.000 dollari in cinque anni, e il primo ministro Misick 901.000 dollari. Dove sono finiti? A finanziare piccoli prestiti agli elettori, ha spiegato Hall riuscendo a non ridere, che naturalmente nessuno si aspetta vengano ripagati.

Mentre è proprio la restituzione di un prestito il conto di 200.000 dollari su carte di credito che un altro immobiliarista ha saldato a favore di un cugino di Mr Hall, Jeffery: anche lui, l'avrete indovinato, un ministro del governo Misick. Purtroppo, la politica costa, e il premier ha incassato altri 325.000 dollari di commissione quando ha fatto vendere per 2 milioni il terreno di un amico, appena uscito dalle galere americane per reati di droga.

L'inchiesta giudiziaria ordinata dal governatore britannico delle isole ha messo in luce, effettivamente, un'intensa attività di mediazione immobiliare dell'intero governo di Turks e Caicos. In genere, i politici sono coinvolti nella cessione di terreni di proprietà pubblica. E purtroppo per loro, le operazioni che riguardano «terre della Corona» hanno bisogno dell'autorizzazione del governatore nominato da Londra. Dove c'è pure un Parlamento, commissioni, sottocomitati... insomma un sacco di ficcanaso.

Così anche le attività di Mr Hoffman spuntano fuori da testimonianze scritte rilasciate nel 2008 al Foreign Affairs Select Committee, la Commissione esteri della Camera dei Comuni. Sotto i riflettori una società dell'imprenditore, la Istrokapital. I documenti la descrivono come un canale per «denaro russo», e anche *a front for money laundering*, una copertura per operazioni di riciclaggio. C'è di più. Secondo le prove raccolte, la compagnia ha «fortissimi legami con il sottobosco criminale ed è nota per reclutare massicciamente tra gli ex agenti del servizio segreto slovacco».[7]

La signora Georgia Dunn, donna d'affari locale, non sapeva probabilmente di mostrare parecchio coraggio quando ha avuto una turbolenta conversazione con lo slovacco Hoffman. Come ha riferito al giudice Auld, lei rifiutava di vendergli un suo terreno, e lui l'ha avvertita brutalmente: non avrai mai il permesso di costruire «perché io sono il padrone del governo». O almeno, con 1,6 milioni di dollari, l'azionista di controllo...

PARTE TERZA

Santa Russia tra pallottole e paillettes

7

Mosca non ama le lacrime

PUÒ mai la città che si è data alle fiamme, pur di non cedere a Napoleone, darla vinta alla crisi? Ai primi disgeli della primavera del 2009 Mosca appare sorpresa, sbalordita, frastornata. Frotte di belle ragazze difendono la frontiera dello shopping. Ma fino a quando? Igor Chapurin, stilista alla moda nella capitale di Putin, sa che cos'è una crisi. Ha aperto la sua prima boutique moscovita nel 1998, proprio alla vigilia del collasso finanziario del Paese, quando la Russia yeltsiniana fu costretta a sospendere il pagamento del debito estero e a polverizzare il valore del rublo. Perciò oggi, al confronto, è affare da niente. Dice Chapurin: «Nel '98 sembrò che il mondo si fosse spalancato e inghiottisse tutto. Adesso gli affari sono rallentati, certo, ma ancora nessuno sa che sta succedendo davvero». In attesa di scoprirlo, i russi affluenti non abbandonano il loro passatempo preferito: lo shopping. Anche perché, dopo tutto, è un giochino che hanno scoperto da appena tre lustri.

Ricordo, dei miei anni a Mosca, l'eccitazione all'arrivo in città delle prime boutique dei grandi stilisti occidentali. Laura Biagiotti fu all'avanguardia dello sbarco, con una sfilata organizzata nientemeno, grazie anche alla nostra ambasciata, nella sala grande del Palazzo dei Congressi al Cremlino. Era il posto in cui dall'epoca di Krusciov si tenevano le assise solenni del partito. Nel 1995 non solo il Partito comunista dell'Unione Sovietica era ormai scomparso da quattro anni, ma pure l'Unione Sovietica. Parecchi ex dirigenti e funzionari si erano in verità riciclati come uomini d'affari, e le loro consorti sembravano ansiose di adeguarsi agli standard della moda italiana. Per Laura fu un successone, sottolineato dall'abile scelta di affidare la sfilata alle fresche bellezze che la vecchia Russia sembrava d'improvviso partorire. E pensare che per decenni, dalla nostra parte del Muro, l'immagine delle donne russe si era identificata con quella delle matronali consorti dei segretari generali. Esclusa ovvìamente Raissa Gorbaciova.

Allo zenith dell'era yeltsiniana Mosca pareva ubriaca di tutto quanto venisse dagli ex nemici d'Occidente. Abiti e macchine, scarpe e ristoranti. Era italiano anche uno dei primi locali con pretese di cucina raffinata, e prezzi adeguati: *Il Pescatore* su Prospekt Mira. Attirava fino a notte fonda tarchiati *biznessmen* in giacca di pelle nera e le loro spettacolari fanciulle. Ricordo di essere sbalordito quando il proprietario mi disse il prezzo di una magnum di rosso Tignanello appena arrivata dall'Italia: 140 dollari. «Ma sei impazzito?» mi scappò. E lui, di rimando: «Di meno non posso. I nuovi ricchi di qui non me la comprerebbero».

Lo stesso principio valeva per la moda. Lo *Slavyanskaya*, il primo albergo di stile occidentale aperto vicino a Kievskij Voksal, la stazione Kiev all'imbocco di Kutuzovskij Prospekt, ospitava un mall di soli negozi di lusso. Roba mai vista fino ad allora. Il genere di boutique che si potevano trovare a Parigi, New York, Roma. Stesse griffe. Stessi abiti. Una sola differenza. Anzi, un'avvertenza: Non si accettano carte di credito. Che importa? Nella Russia che scopre il lato selvaggio del capitalismo, il biglietto verde con l'effigie di Washington è l'unico mezzo di pagamento universalmente accettato. Che siano lavatrici o abiti firmati. I «nuovi ricchi» vanno in giro con mazzette di migliaia di dollari. Dieci, venti, trentamila dollari per svuotare in contanti le boutique dello *Slavyanskaya*. Alle ditte occidentali sembra il paese della Cuccagna. Il rovescio della medaglia è che anche la protezione va pagata cash, e chi sgarra fa la fine del comproprietario canadese dell'albergo, Paul Tatum. Lo ammazzano con una raffica di mitra all'imbocco della vicina metropolitana. Nella Mosca degli anni ruggenti non basta un passaporto straniero a salvarti dai killer.

Acqua passata, ovviamente. A «Putingrad» si spara meno (tranne che ai giornalisti...) e si compra molto di più. La città è diventata un Bengodi dello shopping, una copia più caotica delle metropoli occidentali. Perfino i GUM sono cambiati. Erano l'ultimo pezzo di antiquariato della vecchia Russia zarista e sovietica. Imponenti e delabré, colossali e senza una toilette decente (ma se è per questo, pure Monoprix a Parigi). Il magnate Kusnirovich li ha trasformati in uno scintillante centro commerciale, traboccante di luci e di prodotti firmati. Perché, continua Chapurin, «la moda è una necessità. In Russia, c'è ancora un culto della visibilità. Ha appena cominciato a svilupparsi e non credo che si fermerà di colpo».

Altra faccenda è ovviamente la preoccupazione. Il rublo svalutato sul dollaro del 30 per cento in appena sei mesi. Le riserve valutarie ridotte anch'esse di un terzo, sotto i 350 miliardi di euro. E la fuga di capitali: i ricchi hanno fatto involare, si stima, tra i 200 e i 250 miliardi di euro. Ma i russi sono fatalisti, come Chapurin: «Oggi è giusto un altro dramma. Abbiamo avuto il dramma sovietico. Poi il dramma della perestroika. Poi c'è stato il '98. E infine oggi. È il nostro destino».

Tra gli stilisti stranieri di spicco c'è chi non trova tanto saggio affidarsi al fato, e parte. Stella McCartney e Alexander McQueen, che avevano aperto le loro boutique poco più di un anno prima, hanno fatto fagotto ai primi caldi dell'estate del 2009. E anche la Diesel ha chiuso i suoi sei punti vendita in Russia, sebbene la motivazione ufficiale dichiari l'intenzione di riaprirli per un segmento più alto di mercato. Resta il fatto indiscutibile che nel 2009, per la prima volta, la domanda è calata. I negozi di lusso si erano preparati per il peggio già alla crisi delle banche nell'ottobre del 2008, come racconta Aleksandr Bichin, direttore della boutique Marc Jacobs a Mosca: «Per due o tre settimane, quando si è capito che la crisi non era uno scherzo, abbiamo effettivamente avuto meno clienti. Ma quando hanno visto che non li toccava davvero nel portafogli, sono tornati come prima».[1]

A primavera però è andata diversamente. L'economia pencolava verso crescita zero e più di qualche livido è apparso anche sulle membra, levigate nelle spa cittadine, della nuova classe media. Piaccia o no, certe abitudini di spesa sono cambiate, secondo Bichin: «La cliente abituale che prima andava a comprare tre o quattro vestiti, adesso si accontenta di due». Forse, semplicemente, per la prima volta nella loro fresca carriera di consumatori i russi vanno alla ricerca di prezzi più ragionevoli.

La zarina con il cappello in mano

Nel marzo del 2008 Yelena Baturina annunciava tra le fanfare alla stampa il progetto più grandioso della sua carriera di costruttrice. Per la verità, la sua attività di tycoon del mattone ha già contribuito a ridisegnare larghe fette della Mosca postsovietica. Ma l'orgoglio per il Progetto Arancio era assolutamente giustificato. Un complesso d'avanguardia firmato dalla star-architect Norman Foster sarebbe sorto sulle rive della Moscova, riflettendo sul fiume le facciate tinte d'arancio e modellate come gli spicchi di un frutto. Purtroppo a metà marzo del 2009 la signora Baturina ha dovuto prendere atto di due spiacevolissime novità. La prima è che la lista di *Forbes*, uscita pochi giorni prima, l'aveva appena depennata dall'elenco dei miliardari globali. La seconda è che la cancellazione risultava pienamente giustificata: tanto che la zarina del mattone ha dovuto nelle stesse ore chiedere allo zar vero, cioè a Putin, un prestito governativo di 1 miliardo e 400 milioni per salvare la sua compagnia di costruzioni. Le piramidi di Foster dovranno aspettare.

Le fortune di Yelena Baturina e quelle della città che ha contribuito a rimodellare si intrecciano molto più intimamente che per qualsiasi altro oligarca. Della categoria lei fa legittimamente parte a doppio titolo. In proprio, visto che nel 2008 vantava una fortuna di 3 miliardi e 100 milioni di dollari e il solito *Forbes* continua ad attribuirle il titolo di donna più ricca di Russia anche dopo il capitombolo dell'ultimo anno. E inoltre, come consorte di Yuri Luzhkov, il sindaco-manager di Mosca, l'uomo che gli estimatori salutano come il «salvatore» della città, e i detrattori bollano come «il Signor 20 per cento» (che pure in un Paese di vasta corruzione pare un po' troppo per una tangente...). Di sicuro, il calvo e sanguigno «Luzhok» – uno dei suoi diminutivi – è a settantatré anni uno degli uomini più ricchi di Russia. Ma anche il più popolare di Mosca. Rieletto costantemente dal 1996 (dopo la prima nomina ottenuta da Yeltsin nel 1992), il segreto della sua forza sembra avere una doppia chiave: il controllo di un giro d'appalti e di affari ciclopico e il mantenimento di un'ombra almeno del vecchio welfare sovietico. Nel 2005 la Duma di Stato, liberista con i poveri, annullò tutti gli sconti e le facilitazioni per parecchie categorie di anziani o malati. Luzhkov annunciò invece, con gran risalto sui giornali amici, che l'amministrazione comunale avrebbe garantito gli aiuti economici agli invalidi di guerra, ai veterani e a tutti i bisognosi residenti nella capitale.[2]

Dalle scopette per i gabinetti alle sedie di plastica alle torri di Lord Foster. Chi avrebbe mai scommesso che la carriera imprenditoriale della signora Baturina, cominciata appena nel 1991, avrebbe avuto quest'andamento a razzo, fino a fare di lei una miliardaria in dollari già nel 2004? Il fatto è che quell'anno, il '91, fu proprio magico per la giovane Yelena (è nata nel '63). Divenne la seconda moglie di Yuri Michailovic, di ventisei anni più anziano, allora soltanto un oscuro *apparatcik*, un funzionario del Soviet comunale moscovita. E contemporaneamente fondò la sua società, la Inteco, assieme al fratello maggiore Viktor.

All'inizio un piccolo business nella plastica, le scopette per il water, appunto, nonché le bacinelle. I soldi, dicono le malelingue, le arrivano da un piccolo prestito del comune. Ma nel '92

Luzhkov è nominato sindaco da Yeltsin e, guarda la coincidenza, solo due anni dopo la Inteco vince la gara d'appalto comunale per la fornitura dei sedili di plastica allo stadio Luzhniki, il più grande di Mosca. 85.000 pezzi, e da allora più niente ha fermato la prima businesswoman di tutte le Russie. Dalle sedie di plastica passa ai piatti e bicchieri per uno dei tanti progetti del vulcanico marito, la catena di fast-food Russkoje Bistro, che dovrebbe far concorrenza a McDonald's. E da lì finalmente al mattone, la pietra filosofale che la rende ricca, con interessi nelle costruzioni, l'ingegneristica, il cemento, il petrolio, la finanza, perfino l'agroalimentare.

Cominciano a chiamarla «la zarina», ma Yelena, per intraprendente che sia, non ha dimenticato il suo modestissimo ambiente famigliare. Padre e madre operai alla Frezer, fabbrica della periferia moscovita dove si producevano punte per i trapani. E lei stessa, per un anno e mezzo, alla catena di montaggio nello stesso stabilimento, mentre frequenta per corrispondenza l'Istituto superiore per la gestione economica. Ma il 1991, così importante nella sua vita, è anche l'anno in cui crolla l'Unione Sovietica. Dalle ceneri del vecchio sistema nasce una società confusa, senza regole, avida e bisognosa di tutto. La Baturina è in prima fila, pronta a cogliere l'occasione. In ditta con lei piazza non solo il fratello ma pure la sorella, la cognata e due cugini. Il marito, no: perché, spiegherà compunta qualche anno più tardi, «come moglie del sindaco devo preoccuparmi di non macchiare la reputazione della mia società».

Questa onorevole attenzione al conflitto d'interessi si manifesta in verità solo nel 1999, quando su ordine del Cremlino i servizi segreti la mettono sotto inchiesta per riciclaggio di denaro all'estero. L'indagine viene prontamente archiviata non appena il sindaco Luzhkov depone l'ambizione di succedere al malandato zar Boris. E la carriera della moglie può ripartire alla grande. Con il municipio che le passa un appalto dopo l'altro, la consorte del primo cittadino diventa la padrona del settore edile della capitale, dove i prezzi degli appartamenti di standard occidentali lievitano verso le stelle: 5000, 7000, 10.000 dollari al metro quadro... Nemmeno le panoramiche colline Lenin si salvano dalla furia cementificatrice di Yelena. Un enorme complesso abitativo spunta giusto accanto al grattacielo della MGU, l'università di Mosca. Solo il contratto per costruire Grand Park, un complesso di lusso alle porte della città, vale 800 milioni di dollari. Ne vengono fuori quattromila appartamenti di cui fanno incetta i milionari moscoviti. La «meravigliosa Baturina», dicono i bene informati, si è accaparrata un terzo del mercato del mattone nella capitale in preda a frenesia da costruzione.

Dai «denti di Stalin» alla «dalia di Foster»

Sono gli anni del boom petrolifero e delle materie prime. Le casse di zar Vladimir, come quelle dei nuovi boiardi, sono gonfie di dollari. La Mosca sempre sognata dai profeti imperiali come una «terza Roma», cambia pelle e destino. Adesso somiglia a New York. O a una qualunque altra megalopoli firmata sempre dagli stessi architetti, sempre le stesse forme, gli stessi materiali, da Berlino a Tokyo passando per Pechino. La *grandeur* di Putin stimola un nuovo gigantismo edilizio ma, paradossalmente, al prezzo dell'omologazione della città. Non c'è zar che non usi l'urbanistica per erigersi un monumento. Per i moscoviti, i sette grattacieli in stile gotico-sovietico che fino al Duemila disegnavano i punti cardinali sull'orizzonte della città, restano ancora oggi *zubi Stalina*, i denti di Stalin: fu lui a volerli, e a conficcarli nella carne viva della città. Più prosaicamente, la memoria di Putin resta affidata alle undici torri in vetrocemento che punteggiano Moscow City, il nuovo quartiere degli affari costruito a ritmi da faraone tra Krasnaja Presnja e Fili, sulla riva orientale della Moscova. Come le chiameranno i moscoviti? Magari i «pettorali di Putin», visto che ama tanto farsi fotografare a torso nudo...

Nell'epoca d'oro, per lo studio londinese di Lord Foster è

una pacchia. La nuova nomenklatura domiciliata tra il Cremlino e piazza Tverskaja, dove si trova il municipio, è innamorata dei progetti visionari dell'architetto inglese. Che ne sforna uno dopo l'altro. I russi sono perdutamente sedotti dall'idea che l'edificio più alto d'Europa si stagli proprio contro il loro cielo. Con i suoi 600 metri d'altezza la Piramide di Foster dovrebbe risultare il più superbo edificio del vecchio continente e segnalare al mondo, per dirla con un altro britannico, l'accademico di Oxford Timothy Garton Ash, che «la Russia sente di essere di nuovo in marcia dopo l'umiliazione della guerra fredda».

Ma a Mosca non basta la competizione per la torre più alta. Vuole la certezza del palazzo più grande del mondo. Ed è appena l'altro ieri, gennaio 2008, quando l'ennesimo progetto di Foster viene approvato tra i regolamentari squilli di tromba. «Una città racchiusa in un unico edificio», proclama l'architetto. Un'immensa isola di cristallo che per alcuni somiglia a «una dalia in un cesto» (come diavolo sarà?), per altri più maligni a «un seno a punta curvato all'insù». Costo stimato: 2 miliardi di sterline. Superficie 2,5 milioni di metri quadri. Altezza, 450 metri. Basta? No davvero. Crystal Island – così dovrebbe chiamarsi l'opera sull'isolotto di Nagatino, in mezzo al fiume – è tutta una sequenza di numeri da capogiro: all'interno troveranno posto 3000 stanze d'albergo, 900 appartamenti, un parcheggio sotterraneo con 14.000 posti, e ancora musei, teatri, cinema, negozi, e perfino una scuola per 500 studenti. Tutto pronto nel 2014. Be', questa era la scadenza prima del *credit crunch*... Adesso anche «l'isola di cristallo» prende polvere sugli scaffali.

A questo punto della storia il sindaco Luzhkov si è però già guadagnato anche un altro appellativo: «il demolitore». Nella compiacente distrazione dei tecnici comunali, spariscono in pieno centro ville zariste e palazzi napoleonici, costruzioni moderniste e palazzine in puro Liberty, e con loro se ne vanno asili, scuole, giardini, campi sportivi. La burocrazia corrotta chiude un occhio e i neopalazzinari si affaccendano a demolire, per ricostruire sontuose residenze per i super-ricchi. Fra il 1994 e il

2007, solo nei vecchi quartieri dentro l'anello del Kaltsò – la circonvallazione interna di Mosca – il municipio ha lasciato abbattere, o cadere a pezzi, oltre duemila edifici: seicentocinquanta erano dichiarati di interesse storico, e – per citare l'ex ministro delle Finanze Boris Fedorov – «non è solo un pogrom culturale, è un crimine contro il patrimonio».[3]

Certo non quello della coppia Luzhkov. Dopo tutto, sono loro due, sindaco e consorte, ad aver stampato per sempre la loro impronta sul volto di Mosca. Soprattutto con l'idea di espandere la città appena oltre il fiume. È lì, sull'altra sponda della Moscova, che il sindaco fa costruire dal niente la città degli affari, la City della nuova Russia. Diventerà il simbolo dell'era Putin, ma è l'ex anonimo funzionario sovietico a concepirla per primo. E l'Inteco della moglie a tirar su palazzi come modellini Lego.

All'inizio veramente ci pensano gli italiani. Ricordo, nei primi anni Novanta, l'inaugurazione solenne di uno dei grattacieli nuovi di zecca realizzato da un'azienda di costruzioni tricolore. Il disastro del rublo è ancora lontano – nel '98 di là da venire – e il tumultuoso boom edilizio moscovita riflette in quegli anni l'arrembaggio della Russia al mercato. Luzhkov arriva a tagliare il nastro con l'aria e lo stile da capitan Uncino che non l'abbandona mai. Basso, tarchiato, calvo, sempre stretto tra le mani o calcato in testa il berretto con visiera di foggia leninista che giustifica l'ennesimo nomignolo: Kepka, scoppoletta.

Si ferma il tempo di stringere la mano all'amministratore delegato dell'impresa, qualche pacca sulle spalle agli operai, larghi sorrisi un po' ghignanti per la stampa assieme alle dichiarazioni di rito: Mosca che cresce, che rinasce, che si espande, che produce ricchezza. Noi giornalisti annotiamo distratti e svogliati perché ancora non ci è chiaro che il tondo Napoleone in berretta che abbiamo davanti è lì per restare. Di lì a qualche anno, perfino uno storico serio (e un tempo riformista) come Roy Medvedev parlerà di «modello moscovita che si sviluppa con successo: la squadra di Luzhkov guida la capitale con sicurezza e competenza, dimostrando la sua capacità non a parole ma nei fatti, e questa, com'è noto, è la formula del successo».[4]

Non proprio tutti concordano sulla ricetta del «successo». Qualcuno, anche influente, sospetta altri ingredienti. È il 2004 quando il Comitato di controllo popolare, un gruppo civico che dichiara il sostegno di due milioni di moscoviti, attacca frontalmente la Baturina. Il presidente Nikolay Maslov annuncia di volerla portare in tribunale per vederci chiaro nell'interminabile lista di appalti che continua a vincere. Dice che ha testimoni tra i funzionari comunali circa pratiche d'assegnazione poco ortodosse, e accusa: secondo le sue stime, la consorte del sindaco costruisce ogni anno un milione e mezzo di metri quadri, la metà di quanto si realizza annualmente nell'intera Mosca. Se poi si aggiunge pure il monopolio, o quasi, nella produzione del cemento, il gioco è fatto. Maslov non è un tizio qualunque. È il vicecapo del Gosstroi, il regolatore statale dell'industria delle costruzioni. Per i dietrologi, le sue dichiarazioni sono la prova provata che Putin ha deciso di liberarsi del sindaco. Ma, come si vede, senza riuscirci. L'occasione però potrebbe offrirgliela la grande crisi.

La richiesta d'aiuto avanzata dalle società della Baturina non differisce molto dall'SOS lanciato da molti altri grandi imprenditori russi, ma ha trovato accoglienze molto più gelide. «È una vergogna», ha detto Sergey Mitrokhin, capofila dell'opposizione in consiglio comunale. «Lei non ha nessuna idea di che cos'è la vita comune, o la gente comune. Lei vive nel suo mondo dorato, dal quale si affaccia sulla realtà che la circonda, e di cui non ha nessuna comprensione.»[5]

In effetti, l'acquisto pochi mesi prima della reggia di Witanhurst, a Londra, per 63 milioni di euro non aiuta certo ad aumentare la popolarità dell'ex miliardaria. È il tempo in cui perfino il marito se la prende con i ricconi «che compravano yacht e altre proprietà di lusso durante gli anni del boom: incompetenti premiati con grandi fortune, ecco una delle cause della crisi». Gliel'avrà ripetuto anche in privato alla sua Yelena? Dopo la richiesta del prestito statale da 1 miliardo e 400 milioni di dollari, addio «zarina», adesso sui giornali russi la Baturina è una calamita per gli insulti. Per il pubblico quelli come lei non sono altro che «ladri», «gangster». Una lettrice che si firma Lyubov le ha chiesto almeno un prestito di 100.000 rubli (appena 2900 dollari). Scrive: «È così difficile vivere con i miei 4000 rubli di pensione. Ho dimenticato il profumo delle mele».

La guerra dei trattori e dei fratelli

Belgorod, nelle fertili campagne al confine con l'Ucraina, ospita uno dei templi ortodossi più antichi e venerati della Russia, la cattedrale Preobrazhenskij (o della «trasfigurazione»). Lo sfortunato zar Nicola II ci andò in pellegrinaggio per ben due volte, e nell'autunno del 2007 lo ha imitato anche zar Vladimir. Una visita riservata, a sera tarda, accolto solo dall'arcivescovo e dalle miracolose reliquie di santo Iosaf. Putin si è segnato, ha pregato, si è perfino velatamente commosso per l'intensa spiritualità del luogo. È lecito domandarsi se i dignitari del posto, o a Mosca i famigerati «organi statali», lo abbiano anche informato di certi avvenimenti meno edificanti registrati in zona.

Gli assalitori, ha raccontato un terrorizzato Aleksandr Annenkov, erano tre e sono spuntati come dal nulla nel buio della tromba delle scale. Prima ancora che lui se ne rendesse conto, si è trovato stordito per terra, con un'ascia a manico corto che gli affettava la coscia. Urlando di dolore, Annenkov ha fatto appena in tempo a sollevare il braccio destro per parare un altro fendente d'ascia, che gli ha quasi mozzato la mano. L'ultimo colpo è arrivato con il manico dell'arma. Una botta in testa che ha lasciato il manager ventinovenne privo di sensi e in un lago di sangue, come lo hanno trovato i vicini. Quando è tornato cosciente, ha commentato: «Evidentemente non volevano uccidermi ma solo lanciare un messaggio». A chi?

La risposta sta nell'aeroambulanza decollata da Mosca verso

Belgorod poche ore dopo l'attacco, per prelevare il ferito e condurlo in un ospedale della capitale. A disporre il volo, il sindaco Luzhkov. E la ragione di tanta sollecitudine sta nella circostanza che Annenkov è un dipendente della Inteco-Agro, società del gruppo controllato dalla moglie Yelena Baturina. Che, tra i tanti altri affari, ha deciso anche di trasformare 120.000 ettari di terre agricole collettive in un moderno complesso agroalimentare. Con un solo ma decisivo problema: l'opposizione del governatore della regione, Yevgeny Savchenko, e dei suoi soci d'affari.

Alle tv locali Savchenko nega naturalmente di essere il mandante dell'agguato, ma sfortunatamente lavorare per l'avversaria Baturina sembra essere diventato un mestiere ad alto rischio. Il giorno dopo l'aggressione al manager, il 10 ottobre 2005, tocca all'avvocato che si occupa in prima persona della battaglia legale attorno alle terre contese. Dmitry Shteinberg è assalito nell'atrio di casa e pestato a morte. Spira due giorni dopo senza riprendere conoscenza. È uno dei tanti assassinii rimasti impuniti nella guerra tra i clan politico-affaristici che si disputano le ricchezze del Paese. Eppure, la proprietaria di Inteco non usa mezze parole per riferirsi ai mandanti: «Questi tragici avvenimenti indicano che l'opposizione dell'amministrazione di Belgorod all'attività di Inteco-Agro ha acquisito un nuovo carattere: criminale. Belgorod sta diventando una capitale criminale della Russia sotto gli occhi di tutti».[6]

Dall'altra parte della barricata, le accuse contro la prima donna d'affari russa non sono meno ignominiose. I dirigenti di sei distretti amministrativi della regione scrivono al Parlamento di Mosca: «Si ha l'impressione che grazie all'acquisto di queste terre, la società stia 'lavando' denaro di provenienza non troppo legale». Un mese prima di morire, il povero avvocato Shteinberg aveva querelato, per conto della Inteco, i firmatari della lettera. Accuse di omicidio contro sospetti di riciclaggio. Reciproco lancio di fango tra rispettabili esponenti del regime putiniano. Investimenti per decine di milioni di dollari congelati. Qualcuno alla fine si rivolge allo zar in carica, che come abbiamo visto è pure un devoto del locale santo Iosaf. Ma il leader, che non perde occasione per esaltare la ritrovata forza dello Stato, stavolta rimane in silenzio. Si dà il caso che tanto il governatore Savchenko quanto il sindaco Luzhkov appartengano al suo partito, Russia Unita.

Quando si tratta d'affari, unita non potrebbe esserlo di meno. I delitti di Belgorod sono un caso esemplare, ma solo uno dei tanti. A quasi vent'anni dalla caduta dei Soviet, fare affari in Russia resta un mestiere rischioso, esposto alla corruzione e alla concussione. E se non basta, ci sono le pallottole. L'indice della libertà economica del Cato Institute (un think tank statunitense di orientamento libertario) colloca la Russia al centoquindicesimo posto nel mondo, e se perfino un peso massimo come la Baturina deve guardarsi le spalle, è facile capire perché anche in Occidente i milionari russi non si sentano abbastanza al sicuro senza legioni di guardie del corpo.

La guerra dei trattori è anche molto istruttiva sulle modalità di formazione delle grandi ricchezze russe. Il governatore di Belgorod accusa la Inteco-Agro di essersi appropriata illegalmente di terre collettive, i famosi *kolkhoz* di sovietica memoria. In realtà, anche queste ultime vestigia di socialismo sono passate attraverso la privatizzazione «alla russa». Imbrogli e corruzione. «Abbiamo comprato la terra dai contadini che avevano ricevuto le loro quote dalle ex fattorie collettive», sostiene nel momento più duro dello scontro il fratello e socio di Yelena, Viktor Baturin. «Prima di noi, le autorità locali la prendevano per niente. Giusto una bottiglia di vodka. I contadini hanno visto che i nostri erano soldi veri.» Fino a 60 dollari per acro (circa mezzo ettaro). In poco tempo, la società aveva recintato 100.000 acri, diventati 250.000 in un altro paio d'anni, tra il 2004 e il 2005. Mossa intelligente, perché è il periodo in cui i prezzi dei terreni agricoli schizzano alle stelle, per il timore di penuria alimentare nei decenni a venire.

Peccato, obiettano le autorità locali, che i forestieri moscoviti quelle terre non le potessero toccare. Perché sono state sì privatizzate, ma per comprarle bisognava comunque possedere inizialmente le quote riservate ai colcosiani. «E allora?» controreplica la Inteco-Agro. «Le prime azioni le abbiamo ricevute in regalo, quindi avevamo il diritto di acquistare le altre quote.» Ma intanto almeno 70.000 ettari finiscono congelati in una lunga battaglia legale. È una specie di nemesi, per la famiglia Luzhkov. Non era stato infatti proprio il sindaco a irridere, nel lontano 1994, i *voucher* che spezzettavano tra i dipendenti le ex aziende statali? «Ed ecco che io Luzhkov, ricevo il mio voucher il cui valore odierno equivale a tre chili di cattivo salame. Ebbene questo vuol dire che io, cittadino della Russia, agli occhi dei miei antenati ora mi trovo ad avere tre chili di cattivo salame... Tutto questo non è ridicolo? Non è un prendere in giro il popolo?!»[7] Il popolo in effetti fu preso in giro proprio da chi, con questi argomenti, faceva incetta di voucher, e dunque di azioni, con pochi spiccioli. Per ritrovarsi padrone di colossali fortune.

Alla fine, l'avventura agroalimentare dei Baturin ha prodotto pure una faida famigliare. Yelena voleva uscire dall'affare, il fratello no, lei lo ha licenziato dalla Inteco e come liquidazione gli ha passato gli ettari contesi a Belgorod. Solo che, secondo Viktor, non sono sufficienti a compensarlo per le modalità dell'allontanamento. Perciò a gennaio del 2007 ha portato la sorella in tribunale reclamando 120 milioni di dollari per danni, più il 25 per cento delle azioni Inteco: di sua proprietà, dice, e inspiegabilmente sparite. Ma non si tratta, sostiene, di un fatto personale: «Con Yelena ci parliamo al telefono e facciamo le vacanze insieme. Come potrei avercela con la mia sorellina?» Anche i ricchi hanno un cuore. O no?

Gli «enfants gâtés» della Rubliovka

Ci saranno anche le due figlie adolescenti di Yelena Baturina e Yuri Luzhkov in mezzo a questa folla di ragazzini ultragriffati, in attesa della campanella d'ingresso? Perché questa, la Moscow Economic School, o più brevemente MES, è la tappa d'avvio nell'esistenza di un miliardario russo di seconda generazione. Sembra strano, ma ci siamo già arrivati. Una volta, ai tempi dell'impero bizantino, i figli nati da sovrani già sul trono godevano dell'appellativo «porfirogenito»: ossia, nato nella porpora, attributo supremo della dignità imperiale. È un po' la stessa storia con questi ragazzi. Non importa quanto poveri siano stati i loro genitori, oggi in realtà non c'è limite per i loro desideri. È una generazione che cresce e viene allevata con gli agi sfarzosi riservati una volta alle corti principesche: come fa un adolescente a trovare un equilibrio con la «normalità» del mondo esterno?

Davanti alla MES, di normalità non c'è traccia. La scuola è stata fondata appena sedici anni fa, ma è rapidamente diventata di gran lunga la preferita dell'élite dominante. Mandare qui i figli a studiare è una specie di requisito indispensabile di status come avere la villa in Sardegna e lo yacht nel Mar dei Caraibi. Non se ne può fare a meno, come più avanti spedire la prole in una tipica *boarding school*, il vecchio collegio inglese. Ma è dal MES che si deve partire per arrivare, all'età giusta, a Eton e Winchester. E Sevenoaks o Harrow per le fanciulle. Perciò essere iscritti a questa scuola moscovita è né più né meno come essere accettati in un club esclusivo. Ci sono passati i figli di Abramovich, quelli di Khodorkovsky, ex uomo più ricco di Russia prima di finire in una galera siberiana per ostilità verso Putin. E ci sono anche i figli dei suoi nemici, gli attuali padroni del Cremlino, così come i rampolli di Oleg Deripaska e i nipotini di Boris Yeltsin, nati dal primo matrimonio della figlia Tatiana Dyacenko. La tassa d'ammissione è di oltre 30.000 dollari, e la retta annuale ne richiede in media quasi 14.000. Un'inezia per qualsivoglia rispettabile ricco locale. Anche se il denaro non basta. Se non si dispone dei giusti rapporti sociali, e alla fine della raccomandazione appropriata, è meglio scordarsi l'iscrizione.

In Russia l'élite ha sempre mantenuto una forma di separazione dalle masse ai limiti dell'autosegregazione. Nemmeno il regime sovietico aveva infranto questa tradizione zarista, semmai l'aveva resa ancora più ossessiva e claustrofobica. Un grande romanzo di Yuri Trifonov, *La casa sul lungofiume*, ha reso popolare nel mondo quell'edificio testimone dei privilegi e delle tragedie della nomenklatura sovietica. Era l'indirizzo più esclusivo dell'epoca staliniana, la residenza degli alti papaveri del regime e delle loro famiglie. Dunque per loro il luogo del privilegio ma anche la stazione di partenza verso il gulag, il posto da cui le loro esistenze cominciavano a svanire ogni volta che il tiranno paranoico lanciava una nuova purga. I capi del partito e i marescialli dell'Armata Rossa sapevano quando il loro tempo stava per scadere, e nell'attesa dell'arrivo notturno della polizia segreta andavano a letto con tanto di stivali.

Per sua fortuna, l'élite di oggi non corre più simili rischi. Magari una pallottola alla schiena, ma non più gli arresti notturni di massa. Le abitudini autoreclusive, però, non sono granché cambiate. È mutato l'indirizzo, quello sì. Adesso la Mosca che conta sta tutta nelle dacie sontuose della Rubliovka, in fondo a Kutuzovskij Prospekt: un tempo era un magnifico bosco di betulle, oggi un fortilizio di alte mura e torrette di guardia, sorvegliate dagli eserciti privati di politici e oligarchi. Alle vecchie, romantiche dacie di legno della tradizione, oggi preferiscono ville palladiane.

Oh, be'... Non tutti. Vladislav Doronin, per esempio, affiorato alla ribalta della cronaca mondana grazie al tempestoso legame amoroso con Naomi Campbell. Qui la storia si è rovesciata: anziché la bella russa dalle lunghe gambe che soffia il marito alla sfiorita moglie occidentale, le gambe lunghe sono quelle della Venere nera anglo-caraibica, avvinghiate ormai attorno al fisico muscoloso del prestante tycoon russo delle costruzioni. Doronin è un signore che anche in piena recessione vale almeno un miliardo e mezzo di dollari, e inutilmente la consorte da ventun anni, Ekaterina, si affanna a strillare che sono ancora regolarmente sposati. L'innamoratissimo Vlad regala a Naomi la favolosa villa di Miami comprata per 19 milioni di dollari da Shaquille O'Neal, il popolare cestista-rapper statunitense. Poi si rivolge a un genio dell'architettura come Zaha Hadid per realizzare anche a Mosca un nido d'amore. Il progetto, per la verità, disegna più un nido da sparviero che per piccioncini. La villa tra i boschi della Rubliovka non ha nulla a che vedere con le linee classiche del nostro Palladio, né con le sue dolci rotonde. Somiglia piuttosto a un bunker sospeso a mezz'aria su tre torri colossali, coronate in cima da una specie di spigolosa astronave: è l'appartamento in vetro e acciaio, ovviamente a vista integrale, riservato ai due innamorati. Sperando che Naomi non soffra di vertigini.

La passione per il lusso fino all'eccentricità, che non si limita alle poche decine degli odierni miliardari ma contagia largamente i cento-centocinquantamila multimilionari, è la vera, grande differenza tra l'élite di oggi e gli altissimi papaveri del regime sovietico. Castale, pure quello, e fortemente esposto alla corruzione: il traffico di gioielli e oro di Galina Brezneva diventò un'arma nelle mani dei nemici del padre. Ma in generale anche i massimi dirigenti del partito e della polizia segreta disponevano di lussi da impiegato di medio livello in Occidente.

Mi è capitato di intervistare Vladimir Krjuchkov, il capo del KGB, che fu il regista del tentato golpe del '91. Era appena uscito dal suo breve periodo in galera. Gli avevano lasciato la pensione e l'appartamento nel palazzo della nomenklatura dietro il ministero degli Affari esteri. Classico parallelepipedo anni Sessanta, con una sola differenza rispetto alle *krusciovke*, le case economiche coeve: fatto di mattoni anziché pannelli di cemento prefabbricati. È lì che mi dà appuntamento in un luminoso pomeriggio di primavera.

All'interno, la casa dell'ex supremo del KGB, l'uomo più potente dell'URSS dopo il segretario generale del partito, appare di una semplicità ancor più disarmante. Ed è quello che ancora oggi ricordo con maggior nitore. Per il resto, che considerasse imbecilli o traditori la maggior parte dei dirigenti dell'epoca Gorbaciov lo sapevo da un pezzo. L'uomo che avrebbe eliminato senza un fremito Mikhail Sergeevich ciabatta in un paio di logore pantofole domestiche. Mi guida attraverso stanze semivuote, di un bel parquet chiaro e lucido ma coperto da tappeti dozzinali, di fattura industriale. L'appartamento, da quel che posso giudicare, è ampio ma non più di 200 metri quadri, i mobili si direbbero di realizzazione brianzola, imitazioni mediocri di stili del passato. Pareti spoglie o con pochi dipinti dilettanteschi.

Molto più elegante, per dire, la casa di una grande musicista, all'epoca la maggiore arpista vivente, Vera Dulova, che era parente di mia moglie. A quasi novant'anni, conservava nel suo vasto appartamento nella Casa dei Compositori su Brjusov pereulok, vicino al Conservatorio Ciaikovskij, i segni di una vita spesa tra artisti e di un gusto squisito: dipinti futuristi, porcellane di epoca imperiale, gioielli di famiglia vecchi di generazioni. Il padre era stato un generale «bianco» ma il suo genio musicale l'aveva salvata dalla vendetta dei «rossi» e dalle purghe staliniane.

Chi salverà invece da loro stessi questi *enfants gâtés*, i figli viziati dei miliardari? Il primo giorno di scuola alla MES è solo un assaggio della loro vita quotidiana. Davanti all'istituto più esclusivo di Russia, un ingorgo stradale del valore di parecchi milioni di dollari allinea Porsche Cayenne e Maserati, BMW attrezzate su misura e SUV blindati, tutti con scorta al seguito: i fuoristrada dai vetri oscurati scarrozzano massicci pistoleri alti e larghi come armadi ma pronti a scattare come dei boa per difendere i loro preziosi protetti. O anche solo per aprire l'ombrello al loro «signorino» di meno di dieci anni.

A dispetto della giovanissima età, è inevitabile che per questi bambini privilegio e lusso favoloso diventino ben presto una seconda natura. La madre di una scolara di nove anni si mostra, per fortuna, ancora capace di manifestare qualche perplessità: «Una volta, al ritorno a scuola dopo una pausa festiva, gli insegnanti hanno chiesto ai bimbi di andare al microfono e dire dove avevano trascorso le vacanze. Uno ha detto Sardegna, un altro Saint-Tropez, un terzo Caraibi, ovviamente su uno yacht privato. Devo dire che mi è parso un poco strano, sentire questi posti sulla bocca di mocciosi di sette anni». Il che non le ha impedito di mandare la sua, di mocciosa, in vacanza una settimana alle Maldive.

Il padre di Masha, invece, un ricchissimo industriale, racconta che una volta la ragazzina, oggi tredicenne, montò un capriccio tremendo perché non le piaceva l'aereo privato affittato dai genitori per le vacanze. Questa fase oggi è superata, assicura papà, e lei lì accanto annuisce. Sta pianificando le prossime vacanze alla Bahamas con un'amica sullo yacht dei genitori: volerà in prima classe fino ai Caraibi? «Oh no, in aereo privato», replica lei con nonchalance. Del resto, per festeggiare il quattordicesimo compleanno del figlio, un paio d'anni fa, un tycoon ucraino spedì a Mosca il suo jet personale, caricò a bordo l'intera classe e portò tutti a Kiev per il weekend e una meravigliosa crociera sul fiume Dnepr. Lui purtroppo non poté partecipare alla festa. Era trattenuto in prigione.

Alla MES è assolutamente comune che una ragazzina di tredici anni veleggi sui tacchi altissimi di Jimmy Choo esibendo una borsetta Gucci o Prada. L'orologio con pietre preziose è d'obbligo per essere accettati nel gruppo degli esibizionisti. D'ordinanza ovviamente l'iPhone, carte di credito e un paio di biglietti da 100 euro nel portafogli. Che adulti saranno, questi gnomi viziati?

Intossicati dal lusso come i padri, certamente. Ma privi della loro rabbiosa determinazione a riuscire. Molti di quelli che vantano oggi ricchezze favolose sono partiti dalla miseria più nera. Come abbiamo visto, Abramovich era già orfano a pochi mesi di vita e passò i primi anni di orfanotrofio nell'inferno artico di Komi, angolo siberiano famoso solo per le risorse naturali e i gulag. Mikhail Fridman, miliardario padrone di Alfa Group e padre di due figlie, non aveva soldi per comprarsi i vestiti. Mikhail Khodorkovsky cominciò a far quattrini con un baracchino per il caffè all'Università di Mosca, e Oleg Deripaska fu cresciuto dai nonni, dopo l'abbandono della madre: morti i vecchi, fu cacciato di casa ancora ragazzino.

Per contrasto, i figli di tutti costoro sono già miliardari in erba. Per puro diritto ereditario. Il periodico russo *Finans* si è divertito nel settembre del 2008 a stendere la lista dei ragazzini più ricchi di Russia. Prima che la crisi smagrisse sensibilmente le fortune paterne, si potevano contare tra questi adolescenti settanta potenziali miliardari con patrimoni variabili da uno a 12,3 miliardi di dollari: questa la cifra assegnata al numero uno, il diciottenne Yusuf Alekperov, figlio unico di Vagit, boss della società petrolifera Lukoil. Secondi gli eredi Deripaska, Piotr di sette anni e Marina di cinque, che appena un anno fa potevano pensare di spartirsi 21 miliardi di dollari, e oggi nemmeno 4. I figli di Abramovich, essendo ben cinque, dovevano accontentarsi di 4 miliardi a testa, scesi nel frattempo a meno di 2.

Il professor Boris Arkhipov, psicologo dell'età infantile, non ha dubbi. «La disciplina è un problema per molti di questi adolescenti. Non accettano l'autorità. Vivono in una gabbia dorata, con tanta servitù ma spesso poco amore da parte dei genitori, troppo impegnati a governare il loro impero e a spassarsela per conto proprio. Ma il problema più grande e più comune è che hanno poca ambizione. Che bisogno c'è di darsi da fare per raggiungere qualcosa, quando nasci col cucchiaino d'argento in bocca e ogni cosa ti è servita in un piatto d'oro?» Espressioni da prendere alla lettera. Un testimone degno di fede ha visto nutrire a cucchiaini di caviale il figlio di pochi mesi di uno dei primi dieci miliardari. Come convincerlo, più grande, che la vita non è fatta di uova di storione, ma già va bene se son uova alla coque?

8

Gli oligarchi? Hanno cambiato indirizzo

LE berline blindate, guidate da chauffeur e scortate dai SUV delle guardie del corpo, filavano a tutta velocità attraverso i boschi innevati alle porte di Mosca, verso il vecchio casino di caccia degli zar. Ai cancelli della tenuta, nel gelo della sera novembrina, altri uomini in mitra e mimetica sorvegliavano gli arrivi. Presto il cortile della villa, curiosamente costruita come un castello medievale tedesco, si è riempito di Bentley, BMW con corazza da un pollice e Mercedes modello Maybach, un gingillo da 360.000 dollari di gran moda tra i miliardari moscoviti.

Quando tutti gli ospiti, gli uomini più ricchi della Russia, si sono accomodati nella sala tappezzata di boiserie di quercia, la polizia ha bloccato al traffico normale i 40 chilometri di strada dal Cremlino a Meiendorf, l'antico nome della tenuta, per permettere alle auto del corteo presidenziale di raggiungere il castello volando a 170 chilometri l'ora. In poco più di un quarto d'ora Dmitry Medvedev, presidente da pochi mesi, in abbigliamento informale – come aveva espressamente richiesto –, varcava la cinta turrita della singolare costruzione neogotica e prendeva posto tra i tycoon più ricchi e potenti del Paese. Molto meno danarosi e influenti, in verità, di sei mesi prima.

La crisi finanziaria dell'autunno del 2008 aveva appena spazzato via, stando alle perdite di Borsa, due terzi dei 300 miliardi di dollari delle loro fortune complessive. La Russia, che fino all'estate ospitava 110 miliardari, da lì a breve ne avrebbe conservati meno della metà (49, secondo *Finans*). La svalutazione del rublo (dodici volte fra ottobre e dicembre), il crollo dei mercati azionari, l'inabissamento dei prezzi del petrolio e delle materie prime avevano quasi prosciugato i conti in banca di molti dei presenti alla riunione. Pressate dalle voragini nei loro bilanci, le grandi banche internazionali avevano smesso di coccolare gli uomini d'oro della Russia postsovietica. Anzi, a dieci tra i venticinque imprenditori più ricchi del Paese avevano chiesto di rientrare immediatamente della loro esposizione, spingendoli sull'orlo del crac. La sola alternativa: l'aiuto dello Stato.

Il più ricco di tutti è anche quello più duramente colpito. Oleg Deripaska, il barone dell'alluminio abituato a veder scorrazzare sul suo yacht ministri e presidenti (non solo russi), vola apposta a Mosca quella sera, sulla sua rotta verso un vertice economico in Perù. Non ha tempo da perdere. Con le banche alla gola, solo un prestito d'emergenza dal Cremlino lo ha salvato, ma resta pesantemente indebitato. Mikhail Fridman è il finanziere a capo dell'Alfa Group, nonché presidente del gigante petrolifero anglo-russo TNK-BP. È finito così a corto di contante da dover supplicare i dirigenti di Deutsche Bank di non vendere all'asta le sue azioni della società telefonica VimpelCom: i 2 miliardi di dollari prestatigli dallo Stato gli permettono di salvarle. Qualcun altro, meno fortunato o meno introdotto, senza aiuti statali è costretto a dare in pegno alle banche i segni più vistosi della sua fortuna: Shalva Chigirinsky, una potenza nel petrolio e nell'immobiliare, azionista di riferimento della Sibir, ha scritto ai suoi azionisti impegnandosi a vendere il jet privato e le magioni in Francia e Inghilterra per ripagare i debiti. *Dasvidania*, Villa Maria Irina, sontuosa reggia sulle scogliere di Cap Martin con vista diretta su Montecarlo, eliporto e piscina olimpica: Shalva la cede per 250 milioni di dollari, ed è considerato un affare.

I super-ricchi che rischiano di essere travolti dalla stretta creditizia godono, com'è lecito attendersi, di ben scarsa solidarietà in quell'autunno del 2008. Una storica testata come *Izvestia* lo mette nero su bianco: «Non rimpiangeremo gli oligarchi. Sono solo una banda di spilorci kitsch che si è arricchita portando all'estero i soldi dei russi». Per sopravvivere, sembra, non c'è che una strada: bussare, cappello in mano, alle porte del Cremlino.

Quella notte a Meiendorf i fantasmi degli zar sono testimoni della completa sottomissione dei nuovi boiardi al potere imperiale restaurato da Putin (e consegnato per il momento a Medvedev). Dirà Fridman qualche mese dopo: «Il termine 'oligarca' nel significato che aveva negli anni Novanta non si applica più alla Russia. Il grande business non ha più da lungo tempo influenza politica, da quando Putin è arrivato al potere».[1] Gli uomini attorno al tavolo, quasi tutti tra i quaranta e i cinquant'anni, sono i superstiti di quel pugno di avventurieri che ha disegnato il neocapitalismo selvaggio dell'epoca postsovietica. Molti li abbiamo già incontrati in giro per il mondo, sulle superbarche o sui jet privati e griffati, insomma intenti a sperperare in Sardegna o in Costa Azzurra fortune inimmaginabili per la stragrande maggioranza degli esseri umani. Vediamo un po' più da vicino come le hanno fatte.

Certo, non onestamente, secondo la sincera ammissione di Konstantin Borovoi. La culla degli «oligarchi», come presto cominciò a chiamarli la Russia postsovietica, è stato il grande baratto suggerito a Yeltsin dai suoi ministri «privatizzatori», soprattutto Gaidar e Chubais: l'amministrazione statale, prossima al tracollo finanziario, accettava di cedere alcune delle maggiori proprietà pubbliche in cambio di denaro contante. E, sottobanco, di appoggio politico al partito yeltsiniano. Fu, a detta dei più, la svendita del secolo.[2] Secondo qualsiasi standard economico, la cessione – conclusa attraverso aste truccate – fu sordida, i profitti sbalorditivi. Vladimir Potanin, uno dei commensali di Meiendorf, si appropriò della quota di controllo del gigante mondiale di nichel e platino per la ridicola cifra di 170 milioni di dollari. Prima della crisi, il valore di mercato di questo colosso minerario si aggirava sui 19 miliardi di dollari. Abramovich, ad appena ventinove anni, strappò la Sibneft, neonata compagnia petrolifera, per appena 100 milioni di dollari (prestatigli dalle banche): l'ha rivenduta dieci anni dopo a 13 miliardi di dollari.

Come andavano le cose, lo ha raccontato lo stesso Boris Berezovsky, allora uno degli uomini chiave dell'amministrazione Yeltsin, nonché fresco socio di Abramovich. Una volta formata la società con il giovane siberiano, al tempo poco più che un prestanome, Berezovsky «si lavorò» l'alcolizzato zar Boris: ci mise pochi giorni a ottenerne la firma in calce a un decreto che stabiliva la vendita di una compagnia petrolifera appositamente creata per lui e il suo partner. Per non correre rischi, nottetempo buttò giù dal letto il capo dell'Ufficio Privatizzazioni obbligandolo a registrare subito la cessione. Così nacque la Sibneft, e la leggenda dell'orfano siberiano, Abramovich, trasformato in Creso.

Il punto di svolta decisivo arrivò nel 1996. Furono elezioni presidenziali drammatiche. Vecchio, malato, Yeltsin era dato per spacciato da tutti i sondaggi. Il ritorno al potere dei comunisti guidati dall'*apparatcik* Zyuganov pareva inevitabile. Fu allora che gli «oligarchi» diventarono veramente tali, e il termine di uso pubblico. Il pugno d'uomini più ricco del Paese scese in campo finanziando senza limiti la campagna di Yeltsin. In favore del presidente furono schierati i maggiori imperi privati dei media. Per sottrarre voti ai comunisti fu inventata anche una terza candidatura, un militare: il giovane e nazionalista Aleksandr Lebed.

Avevo incontrato il generale qualche mese prima, quando era al comando della XIV armata in Transnistria, la regione russofona della Moldavia in conflitto con il governo della repubblica. Mi era parso incredibile che un ex ufficiale dell'Armata Rossa si dichiarasse apertamente un fan del dittatore cileno Pinochet. Non aveva cambiato idea nemmeno quando lo rividi da candidato presidenziale, anche perché sentiva un Paese esausto, in attesa disperata dell'uomo forte. Arrivò terzo al primo turno, e fece confluire i suoi voti su Yeltsin, che in cambio lo nominò (per poco) alla testa del Consiglio di Sicurezza nazionale. La rielezione di zar Boris segnò il trionfo degli oligarchi. Ricorda Mikhail Fridman, uno dei pochi superstiti di quella stagione: «La cerchia di Yeltsin si convinse a fare assegnamento su di noi perché avevamo i soldi e un obiettivo comune. Impedire che i comunisti tornassero al comando. Mai gli oligarchi hanno avuto tanto potere come tra il 1995 e il 1998».

I rapporti, strettissimi, erano anche personali. Berezovsky era intimo della figlia di Yeltsin, Tatiana Dyacenko. E lei, Tanya per gli amici, era la consigliera più fidata del padre, assieme al capo dello staff Valentin Yumashev, che presto avrebbe sposato. Loro due assieme controllavano l'accesso al presidente. Abramovich, introdotto nel giro dal suo mentore Berezovsky, seppe presto mostrarsi così utile e discreto che per un certo periodo andò perfino a vivere con la coppia. Lo ha ricordato uno dei conoscenti della Dyacenko: «Una sera vado alla dacia di Tanya, e mi trovo davanti questo giovanotto, jeans e barba non rasata, che scarica dell'eccellente vino francese dalla sua macchina. Riempie il frigo, prepara gli *shashlik*, gli spiedini d'agnello. Dev'essere il nuovo cuoco, penso. Ma quando lo chiedo a Yumashev, lui si mette a ridere. 'Ma no', dice, 'quello è Roma,[3] sta qui da noi finché non finiscono di ristrutturargli la dacia.'». Da allora, come dimostra il suo stile di vita, Abramovich non ha mai smesso di affinare i suoi gusti.

Il risparmio non si addice ai califfi

Quanto costa vivere da oligarca? Il conto, preciso fino ai copechi (i centesimi del rublo), delle spese domestiche annuali dei super-ricchi lo hanno fatto i giornalisti della nuova *Pravda*, versione minima di quel Moloch che fu, con diciassette milioni di copie, il paludato quotidiano ufficiale del PCUS. Gli eredi si divertono di più, sospetto, a ficcare il naso nei conti in banca del «nemico di classe».[4]

L'inchiesta della *Pravda* fornisce anzitutto, com'è giusto, il profilo anagrafico dell'oligarca russo medio: sulla quarantina, assolutamente *self-made man* (che mai si sarebbe potuto ereditare dalla penuria sovietica?), sposato – spesso anche più di una volta – e con un paio di figli. Di solito vive a Mosca, in una palazzina di lusso di due-tre piani per almeno 500 metri quadri, più cinema, palestra e piscina. Su quest'ultima inevitabile dotazione l'humour russo (sempre piuttosto nero) si esercitava già ai tempi lontani della mia permanenza moscovita, quando i «nuovi ricchi» erano appena apparsi e si caratterizzavano soprattutto per la loro stolida ostentazione. Cliente milionario all'architetto: «...E poi in quest'angolo del parco desidero le tre piscine». Architetto, stupito: «Tre? Perché così tante?» Milionario, irritato: «Ma come, tante? Una per l'acqua fredda e una per l'acqua calda». «Va bene», si rassegna l'architetto: «Ma, e la terza?» «Mi pare ovvio», esplode il committente. «Per quando non voglio acqua!»

Comunque, anche senza tre piscine, per la magione moscovita bisogna calcolare un costo tra i 5 e i 10 milioni di dollari. Più arredamento e design, almeno un altro milione. Il tutto va raddoppiato perché non c'è miliardario che non abbia una villa adeguata nei boschi alle porte della capitale. In caso di amante, poi, un pied-à-terre per l'amichetta del cuore in centro città non viene meno di 400.000 dollari. Quanto alle automobili, nessun vero riccone oggigiorno compra più le tipiche vetture per stupire, Ferrari, Maserati, Lamborghini: le lascia alla gente di provincia, mentre lui viaggia sulle berline classiche ma con vetri oscurati e autista in divisa, più scorta regolamentare. Facendo i conti, la rinuncia alle fuoriserie non lo fa comunque risparmiare. Una Mercedes o BMW per lui, una Mercedes G55 per le bodyguard, una berlina per la moglie, un'altra per mandare i figli a scuola, l'auto sportiva per il weekend... Alla fine la fattura è di almeno 800.000 dollari.

Passiamo alle residenze all'estero. Il miliardario medio non si tortura nella scelta. Le sue preferite sono ville in Sardegna o Costa Azzurra, case in Svizzera, appartamenti a Londra, Parigi, Montecarlo, chalet sulle Alpi. Qui il prezzo è lasciato alla fantasia. Ma se anche in tempi di crisi trovate a Saint-Tropez una villa per meno di 15 milioni, be', non fatevela scappare. Va da sé che l'unico mezzo di trasporto marino concepito d'estate dai magnati di Moscovia è lo yacht personale, e ce ne siamo già occupati. Come dell'aereo privato, che può variare dai 70 milioni di dollari del Boeing business jet 737 ai 35 del più modesto Falcon.

Insomma, tirando le somme degli investimenti in capitale fisso si arriva facilmente a una cifra tra i 150 e i 200 milioni di dollari. Ma mancano ancora le spese quotidiane. Quattro guardie del corpo (due per sé e due per moglie e figli) a 1500-2000 dollari al mese a testa. Stessa cifra per i sei autisti (due personali, due per le guardie del corpo, uno per la moglie, uno per i figli). E poi ancora, come minimo, sette-otto persone di servizio tra cuoche, cameriere, balie e quant'altro, per 700-800 dollari ognuno al mese. Inoltre ci sono i figli da far studiare all'estero, e i collegi svizzeri molto di moda non costano meno di 100.000 dollari. Ci sono le spesucce della moglie, estetista e parrucchiere, sarta e calzaturiere, esclusi ovviamente gioielli e pietre preziose: non meno di 20.000 dollari al mese. L'amante sembra un must per qualsiasi oligarca che si rispetti. Anzi, molti sono noti per averne più d'una: costo medio mensile, attorno ai 25.000 dollari. La stessa cifra che se ne va in pranzi e cene raffinate, accompagnati sempre da vini di gran pregio.

Faccio grazia dei dettagli, ma sappiate che mantenere la villa in Costa, l'appartamento a Londra, lo yacht, l'aereo e tutto il resto, inghiotte almeno altri 3 milioni di dollari l'anno. In totale, fanno 8 milioni di spese annuali: volete che siano un problema, anche se a un povero tycoon sono rimasti «solo» 3 miliardi in banca? Ciò che gli oligarchi hanno perso nella restaurazione putiniana è il potere di influenzare la politica, non la potenza di consumo.

Quando i diamanti finiscono in sinagoga

Se qualcuno ha dei dubbi si affacci alla vetrine di Jewellery Theatre, nella parte più chic di Kutuzovskij Prospekt. Tappezzate di panno nero, come un palcoscenico, ospitano infatti una elaborata messa in scena, con giochi di luce e colonna musicale. I ruoli principali sono affidati a una collezione d'avanguardia di monili di perle e diamanti, di una bellezza così rarefatta e aliena da giustificare il richiamo dei creatori al mondo magico de *Il Maestro e Margherita*, il capolavoro di Mikhail Bulgakov. «Oggi, siamo meno un'impresa commerciale che un'organizzazione culturale ed educativa», si vanta Maxim Voznesensky, che ha fondato nel '98 Jewellery Theatre assieme a Irina Dorofeeva. Ambizioni realizzate grazie ai prezzi da capogiro dell'«impresa commerciale».

Più che giustificati, peraltro. Da una sola collezione di questi geniali gioiellieri, eredi della grande tradizione pre-rivoluzionaria dei Fabergé, Bolin, Ovcinnikov, si ricava un'intera lezione di storia dell'arte. Karen Kettering, che dirige il dipartimento dell'arte russa da Sotheby's a New York, ammira un favoloso pendente di perle sul sito web di Jewellery Theatre, una croce di tipo bizantino, ed esclama: «Viene dritta dritta dalla tradizione artistica di Bisanzio. E del resto è logico, visto che i russi sono gli eredi più autentici di quella cultura, dopo la caduta di Costantinopoli sotto il dominio degli Ottomani».[5] Non c'è bisogno di essere così colti per apprezzare gli smalti di Lobortas & Karpova, pura Art Nouveau russa, dicono gli intenditori. O i mastodontici anelli disegnati dall'espatriato armeno Jirayr Gyurjyan, quarzi e topazi grossi quanto noci incastonati in autentiche cattedrali di oro rosso. Misura 500 carati il topazio che un'altra designer, Lena Sklyut, bielorussa trasferita a New York, ha messo al centro di un magnifico braccialetto venduto a Mosca: «È buffo. Molti americani che vedono i miei pezzi dicono che ai russi piaceranno senz'altro perché sono così grandi. E a Mosca, invece, i russi pensavano che fosse gioielleria americana, perché sono loro, gli statunitensi, ad adorare tutto quello che è grande: grandi case, grandi macchine».[6]

Dal '91 a oggi sembrano tornati, e anzi largamente superati, i fasti zaristi. In Russia sono nate oltre 3500 fabbriche di gioielli e 20.000 società per il commercio dei preziosi. Il boom del più appariscente simbolo di status per i ricchi ha prodotto ovviamente altri super-ricchi. Non sorprendentemente, in un Paese ricco di cultura e genialità nell'oreficeria. Ma soprattutto di favolosi campi di diamanti sotto le distese gelate dell'Artico russo. È lì che ha fatto la sua fortuna Lev Leviev, nato in Uzbekistan da una povera famiglia di ebrei ortodossi. Adesso compete sulle migliori piazze del mondo – Londra, New York, Dubai, ora Mosca – con Graff e De Beers, le massime potenze planetarie delle gemme. La sua irruzione in questo business miliardario ci riporta dritti dritti all'universo degli oligarchi.

La polizia era già schierata sulla pista in attesa quando a metà marzo del 2003 il Gulfstream 2000 di Lev Leviev atterrò all'aeroporto di Kiev, la capitale dell'Ucraina, dopo tre ore di volo da Tel Aviv. Ma gli agenti non erano lì per arrestarlo, come è frequente che accada con i ricchi russi. Facevano parte invece del comitato di accoglienza, insieme con una carovana di limousine governative e Mercedes-Benz, ognuna con un paio di guardie del corpo. Il convoglio si diresse a tutta velocità verso il villaggio di Zhitomir.

Lì, il semisconosciuto miliardario è diventato l'eroe locale. È lui che ha restaurato a sue spese l'unica sinagoga sopravvissuta: i nazisti durante la guerra l'avevano trasformata in deposito d'armi, i sovietici l'avevano ripulita per farne un cinema. Si spiegano la banda e le serenate e i balletti e le poesie dei ragazzi in onore del benefattore. È una scena che in verità Leviev si è già goduto in almeno quattrocento villaggi sparsi in Russia e nelle altre ex repubbliche sovietiche. Da devoto membro della setta chassidica dei Lubavitch (dal nome del fondatore), il re dei diamanti tira fuori di tasca sua almeno 30 milioni di dollari all'anno per riportare all'ovile le pecorelle ebraiche smarrite.

Una decente elemosina per un signore il cui patrimonio oscilla tra 2 miliardi e mezzo di dollari (stima 2007) e un miliardo e mezzo (ultima lista *Forbes*).

Il rabbi Lubavitch è il primo essere umano a cui va la sua devozione. Il secondo è Vladimir Putin. La relazione risale al 1992, quando il presidente, allora modesto vicesindaco di San Pietroburgo, autorizza Leviev ad aprire a sue spese la prima scuola ebraica in città da oltre mezzo secolo. Perfino il sindaco «democratico» Sobchak aveva fin'allora esitato. È grazie a questo legame, rafforzatosi negli anni, che l'oscuro immigrato in Israele (sin dal 1971) è in grado di sfidare il colosso monopolista dei diamanti, la sudafricana De Beers. Leviev rientra perfettamente nello schema di gioco di Putin: recuperare allo Stato russo le risorse naturali svendute o finite in mani straniere. Per i fedeli seguaci che applicano sul campo le sue direttive, in premio ci sono ricchezze e nuovi feudi.

Anche Leviev una volta lavorava per De Beers. Era uno dei cosiddetti *sightholders,* uno dei pochi acquirenti diretti dei diamanti grezzi della compagnia. Oggi la sua società è la più grande impresa al mondo di taglio e pulitura delle gemme, nonché fonte primaria di pietre grezze per altri tagliatori e gioiellieri in giro per il pianeta. Al Sindacato, come viene anche chiamata la De Beers, è riuscito a strappare una fetta significativa del business in Russia e in Angola, i due maggiori produttori mondiali di diamanti grezzi in termine di valore. Anche il presidente angolano Eduardo dos Santos (accusato da inchieste giornalistiche di aver accumulato all'estero 4 miliardi di dollari) è tra i cari amici di Leviev, come il leader russo e quelli kazaco, uzbeko, israeliano... Decisamente, l'uomo conosce i retrobottega della politica mondiale.

Il governo di Mosca, che aveva un accordo di esclusiva con i sudafricani, cominciò a infrangerlo nei primi anni Novanta, vendendo diamanti anche ad altri acquirenti. Dietro questo contrabbando statale si è sempre largamente creduto di intravvedere l'ombra di Leviev. Il quale nega, ma in ogni caso è stato proprio lui a rompere la catena del monopolio esercitato da sempre dalla De Beers. Adesso, il riservato ebreo ultraortodosso è il primo commerciante di diamanti al mondo, con il suo timbro su ogni singolo aspetto dell'industria, dall'estrazione al taglio alla rivendita, guadagnando ovviamente in ogni fase. E non si limita alle gemme. Il suo impero, con propaggini che vanno da Israele all'America, si estende dai costumi da bagno all'acciaio, passando per l'immobiliare. Anche i più distratti si sono dovuti accorgere di lui quando nel maggio del 2007 ha acquistato a New York il vecchio palazzo del *New York Times*, sulla Quarantatreesima Strada. Prezzo: 525 milioni di dollari. Giusto alla vigilia dell'esplosione della bolla immobiliare. Pure i maghi dei diamanti possono sbagliare. E poi, che volete che siano poche decine di milioni di dollari perduti di fronte alla soddisfazione, per l'ex ebreo sovietico nato in Uzbekistan, di possedere un simbolo del capitalismo mondiale...

La traccia d'oro dei tre cavalieri dell'Apocalisse

Volete sapere com'è un oligarca prima di far fortuna? Ecco presentarsi il più noto ai settimanali glamour, nonché alle pagine sportive. Barba e capelli lunghi, «per farsi prendere sul serio». Vive in una catapecchia prestatagli per carità da un vecchio zio. Dentro non ci sono sedie, al loro posto sacchi di sabbia o cassette. Abbigliamento, come dire, essenziale: due maglie e due paia di pantaloni, un paio di scarpe tutto l'anno. Frigo perennemente vuoto, ma se qualcuno gli offre un pranzo mangia poco, per non apparire affamato. È il ritratto che nel giugno del 2004 il *Moskovskij Komsomolets*, un tempo il più impertinente quotidiano russo, offre di Roman Abramovich. Lui è già ormai universalmente famoso, come padrone del Chelsea e uno degli uomini più ricchi del pianeta: in quell'anno, *Forbes* gli ha attribuito 13 miliardi di dollari e il secondo posto tra i miliardari russi, dopo Khodorkovsky. Ma la sua giovinezza resta ancora un mistero. Almeno finché i ragazzacci del *Komsomolets* non spalancano i cassetti.

Ne viene fuori una storia dickensiana, con qualche tratto di umorismo gogoliano (siamo a Mosca, dopotutto). Per esempio, quando sbarcava il lunario vendendo sigarette di contrabbando fuori dell'hotel *Metropol*, il futuro proprietario del Chelsea odiava il pallone prima ancora della vodka. Inoltre, il futuro pluridivorziato se ne stava alla larga dalle donne, e questa può essere stata una premonizione. A raccontare i dettagli del miliardario «da giovane» è uno che lo conosce benissimo, visto che è stato il suo primo datore di lavoro. Vladimir Tyurin faceva il commerciante di giocattoli, ma tra tasse e concorrenza cinese ha finito per fallire. Vendeva animaletti di gomma quando Abramovich, appena assunto, gli suggerì di allargarsi anche a Cappuccetto rosso e ai nanetti. «Andò così bene che per gratitudine assunsi come commessa anche la sua prima moglie, Olga. La misi a vendere fermagli per capelli al mercato.» Se lo ricorderà l'attuale fidanzata Daria, che ha comprato in un colpo solo quindici esemplari di La Vie, la borsa disegnata da Lavinia Borromeo per Trussardi, autentico must per le milionarie moscovite?

Era la fine degli anni Ottanta, e Roman se la passava davvero male. La madre era morta di parto, il padre manovale era rimasto schiacciato in un incidente sul cantiere. L'aiuto dello zio era una topaia a Mosca. Racconta ancora Tyurin: «Un giorno gli portai a casa un sacchetto con la spesa. Scoprii così che viveva in miseria. C'era solo un vecchio tavolo di plastica, alcuni chiodi come attaccapanni, due cassette per sedersi e un materasso sul pavimento. I pochi soldi che guadagnava, Abramovich li investiva tutti in profumi, camicie bianche e pantaloni scuri: mi disse che lo faceva per poter dare ordini».

E già, perché il ragazzo senza un rublo agiva però come se l'azienda di giocattoli fosse sua. Aveva la regola di non lamentarsi mai, nemmeno il giorno che il socio di Tyurin lo prese per il collo e lo sbatté sull'asfalto, gridandogli dietro che non voleva più vedere «il suo brutto muso di ebreo». Durò comunque tre anni, fino all'89. Poi i giocattoli cinesi ebbero la meglio e per salvare il bilancio Tyurin fu costretto a licenziarlo. Abramovich tentò di fargli cambiare idea. «Io ho tutto in testa», gli diceva. Niente da fare, se ne dovette andare, ma sempre sicuro che un giorno sarebbe diventato l'uomo più ricco della terra. Tyurin per scherzo gli gridò dietro: «Quando sarà, ricordati di assumermi almeno come giardiniere». Al momento giusto, il vecchio commerciante fallito ha provato a telefonare a Roman per rivendicare il posto. Ma non è riuscito ad arrivare nemmeno al segretario del suo vecchio dipendente.

Di fatto, tempo dieci anni dal licenziamento in tronco, l'ex commesso di giocattoli di gomma era in grado di comprarsi mezza Mosca. Lo abbiamo visto muovere i primi passi ai piani alti del potere grazie alla protezione di Berezovsky, ma i suoi legami spaziano dalla Famiglia, come viene definito in gergo il clan di Yeltsin, a personaggi dai profili parecchio ambigui e inquietanti. Presto la strada di Abramovich si intreccia con quelle di altri due oligarchi di spicco.

Il primo è Oleg Deripaska, uno spiantato dottore in fisica che sposa una nipote (acquisita) di Yeltsin e arriva rapidamente nel firmamento degli ultraricchi. L'altro è un giovanotto che viene dal Daghestan, una piccola repubblica autonoma nel turbolento Caucaso: si chiama Suleyman Kerimov e parecchi giornali lo indicano come un collettore della malavita regionale, molto attiva nel contrabbando di caviale e di droga (proveniente dall'Afghanistan). Accuse mai provate, e Kerimov si ritaglia la sua bella fetta di privatizzazioni. Con una garanzia aggiuntiva: nel 1999 si fa eleggere alla Duma nella lista dell'ultranazionalista Zhirinovsky, l'uomo che vende candidature sicure a imprenditori desiderosi di assicurarsi l'immunità parlamentare.

Nell'Apocalisse delle privatizzazioni che si abbatte sull'economia russa, bisogna mancare di scrupoli e abbondare in durezza. I tre giovanotti si incontrano allo snodo cruciale di Nafta Moskva: è la società privata che soppianta il vecchio monopolista sovietico, Soyuzneftexport, nel commercio di petrolio greggio. Alla fine degli anni Novanta, il misterioso daghestano se ne compra il 25 per cento, e quattro anni dopo è alla testa di un business da 10 miliardi di dollari l'anno e un giro di 45 milioni di tonnellate di greggio. Ma a quel tempo Nafta Moskva è già molto più che una società di trade-export. Con l'ingresso di Deripaska, re dell'auto e dell'acciaio, e di Abramovich, il barone del petrolio e del gas, diventa una scatola finanziaria che controlla il mercato assicurativo e bancario, quello della pubblicità televisiva e sulla carta stampata, il settore energetico, una compagnia aerea, la Vnukovo Airlines, nonché centinaia di stazioni di servizio in Finlandia e Germania.

Come mai due tra i più potenti oligarchi yeltsiniani si legano al giovanotto caucasico dallo stile di vita *flamboyant* ma sconosciuto ai più? Chi sa, non tarda a capire. Deripaska e Abramovich appartengono al clan perdente, quello dei businessmen trasformati in Creso dall'ex presidente Yeltsin. Ma al Cremlino la musica è cambiata: tocca ai fedelissimi di Putin, adesso. E Kerimov è uno di loro. Assai legato a Igor Shuvalov, vicecapo dell'amministrazione presidenziale (e poi vicepremier quando Putin trasloca), non fa mancare i finanziamenti ai partiti molto vicini al Capo, come il neonato Rodina, che significa «patria». Insomma è l'uomo capace di traghettare i due soci tra le file del nuovo potere e garantire le loro fortune.

La sua non tarda a eguagliarle. All'apogeo della ricchezza, nel 2008, *Forbes* lo colloca al nono posto tra i primi dieci Paperoni russi con un patrimonio di 17,5 miliardi di dollari. Quest'anno è precipitato a 3,1 ma è sempre nella pattuglia di testa. E la vita continua a sorridergli. Il gaudente Kerimov ama sfrenatamente la *débauche*. Belle donne, barche favolose (la sua si chiama *Ice*, 90 metri per 100 milioni di euro), macchine di lusso. Una di queste stava per condurlo direttamente all'altro mondo, ma se l'è cavata: incredibilmente, come potete verificare se vi capita di dare un'occhiata su Internet ai resti della super Ferrari nera, modello Enzo, che ha disintegrato a Nizza nel novembre 2006. Incidente? La fuoriserie si spaccò a metà e prese fuoco,

Kerimov comunque se la cavò con qualche ustione e la modella che era con lui (ma ce n'è sempre una...) rimase illesa.

Il guaio è che lui sembra avere spesso dei problemi con le automobili. Qualche anno fa, per festeggiare il proprio compleanno, ne regalò una, la splendida Mercedes 420, alla donna che stava per sposare, la pop star russa Natalia Vetlitskaya (bionda, occhi azzurri). La sera stessa la guardia del corpo fu uccisa a revolverate e la Mercedes rubata. Pochi credono alla rapina finita male. Per fortuna non ha donato una macchina anche all'amante del tempo, la ballerina del Bolshoi Anastasia Volochkova (bionda, occhi verdi). La poverina ha una buona tecnica, ma un fisico troppo atletico per un'étoile. Nemmeno Kerimov è riuscito a impedire che il Bolshoi la licenziasse. E per consolarla le offrì una festa memorabile: affittò un'intera villa ottocentesca alle porte di Mosca e la notte fece cantare per lei il nostro Toto Cutugno, per un compenso che spero non risponda a verità. Si parla di appena 3500 dollari, una miseria rispetto al milione di dollari che Kerimov avrebbe sborsato per far volare alla festa del suo quarantesimo compleanno le pop star Shakira e Christina Aguilera.

Sulla barca di Oleg, fuoricorso di talento

A differenza di Kerimov, Oleg Deripaska non ama la vita da rotocalchi. Dei tre soci, che all'inizio del secolo coprivano assieme un buon 10 per cento del PIL russo, lo studente di fisica fuoricorso è certo anche il più sulfureo. Scrive di lui Paul Klebnikov, su *Forbes* del novembre del 2001: «Anche se adesso Deripaska si comporta da imprenditore modello o da industriale scafato, gli ci vorranno degli anni per dissipare la puzza nauseabonda di criminalità che avvolge l'industria che egli controlla». Nel 2004 Klebnikov finisce assassinato (per altre ragioni, secondo l'inchiesta).

Nel 1993 il giovane Oleg cominciò a ramazzare tutte le società che si andavano costituendo nel settore dell'alluminio, e riuscì perfino a trovare il tempo di laurearsi in fisica, giustificando i sospetti che forse il titolo di studio se lo sia comprato. Certamente l'ultima delle sue preoccupazioni. Deripaska è l'uomo che ha giocato il gruppo mafioso moscovita dei fratelli Lev e Mikhail Cernye nella partita per la privatizzazione della SaAZ (la Sajanskij Aluminevyj Zavod, nella repubblica di Chakasija); l'hanno chiamata la «guerra dell'alluminio», e ha lasciato dozzine di morti sul campo. Anche Oleg giocava duro, arrivando a minacciare fisicamente i dipendenti della fabbrica se non gli avessero consegnato immediatamente le azioni in loro possesso. Vinse lui, e tutti sanno che in Russia c'è un solo potere dinanzi al quale anche i *vor-v-zakone*, i padrini mafiosi, devono mettersi in riga: il KGB.

Ne sono stato indiretto testimone. A metà degli anni Novanta, un mio amico che dirige la filiale russa di un'importante ditta di beni di consumo riceve una visita, la stessa che tocca a tutti i businessmen del tempo: due uomini in giaccone di pelle chiedono soldi in cambio di «protezione». «Tornate domani», dice lui. Il giorno dopo, i due vengono fatti accomodare in un altro ufficio. Dietro la scrivania, un uomo in abiti civili ma dai modi militareschi, un classico *stukach*,[7] come i russi chiamano «quelli», li squadra e chiede i loro nomi. Capiscono che devono darglieli. Lui alza il telefono e li ripete a qualcuno dall'altra parte del filo. In silenzio annota quel che gli viene detto, poi mette giù la cornetta e legge ad alta voce tutti i precedenti penali dei due gangster. «Potete andare», dice. Non c'è bisogno di aggiungere altro. La mafia adesso sa che la ditta è sotto una ben più alta protezione.

Abramovich è amico di Tatiana Yeltsina, Deripaska sposa la figlia del secondo marito di Tanya, Valentin Yumashev. I vincoli all'interno della Famiglia non potrebbero essere più solidi. Sono gli anni in cui il ras dell'alluminio ramazza tutte le aziende del settore. Anche Abramovich, che ha acquistato il metallurgico Evraz Group, vuole espandersi sullo stesso mercato, e i due convengono che è meglio l'alleanza della guerra. Mettono assieme tutte le loro partecipazioni e nasce su base paritaria RusAl, gigante mondiale dell'alluminio. Dura fino al 2004, quando Abramovich vende al socio la sua quota e tronca tutti i rapporti societari con lui.

Ma Oleg ormai gioca da solo anche sul proscenio internazionale. Gli Stati Uniti continuano a negargli il visto, per le ombre nel suo passato, soprattutto i sospetti legami con la mafia russa. Questo non gli impedisce di comprarsi il 5 per cento di General Motors. Le sue amicizie non sono ristrette ai segreti corridoi del Cremlino. Con Nathaniel Rothschild, figlio del banchiere Lord Jacob, Deripaska condivide affari e divertimenti. La vacanza mediterranea dell'estate del 2007 fa titoloni su tutti i giornali britannici. Sullo yacht del russo, il *Queen K* di 72 metri, c'è anche un altro inglese, Lord Mandelson: a lungo eminenza grigia del Partito laburista, è al momento commissario europeo al commercio, il «guardiano» contro il *dumping*, la concorrenza sleale degli imprenditori dell'Est.

Tanta convivialità tra il politico e il magnate pare suggerire, se non pratiche riprovevoli, almeno un certo conflitto d'interessi. La disinvoltura di Deripaska nella condotta degli affari non è un mistero per nessuno. Paradossalmente, lo scandalo finisce col ritorcersi piuttosto contro il partito conservatore britannico: perché viene fuori che al party nelle acque greche di Corfù c'era anche il ministro-ombra delle finanze, George Osborne, e proprio lui avrebbe chiesto a Deripaska un finanziamento illegale di 50.000 sterline per i Tories. Noccioline per un uomo stimato all'epoca 21,2 miliardi di dollari, e che quando gioca al mecenate ama farlo alla grande: sponsorizza il Bolshoi (non le ballerine...), foraggia generosamente la Chiesa ortodossa, finanzia università private d'eccellenza come la Scuola superiore dell'amministrazione pubblica fondata a Mosca sul modello dell'ENA francese.

Non a caso lo chiamano «il miliardario di Putin». Per compiacere l'ex presidente, che vuole fare delle Olimpiadi invernali di Soci, nel 2014, la vetrina della «sua» Russia, Deripaska s'impegna a sborsare 3 miliardi all'anno per autostrade e infrastrutture. Anche se nel nuovo Cremlino di Medvedev qualcuno comincia a storcere il naso. A ricordare, per esempio, che dal 2001 i massicci dividendi distribuiti dalla RusAl ai suoi azionisti non sono mai stati reinvestiti, nemmeno in parte, nell'azienda. Sono andati a finanziare lo sfarzo incontenibile che circonda Deripaska. Una superba proprietà di 12 ettari nel bosco a due passi da Mosca. Le residenze di Londra e Parigi. La villa in Costa Azzurra e lo chalet sulle nevi di Courchevel, la stazione sciistica francese per pochi eletti preferita dai russi.

Quando arriva la crisi, il suo colossale mosaico d'affari è investito in pieno. La holding Basic Element, composta da più di 100 società, 300.000 dipendenti, 18 miliardi di dollari di fatturato, rischia di sgretolarsi. L'ultima provincia annessa all'impero è proprio quella che minaccia di provocarne la fine. Da re dell'alluminio aveva tentato anche la conquista del regno del nichel, approfittando delle difficoltà di Vladimir Potanin, padrone della maggiore produttrice mondiale, la Norilsk Nickel. Nell'aprile del 2008, con l'aiuto di una cordata di tredici banche straniere – dalla Royal Bank of Scotland alla Merrill Lynch – era riuscito a strappare a Potanin il 25 per cento della compagnia. Nell'autunno delle Borse, le banche occidentali, drammaticamente esposte, gli chiedono di rientrare immediatamente del prestito miliardario: in caso contrario, si preparano a incamerare le azioni della Norilsk consegnate a garanzia del debito.

Deripaska è costretto a disfarsi di tutti gli attivi non strategici, dalle azioni Magna alle assicurazioni Ingosstrakh (appetite dalle Generali), ma non basta. Per salvarlo, si muove Putin. L'ex presidente trasformatosi in premier si è riservata anche la poltrona più alta nel Consiglio di Garanzia della VEB (Vnesheconombank), la Banca di Stato per lo sviluppo: è l'istituto che gestisce il fondo di 50 miliardi di dollari creato per aiutare le imprese in difficoltà. Nelle tasche sofferenti del businnessman piovono 4,5 miliardi, il doppio del massimo previsto dal programma, abbastanza per placare i creditori occidentali. Gli amici non si vedono forse al momento del bisogno? Ma non senza contropartite. Putin esige un posto per la VEB nel consiglio d'amministrazione della RusAl, Deripaska gliene offre addirittura due. Del resto, non ha mai lesinato le esibizioni di lealtà patriottica. Già una volta, a proposito del suo impero economico, aveva dichiarato: «Se lo Stato dice che lo rivuole indietro, glielo ridarò indietro».[8] «Scherzavo», dirà dopo.

«In Russia non sei mai protetto da povertà e galera»

Quanto più astuto Abramovich. Ha capito da un pezzo che aria tirava in Russia. Putin rivoleva ciò che lo Stato aveva ceduto? Lui è stato il più pronto a restituirglielo. Ma a peso d'oro. L'affare più colossale della storia russa è stata, nel 2005, la vendita a Gazprom, monopolio statale del gas, del 76 per cento della Sibneft, quinto produttore di petrolio del Paese. Il padrone del Chelsea ne ha ricavato 13,1 miliardi di dollari. E anche l'immunità garantita dal rinnovo del mandato a governatore della Chukotka, la più remota e arretrata regione della Siberia. Sarà la sua espiazione: dovrà investire un po' dei suoi soldi per farla decollare. E un altro po' di milioni, gli hanno fatto capire dal Cremlino, dovranno sostenere la squadra del CSKA di Mosca. Non è giusto che se la spassi solo il Chelsea.

Liquido come pochi sul pianeta, anche Abramovich ha pagato il suo pedaggio alla crisi ma sta meglio di tanti «colleghi». Però sa anche quando non è il caso di esagerare con l'ostentazione. Ha annullato la festa di Capodanno che aveva programmato per una comitiva di eletti amici nella sua villa di Aspen sulle nevi del Colorado. Ha perfino tagliato il budget per i regali di Natale in famiglia: da 3 milioni di euro a meno di uno, e 200.000 euro se ne sono andati solo nel collier di diamanti per quella spendacciona della fidanzata, ex modella figlia anche lei di un oligarca che commercia in armi. Daria Zhukova non se l'è presa: aveva appena ricevuto in dono dall'amato una galleria d'arte moderna nel cuore di Mosca, il Garage. Alla festa d'inaugurazione, nell'estate del 2008, era arrivata Amy Winehouse, pagata un milione e mezzo di euro, e si calcola che per la sua bella «Dasha» l'innamorato Roman abbia speso un'altra sessantina di milioni in opere d'arte. Dopo tutto, è qualcosa che somiglia a un investimento, al contrario dei 3 milioni e mezzo di dollari sborsati da Vladimir Potanin per far cantare in casa George Michael, a San Silvestro del 2006.

Nella sua saggezza di orfano, Abramovich ama ripetere spesso un vecchio proverbio locale: «In Russia non sei mai protetto da povertà e galera». Ecco, forse il combinato disposto della crisi e di un governo che ha altri favoriti fa sentire per la prima volta in pericolo i grandi ricchi dell'epoca Yeltsin. Il banchiere Aven, che pure è protetto dall'amicizia di Putin, ha detto esplicitamente che gli oligarchi appartengono al passato. Nell'anonimato, un suo collega aggiunge: «Ora siamo solo degli uomini d'affari. Di veri oligarchi, uomini che posseggono assieme denaro e potere, ce ne sono ancora un pugno in Russia. Ma sono i nostri leader, quelli che governano il Paese».

Lo scapolo d'oro e il nuovo Tolstoj

La perdita di influenza politica è addolcita da conti in banca che restano pingui, a dispetto della stretta creditizia.

Nella sua palestra personale quello spilungone di Mikhail Prokhorov tira di boxe e se la ride. È vero che ci ha rimesso 39 milioni di euro nel mancato acquisto di Villa Leopolda a Cap Ferrat. Ma si esercita nell'amatissimo judo, e si crogiola nella più maligna delle soddisfazioni. E sì, perché la vittima designata si è trasformata nel vincitore. Tra i dieci più ricchi di Russia lui è quello che ha perso di meno: «appena» il 51 per cento del patrimonio. Tutti gli altri da un minimo del 63 per cento (Abramovich) all'87,5 per cento, che è il record segnato da Deripaska. Così è proprio lui adesso, il quarantatreenne Prokhorov, l'uomo più ricco di Russia con 9,5 miliardi di dollari. E tutto questo perché l'ex socio Potanin ha cercato di farlo fesso.

I due sono stati per anni una formidabile coppia d'affari. Erano in pratica poco più che ragazzini quando nel '95 furono tra quelli che trovarono un posto alla tavola delle privatizzazioni. E che posto! Per la cifra ridicola di 250 milioni di dollari, più altri 300 di investimenti, fu offerto loro di comprare il monopolio di nichel e platino, Norilsk Nickel. Il business cominciò a decollare.

Potanin, ben introdotto nella cricca del Cremlino, divenne persino vice primo ministro sotto Yeltsin, circostanza che ovviamente non mancò di aiutare gli affari. All'arrivo del nuovo regime, si mostrò abile ad allacciare ottimi legami con Putin e i suoi. Prokhorov intanto si occupava della gestione dell'impresa. Anche grazie alla «bolla» delle materie prime, le vendite arrivarono a 17,1 miliardi di dollari nel 2007, contro i modestissimi 3,1 di cinque anni prima. Ma la partnership cominciava a dare seri segni di cedimento.

Il *casus belli* fu l'increscioso incidente in cui incappò Prokhorov a Courchevel nel 2007. Il giovanotto ama il suo celibato e la sua fama di playboy. Ma quella volta giocò una mano troppo pesante. Per le feste di gennaio arrivò nella sua villa sulle nevi francesi con un esercito di meravigliose fanciulle: troppe, troppo belle, troppo disinvolte. Vicini e polizia si convinsero che il magnate aveva organizzato un giro di squillo di lusso per far divertire i suoi amici. Una retata dei *flics,* spedì tutti in galera, bambole impellicciate, presunti clienti e lo stesso Prokhorov. Ventiquattr'ore in gattabuia, prima che l'equivoco fosse chiarito. Magari qualche ragazza aveva ricevuto dei doni costosi, ma nessuno aveva pagato nessuno.

La storia però ebbe un drammatico risalto sui giornali russi. Al ritorno a casa, Prokhorov fu costretto a dimettersi dagli incarichi in azienda: «Courchevel era un pretesto», accusa oggi, «avevano già deciso di cacciarmi».[9] Un anno dopo, nell'aprile del 2008, finì anche con il vendere la sua quota del 25 per cento di Norilsk a Oleg Deripaska, così ansioso di entrare nel mercato dei metalli pregiati. Un dispetto all'ex socio Potanin ma soprattutto un affare d'oro. Le azioni erano ai loro massimi. E lui incassò 7,2 miliardi di dollari: oggi, la stessa quota vale meno di un terzo.

Prokhorov è un tipo giocherellone, uno a cui piace scherzare e prendere in giro gli altri. Non sempre le sue trovate sono di buon gusto, ma comunque spingono la stampa a parlare di lui, ed è questo che gli interessa. Pochi mesi dopo la storiaccia sulle nevi, per esempio, annunciò che stava per sposarsi per scommessa. Aveva pattuito con un amico che avrebbe detto «sì» al compimento del quarantaduesimo anno, e dunque alla scadenza del 3 maggio era pronto a impalmare la prima sconosciuta incontrata per strada pur di vincere. Come previsto, i giornali russi (e non solo) si buttarono sulla storia arricchendola di particolari: un accordo prematrimoniale per un divorzio dopo cinque giorni, dieci milioni il costo della cerimonia fasulla alle Maldive, e via inventando. Prokhorov è ancora felicemente scapolo, ma ha un problema più serio: come investire la sua enorme liquidità. E come vendicarsi dell'ex amico che l'ha tradito, sebbene dovrebbe trovare notevole consolazione nella circostanza che oggi la fortuna di Potanin valga meno di un quarto della sua.

Ma servono davvero, e a cosa, tutti questi soldi? German Sterligov è uno che dopo averne accumulati una montagna, ha deciso che se ne può tranquillamente fare a meno. È un personaggio, Sterligov, uno dei più coloriti del capitalismo russo. Oggi ha quarantadue anni, un barbone alla Tolstoj, porta i *valenki*, ossia gli stivali di feltro come i contadini russi di una volta, e vive con la moglie Aliona e i loro cinque figli in una dacia di legno nel bel mezzo della infinita campagna sarmatica. Niente tv né elettricità né riscaldamento. In compenso, due mucche, qualche pecora, svariate galline.

A poco più di vent'anni, invece, alla vigilia del collasso sovietico, Sterligov era lo spregiudicato titolare della più grossa impresa commerciale di materie prime, e il primo esemplare di miliardario mai apparso sotto il cielo di Mosca. All'apice della crescita la sua azienda aveva duemilacinquecento dipendenti, sedi a New York e Londra, e i suoi amici si chiamavano Bill Gates, Ted Turner, David Rockefeller. Viveva ovviamente all'altezza della fama. Villa di venti stanze alla solita Rubliovka, indirizzo obbligato per i super-ricchi, più castello in Borgogna e appartamento a Ginevra.

È andata avanti così fino al 2004, quando si è illuso di poter sfidare Putin alle elezioni presidenziali. Da un giorno all'altro, con motivazioni imperscrutabili, fu escluso dalle liste elettorali. Fu allora che Sterligov decise di cambiare vita. D'accordo la moglie Aliona: «In due anni avevamo dovuto cambiare appartamento ventitré volte, nel timore di venire rapiti o uccisi. Alcuni soci di mio marito furono ammazzati per strada e noi potevamo uscire solo scortati. A un certo punto eravamo arrivati a sessanta guardie del corpo».[10] Sterligov ha venduto tutte le quote azionarie, la moglie abiti firmati e gioielli, e hanno portato i quattro figli in campagna. Lì ne è nato un quinto, Mikhei, ma nessuno dei ragazzi va a scuola. Periodicamente ricevono la visita di alcuni istitutori privati che gli insegnano matematica, russo, storia. E lotta libera. L'utopia bucolica e comunitaria così cara all'anima russa e alla predicazione di Tolstoj. Alla luce della crisi, la scelta pare a Sterligov particolarmente lungimirante. Assieme al rilancio di un metodo di scambio decisamente pre-capitalistico: il baratto.

A febbraio del 2009 la fabbrica d'automobili di Taganrog rendeva nota la seguente offerta: intere file di pick-up Hyundai modello Santa Fe, giusto uscite dalla catena di montaggio, pronte a essere cedute in cambio di circuiti elettronici stampati, fogli di metallo o anche scarpe da ginnastica. Una fabbrica di gru per l'edilizia a Ekaterinburg già provvedeva a pagare i creditori con macchine scavatrici. A Krasnojarsk una pubblicità sui giornali locali prometteva «legno della migliore qualità in cambio di cibo o medicine». E un altro annuncio prospettava la cessione di «biancheria finissima per 2 milioni e mezzo di rubli per un'auto di qualsiasi tipo» (per inciso, 2 milioni e mezzo di rubli fanno suppergiù 50.000 euro di mutande e altro intimo!).

È a questo punto che l'istinto commerciale di Sterligov si è risvegliato, applicandosi al baratto anziché alle società per azioni. La sua idea è di creare anzitutto un archivio informatizzato di aziende. Questo permetterebbe di costruire catene di sei o sette imprese che hanno difficoltà a vendere in contanti i loro prodotti: in questo caso, l'ultima società della catena pagherebbe la prima in una sola transazione a base di denaro.[11] La Russia ci è già passata, attraverso questo tipo di baratto multiplo, che ha consentito a molte fabbriche di rimanere in piedi nella terribile crisi di liquidità degli anni Novanta. Un computer, sostiene Sterligov, può fare questo lavoro più in fretta e con maggiore efficienza.

Non è una cattiva idea, concorda Sergey Ryazanov, uomo d'affari della città siberiana di Surgut. Ma consiglia di non costruirci una carriera: «Ci vorranno un paio d'anni per realizzare il progetto. E in due anni, i contanti saranno tornati».

Per tanti, veramente, non si sono mai allontanati. A Mosca la «fiera dei milionari» è diventata l'appuntamento invernale al quale i ricchi non sembrano disposti a rinunciare, con i suoi «giocattoli» e i suoi eccessi, dall'isola privata tropicale alle auto d'epoca restaurate a peso d'oro. Crisi? Ma che crisi, quasi si inalberava all'esposizione del novembre del 2008 Aleksey Belkov, della Chromov, un'azienda che rimette su strada le Jaguar e le Mercedes degli anni Cinquanta e Sessanta: «Senta, noi abbiamo una lista di ordini per i prossimi quattro anni, perciò i problemi semmai li vedremo tra quattro anni. Per il momento va tutto a gonfie vele».

Shazad Ali, che vende appartamenti di lusso a Dubai, con interni griffati Ferragamo, sottolinea che la maggior parte dei suoi clienti si trova nella fascia dei 100 milioni di dollari di patrimonio: «E anche se ne hai perso la metà, hai ancora di che vivere confortevolmente». Per i venditori i ricchi russi sono una pacchia perché quando qualcosa gli piace non fanno storie, come racconta Irina Parizhkaya, commerciante di pellicce italian-style: «Arrivano con la moglie o la fidanzata. Lei punta qualcosa, lui paga. Niente storie. È facile». Nemmeno la paura di un futuro più incerto altera la passione incontrollabile per il lusso e lo spreco. Semmai, talvolta aggiunge quella decadente sfumatura di bisboccia disperata che accompagnò l'esilio dei granduchi russi in Riviera. Anche questi lontani eredi senza una goccia di sangue blu sono decisi a sparire – se proprio devono – almeno con stile.

9
Nelle segrete del Cremlino

La squadra di agenti federali pesantemente armati cominciò a tempestare di colpi la porta della villa nei sobborghi di Mosca, ma la padrona di casa, Galina Bulbova, era già al telefono, a comporre i numeri d'emergenza secondo le istruzioni lasciate dal marito. Fu così che, nel giro di pochi minuti, sul prato di casa due reparti di polizia si ritrovarono a puntarsi reciprocamente addosso i loro mitra kalashnikov. Uno era il distaccamento spedito dall'ufficio del marito, il generale Aleksandr Bulbov, vicecomandante dell'Agenzia federale antinarcotici. L'altro reparto invece apparteneva all'FSB, il Servizio di Sicurezza Federale, che aveva già arrestato il generale e la sua scorta personale all'aeroporto moscovita di Domodedovo, sotto l'accusa di estorsione. Era l'ottobre del 2007 e sebbene all'apparenza del tutto estraneo, è stato forse l'episodio più turbolento della transizione dei poteri da Putin al suo successore.

Il passaggio del bastone presidenziale da zar Vladimir al giovane Medvedev è stato in effetti preceduto da uno scontro senza esclusione di colpi tra le diverse fazioni del Cremlino, tra i favorevoli alla «staffetta» e i fautori di un golpe bianco – un mutamento costituzionale – che lasciasse Putin al suo posto. A dire apertamente un mese dopo l'arresto che la cattura di Bulbov era l'ultimo colpo «di una guerra intestina all'interno dei servizi di sicurezza» è stato il suo superiore diretto: Viktor Cherkesov, generale dell'FSB e stretto alleato di Putin. Così intimo del Capo da ricevere da lui personalmente nel 2003 l'ordine di creare la FSKN, l'Agenzia federale antinarcotici, con un organico impressionante: trentacinquemila uomini e un servizio di spionaggio elettronico dotato dei più recenti e sofisticati sistemi di intercettazione, diretto appunto dal generale Bulbov. «Il vero compito dell'FSKN era di tenere un occhio sull'FSB e sull'ufficio del procuratore generale», sostiene l'analista Stanislav Belkovsky, molto addentro alle segrete cose del Cremlino. Da esperto del ramo, Putin non si fida nemmeno dei suoi vecchi compagni di spionaggio.

Il gruppo di Cherkesov si mette subito al lavoro su una gang di agenti FSB sospettati di favorire il contrabbando di centinaia di milioni di dollari. Passano svariati anni, una serie di omicidi e parecchi tentativi dell'ufficio del procuratore di chiudere il caso, prima che infine nell'estate del 2006 la rete venga tirata a riva: ci rimane impigliato non solo il procuratore generale Vladimir Ustinov ma pure il capo del Servizio Dogane, tutti e due licenziati in tronco, assieme a un gruppetto di diciannove alti dirigenti doganali e dell'FSB. Un anno dopo, sostiene Cherkesov, l'anello criminale cerca la vendetta. Non solo con le accuse a Bulbov di aver usato intercettazioni illegali per estorcere denaro a uomini d'affari. Nelle stesse settimane autunnali, due agenti dell'FSKN sono stati assassinati a San Pietroburgo con una dose di veleno radioattivo. Nella lettera al *Kommersant* il generale Cherkesov avverte che la faida potrebbe riprodurre «la guerra dei banchieri» dell'era Yeltsin, tra proiettili di fango e pallottole di piombo.

Il veleno radioattivo è un sistema già sperimentato l'anno prima a Londra. Al dissidente Aleksandr Litvinenko viene servito un tè al polonio-210. Né gli assassini di Londra né quelli di San Pietroburgo sono stati ancora individuati.

Rubli e polonio, un cocktail per le spie

Alle sei del mattino del 23 novembre 2006 Andy Hayman, il capo dell'antiterrorismo di Scotland Yard, viene svegliato da una chiamata sul telefonino. Uno dei suoi detective di turno lo avverte che Aleksandr Litvinenko, ex spia russa rifugiata in Inghilterra, sta morendo. Una riunione d'emergenza è convocata alle otto in punto. Due ore dopo, gli alti gradi di polizia e servizi segreti prendono posto attorno al tavolo del Cobra, il nome in codice per il ristrettissimo gruppo di politici e alti funzionari incaricati di garantire la sicurezza del Regno Unito. Il clima nella stanza, racconta Hayman, è elettrico, di altissima preoccupazione. Tocca a lui riferire per primo i risultati degli esami sui campioni di veleno prelevati sul corpo della vittima. Il referto è inquietante. Si tratta di polonio-210, un materiale radioattivo molto insolito ma estremamente pericoloso. Nessuno sa con precisione fino a che punto. Né quali siano i luoghi contaminati. Sul far della sera l'agonia di Litvinenko termina. E comincia la crisi più grave tra Russia e Gran Bretagna dalla fine della guerra fredda.

Nel 2006 Putin è a metà del suo secondo mandato, e la Costituzione non gli consente di candidarsi subito per una terza volta. La Russia fibrilla nell'incertezza. E molti sono al lavoro nell'ombra. Di un nemico dichiarato come l'oligarca Khodorkovsky, zar Vladimir si è già liberato. Lo ha spedito in Siberia con una condanna pesantissima per evasione fiscale. Ma non tutti i super-ricchi sono rimasti in patria, pericolosamente prossimi alle grinfie dell'FSB. Più di qualcuno ha ritenuto saggio allontanarsi per tempo ed è convinto di aver trovato un rifugio sicuro a Londongrad, come – abbiamo visto – i tanti immigrati russi chiamano scherzosamente la loro comunità londinese.

Aleksandr Litvinenko era diventato uno di loro, dopo essere stato a lungo una spia del KGB. A diciassette anni è entrato nell'Accademia militare e dopo la naja è stato accettato nella polizia segreta. Ha fatto carriera nelle sezioni anticrimine e antiterrorismo, e a trentatré anni è già colonnello dei servizi. È in gamba, forse troppo. Indaga sulle bombe che hanno sconvolto Mosca con centinaia di morti, nell'autunno del '99. E non crede, come accusa il Cremlino, che le abbiano messe terroristi ceceni: secondo lui, gli attentati sono stati organizzati ai piani alti del potere russo per giustificare la seconda guerra contro la piccola repubblica ribelle. Di certo, le bombe hanno spianato la strada di Putin verso il potere assoluto. Non c'è russo che non ricordi la promessa dell'allora primo ministro, e prossimo candidato alla presidenza: «Daremo la caccia a questi assassini, anche fin dentro i cessi». Volgare ma efficace, per un'opinione pubblica spaventata che invoca l'uomo forte.

I sospetti dichiarati ad alta voce costano a Litvinenko il suo lavoro. Scacciato dall'FSB, reputa saggio cambiare aria al più presto. A Londra chiede asilo politico e lancia altre pesantissime accuse contro i suoi ex capi: mi avevano chiesto, dice, di organizzare l'assassinio del miliardario Berezovsky. Pare strano, perché proprio l'oligarca è l'uomo che ha suggerito a Yeltsin di scegliersi Putin come successore. Ma nel 2001 è lo stesso Berezovsky a fuggire dalla Russia, confermando i piani del Cremlino per sopprimerlo. Da Mosca replicano esigendo la sua estradizione per corruzione. È il segno che in Russia è in corso una lotta mortale per il controllo delle enormi risorse del Paese.

Tra i duecentomila connazionali che affollano Moscow-on-Thames – altro nomignolo di larga diffusione tra i russi della capitale inglese –, il miliardario e l'ex spia si sentono sicuri ma non troppo. Berezovsky vive circondato da misure di sicurezza rigidissime, e Litvinenko è uno dei pochi di cui sembra fidarsi. Al punto da offrire per un certo tempo ospitalità alla famiglia dell'ex agente nella dépendance della sua principesca tenuta, nel Surrey. Di che vive, quello che gli ex colleghi dell'FSB chiamano con odio il Rinnegato? Si arrangia vendendo dossier, informazioni riservate, documenti scottanti: armi di ricatto nel gioco opaco della politica russa. Di sicuro però per i *siloviki*, gli uomini dei «ministeri della forza» che formano la corte di Putin, sta dalla parte sbagliata. Vicino, troppo vicino, ai residui oligarchi ribelli.

Il 1° novembre 2006 l'ex colonnello, da appena un mese con passaporto britannico, incontra al bar del *Millennium Hotel* in Grosvenor Square due vecchi colleghi della polizia segreta. Andrey Lugovoy, un tempo agente operativo dell'FSB e vicecapo delle guardie del corpo di Yegor Gaidar (premier sotto Yeltsin), è diventato un uomo d'affari milionario con buoni agganci nella ristretta cerchia putiniana. Dmitry Kovtun è anche lui un ex del servizio ma non ha avuto altrettanta fortuna, e sbarca il lunario da qualche parte in Germania. Si parla d'affari, dirà poi Lugovoy, ma l'incontro non dura a lungo. Giusto il tempo di sorseggiare un tè. Il giorno dopo Litvinenko si sente male e viene trasportato d'urgenza al pronto soccorso del Barnet Hospital.

Gli fanno una lavanda gastrica ma continua a peggiorare. Il ricovero diventa indispensabile. I medici ci capiscono poco. Meglio trasferirlo all'University College Hospital. Qui i clinici sospettano una leucemia, ma il paziente continua a dirsi convinto di essere stato avvelenato. Qualunque cosa gli abbiano dato, e a quel punto ancora nessuno riesce a capirlo, la fine di Litvinenko è lentissima. L'organismo dell'ex agente resiste tre settimane al veleno radioattivo. Venti giorni nei quali l'ingresso dell'University College Hospital si trasforma in un microcosmo che parla solo russo. Soprattutto nelle ultime ore prima della fine il viavai è incessante.

Apre la processione Alex Goldfarb, uno dei primi uomini d'affari russi a emigrare in Gran Bretagna, gran conoscitore delle trame del Cremlino. Lo segue Akhmed Zakayev, ex comandante ceceno che ha ottenuto asilo politico nel Regno Unito grazie alla campagna dell'attrice Vanessa Redgrave: «Adesso i metodi che Putin usava contro i dissidenti in Cecenia e in Russia verranno usati anche contro i suoi nemici all'estero», sentenzia grave. Boris Berezovsky quasi scompare, lui piuttosto piccolo, in mezzo a un drappello di gigantesche guardie del corpo. Il nemico numero uno di Putin dice ovviamente di «non avere dubbi:

è stato il Cremlino ad avvelenare Aleksandr Litvinenko. Ma non so chi ha dato l'ordine e chi lo ha eseguito».

Un altro amico del moribondo è anche più categorico, ed è uno che se ne intende. Oleg Gordievsky, il più famoso «doppiogiochista» del KGB, passato alla Gran Bretagna nel 1985. «Non supererà la notte», aveva previsto in ospedale alle sette di sera, e quando due ore dopo Aleksandr spira, dice secco alla BBC: «A questo punto non ci sono più dubbi che a ucciderlo è stato il Cremlino. Soltanto i servizi segreti sono in possesso di veleni così micidiali, e così difficili non solo da curare ma anche da individuare. Questa è la fine che fanno i nemici di Putin».

Marina, la vedova dell'ex spia, ricorderà: «Aleksandr mi disse di aver bevuto del tè al bar del *Millennium Hotel*, e al suo arrivo era già servito, sul tavolo. Così ne prese una tazza ma non la finì nemmeno. Mi disse che il tè non sapeva di niente, era già freddo». I sospetti della vedova faranno infine perdere le staffe al Cremlino, che fino ad allora aveva mantenuto un distacco olimpico verso ogni accusa. Lei attacca: «Non posso sapere esattamente che Putin ha ucciso mio marito, ma posso dire che Putin è dietro ogni cosa che succede in Russia».[1] Il portavoce del presidente non ci pensa su due volte a darle della «bugiarda». La tesi ufficiale di Mosca sarà sempre che gli assassini puntano in realtà ad «avvelenare» proprio i rapporti tra Russia e Gran Bretagna.

Sull'isola il principale sospettato non rimane a lungo. Il 3 novembre Lugovoy è già in volo per Mosca, e sull'aereo della British Airways Scotland Yard troverà in seguito tracce abbondanti del veleno radioattivo. Un anno dopo, il Partito liberaldemocratico del fascistoide Zhirinovsky lo candida alla Duma, nella remota circoscrizione siberiana di Barnaul, e Lugovoy conquista l'immunità parlamentare. Tutti sanno che alla Duma i liberaldemocratici sono la ruota di scorta di Russia Unita, il partito personale di Putin.

Con l'inchiesta ufficiale in stallo, è il più famoso programma giornalistico della BBC, *Panorama*, a fare un po' di luce. Da

Mosca arriva la voce di un testimone che Scotland Yard non era riuscita a contattare. Si chiama Mikhail Trepashkin ed è un ex agente dell'FSB finito in galera mentre indagava sulle presunte bombe cecene del 1999. Al regista Andrey Nekrasov, Trepashkin racconta che i boss del servizio segreto tenevano d'occhio Litvinenko sin dal 2001, poco dopo la sua fuga: «Il mio capo mi chiese di andare a scoprire ogni traccia di Aleksandr, lavoro, tragitti, incontri. 'Scopri che libro sta scrivendo', mi disse. Capii che volevano mandare una persona in avanscoperta, e poi il grosso sarebbe seguito».

Litvinenko era convinto di conoscere il nome di questa persona. Lo svelò poco prima della morte, dal letto d'ospedale, a un cronista del *Sunday Times*: era, disse, Viktor Kirov l'agente dell'FSB incaricato di sorvegliarlo, pedinarlo, e forse eliminarlo. Nell'ambasciata russa, una vecchia villa alquanto *délabré* su Kensington Palace Gardens, sicuramente non c'era, allora come oggi, scarsità di spie. Si stimava che almeno una trentina di diplomatici facessero per così dire il doppio lavoro, e Kirov era uno di loro, fino al 2005.

A casa, Litvinenko aveva lasciato anche un memorandum di tre pagine. Scotland Yard lo sequestra, ma non trova traccia di Kirov in quelle righe. C'è invece il nome di un ex del commando degli Spetsnaz, le squadre speciali del ministero degli Interni, truppe scelte di leggendaria brutalità. L'uomo, indicato come Igor, è anche un campione di judo, azzoppato in precedenti missioni ma ancora operativo. Dall'inchiesta filtra la sua appartenenza a un gruppo di ex commando sovietici che si fa chiamare Dignità e orgoglio. Si sarebbero dati una missione: difendere con ogni mezzo «il sacro nome della Russia», in patria e all'estero. È a loro che va addebitata «l'esecuzione» di Litvinenko? Sbagliava il colonnello nella sua ultima lettera a indicare Putin come responsabile della sua eliminazione? Alla BBC l'amico regista Nekrasov dice che gli sembra piuttosto «un'operazione di servizi deviati, un gruppo di ex agenti del KGB o di altri reparti speciali, gente pericolosa e senza scrupoli».

Ufficiali e affaristi: i nuovi tycoon della Putin S.p.A.

A dispetto della retorica imperante sul ripristino di «legge e ordine», la Russia di Putin sembra un posto alquanto rischioso dove vivere. Per i giornalisti ficcanaso in primo luogo, come insegna la tragica fine di Anna Politkovskaya e di tanti altri croni sti coraggiosi. Ma anche per gli uomini d'affari troppo esposti e perfino per i dignitari del regime impegnati in rese dei conti di puro stile mafioso, come dimostra il confronto a fil di mitra tra agenti dell'FSKN e «colleghi» dell'FSB.

All'ombra del potere assoluto di Putin, appena mitigato dai prudenti distinguo di Medvedev, i diversi clan si danno battaglia come bande di feudatari riottosi. Le differenze «politiche» ricalcano le linee di controllo delle diverse cricche sui ricostituiti monopoli statali. C'è la fazione degli «isolazionisti», guidata dal vicepremier Igor Sechin, da Vladislav Surkov e dal capo dell'FSB, Nikolai Patrushev: tutti *siloviki*, i capi degli apparati di sicurezza, che sognano una Russia forte e un'egemonia alternativa a quella americana. All'opposto, i «globalisti» del vicepremier Kudrin e del ministro degli Esteri Lavrov immaginano un Paese inserito nel nuovo ordine globale postindustriale, aperto agli investimenti stranieri, disposto al dialogo con l'America. In mezzo c'è anche la contesa sul controllo delle enormi ricchezze tornate nelle mani dello Stato.

Alle ex spie del KGB che si è portato dietro ai vertici della Russia, zar Vladimir non ha dato solo gradi e potere. In realtà con loro ha creato anche un nuovo club di tycoon, un gruppo di oligarchi che ricorda da vicino quelli dell'era yeltsiniana. Anzi, «sono molto più intrecciati e di gran lunga più coesi di quanto sia mai stata l'élite di Yeltsin»,[2] attacca Gennady Gudkov, ex colonnello dell'FSB eletto in Parlamento. Il confronto armato sul caso Bulbov è stato uno dei rari momenti in cui le tensioni intestine sono affiorate pubblicamente. Di solito, le stanze di compensazione putiniane funzionano perfettamente. La «verticale del potere», come lo zar ha battezzato la piramide gerarchica che ha in lui il suo vertice per allargarsi a mano a mano che scende, gli assicura il controllo diretto delle istituzioni centrali dello Stato come delle amministrazioni regionali e delle imprese pubbliche.

Con i miliardari ereditati dall'epoca Yeltsin, Putin avvia la cosiddetta «politica dell'affidamento». Consegna alle loro cure il governo delle province più povere e isolate dell'immenso Paese. Non è più Abramovich il solo a ritrovarsi «in gestione» la remota Chukotka, giusto sotto il Circolo polare artico. A Viktor Vekselberg, uno dei proprietari del gigante petrolifero TNK-BP, tocca in sorte la Kamchatka, la penisola che si protende verso il Giappone. Aleksandr Khloponin, direttore della Nornickel, governa la regione di Krasnojarsk. Khazret Sovmen, padrone di un settimo dell'oro russo, è insignito del dubbio onore di presidente della Repubblica di Adigeya. Queste investiture non rappresentano ricompense, come si potrebbe credere, ma prove di fedeltà. Dai vecchi oligarchi il nuovo Cremlino pretende la dimostrazione che sono pronti a tutto pur di compiacere il padrone.

La nomina comporta implicita la richiesta di «buone azioni». Vekselberg anticipa perfino i desideri dello zar. Prima ancora di accollarsi la disastrata Kamchatka, ha speso 100 milioni di dollari per comprare (in parte dalla famiglia Forbes) e riportare in Russia le uova Fabergé della collezione imperiale. Alisher Usmanov, proprietario della squadra inglese dell'Arsenal oltre che del quotidiano *Kommersant*, ha sentito come suo dovere quello di sborsare 40 milioni di sterline per acquistare la raccolta d'arte russa dello scomparso Mstislav Rostropovich, e farne dono a un museo statale: pare che sia stata pagata quasi il doppio di quanto avrebbe realizzato all'asta da Sotheby's. Usmanov non dimentica di finanziare pure la Dinamo, team calcistico che ha stretti legami con l'FSB. Anche Abramovich in Chukotka non bada a spese. Nel 2001 trasferì 18 milioni di dollari dal suo conto direttamente al bilancio regionale. L'anno dopo fece costruire un'imponente cattedrale ortodossa su un pittoresco costone di roccia. Purtroppo nella breve estate artica il terreno si scongela. Così, per evitare che il sacro edificio finisse a valle, i tecnici hanno dovuto installare un impianto di raffreddamento del suolo.

Le prebende invece sono per i nuovi oligarchi, quelli della cordata Putin. Prima di essere eletto presidente, il fidato Dmitry Medvedev non era solo vicepremier ma anche presidente di Gazprom. L'altro uomo forte, il capo dei *siloviki* Sechin, accoppia all'incarico politico (attualmente vicepremier) quello di presidente della compagnia petrolifera Rosneft. Anche gli amministratori delegati dei due ciclopici conglomerati sulla carta sono semplici funzionari pubblici, Aleksey Miller alla Gazprom e Sergey Bogdanchikov alla Rosneft. Nel 2005 Putin aveva concepito un grande progetto, in armonia con il gigantismo che sembra ossessionarlo: fondere in una sola holding statale il settore del gas e quello del petrolio, un monopolio capace di controllare un Paese. Per 8 miliardi di dollari Rosneft avrebbe dovuto lasciarsi inghiottire da Gazprom. Ma Sechin e Bogdanchikov hanno resistito, e il Capo ha dovuto tenerne conto: un anno dopo la compagnia petrolifera valeva 50 miliardi di dollari.

Da qualche mese, al posto di Potanin, anche la Norilsk Nickel ha un nuovo capoazienda: Vladimir Strzhalkovsky, che ha servito nel KGB a Leningrado negli anni Ottanta. Un altro ex agente del KGB, Sergey V. Chemezov, che lavorava con Putin a Dresda nello stesso decennio Ottanta, è andato invece a dirigere Russian Technologies, cuore dell'industria bellica una volta nota come Rosoboronexport, e oggi produttrice anche di automobili (Avtovaz, insieme con la Renault). A titolo di curiosità, val la pena di registrare che nel consiglio d'amministrazione di una delle società di media di Yuri Kovalchuk, altro miliardario molto vicino a Putin, siede anche Alina Kabaeva: è la ginnasta medaglia d'oro olimpica per la quale, secondo quegli impiccioni del *Moskovskij Korrespondent*, il gelido Vladimir sarebbe stato pronto a divorziare. Direttore licenziato, giornale chiuso, e a Kovalchuk invece, proprietario di una delle maggiori compagnie d'assicurazione russe, assicurato il passaggio di Gazprom tra i suoi clienti.

Ufficialmente, tutti questi tycoon di Stato sono pagati come normali funzionari, ma è una finzione alla quale solo i russi più sempliciotti riescono a credere. In realtà il colpo più micidiale nella faida tra le due (o più?) fazioni del Cremlino è quello sferrato direttamente contro il Capo, alla vigilia delle presidenziali 2008, sullo scivoloso terreno dei soldi. Da tempo giravano voci sull'attività svizzera di una ditta dal profilo opaco, che opera nell'export del petrolio russo: si chiama Gunvor International Limited ed è diretta da Gennady Timchenko. Guarda caso, un altro ex colonnello del KGB nonché buon amico di Putin.

Mezze frasi, allusioni si rincorrono da anni, visto che il 75 per cento delle esportazioni petrolifere russe è negoziato a Ginevra da questa misteriosa società. Ma ecco che poco prima del Natale del 2007 un importante giornale britannico, il *Guardian,* rilancia con il massimo fragore i sospetti elvetici: si attribuisce a Putin un tesoro nascosto di oltre 40 miliardi di dollari, frutto delle transazioni occulte della Gunvor. A ciò andrebbe aggiunto il possesso di importanti quote societarie nascoste in diversi paradisi fiscali, in particolare consistenti pacchetti di azioni delle tre maggiori compagnie russe di gas e petrolio.

A motivare l'articolo è la pubblicazione di un libro molto circostanziato sulle finanze occulte di Putin. L'autore è il politologo Stanislav Belkovsky, che abbiamo già incontrato in queste pagine. Al *Guardian* puntualizza: «Non sono mai stato querelato. Sono informazioni che ho ottenuto da fonti interne all'amministrazione presidenziale». Chi gliele ha passate? E perché? Il Cremlino comunque non se ne cura, e anche meno l'opinione pubblica russa. Di sicuro le notizie non raggiungono i giornali, diventati da tempo molto cauti, e tanto meno i bollettini radiotelevisivi, che hanno già rapidamente riacquistato uno stile sovietico. Solo Garri Kasparov, uno dei rari oppositori dello zar con zero accesso ai media, si permette una battuta: «Putin vuole governare come Stalin, e vivere come Abramovich».

Sconfortato, l'analista Sergey Markov si stringe nelle spalle: «Il racket della protezione gestito dai servizi di sicurezza attraverso tutta la Russia, e i milioni di dollari riciclati che trasferiscono attraverso le banche straniere, non sono considerati un problema». Almeno finché le aziende private riescono ad avere margini per il profitto anche dopo aver pagato le inevitabili bustarelle. Ma che succede se la ripresa tarda? E se il prezzo di gas e olio subisce una scivolata? Il bilancio statale è tarato su un barile di greggio a 41 dollari,[3] qualsiasi cifra superiore vuol dire che il deficit si riduce e le riserve aumentano. E la Borsa fa festa. Che succede invece se il prezzo del barile crolla a 30 dollari? Nessuno a Mosca ci vuole nemmeno pensare.

Come perdere due imperi televisivi e restare vivi

Si può non provare alcuna simpatia per Boris Berezovsky, ma è impossibile non riconoscere la sua luciferina intelligenza e capacità di previsione. Era l'autunno del 2000, l'alba del regime putiniano, ma già il nuovo zar era ai ferri corti con l'uomo a cui più di ogni altro doveva la sua ascesa. Era stato Berezovsky a spostarlo da San Pietroburgo a Mosca, a introdurlo nella cerchia ristretta della Famiglia, a convincere Yeltsin che l'ex colonnello del KGB poteva succedergli e soprattutto garantirgli l'immunità. Pochi mesi dopo l'ingresso al Cremlino, Putin è già impegnato a strappare di mano al suo ex mentore il bene più pregiato: il canale televisivo ORT, il più seguito di Russia. In giro in America a cercare sostegno, Berezovsky è lapidario: «La prima cosa che Putin ha fatto è stato consolidare il suo potere politico. La prossima mossa, toccherà ai media. E quando avrà problemi economici, allora si convincerà che deve controllare le compagnie petrolifere, le società del gas».[4] È precisamente il calendario putiniano di questi nove anni.

Il piccolo, rotondetto, calvo Boris è diventato, un po' per meriti suoi, un po' per la campagna degli avversari, l'immagine diabolica dell'oligarca russo. Gli piaceva presentarsi come l'eminenza grigia del regime yeltsiniano. E gli piaceva l'espresso italiano. Ne prendemmo uno assieme in sala stampa, in una pausa del vertice di Helsinki tra Clinton e Yeltsin, il 20 marzo 1997.

Lui era all'apogeo del potere: all'enorme ricchezza si aggiungeva l'incarico di segretario del Consiglio di sicurezza nazionale. Tendeva a pavoneggiarsi come l'artefice occulto di un summit che avrebbe dovuto essere l'incontro di due «anatre zoppe» (anche letteralmente: Clinton arrivò con le stampelle, per un'operazione al ginocchio), e invece fu un successo. Almeno agli occhi occidentali. Ulteriore riduzione delle testate nucleari, accordi economici. Ma soprattutto l'accettazione di fatto, da parte di Yeltsin, dell'espansione a est della Nato, con l'inclusione di ex Paesi socialisti come Polonia, Ungheria, Repubblica Ceca. Berezovsky si vantava dell'intesa, ma a Mosca sembrò una capitolazione, e non solo ai deputati della Duma ribelle.

L'accusa sottintesa di tradimento ha sempre accompagnato il percorso degli oligarchi in Russia. Per la ragione più semplice e inevitabile: la loro origine etnica. In un Paese dove è saggio non dichiarare l'appartenenza ebraica, la quasi totalità dei nuovi magnati era ebrea. Anche se pressoché tutti cercavano di tenere un profilo basso. «Già la gente ci odia perché siamo negli affari», disse una volta Mikhail Khodorkovsky alla scrittrice Chrystia Freeland. «Perché offrirgli anche qualcos'altro?»

La prudenza non ha salvato Khodorkovsky dalle galere siberiane quando il Cremlino ha deciso di mettere le mani sul suo impero petrolifero. Otto anni di gulag per evasione fiscale e la minaccia di altri venti per un sequela interminabile di presunti reati. Il magnate che nel 2003 era l'uomo più ricco di Russia, padrone del colosso Yukos, tornerà in libertà quando Putin sarà già tranquillo in pensione. Sempre che non lo ammazzino prima in prigione, come hanno già tentato di fare con una coltellata allo stomaco. D'altro canto, nemmeno la protesta pubblica e il chiasso dei media avevano salvato Vladimir Gusinsky dall'arresto e dal sostanziale esproprio dell'unica tv libera mai sperimentata dai russi. NTV criticava il potere e si permetteva addirittura di ridicolizzare Putin. Non poteva durare.

Gusinsky è un tipo poco appariscente. Statura medio-bassa, occhiali dalle lenti spesse, grassottello. Quando ne faccio la conoscenza, nella primavera del '95, la sua stella brilla altissima nella Mosca yeltsiniana. In suo onore, l'ambasciatore della Corte di San Giacomo presso il Cremlino, Sir Andrew Wood, grande conoscitore della Russia, dà quella sera una cena molto ristretta nel vecchio palazzo della legazione. Il fondatore e presidente della Banca Most («ponte», in russo) era allora anche il padrone del primo e più grande impero mediatico privato apparso nella Russia postcomunista. Nelle sue mani il più diffuso quotidiano indipendente, *Segodnia* («Oggi»), il settimanale *Itogi* («Sommarii»), e soprattutto la radio Echo Moskvy e la rete televisiva NTV.

Notoriamente, non si tratta di una mammoletta. Ex direttore teatrale di scarso successo, è famoso per il temperamento vendicativo. Meglio non incrociare il drappello di «duri» ex KGB che tiene ai suoi ordini, pronti a usare le maniere forti di un tempo al servizio del nuovo padrone. Nei corridoi della Duma sono stati in parecchi ad assistere allo scambio di battute tra lui e Kakha Bendukidze, fresco acquirente degli impianti Uralmash. «Quanto li hai pagati?» chiede Gusinsky, e l'altro industriale: «Suppergiù un milione di dollari». «Ma è niente!» scoppia a ridere il boss dei media: «Ho pagato quella cifra per il viceministro delle Finanze. E il tuo sarà certo un miglior investimento!»

Ma il banchetto offerto da Sir Andrew non è forse tanto un omaggio al primo tycoon del Paese quanto piuttosto alla sua elezione a presidente del Congresso degli ebrei di Russia, da lui stesso costituito (diventerà anche, in seguito, vicepresidente del Congresso ebraico mondiale). A tavola si parla di Londra, che il magnate e la moglie visitano spesso. Di Israele, che Gusinsky difende con passione e determinazione. E anche di un argomento solitamente tabù in Russia: l'antisemitismo. Quando qualche anno dopo arriveranno i problemi con il potere, non esiterà a rivolgere l'accusa contro il Cremlino.

In realtà Putin non sembra avere alcun pregiudizio verso gli oligarchi ebrei che manifestano obbedienza e fedeltà. Ciò che non tollera sono i critici, a prescindere dalla confessione e dall'origine etnica. La trasmissione più popolare di NTV era un programma satirico di marionette, *Kukli*, che ogni settimana contava 20 milioni di spettatori. Il pupazzo di Putin andava incontro alle peggiori figuracce. Non poteva durare.

Ancora primo ministro, sul finire del '99, aveva tassativamente richiesto ai dirigenti della tv di cancellare dallo show la sua caricatura. Fu preso in parola. Nella puntata successiva, niente più premier. Al suo posto, Aleksandr Voloshin, capo dell'amministrazione del Cremlino, compare nelle vesti di Mosè, portando agli israeliti le Tavole dettate da un essere supremo avvolto nelle nubi in cima al Sinai. Il problema è che nessuno sa come chiamarlo. Alla fine decidono per «Signore Dio», che in russo suona *Gospod Bog*. Troppo lungo, concordano i fedeli, meglio limitarsi alle iniziali: G.B. Che per ogni russo adulto significano solo una cosa: *gosudarstvennaja bezopasnost*, cioè «sicurezza dello Stato». Insomma l'essere supremo era il massimo funzionario degli «organi della sicurezza statale», l'ex colonnello del KGB Vladimir Putin.

Nel giugno del 2000, «G.B.» è presidente da pochi mesi. Un commando di agenti federali in tuta mimetica e balaclava tirata sul volto irrompe negli uffici moscoviti di Media-Most, la società di Gusinsky che controlla tv e giornali. Casse di documenti sequestrati, impiegati fatti sdraiare per terra sotto la minaccia delle armi. E infine il boss in persona, Gusinsky, trascinato via ammanettato come un malfattore. Lui stesso racconterà così la «cattura»: «Entrano nell'ufficio quattro agenti. Mi consegnano un mandato d'arresto. Sono stupefatto. Solo qualche mese fa, il 2 novembre, lo stesso investigatore Nikolaev mi aveva interrogato sul medesimo caso. Mi aveva detto: 'Non ho accuse contro di lei'. A questo punto gli urlo: 'Mi ha mentito allora, o mi sta mentendo adesso?'»[5]

L'imputazione è appropriazione indebita, e gli costerà quattro giorni di cella nel più lurido carcere moscovita, la Butyrka, tremilacinquecento detenuti in una vecchia prigione che ne dovrebbe ospitare meno della metà. Le accuse saranno poi lasciate cadere ma solo dopo che il magnate, pesantemente indebitato, avrà acconsentito a trasferire il controllo del suo impero mediatico, in cambio di 300 milioni di dollari, alla solita Gazprom ormai in pugno al Cremlino. *Kukli* chiude da un giorno all'altro, seguita dal malinconico tramonto di NTV.

Fuori di galera, Gusinsky dice che la vendita gli è stata estorta. Ma capisce che la partita è persa. Appena gli revocano gli arresti domiciliari, s'imbarca sul suo jet privato e si rifugia nella villa in Spagna. Da allora vive tra Londra e Israele, le mani in pasta in molti affari, anche russi. Ma lontano dai media.

Il contrario di Berezovsky. Anche lui ha tentato di resistere alla vendita obbligata del suo 49 per cento della ORT, offrendo un esempio classico di eterogenesi dei fini: l'uomo delle mille congiure, il «principe delle tenebre», il grande corruttore, finisce per impugnare il vessillo di una libertà di stampa sempre più striminzita. Eppure, è quel che succede, nei primi convulsi mesi della presidenza Putin. L'ex colonnello non dimentica il trattamento contropelo ricevuto dalle tv private per l'insensibilità che ha mostrato di fronte all'affondamento del sommergibile *Kursk*, con il suo tragico carico di centoventi marinai. E poi c'è la piaga cecena, sempre aperta. La «guerra sporca» cu sui solo ORT e NTV presentano resoconti veritieri della brutalità dei soldati russi oltre alla ferocia dei guerriglieri islamisti.

Berezovsky, del resto, è già nel mirino. È il personaggio-simbolo, il capofila di quegli oligarchi che il Cremlino vuole trasformare in obbedienti vassalli. Per ora. Negli anni Novanta, quando il tronfio Boris era all'acme del potere, il finanziere George Soros scrisse di lui sulla *New York Review of Books*: «Non è in grado di compiere la transizione alla legittimità. La sua sola chance di sopravvivenza è di mantenere la gente impigliata nella ragnatela di relazioni illegittime che ha stabilito». Ha provato a farlo anche con Putin e ha fallito. Non gli è rimasto che scappare a Londra, e usare la sua immensa fortuna mal acquisita per condurre una solitaria battaglia d'opposizione contro lo zar più amato dai russi. Si consola, dicono, con le giovani e belle donne del suo lontano Paese: gliele fanno arrivare in aereo per il fine settimana, e lui non lesina. 10-15.000 euro per ognuna.

La notte dell'ultimo dell'anno 1999 era entrato con un sorriso trionfante nel foyer del teatro Bolshoi, subito dopo l'annuncio tv del passaggio di poteri da Yeltsin a Putin. «Avete visto?» chiese beffardo ai giornalisti. «Non ci credevate. E invece vi abbiamo dato le elezioni in tempo, abbiamo un gran presidente e la Russia è il miglior Paese del mondo.» Chissà quante volte quella scena torna ad agitare i suoi incubi.

Baroni della stampa? Sì, ma lontano

A Mosca ha dovuto chiuderne uno, a Londra ne ha invece salvato un altro. Aleksandr Lebedev è uno degli oligarchi più restii a rimanere imprigionato negli schemi. Gli piacciono i giornali, questo è certo, e soffocare nella culla la sua creatura *Moskovskij Korrespondent* dev'essergli costato non poco (anche se non ha pagato l'indennità di fine lavoro ai dipendenti). D'altro canto, non aveva alternative. Il quotidiano aveva pubblicato lo scoop sulla presunta amante di Putin, la signorina Kabaeva, e Lebedev sapeva che l'unico modo di allontanare da sé i sospetti del presidente era cancellare la testata. Un prezzo pagato alla sopravvivenza dell'altro suo giornale russo, molto più importante di un malandato tabloid. Il magnate è anche il proprietario della *Novaja Gazeta*, una delle poche voci indipendenti e critiche che si levano ancora nella Russia di oggi, sia pure solo tre volte la settimana.

Strano personaggio, l'editore. Cinquantenne, emigrato a Londra, Lebedev fa affari con l'establishment putiniano ma è l'azionista di riferimento della *Novaja*: il giornale in cui lavorò Anna Politkovskaya, assassinata proprio per le sue coraggiose inchieste sulle mafie russe e le malefatte del Cremlino. Lavorare in quella testata richiede un supplemento speciale di coraggio. Quattro giornalisti ammazzati negli ultimi otto anni è un record. Ma anche il sigillo insanguinato di una integrità professionale che è merce rara oggi a Putingrad. Perciò la *Novaja Gazeta* gode di una credibilità, un'autorevolezza che vanno anche al di là della copertura politica offerta dal 10 per cento di azioni in mano a Mikhail Gorbaciov.

Eppure Lebedev possiede il 30 per cento dell'Aeroflot, è l'azionista di riferimento di Sberbank, mantiene quote importanti (44 per cento) nella Ilyushin e nella stessa cassaforte Gazprom. Nulla di tutto questo sarebbe possibile senza un buon rapporto con il Cremlino. A questo punto difficilmente sarete sorpresi di sapere che Lebedev è anche un'ex spia del KGB. Questo dettaglio non irrilevante rende più gustosa la sua ultima acquisizione. L'ex tenente colonnello dei servizi di sicurezza è stato infatti a lungo presso l'ambasciata sovietica di Londra, sotto la copertura di attaché. Adesso a Londra non solo ci vive, ma ne ha comprato un pezzo di storia: l'*Evening Standard*. È il primo russo a comprare un quotidiano inglese, e la faccenda deve aver esaltato il senso di *grandeur* di molti a Mosca.

È vero, lo *Standard* è ormai un piccolo pomeridiano, che tira attorno alle 270.000 copie e barcolla sotto le passività. Lebedev lo ha potuto acquistare, in pieno *credit crunch*, a una sola sterlina ma sapendo di accollarsi perdite colossali, tra i 10 e i 20 milioni di sterline l'anno. Erano decisamente troppe per Lord Rothermere, proprietario della società editrice che stampa pure il *Daily Mail*. E per quante preclusioni ideologiche il quarto visconte Rothermere potesse avere verso la spia venuta dal freddo, difficilmente avrebbe potuto trovare un compratore altrettanto liquido. Il manager della National Reserve Bank è un signore che *Forbes* stimava il trecentocinquantottesimo uomo più ricco del mondo prima della crisi, che lui allegramente dichiara essergli costata un miliardo dei suoi 3,5. «Son tutte perdite e guadagni di carta», minimizza. «Prima hai 1 miliardo, e poi hai 100 milioni. E allora?»[6]

Assicura perciò che la perdita non pregiudica il piano di rilancio dell'*Evening Standard*, anche in sinergia con la *Novaja*, e comunque annuncia «un giornale oggettivo, spregiudicato, interessante». Aggettivi che evidentemente trovano maggiori difficoltà di realizzazione a Mosca.

A Parigi, economicamente, la stampa non se la passa meglio. Anche qui accorre un oligarca salvifico. E la testata è di quelle che rappresentano una bandiera. *France Soir*, il giornale fondato nel 1944 da Pierre Lazareff, negli anni Cinquanta una corazzata da un milione e mezzo di copie, un'autentica icona francese: al punto da comparire immancabilmente in ogni film noir, magari spuntando dal paltò di Jean Gabin. Della passata grandezza non resta che un tabloid da 23.000 copie, e perdite per 6 milioni di euro. Lo zio d'America anche stavolta viene dalla Russia e si chiama Sergey Pugaciov.

È lo stesso banchiere miliardario che un paio d'anni fa si è tolto lo sfizio di comprarsi non una semplice brasserie a Parigi ma un'intera catena di boutique gastronomiche di gran lusso, Hédiard. Un miliardo di dollari. Per penitenza, si è dovuto accollare l'acquisto in America, per conto dello Stato, delle preziose diciannove campane dell'antico monastero Danilov. Amico di Putin quando questi lavorava al municipio di San Pietroburgo, per un certo periodo Pugaciov si era guadagnato il nomignolo di «cassiere del Cremlino». Ora, più defilato, pare puntare piuttosto alla Legion d'Onore.

Il paradosso, ma non tanto, è che mentre i nuovi oligarchi si impegnano a salvare i giornali europei, quelli russi si spengono come fiammelle: che è precisamente il significato di *Ogoniok*, la più antica rivista russa. Fu fondata nientemeno centodieci anni fa, nel 1899, come supplemento letterario del *Birzhevyie Novosti*, «notizie di Borsa». Poi dal 1902 diventò una testata indipendente e ai tempi nostri si è segnalata tra le riviste più vivaci della transizione postsovietica. Niente da fare.

Nonostante collezionasse le migliori firme in circolazione, il settimanale era ormai sceso ad appena 69.000 copie, e in una fase di recessione la holding proprietaria, Telekominvest, ha deciso di sospenderne l'uscita: «È una pausa di riflessione». Adesso il destino della «fiammella» è nelle mani di Alisher Usmanov, il miliardario proprietario del *Kommersant* e anche del 73 per cento di Telekominvest. Fosse un regalo per compiacere il Cremlino, il futuro di *Ogoniok* apparirebbe più sicuro.

Bulli e pupe nella notte di Mosca

Fuori dal *Soho Rooms*, uno dei night più alla moda di Mosca, le Ferrari, le Lexus e gli immancabili Humvee sono parcheggiati in quintupla fila. Sulla soglia del locale, orde di milionari con spettacolari bellezze al fianco implorano di essere sottoposti al «controllo facciale», per avere finalmente accesso e poter spendere 2000 dollari per una magnum di champagne rosa. Sarebbe una notte come un'altra al *Soho Rooms*, se non fosse che è venerdì 19 settembre 2008, ultimo giorno della peggior settimana per l'economia russa da un decennio in qua. La circostanza sembra aggiungere soltanto un ulteriore tocco di sfrenatezza alla festa che impazza tra alcove, piattaforme e balconi.

Questo è uno dei posti preferiti del jet set moscovita, e uno può soltanto misurare la distanza percorsa dalla vita notturna della capitale da quei primi club affascinanti e lievemente loschi aperti all'inizio degli anni Novanta. A chiunque ricordasse *Cabaret,* l'aria di Mosca in quei giorni suggeriva languidi ed eccitanti paragoni con la decadente atmosfera della Berlino anni Venti, al tramonto della Repubblica di Weimar. Come una disperazione e un'urgenza di afferrare l'attimo, l'occasione. E soprattutto il denaro.

Il monolito sovietico si scioglieva e non evaporava solo il

partito. Ma anche le inibizioni, le convenienze. In certi casi, il pudore. Al *Marika*, vicino al Petrovskij Passage, Mosca scoprì le ballerine di lap-dance a seno nudo. Al *Chance,* sistemato nella sagrestia di un monastero sconsacrato, accadde l'impensabile: l'apertura del primo locale gay in un Paese dove l'omosessualità comportava la galera. L'evento, alle due di notte, era l'immersione nelle gigantesche vasche per pesci tropicali di ragazzi nudi di meno esotica provenienza.

Tre lustri dopo la notte è meno selvaggia, ma senza paragone più ricca. Sul set del *Soho Rooms* si agitano flessuose ballerine abbigliate parodisticamente come all'epoca di Pietro il Grande, parrucche da clown, tricorni mozzati, e crinoline d'oro, mentre una pioggia di girandole luminose incendia le pareti. Ai tavoli le bellezze più sbalorditive, l'alta moda più cara e i finanzieri più ricchi per metro quadro dell'intera Mosca. Alla clientela del club apparteneva di certo una buona fetta degli 800 miliardi di dollari bruciati nell'estate dalla Borsa russa. Ma nessuno dei «pochi felici» sembra nello stato d'animo di preoccuparsene.

Solo pochi giorni prima il night aveva ospitato un «party fine del mondo». Ai primi cento clienti della serata erano state assegnate gratis azioni della VTB, una banca in larga parte statale, ma comunque costretta quella settimana a nuove massicce iniezioni di liquidità. Forse la pazza festa del venerdì è la conferma dell'atavico fatalismo dei russi? Forse il bisogno di un'ultima bisboccia prima del fallimento? Più probabilmente, la folla godereccia non ha nemmeno preso nota di quel che è successo. Se uno è tra gli habitué del club, è probabilmente tanto ricco che la perdita di 100 milioni di dollari in azioni di qualche sconosciuta azienda siberiana neppure intacca il suo patrimonio. Figuriamoci la voglia di Krug.

«I nostri clienti sono gente con i soldi», sintetizza il manager Dmitry Braude. «Gli piace divertirsi, e noi non abbiamo notato nessuna differenza nel business.» Nemmeno noi, confermano all'*O2*, il bar del lussuoso hotel *Ritz-Carlton*. È il posto dove la sera del 6 agosto, due giorni prima che lo scoppio della guerra in Georgia facesse scappare gli investitori stranieri dalla Borsa di Mosca, la direzione cominciò a servire lo champagne preferito dello zar Nicola II: Heidsieck Monopole annata 1907. La provvista viaggiava su un cargo affondato da un sottomarino tedesco durante la prima guerra mondiale, e recuperato di recente. Costo della bottiglia: 35.000 dollari.

Se pure al punto più drammatico della crisi i milionari continuavano a festeggiare, pensate alla bisboccia quando la Borsa è tornata a volare. Cosa che succede spesso da queste parti. Verso l'alto e verso il basso. I titoli russi sono direttamente dipendenti dal prezzo del petrolio, e ne seguono fedelmente l'altalena, a prescindere dalle prospettive globali dell'economia. Nella seconda metà del 2008 il prezzo del greggio è calato del 75 per cento, e l'indice RTS del mercato azionario russo è sceso del 72 per cento. Nella prima metà del 2009, il petrolio è risalito del 59 per cento, e l'indice RTS lo ha seguito a più 58. A fine maggio, l'indice Micex delle maggiori società russe segnava una crescita del 105 per cento rispetto al fondo toccato il 27 ottobre 2008. C'è ampio margine per qualche altra bottiglia di champagne imperiale.

Ne è assolutamente sicura la *jeunesse dorée* che affolla il *Rai*. Vuol dire «paradiso», e lo è veramente, in un senso molto terrestre, per i miliardari in erba, gli adolescenti figli di nuovi e vecchi oligarchi. Qui hai la sensazione che la festa a Mosca possa non finire mai. Incongruamente, a fare da sfondo a questo night per ragazzi ultraviziati è proprio la tragica casa sul lungofiume descritta da Trifonov nell'omonimo romanzo. Ma nessuno di questi teenager ha l'aria di sapere di che si tratta. La nuova Russia ha come cancellato la memoria, a parte quella zarista prescritta dalla nuova ortodossia del Cremlino.

Anche qui, BMW dai vetri oscurati, Hummer con l'autista, pure una Lamborghini, parcheggiate in molteplici file. Stuoli di uomini-armadio da superare per raggiungere l'ingresso. E dentro, puro edonismo Moscow-style. Esagerato, esibizionista, sfrenato. Le solite modelle dalle gambe lunghissime stavolta posano in topless e un velo di vernice sul corpo nudo accanto a una Ferrari in mostra per la notte. A poca distanza, grosse uova decorate alla Fabergé vanno in vendita a 3500 dollari l'una.

Ballerine di perfezione scultorea si agitano sensuali sul bancone del bar in microbikini appiccicato alla pelle lucente di olio. La pista da ballo è piena come una scatola di aringhe. Ma più in alto corrono tutt'attorno i palchi privati. Il più economico, una scatola per sei persone, costa 2000 dollari a notte. Il più caro, che si chiama VIP, è un affare kitsch con una cameretta sul retro, e pure un vano doccia: si affitta per 7000 dollari a notte. I palchi sono tutti occupati.

La *zolotaja molodezh*, la gioventù dorata, è anche più scatenata dei genitori. Sono tutti poco più che adolescenti ma si scolano vodka e mojito come vecchi ubriaconi. In mezzo al fumo, alle luci stroboscopiche, alle scintille pirotecniche fanciulle nemmeno diciottenni esibiscono top trasparenti, microgonne su calze a rete, orecchini di diamanti grossi come noccioline. La notte avanza e la folla si scatena. Due ragazze devono essere accompagnate fuori. Una terza, una seducente giovane bionda, le osserva sopra l'orlo del bicchiere che sta sorseggiando, qualche tipo di cocktail allo champagne. Sulla T-shirt bianca è ricamato in oro attorno alla scollatura un avvertimento preciso: NO YACHT. NO PLANE. NO MONEY. NO CHANCE.[7] Senza barca né aereo né soldi, è inutile farsi avanti.

Solo una battuta spiritosa? Non ci contate. Questa è la *tusovka*, la dolce vita moscovita, il mondo dello sfarzo che stupisce, dell'eccesso che marca il confine tra gli eletti e gli altri. Qui c'è un diciassettenne che quando vuole andare al cinema con la fidanzatina, prende l'intera sala per loro due. Per festeggiare il diciottesimo compleanno di una delle ragazze nella folla, il padre ha affittato il *Rai* per l'intera serata: 70.000 dollari, e altri 110.000 per l'abito della sua bambina tutto ricamato di pietre preziose.

Si capisce che le giovani russe, ricche e no, non vogliano più andare sulla luna, salvare i bambini africani, cantare al Bolshoi, recitare per Nikita Mikhalkov, imitare Perry Mason. Vogliono tutte soltanto una cosa: sposare un oligarca, come si diceva un tempo, insomma un miliardario, come si chiama oggi. Al caffè *Versailles*, vetrine su piazza Pushkin, c'è perfino una scuola che insegna come acchiapparli. Perché le ragazze belle, bionde, occhi azzurri, lunghe gambe e spesso anche fior di cervello, sono tante. E loro invece, i fantastilionari, sono pochi. E pure, ahimè, in diminuzione.

PARTE QUARTA

Mandarini, sceicchi e maharaja

10

La fenice nel nido di piccione

DICE il proverbio cinese: «La fama porta problemi agli uomini, proprio come l'ingrassare al porco». Lo sanno bene i primi miliardari apparsi sotto il cielo del Dragone. Nel 2001 Yang Rong compariva nella bibbia *Forbes* come il terzo uomo più ricco della Cina, con un patrimonio stimato di 840 milioni di dollari. Era il fondatore della prima società cinese in grado di vendere azioni alla Borsa di New York. Due anni dopo, nel 2003, si nascondeva da latitante in California. Le autorità di Pechino avevano spiccato contro di lui un mandato di cattura per i «crimini economici» commessi da amministratore delegato della China Brilliance Automotive, il maggior produttore di minivan del Paese. «Il governo mi ha ingannato», si difende lui.

Un altro Yang (cognome, che in Cina precede il nome, assai comune) nello stesso anno figurava come il secondo uomo più ricco della Cina. A Yang Bin venivano accreditati 900 milioni di dollari. Aveva fondato un impero della floricoltura, quotato alla Borsa di Hong Kong, e il governo di Pechino gli aveva affidato anche l'amministrazione di una zona economica speciale nella Corea del Nord. Nel novembre del 2002 è finito agli arresti domiciliari per evasione fiscale, e dieci mesi dopo è stato condannato a diciotto anni di prigione per frode, corruzione, occupazione illegale di terreno agricolo e falsificazione di documenti. Fortunato a salvare la pelle.

Sedici anni di galera per corruzione e falso, nonché prestiti bancari illegali per speculare in Borsa, sono stati appioppati a Zhou Zhenghyi, un tycoon di Shanghai che una volta occupava l'undicesimo posto nella lista dei ricchi cinesi. Peggio di tutti è andata a Zhiu Yiming, il più giovane dei milionari del Regno di Mezzo apparso nella lista *Forbes* del 2005. È stato condannato all'ergastolo per frode bancaria. Lo hanno trovato colpevole di aver falsificato i bilanci per ottenere un prestito di 48,5 milioni di dollari. Gli servivano per comperare la quota azionaria di una delle maggiori aziende fornitrici di acqua ed elettricità.

Se una tale severità fosse stata applicata a Mosca, gli oligarchi si sarebbero già estinti come i dinosauri. In verità la durezza delle pene non riesce a scalfire la pandemia della corruzione dilagante in Cina: un male che costa 86 miliardi di dollari all'anno.[1] Ma spiega la riluttanza dei «nuovi ricchi» di Pechino e Shanghai a finire sotto i riflettori. Si sa tutto dei Trump e degli Abramovich, dei Mittal e degli Arnaud e dei Deripaska, ma chi conosce gli Xu, i Liu, gli Yang, Guo e Zhang?

Eppure Xu Rongmao, presidente della Shimao Group, controlla molta più terra di qualsiasi privato immobiliarista americano, e costruisce complessi residenziali di gran lusso che al confronto farebbero arrossire Donald Trump, già solo per la colossale dimensione e arditezza. A differenza del chiacchierone collega americano, Mr Xu non concede interviste e non conduce show televisivi. Ma insieme con gli altri membri del fresco club dei Paperoni cinesi, le sue scelte contano, eccome, sulle prospettive economiche di Pechino. E non solo.

Loro sono i «cavalieri bianchi» pieni di liquidità a cui guardano speranzose molte imprese occidentali soffocate dalla stretta creditizia: se un simbolo dell'Inghilterra come la Jaguar è finito all'indiana Tata Motors, un altro simbolo – stavolta in guardaroba – come l'impermeabile Aquascutum, che ebbe tra i suoi clienti perfino re Edoardo VII, è andato ai cinesi della YGM Trading. Loro, i turbocapitalisti del Dragone, i protagonisti dell'auspicato *decoupling* sul quale molti economisti confidano per un'uscita più rapida dalla recessione. Il fantasioso termine tecnico, che tradotto alla lettera significa «sganciamento», vuol dire solo che i mercati emergenti, dalla Cina all'India al Brasile, dovrebbero continuare a crescere mentre le vecchie locomotive dello sviluppo arrancano o sono ferme del tutto.

È sbalorditiva la rapidità con cui queste gigantesche ricchezze private si sono affacciate sulla scena del Regno di Mezzo. Nel 2006 la Cina aveva solo quindici miliardari. Un anno dopo erano diventati più di cento, secondo il censimento dell'Hurun Report, una società di monitoraggio della ricchezza cinese. *Forbes* ne stimava qualche decina di meno, ma erano comunque sessantasei. E anche la discrepanza tra le due cifre sottolinea la difficoltà di identificare i patrimoni, di distinguerli per rami famigliari, di ricavare i profili dei titolari. La crisi ha ridotto i ranghi, cancellando quattordici *billionaires* dalla lista *Forbes*. Però con cinque nuovi ingressi la Cina supera l'India per numero di miliardari.

Chi sono questi uomini d'oro amanti dell'ombra ha la sua importanza. I super-ricchi tendono a farsi un nome ben oltre i confini nazionali. Inghiottono proprietà globali. Cambiano il panorama culturale attraverso la beneficenza o il mecenatismo. Insomma, diventano essi stessi un brand. Anche il «mercato delle celebrità» ha raggiunto Pechino, e comincia a secernere i suoi multimilionari. Il primo a metter piede nella lista è il gigante Yao Ming, che la cerimonia d'apertura delle Olimpiadi ha reso famoso in tutto il pianeta. Ma per gli amanti del basket era già da tempo una star, e adesso ha solo cominciato a raccogliere i frutti della fama: al posto 987 tra i mille uomini più ricchi della Cina nel 2008, grazie ai contratti d'oro siglati, come un qualunque Beckham o Cristiano Ronaldo, con sponsor del calibro di Coca-Cola e China Life Insurance.

Qualcuno pensa che i Cresi cinesi siano così nuovi a questo genere di ricchezza, che loro per primi non sanno bene che farne. Sempre ammesso che duri. La cornucopia dei miliardi è una fonte di orgoglio, ma può esserlo anche di preoccupazioni in un

Paese ancora nominalmente comunista come la Cina. Dove il reddito medio è di appena 2800 dollari l'anno.

Ai tempi di Deng Xiaoping e del suo «arricchirsi è glorioso per il partito e lo Stato», gli umili proiettati alle vette del successo si guadagnarono la delicata definizione, tipicamente cinese, di «fenici d'oro che volano dal nido di piccione». Popolarmente però ai nuovi ricchi toccava un appellativo più sbrigativo: «occhi rossi». Non suona particolarmente elogiativo. E nemmeno sorprende.

Nei primi tempi della riforma economica, avviare un'impresa privata era ancora un affare politicamente rischioso. Chi ci provava, veniva spesso dalle frange della società. Yin Mingshan, ora a capo del gruppo di moto e auto Lifan, aveva perfino speso qualche tempo in prigione. Quelli come lui, non avevano molto da perdere.

Inutile sollecitare il signor Yin a rivangare il passato. O a confidarsi sulla sua nuova condizione di tycoon. Quel che è certo è che adesso tratta da pari a pari con gli alti papaveri del governo e sembra soddisfatto degli stimoli anticrisi varati da Pechino soprattutto per l'Ovest arretrato dell'enorme Paese. La Lifan ha importanti stabilimenti a Chongquing, una municipalità di trentadue milioni di persone lungo il fiume Yangtze. «Per decenni, le regioni costiere hanno avuto molto più aiuto dal governo. Adesso finalmente tocca a noi», dice Yin, lodando la decisione del premier Wen Jiabao di finanziare il 13 per cento di sconto sulla vendita di motociclette nelle campagne. Una delle misure che fanno crescere l'Ovest della Cina al favoloso tasso del 12 per cento anche nel difficile 2009.

Mou Qizhong, proprietario della sesta maggiore società privata a metà degli anni Novanta, aveva addirittura scansato la morte per un pelo. Durante la Rivoluzione culturale era stato infatti condannato alla pena capitale. Se l'era cavata, ma nel 1983 era comunque finito in prigione come speculatore. Appena fuori, fece una piccola fortuna vendendo orologi. Nel 1992 organizzò uno scambio colossale con la Russia affamata dell'immediato postcomunismo: barattò cinquecento vagoni pieni di beni di consumo cinesi contro quattro aerei Tupolev 154. Quei velivoli furono il nocciolo originario della sua nuova compagnia aerea Sichuan Airlines, valutata 1,1 miliardi di dollari già nel '95.

Oggi gli avventurieri di ieri sono chiamati quasi affettuosamente «vecchi carati», a conferma di una relativa stabilizzazione della ricchezza. Non ci sono solo i miliardari. Secondo il World Wealth Report per il 2008, firmato da Merrill Lynch e Capgemini, la Cina pre-crisi poteva contare su 413.000 titolari di un patrimonio liquido di almeno un milione di dollari (è, come sappiamo, la definizione di *high net worth individual*, persona ad alto patrimonio netto). Lo stesso rapporto per il 2009 ne segnala il calo a 364.000, ma, seppure a marcia indietro, il totale scavalca in classifica il Regno Unito e segue solo USA, Giappone e Germania. Per il 2013 si prevede che l'area asiatica del Pacifico, incluso dunque il Giappone, supererà il Nordamerica in termini di ricchezza.

Quando si parla di Cina, o dell'India emula e rivale, noi occidentali tendiamo sempre a stupirci del peso enorme che hanno rapidamente acquistato nell'economia del mondo contemporaneo. In verità, perfino il padre del miracolo cinese, Deng Xiaoping, faticava a immaginare la dimensione della valanga che le sue riforme avrebbero scatenato.

Qualche tempo fa il suo ex interprete Victor Zhikai Gao, oggi direttore esecutivo di un'importante istituzione finanziaria pechinese, ricordava come il «piccolo leader» cercasse di galvanizzare il suo uditorio, in un convegno a fine anni Settanta, profetizzando un futuro magnifico: «Compagni, immaginate! Un giorno potremo avere riserve in valuta straniera grandi fino a 10 miliardi di dollari». Un silenzio di ghiaccio si impadronì dell'assemblea di quadri comunisti: quella cifra appariva davvero a tutti troppo grande. Deng tornò alla carica per convincere la folla degli increduli: «Compagni, immaginate soltanto! Con 10 miliardi di dollari americani, che cosa può fare la Cina!»[2] Oggi le riserve valutarie estere di Pechino sono vicine ai 2000 miliardi di dollari, e l'equivalente di 1500 è investito in dollari.

Queste cifre stratosferiche dovrebbero aiutarci a ricordare che «questi due grandi Paesi, con le loro popolazioni numerose e ricche di risorse, un tempo dominavano e – a quanto sembra – sono destinate a tornare a dominare di nuovo, a riprendere quel posto che tradizionalmente spetta loro nel cuore dell'economia globale».[3]

Lo storico britannico Angus Maddison ha cercato di dare la massima precisione statistica alla descrizione del mondo del passato. Il risultato dei suoi calcoli dovrebbe scuotere le nostre certezze eurocentriche. Già duemila anni fa, all'epoca della nascita di Cristo, la Cina e l'India assieme rappresentavano ben il 59 per cento della ricchezza mondiale, sebbene reciprocamente in proporzioni inverse alle attuali: il subcontinente asiatico contava per il 33 per cento e il Regno di Mezzo per il 26.[4]

Naturalmente, nella loro ascesa odierna non c'è da immaginare nessun «ritorno» vichiano, nessun destino che riconsegni il futuro a una potenza di ieri, o dell'altro ieri. Insomma, Roma, Atene e i faraoni sono morti e sepolti. Ma il nuovo fulgore di due grandi imperi, capaci di conservare per duemila anni un profilo identitario pressoché inalterato, trova anche nel passato ragioni che spesso sfuggono ai contemporanei.

L'Impero colpisce ancora (ma se la spassa pure...)

«La trasformazione di Pechino per le Olimpiadi 2008 emerge come forse il più ambizioso rifacimento di qualsiasi altra grande capitale mondiale nella storia, molto vicino alle ricostruzioni postbelliche.»[5] Il commento di *Newsweek*, un anno prima che la fiaccola olimpica si accenda nello straordinario stadio Nido d'uccello (così soprannominato per la sua forma), trova immediata conferma nella vista che si offre al visitatore appena sbarcato nel nuovo Terminal 3 dell'aeroporto di Pechino. Una sterminata, futuribile *yurta*, la tenda dei nomadi mongoli, firmata però da Norman Foster, che si stende a coprire leggera e slanciata un'intera città di gate, check-in, shopping area, caffetterie, transit... Mai visto niente di tanto grande. Ma era proprio questo che avevano in testa i nuovi imperatori di Pechino: i 40 miliardi di dollari spesi per i Giochi sono serviti anche a costruire una nuova dinamica capitale «con le piramidi del XXI secolo», come dice il professor Zhou Rong, della facoltà di architettura dell'Università Tsinghua.

A molti una simile radicale ricostruzione puzza di architettura totalitaria, non dissimile dai piani grandiosi ma non realizzati disegnati per Hitler dal suo architetto favorito, Albert Speer. Si dà il caso che Albert Speer junior, figlio del primo e anche lui architetto di rilievo, abbia ridisegnato l'imponente viale lungo 8 chilometri che fila dritto dal centro della Città Proibita fino alla cittadella olimpica. Costruito secondo i dettami dei maestri imperiali del feng shui, questo è stato per secoli il cuore di Pechino. Speer l'ha parecchio dilatato, ma sostiene che è un peana allo spirito della città, non un percorso di potenza: anche se ammette che è «molto, molto più grande» dei piani megalomani del padre per la nuova Berlino mai costruita.

Di certo la Pechino di oggi propone nelle sue zone centrali un'immagine di opulenza inconcepibile solo dieci anni fa. Le prospettive maestose offerte dai viali sterminati dell'urbanistica maoista si sono riempite di luci e grattacieli. Marmi, vetri, acciaio. Atri vasti come cattedrali. I pechinesi sono gente irriverente con fama di essere piuttosto volgari. Non a caso, durante i Giochi olimpici del 2008, le autorità hanno tappezzato la città con inviti precisi a essere cortesi, a non sputare per terra, a non urlare improperi e parolacce. Non possono però impedire che i locali chiamino «tazza del water», o i più educati «le gambe dei pantaloni», uno degli edifici più intriganti e arditi costruiti nella febbre olimpica dall'olandese Rem Koolhaas: la torre sghimbescia della televisione che incrocia a mezz'aria, come fosse uno sgabello tra le nuvole, i due principali corpi di fabbrica.

Tra avanguardia architettonica e orgoglioso ritorno a una *grandeur* imperiale sembra farsi spazio anche un'idea più rilassata della vita, per chi ha i mezzi per permettersela. Il lusso ammicca sempre più insistente tra gli slogan del Partito comunista, buoni come le sveglie con il ritratto di Mao per i mercatini del bric-à-brac. Sanlitun, nuovo quartiere dei divertimenti per la *jeunesse dorée*, al mattino macina boutique e la notte rigurgita di bar e di night così come di Hummer e BMW, la preferita – purché decappottabile – dai locali figli di papà. I papà invece sono grandi amanti della Mercedes S.

Gli uni e gli altri inondano la pista da ballo del club *The World of Suzie Wong*, il nome della dolce prostituta che un tempo riempiva di sacro furore i guardiani della pudibonda ortodossia comunista. Adesso al *Suzie Wong* si balla fino all'alba, e ai ritmi più lascivi inventati dai «compagni» cubani, colombiani, domenicani: salsa e merengue, mambo e cha cha cha. Languide o scatenate, sono le musiche più sexy mai sentite a Pechino. E i cinesi sono entusiasti. *Que viva Cuba!*, e abbasso i bacchettoni.

Oddio, non sempre riesce, o almeno non dappertutto. Giù in provincia, per esempio, a Chongqing che pure cresce – abbiamo visto – a ritmi record, la morale pubblica resta saldamente nelle mani del partito. Se n'è accorto un imprenditore, Lu Xiaoqing, che aveva appena aperto un parco dedicato al sesso: ancora un tabù in un Paese in cui solo tre decadi fa era considerato provocatorio per un donna esibire capelli lunghi o indossare una camicetta. È bastato un pupazzo femminile dalle gambe scandalosamente aperte, ancorché solcate da un pudico tanga, a indurre le autorità a decretare nel maggio del 2009 la chiusura della «Terra dell'amore».

Pechino invece non si scandalizza più di nulla. E per i freschi «mandarini del business», sostiene Rupert Hoogewerf, direttore dell'*Hurun Report*, «è arrivato il tempo di cominciare a danzare senza le loro catene». In sostanza, si è chiusa la fase iniziale delle nuove fortune: l'indipendenza finanziaria della famiglia è stata assicurata, i rapporti con lo Stato posti su una base di correttezza, le tasse regolarmente pagate. «Adesso i super-ricchi possono fare quello che vogliono, comprare quadri o terra o investire in miniere.»[6] Insomma, non ci sono più nubi legali sulla loro testa. Ma è proprio così?

Guardie e ladri o uomini e lupi?

L'arresto di Huang Guangyu, il 27 novembre 2008, è arrivato come il classico fulmine a ciel sereno. Anche se, veramente, con il crollo delle Borse mondiali, cinesi incluse, il tempo era già tutt'altro che buono. Anche Huang Guangyu è finito in gattabuia per lo stregonesco reato di «crimini economici», e trattandosi dell'uomo più ricco del Paese l'imputazione deve aver fatto scorrere un brivido per la schiena ai confratelli tycoon.

A peggiorare le cose, le modalità della cattura. Come ai bei tempi di Mao. L'imprenditore è letteralmente scomparso da una settimana quando finalmente la polizia si decide a confermare l'arresto. Sarà trattenuto per tutta la necessaria durata dell'inchiesta. Nel frattempo le azioni della sua creatura, il colosso degli elettrodomestici Gome, vengono sospese alla Borsa di Hong Kong. In carcere con lui finisce anche la moglie, Lisa Du Juan. Sui tre figli bambini non vengono diffuse informazioni. Anche il luogo della detenzione della coppia resterà segreto per mesi. Dalla terra di nessuno in cui è rinchiuso, a Huang è solo permesso di spedire il 16 gennaio 2009 la lettera di dimissioni dalla presidenza del suo impero.

La vicenda giudiziaria del sino-miliardario somiglia come una goccia d'acqua alle traversie penitenziarie del suo collega russo Khodorkovsky. In Russia si parlerebbe di metodi stalinisti. Che nei «crimini economici» del cinese ci sia qualcosa di poco chiaro lo capiscono anche i distratti. In più l'arresto-sparizione conferma che ci vuole ancora parecchio prima che il sistema penale cinese accetti la civiltà dell'habeas corpus, delle garanzie per l'imputato.

Quando la polizia comunica il fermo con un ritardo inconcepibile per un Paese civile, perfino l'agenzia di stampa ufficiale Xinhua si concede uno dei suoi rarissimi rimbrotti. Lamenta che, a dispetto delle molte voci, le domande poste dai mezzi d'informazione siano rimaste senza risposta, spingendo la gente a «sentirsi smarrita».[7] Chris Hogg, corrispondente della BBC, dà voce a quello che molti pensano in Cina: l'inchiesta sul magnate è un segno che le autorità hanno bisogno di ricordare ai tycoon chi è che comanda nel Paese. Nel caso in questione si aggiunge la ricerca di capri espiatori per una recessione che ha scatenato in tutto il mondo la «caccia al ricco».

Huang Guangyu (o Wong Kwong Yu, secondo la versione cantonese del nome) non è nato con il cucchiaino d'argento in bocca. Dall'altra parte del Pacifico sarebbe un protagonista osannato del «sogno americano». Il suo business è cresciuto sulla strada. A sedici anni, con appena la licenza elementare e 300 dollari in tasca, se ne va con il fratello nelle steppe della Mongolia interna, a vendere radioline e batterie ai pastori nomadi. Da lì arrivano a Pechino, dove mettono su una bancarella vicino a piazza Tienanmen.

A quel tempo, il commercio dei gadget elettronici è ancora dominato dal sistema dei coupon statali e da una miriade di intermediari burocratici. Il ragazzo mostra il suo istinto capitalista andando a rifornirsi direttamente in fabbrica, nella città natale del Guangdong, nel Sud della Cina, e questo gli permette di tenere i prezzi bassissimi. Sbaraglia i concorrenti e si espande rapidamente. Nel 1987 tiene a battesimo la Gome Electrical Appliances Holding Limited, catena di elettrodomestici ed elettronica che cresce parallelamente al boom immobiliare.

Nella Cina che straccia tutti i record di crescita, la nuova classe affluente prima compra casa, e subito dopo frigorifero e lavatrice. Huang, che l'ha capito per tempo, costruisce la più vasta catena nazionale per la vendita di elettrodomestici. Nel 2006 può contare su una rete di quattrocentoventi negozi e conquista per la seconda volta consecutiva il titolo di più ricco del Paese, con 2,3 miliardi di dollari. Non casualmente, al secondo posto si piazza il costruttore Xu Rongamao. Nel 2008, quando arrestano Huang, i punti vendita sono diventati milleduecento, con un esercito di duecentomila dipendenti. Proprio quell'anno è tornato a essere l'uomo più ricco del Paese con 6,3 miliardi di dollari pre-crisi.

A quarant'anni la vita gli sorride. Con la moglie Lisa e i tre figli abita in uno sfarzoso appartamento di 300 metri quadri in uno dei condomini pechinesi di sua proprietà, il Beijing Golf Palace, ma lui non gioca a golf. Anzi, chi lo conosce bene dice che non ama molto le apparizioni in pubblico, consapevole com'è della sua mancanza di istruzione ed educazione. Non alza mai la voce, fuma una sigaretta dopo l'altra, gli piacciono le cravatte color oro, porta i capelli all'indietro: di lui non si sa molto altro, né lui vuole che si sappia. Viene da una famiglia cattolica, e invoca anche questa ragione per spiegare la mancata iscrizione al Partito comunista. Quanto questo significhi anche lontananza dal potere, non è chiaro. L'azienda si espande ma la gente continua a chiamarlo col nomignolo che aveva scelto per farsi pubblicità da piccolo commerciante: il «macellaio dei prezzi».

In qualche modo Huang si sente anche un difensore della bandiera nazionale. Il suo business si colloca infatti agli snodi della politica cinese di libero commercio. L'ingresso di Pechino nella World Trade Organization (l'Organizzazione mondiale del commercio) è stato subordinato all'apertura delle porte alla concorrenza globale. Wal-Mart, Carrefour e gli altri giganti della distribuzione si sono precipitati, sottraendo alle piccole e inefficienti catene cinesi bocconi sempre più grossi di mercato.

La Gome è la più grande impresa nazionale. Ma la sua quota di mercato è appena del 5 per cento. Il colosso americano Wal-Mart, con più di cinquanta negozi aperti e altre centinaia progettati, è un concorrente formidabile, così come Best Buy. Ma Huang non riposa sugli allori. Amplia la sua rete, crea nuovi punti vendita, altri ne compra: «Quando i competitori stranieri cominceranno a farsi sentire», dice a un intervistatore, «saremo pronti a fronteggiarli».

Arriva prima la crisi, che dimezza il valore di Borsa della sua quota nella Gome. Ma Huang non fa in tempo a preoccuparsene. Di lui, adesso, si occupa lo Stato.

L'inchiesta gli contesta l'aggiotaggio e altre irregolarità finanziarie relative a una società che produce medicinali. La compagnia è quotata alla Borsa di Shanghai e risulta controllata dal fratello di Huang, Wong Chung Yam, da sempre suo socio in affari. «Le inchieste di alto profilo sono un riflesso del capitalismo da cowboy, in buona parte privo di regole, che esiste in Cina», è il giudizio severo di David Zweig, sinologo della Hong Kong University of Science and Technology. «Molti capitalisti, qui, hanno fatto denaro attraverso le loro relazioni con funzionari pubblici o con altri sistemi poco chiari.»

Così l'avventura della Gome sembra finita, sebbene non mostrasse alcun segno di «peccato originale». Non era nata infatti dalla rapina di materie prime o dalla cessione pilotata di risorse pubbliche, ma dalla testarda visione di un ragazzo vestito di stracci. A Pechino però resiste l'universale convinzione che chiunque abbia avuto successo negli affari a un certo punto si sia sporcato le mani. Previdenti, molti businessmen si costruiscono estese relazioni con i gruppi di potere politico per prevenire fastidiose inchieste sugli albori della loro attività e della loro ricchezza.

La verità, come osserva un conoscitore del sistema politico cinese, è che «siccome quasi ogni ricco e potente ha qualcosa da nascondere, le indagini sulla corruzione sono in larga misura una forma di lotta politica».[8] È la sua lontananza dal partito che viene fatta pagare a Huang Guangyu?

È che oggi a Pechino, come a Mosca, i businessmen devono saper leggere i fondi di caffè per capire cosa si aspettano da loro i padroni delle istituzioni.

Chi manca di doti divinatorie farebbe bene a ricordare almeno un altro antico proverbio cinese: «Se ci sono molti lupi, gli uomini vengono mangiati. Se ci sono molti uomini, sono i lupi a venire mangiati». Ma qui è ancora il Partito a stabilire chi sono i lupi e chi gli uomini.

Dalla Reggia d'Estate ai manieri del Palais de Fortune

Come tutti gli stranieri a Pechino, Yihe Yuan o il Palazzo d'Estate è stato tra i primi luoghi che mi sono precipitato a visitare in una pausa delle Olimpiadi 2008. È anche tra le poche cose che non sono cambiate nella capitale dall'ultima visita che mi era capitato di fare, al seguito di Yeltsin, nel 1996.

Palazzi di marmo, pagode dal tetto conico dorato o smaltato, giardini, padiglioni laccati di rosso, corridoi infiniti dalle volte affrescate che corrono lungo un lago interamente artificiale. Assediata dal caldo afoso della Città Proibita, d'estate la Corte imperiale stabiliva la sua residenza in quest'Eden. Nel XVIII secolo l'imperatore Qianlong, l'ultimo dei grandi della dinastia Qing, lo ampliò e abbellì notevolmente riproducendo le bellezze di altre località cinesi che amava particolarmente. Raccontano le cronache del tempo che per allargare il lago e renderlo più profondo il Figlio del Cielo assunse centomila operai. Nemmeno allora c'era scarsità di manodopera, da queste parti. Per controllare i lavori, lui si fece costruire una piattaforma di marmo in cima alla Collina della Longevità, che domina il dolcissimo specchio d'acqua.

A metà Ottocento, durante la seconda guerra dell'oppio, arrivò la soldataglia occidentale, e quei «barbari» di inglesi e francesi danneggiarono gli edifici. Toccò alla celebre Imperatrice Vedova, la sospetta avvelenatrice Cixi, di restaurare lago e complesso prosciugando i fondi destinati alla marina militare. Invece della flotta, costruì la meravigliosa giunca di marmo: raffinato, delizioso edificio su due piani a forma di barca, «ancorata» sulla sponda settentrionale del lago.

Dalla vicenda escono confermate due antiche caratteristiche

della Cina. La prima, che corruzione e malversazione hanno solide radici nell'amministrazione statale, perfino ai suoi massimi vertici. E la seconda, che se non possono avere l'originale i cinesi sono pronti a copiarlo.

A Tianducheng, la «città del cielo», questa inclinazione si sviluppa in grande. I cinesi che sognano di vivere a Parigi potranno finalmente farlo senza manco muoversi da casa. Perché la loro casa è appunto in una Parigi clonata e in scala. La sua Tour Eiffel è alta 108 metri, pressoché un terzo dell'originale. I suoi boulevard somigliano piuttosto a teatri di posa, ma non manca l'Arco di Trionfo. Su una fontana troneggia zampillante un Apollo copiato dritto dritto da Versailles. Per aggiungere un tocco di veridicità i progettisti annunciano anche il proposito di importare vigneti dalla Francia, chiedendo ovviamente agli specialisti delle *caves* di venire fin quaggiù a produrre un vino della casa.

A lavori ultimati Tianducheng, che è un sobborgo della metropoli di Hangzhou, capitale della provincia di Zhejiang, può ospitare centomila persone. Tutte molto ricche, per gli standard del cinese medio. Gli appartamenti nel Settimo Arrondissement fasullo costano infatti a partire da 230.000 euro, una fortuna impensabile per la maggior parte del miliardo e trecento milioni di abitanti della Repubblica Popolare. La classe degli affluenti è una ridotta minoranza ma sufficiente ad alimentare l'ubriacatura edilizia dei costruttori locali. E l'estetica europea sembra ispirarli in modo particolare.

Accanto alla Parigi rifatta c'è la Thames Town, la città sul Tamigi, che mima a un'ora da Shanghai un tipico centro urbano inglese. I lettori del romanziere Thomas Hardy saranno lieti di sapere che nel Sichuan rivive la Dorchester tenebrosa e snob che fa da sfondo abituale ai suoi personaggi. Non manca da qualche parte una Venezia finta per quattromilacinquecento residenti, e a Shanghai l'ex residenza per gli ospiti di Stato, Hongqiao, oggi albergo a cinque stelle, offre splendide ville nel parco, però costruite come casette di legno canadesi, rotonde palladiane, porticati New England.

Non è roba, naturalmente, per i grandi ricchi, quelli che lo sono anche secondo i parametri occidentali. Loro, le copie le aborriscono. Una bella, elegante signora interpellata in uno degli innumerevoli *mall* di lusso che impreziosiscono Shanghai, è stata categorica: «Non comprerei mai un prodotto griffato che avesse la scritta 'Made in China'. Sarebbe un'autentica vergogna. Se uno è ricco e compra dei falsi, be'... ci perderebbe veramente la faccia».

Questo outing dei ricchi, una vera e propria rivendicazione di status, vuole dire che anche l'attitudine verso i grandi patrimoni è cambiata negli anni più recenti. Nei primi tempi della riforma economica, l'opinione diffusa tra i cinesi era che chiunque avesse ammassato un certo capitale, lo avesse fatto corrompendo le autorità. Hoogewerf, il direttore della lista *Hurun*, racconta che alla pubblicazione del primo elenco di milionari, nel 1999, molti «nuovi ricchi» si preoccuparono di tener fuori il loro nome, per paura di attrarre l'attenzione delle autorità fiscali o di altri temibili corpi governativi. Con più di qualche ragione, come si è visto.

Da allora a oggi, la società più egalitaria del pianeta ha cominciato a considerare *glamour* la ricchezza. Gli imprenditori baciati dal successo sono stati salutati quasi come eroi nazionali. Le loro vite sono finite in biblioteca, assieme ai manuali di stampo americano su come diventare rapidamente ricchi (forse dovrebbe scriverne uno il mio conoscente Borovoi, ricordate, quello dell'onestà...). Sta di fatto che lo stile di vita dei miliardari cinesi ha acquisito il gusto dell'ostentazione reso di moda dai loro precursori russi.

I «faraoni» di Pechino, Shanghai, Hong Kong, Shenzhen se ne vanno in giro in fuoriserie. Vivono in magioni sfarzose. Mandano i figli a scuola all'estero, per potersene vantare in patria. Indossano abiti vistosi e al polso Rolex tempestati di diamanti. E agiscono con una certa arroganza che viene da un'antica consapevolezza: a chi ha denaro qui è consentito di comportarsi come se fosse al di sopra della legge. Purché naturalmente non urti un funzionario del partito.

Ma con i domestici, per esempio, tutto è permesso. Ha suscitato solo moderato scandalo la pubblicazione su un blog delle regole condominiali di un complesso di lusso a Shanghai, il Racquet Club and Apartments: si ricorda a camerieri, baby-sitter e addetti alle pulizie di lasciare subito ai residenti il posto sull'autobus diretto alle ville, e spostarsi – se proprio devono sedere – verso il fondo. Chissà che ne direbbe Rosa Parks, che con il suo rifiuto di cedere il posto a un bianco in Alabama scatenò il movimento contro la discriminazione razziale.

A volte anche i cinesi si ribellano. Contro le angherie patite a opera dei funzionari, per esempio. Internet e i blogger hanno trasformato in eroina una giovane pedicure di una cittadina di montagna nella provincia di Hubei, nell'area centrale del Paese. La ventunenne Deng Yujiao ha accoltellato e ucciso un poliziotto che cercava di violentarla. In altri tempi sarebbe stata giustiziata senza tante storie. Oggi le hanno imputato solo l'eccesso di legittima difesa, e l'hanno rimandata a casa.

Ma non si intravedono Bastiglie all'orizzonte della Cina. E i miliardari si sentono abbastanza tranquilli da far proprio tutto il *trapping*, come lo chiamano gli inglesi, dei «nuovi ricchi»: cioè il cerimoniale, i simboli di status, tipici dei loro omologhi planetari. Vi interesserà sapere che il vecchio Celeste Impero è ormai al terzo posto nel mondo per acquisto di Rolls Royce. Nel 2006 la richiesta per la nuova Phantom da 381.000 dollari era così alta che la casa automobilistica ha dovuto assumere duecento nuovi impiegati e chiedere ai vecchi dipendenti di raddoppiare i turni.

Per chi la compra, la comprensibile ambizione è parcheggiarla in uno dei tre garage a disposizione di ciascuno dei centosettantadue minicastelli stile Loira strizzati nel Palais de Fortune. 33 ettari alle porte di Shanghai che rappresentano la residenza più esclusiva della Cina. Gli acquirenti pagano 2 milioni e 600.000 dollari solo per il guscio di 1500 metri quadri. Tutto il resto, dalle pareti ai bagni, dalla cucina alle decorazioni, fa conto a sé. Conforta sapere che è lasciato pure uno spazio per la piscina.

Dall'arredamento all'abbigliamento, anche noi italiani abbiamo di che fregarci le mani. Per gli interni delle ville, dove cercare se non nel nostro design? Gli oggetti fiorentini in pietre dure. I vetri veneziani. I mobili d'alta gamma in Brianza. Tra i pezzi più richiesti dai super-ricchi cinesi c'è la vasca di malachite per il bagno venduta da una ditta fiorentina attorno ai 100.000 euro. Un must pure i lampadari di Murano, da 20.000 euro in su. Assodato che nessuna signora della Pechino-bene si mostrerebbe mai con una borsa Prada clonata dai connazionali, la nostra bilancia dei pagamenti non può che trarne sollievo.

Le Veneri della Torre Jin Mao

È la solita ironia della storia. Noi occidentali ci scapicolliamo tra i mercati di Pechino a caccia di false Lacoste a 3 dollari, e i cinesi ricchi solcano con aria esperta e annoiata le gallerie di marmo dei centri commerciali di gran lusso, dominati dai brand autentici. Nella sterminata capitale ne spuntano come funghi. E le Olimpiadi 2008 hanno funzionato come la pioggia sul bosco dopo un gran caldo, aumentandone il numero.

C'è il *mall* del *Kempinski*, accanto all'hotel omonimo, inzeppato di marchi europei. C'è The Place, in stile Las Vegas, una galleria-arena all'aperto con tanto di megaschermo, musica, balli e spot pubblicitari. Al top si piazzano lo Shin Kong Place e il China Central Place, che tracciano l'asse della nuova Avenue de Luxe. Solo allo Shin Kong si affollano 938 marchi che disegnano la mappa del lusso planetario. Salvo prova contraria, è il più vasto centro commerciale a cinque stelle del mondo. Ma non c'è grande albergo che non ospiti la sua passerella di boutique. E nella Pechino nuovamente imperiale di questo inizio secolo, tutte le catene più chic hanno aperto sontuosi palazzi. Il Peninsula, il Mandarin, il St. Regis con le volute stile Versailles.

Il business del servizio ai ricchi rende moltissimo anche in Cina. Il settore dei beni griffati nel 2008 valeva 21,2 miliardi di euro. Nel 2014, si calcola che le vendite saranno raddoppiate a 42,4 miliardi e questo sarà il primo mercato del lusso al mondo, superando USA e Giappone. Chi guadagna più di un milione di dollari l'anno, a Pechino come a Shanghai, ma anche nei centri emergenti della ricchezza come Tianjin, Guangzhou, Shenzhen, Hangzhou, ha acquistato ormai gusti raffinati e decisi.

Una sera a Shanghai cenavo al ristorante cantonese del *Grand Hyatt*, all'ottantasettesimo piano della Torre Jin Mao, l'edificio più alto della Cina con i suoi 420,5 metri. Per andarci, bisogna essere sicuri di non soffrire di vertigini. È un po' come trovarsi in aeroplano ma fermi in un punto fisso del cielo, con le nubi che al tramonto sfilano davanti al sole per un momento svestito della sua cappa di smog. Lo spettacolo è da capogiro, con le luci del Bund, l'antico quartiere degli occidentali dall'altra parte del fiume Huangpu, che si accendono come una follia pirotecnica mentre il buio cala a est sul grande porto commerciale.

Dalla vetta del grattacielo Jin Mao rimpicciolisce perfino la torre della televisione, un po' il simbolo di Shanghai con la sua sfera traslucida di luci stroboscopiche su tre ciclopiche colonne di cemento. La sala del ristorante è affollata di uomini d'affari e qualche turista. E il brusio delle conversazioni cala di colpo quando fanno il loro ingresso, scortate dal maître, due Veneri locali. Alte, sinuose, levigate. Lineamenti da diva cinematografica. Forse lo sono. O forse sono soltanto le compagne di qualche tycoon. Ai piedi, non ti puoi sbagliare, sandali Caovilla. Le tuniche drappeggiate morbidamente sul corpo hanno l'aria austera di una collezione Prada. Lo sciame di camerieri dietro di loro le ha alleggerite delle borse dello shopping: Armani, Versace, Dolce & Gabbana, Prada, Vuitton, Hermès... Non so se abbiano speso quanto la deliziosa coetanea Daria Zhukova, ma devono esserci andate vicine.

«I marchi di lusso hanno solo toccato la punta dell'iceberg in Cina», sostiene Radha Chadha, consulente aziendale e autrice, con Paul Husband, del libro *The Cult of the Luxury Brand*. In effetti le società del settore scoprono sacche di ricchezza dove meno se le aspettano. Hangzhou ostenta una complesso commerciale di soli grandi marchi europei, che include Armani e Dolce & Gabbana ma anche uno showroom Ferrari. Bulgari ha aperto il suo più grande negozio cinese a Shenyang, una città della vecchia cintura industriale nel Nord della Cina dove pure molte grandi industrie pubbliche hanno chiuso i battenti. Del resto gli operai non sono noti per essere tra i clienti più affezionati delle grandi gioiellerie.

L'*Hurun Report*, che studia da vicino i milionari, ha tracciato il profilo del «nuovo ricco» cinese come consumatore. Per rimanere a Shanghai, qui il suo albergo preferito è il favoloso *Pudong Shangri-La*, e il ristorante il *South Beauty*. Dopo cena, sorseggia un bicchiere di cognac Hennessy e apprezza il fumo di un sigaro Davidoff. Se arriva dal golf, allora viene sicuramente dallo Shenzhen Mission Hill, il più selettivo del Paese. Alla spartana Air China preferisce la elitaria Dragonair: check-in all'esclusivo club Yongfoo Elite, dove è arrivato con una Bentley Continental GT. L'abito monopetto per gli uomini è inconfondibilmente Armani, e al polso Rolex per i gentiluomini. Per le signore, *ça va sans dire*, solo gioielli Cartier.

Il Napoleone dell'Hunan (e non è Mao)

L'alba della civiltà si è affacciata sulla Cina il 3 dicembre 2008. È stato quel giorno che, inappellabili come i giudici dell'Ade, i critici della guida Michelin hanno attribuito per la prima volta tre stelle a un cuoco cinese (sebbene di Hong Kong). Di inappellabile, il giudizio, conferma solo il provincialismo dei nostri cugini francesi, che hanno finalmente scoperto la grande cucina in Cina (!). Il riconoscimento allo chef Chan Yan-tak, accompagnato da un buon numero di menzioni a livello più basso, segnala tuttavia una novità. Non sono solo le boutique del lusso a moltiplicarsi ma pure i ristoranti di gran classe: posti dove una buona cena per due esige il doppio di quanto un cinese riceve per un mese di lavoro.

Insomma, niente di nuovo sotto il sole. Dall'abbigliamento alla cucina, i gusti dei ricchi tendono ormai, notoriamente, a omologarsi su scala planetaria. Compresa la rituale celebrazione di quelle orge del pacchiano che sono le fiere del lusso. Ma a queste esibizioni si trovano soprattutto curiosi e giornalisti. I Paperoni veri li incontri agli appuntamenti come quello organizzato da Zhang Yue.

Il weekend è finito negli annali grazie alla presenza di una trentina di milionari locali più uno dei grandi nomi dell'aerospaziale europeo, il francese Serge Dassault. In ballo dovevano esserci soldi seri, se perfino lui si è scomodato ad arrivare da Parigi sull'ammiraglia della casa, il trimotore d'affari Falcon 900EX. È atterrato sulla pista di Changsha, la città dell'Hunan che vide gli albori della carriera politica di Mao Zedong.

Non c'è traccia del Grande Timoniere nella villa del magnate Zhang Yue. Lo chiamano il «re dei condizionatori». Escono dalla sua azienda gli impianti che hanno rinfrescato l'aria delle Olimpiadi di Atene, frutto di nuova tecnologia sviluppata dal fratello per grossi condizionatori che non usano la rete elettrica. La passione ecologica del signor Zhang è confermata dai pannelli solari e accumulatori di calore sparsi dappertutto nella vastissima proprietà. Davanti a una colossale piramide-museo, accanto all'eliporto collegato agli stabilimenti, e perfino tra i peschi e i meli del delizioso giardino che circonda la villa.

Lungo i vialetti del parco gli ospiti veramente si imbattono anche in altre presenze. Statue di personaggi mondiali della statura di Balzac, Washington, Napoleone. «Non fu forse l'impera tore dei francesi a preconizzare il risveglio del Dragone?» spiega Zhang a chi chiede ragione dell'augusta presenza. A modo suo, anche questo weekend intende contribuire a quel «risveglio»: soprattutto nel settore dei consumi.

Zhang ha già dato il suo contributo. Il suo stile di vita contempla aerei privati e auto di lusso. Vorrebbe fare proseliti tra gli invitati: costruttori edili di Shanghai, allevatori della Mongolia interna con milioni di capi di bestiame, industriali e finanzieri di genere vario. Tutti assieme dispongono di una fortuna superiore al bilancio di un piccolo Stato africano. Perché non spenderne un po' nella bella vita promessa dai beni esposti in un angolo del giardino? Ci sono bottiglie di Château Latour del '94, e il suggerimento non è solo di bersele ma di comprare magari un bel vigneto in Francia. Ci sono auto sportive come la Porsche Turbo da quasi 500 cavalli con cambio automatico. E ci sono soprattutto le fuoriserie dei cieli.

Da sempre appassionato di aviazione, Zhang ha usato i primi milioncini di dollari per acquistare alcuni vecchi velivoli privati. Adesso che di milioni ne ha 250 (quarantacinquesimo nella lista *Forbes* 2006 dei ricchi cinesi), per viaggiare usa regolarmente uno dei due jet o l'elicottero che possiede. Vorrebbe che gli altri milionari lo imitassero. È per questo che ha invitato Dassault.

Il weekend ha lasciato il segno. Nel giro degli ultimi due anni è cresciuto a ritmi accelerati il mercato per i «giocattoli» più cari: aerei privati, elicotteri, superyacht. Cui Ying, alto manager della Wuhan Helicopter Group Corporation, assicura che a dispetto della crisi «abbiamo ricevuto molte manifestazioni d'interesse da uomini d'affari. Sono disposti a spendere 15 milioni di renminbi[9] per un elicottero». Anche perché il controllo dei militari sui cieli di Cina si è in qualche modo allentato, e per i privati è diventato più facile ottenere permessi di volo.

Il punto è che non si sa fino a quando. Ma del resto il problema è sempre lo stesso con il potere politico a Pechino: l'imprevedibilità delle decisioni, il mutamento d'indirizzo che molte volte non risponde alle esigenze dell'economia ma piuttosto a quelle del consenso indispensabile al partito. Ne sa qualcosa anche una delle imprenditrici più dinamiche e innovative della Cina, Zhang Yin, in eccellenti rapporti con la nomenklatura, tanto da essere cooptata come parlamentare nel Congresso nazionale del popolo.

Siccome non è tipo da accontentarsi del ruolo di comparsa, ha preparato un paio di disegni di legge pro-business.

ne dei contratti di locazione dei terreni statali alle imprese, abbassamento dell'IVA. E anche riduzione di un terzo della tassa sugli alti redditi. Apriti cielo. L'agenzia ufficiale Xinhua ha prontamente bollato le proposte come «pro-ricchi».

Il Dragone d'oro mette ali rosa

Zhang Yin potrà pure essere una politica ingenua, ma come capitano d'industria batte anche la maggior parte dei suoi colleghi maschi. Del resto è nella pattuglia di testa di un autentico reggimento di tostissime donne d'affari, ai primi posti nella graduatoria del successo. Signore che al confronto fanno impallidire le «sorelle» italiane impegnate nel business. Se da noi la presenza femminile nei consigli d'amministrazione aziendali non supera il 2 per cento, qui l'altra metà del cielo si è conquistata almeno un quarto dell'orizzonte. Nel 2006, trentasei dei cinquecento super-ricchi cinesi erano donne. E un paio d'anni dopo una statistica attendibile indicava come originarie della Cina sei su dieci delle più ricche *self-made women* del mondo.

È difficile sopravvalutare l'importanza di questa autentica rivoluzione nella vita del Regno di Mezzo. Solo l'infatuazione occidentale per il maoismo ha potuto portare a credere che la Cina, come scrisse Simone de Beauvoir addirittura negli anni Sessanta, fosse l'unico Paese al mondo dove l'alienazione femminile era scomparsa. Infatti. Ancora nel 1985 la Federazione femminile del Partito comunista proponeva il ripristino della norma contro il «terzo elemento» destabilizzatore della coppia, dando per scontato che la «colpa» dell'adulterio fosse sempre «dell'altra». Per fortuna, l'allora segretario riformatore del partito, Hu Yaobang, bloccò la legge che prevedeva fino a dieci anni di lavori forzati.

Nelle grandi città la mentalità è cambiata, ma nelle infinite campagne cinesi «le femmine sono la merce, merce per la quale la domanda è in crescita in un Paese che si avvia a essere popolato prevalentemente da maschi, come drammatica conseguenza della politica del 'figlio unico'».[10] E poiché qui da sempre si reputa più utile il maschio, le femmine vengono abortite o uccise subito dopo la nascita o abbandonate nelle discariche.

Donne anche vendute: al mercato, come schiave. Per i letti dei benestanti, che possono permettersi una «piccola moglie», cioè una concubina. Ai poveri, che non trovano soldi per averne nemmeno una sola, di moglie, spesso non resta che rapirla. Sulla stampa affiorano storie agghiaccianti, quando si trova il giornalista che ha il coraggio di raccontarle. Come quella della ventenne che ha seguito di sua volontà un coetaneo nella fuga verso il Nordest, per una nuova vita. Non ne poteva più di una casa dove mangiava solo se restava qualcosa nel piatto del fratello o del padre. Dopo due giorni di viaggio, il giovane l'ha portata al mercato e l'ha venduta all'asta. Se l'è comprata un vecchio voglioso di amante.

Lontane anni luce da questo Medioevo, le industriali di successo hanno spesso storie simili di povertà alle spalle, ma oggi potrebbero guardare dall'alto in basso perfino l'Imperatrice Vedova. Sono arrivate, nell'anno magico 2007, a piazzarsi al primo e secondo posto nella lista *Hurun* dei miliardari.

Yang Huiyan sarebbe in verità una delle rare ereditiere. Nel senso limitato che la parola può avere nella Repubblica Popolare. L'azienda immobiliare da lei controllata al 59 per cento, Country Garden, è effettivamente la ditta di famiglia, avviata dal padre che era partito come un povero manovale. Ma è lei che l'ha quotata alla Borsa di Hong Kong nel 2006, ed è questa decisione che ha fatto balzare l'impresa a un valore di mercato di oltre 17 miliardi di dollari (ridotto a un terzo dalla crisi). Del resto, nell'approdo in Borsa sta anche l'origine di molte fulminee ricchezze: nel boom azionario delle piazze cinesi gli imprenditori più abili hanno visto un'occasione d'oro per reperire capitali freschi sul mercato, e contemporaneamente gonfiare a dismisura il proprio patrimonio personale. Quello della Yang arriva a

7,4 miliardi nel marzo del 2008, prima di smagrire a 2,3 per colpa del *credit crunch.*

Anche l'onorevole Zhang Yin, la signora che vorrebbe un taglio alle tasse, ha quotato l'azienda in pieno Toro. Questo ha portato il suo patrimonio fino allo zenith di quasi 4 miliardi di dollari, oggi un po' meno. Comunque operazione degna di un J.P. Morgan o di un Vanderbilt, insomma uno dei titani di Wall Street a cavallo dell'altro secolo. In un colpo solo, Zhang Yin ha strappato il primato mondiale della *self-made woman* più ricca a personaggi come Oprah Winfrey, Martha Stewart o l'inopinata miliardaria Joanne K. Rowling, autrice di Harry Potter. Ma il suo successo è soprattutto un tributo alla sua sensibilità ambientale, oltre che all'intuito imprenditoriale. Non per niente si è guadagnata il nomignolo di Imperatrice Verde, anche se in realtà il suo dominio è quello della spazzatura. La società che ha battezzato Nine Dragons prospera sul riciclaggio della carta usata: importata dai Paesi ricchi e rilavorata in Cina per ottenere cartoni e materiale da imballaggio.

«Non chiamatela spazzatura, è una risorsa», ammonisce. «Quando vedo una montagna di cartaccia per me è come una foresta d'alberi, da custodire e trasferire di generazione in generazione.»[11] In effetti la signora Zhang ha trasformato in un affare miliardario l'antica legge di Lavoisier secondo cui in natura «nulla si crea e nulla si distrugge. Tutto si trasforma». Lei, decisamente, lo fa. Per produrre imballaggi la Cina acquista ogni anno dall'estero 20 milioni di tonnellate di rifiuti, equivalenti al 60 per cento di tutte le esportazioni mondiali di cartaccia riciclabile. Gli stessi scatoloni che arrivano nei porti americani pieni di merci cinesi ripartono da quelle banchine in senso inverso. E la filiale americana della Nine Dragons è stata il primo esportatore dagli USA verso la Cina per un intero lustro.

Niente nella sua famiglia e nella prima metà della vita di Zhang Yin lascia immaginare il suo talento per il business. È la primogenita di otto figli, padre militare, mamma casalinga, «e la carne in casa la vedevamo solo nelle feste nazionali. Ma la povertà mi ha insegnato ad apprezzare il valore delle cose». Anche se non tutti ne ricavano la stessa lezione, a lei suggerisce sobrietà e una vita semplice.

Per molti suoi colleghi «nuovi ricchi», invece, le antiche privazioni sono il grilletto che accende la passione smodata per il lusso e l'ostentazione. Anche la rapidità con cui molti hanno accumulato i loro patrimoni può creare qualche equivoco sui modi auspicabili per raggiungere l'obiettivo. Qualche anno fa, per esempio, una ragazzina di quindici anni rapì uno dei suoi parenti e chiese un riscatto di 25.000 dollari. Secondo il quotidiano *Eastern Morning Post*, «cercava di guadagnare denaro nel più breve tempo possibile».

Zhang Yin invece non ha avuto fretta, e anzi la sua seconda vita comincia piuttosto tardi. A trentatré anni, nel 1990, lascia la Cina e il suo lavoro di contabile ed emigra in America, pur conoscendo pochissimo l'inglese. A Los Angeles si imbatte nella prima fortuna: sposa in seconde nozze il dentista taiwanese, ma a lungo emigrato in Brasile, Liu Ming Chung. La seconda fortuna è l'esplorazione della California ambientalista, con una diffusa cultura del riciclaggio. Zhang fa come fanno tutte «le aziende cinesi, sempre desiderose di imparare il più possibile dai loro partner occidentali. Tecnologia, capitale, organizzazione dei processi, non c'è area che non venga studiata con la massima attenzione».[12] Da lì l'illuminazione, e un'accanita frequentazione di discariche: sono le miniere d'oro dove comprare cartaccia all'ingrosso, e dunque a prezzi stracciati.

Nel giro di vent'anni, la Nine Dragons arriva a cinquemilatrecento dipendenti e undici impianti per il trattamento della carta: con gli ultimi due in corso di messa a punto, uno a Tianjin e l'altro nella megalopoli fluviale di Chongqing, conta di arrivare a 8 milioni di tonnellate prodotte all'anno. A quel punto, nessuno potrà toglierle il ruolo di numero uno mondiale nelle scatole da imballaggio.

Zhang Xin è un'altra visionaria che è riuscita a realizzare i suoi sogni. La tragedia della Rivoluzione culturale ha infuriato sulla sua famiglia come su decine di milioni di altre. Interpreti ufficiali della nomenklatura, i genitori finirono in disgrazia, e dopo qualche tempo divorziarono. La ragazza a quattordici anni si trasferì a Hong Kong con la madre: «Cominciai a fare la sartina e a fabbricare giocattoli di plastica. Lavoravo anche venti ore al giorno». Hong Kong all'epoca era ancora colonia britannica e messi un po' di soldi da parte Zhang Xin partì per l'Università del Sussex, Inghilterra meridionale. Ne uscì analista finanziaria, subito assunta a New York prima dalla banca Barings e poi da Goldman Sachs. Ma quello che voleva fare, era altro.

Adesso ce l'ha sotto gli occhi: il marchio Soho China sta sui muri delle abitazioni coloratissime, piene d'aria e di luce, corredate di shopping mall e uffici attrezzatissimi, che sono il risultato del lavoro del suo gruppo. Soho sta per il nome del quartiere di New York dove Xin abitava, ma è anche l'acronimo di *small office home office*, più o meno il nostro casa-ufficio. La nuova borghesia cinese non vuole solo comodità o spazi sontuosi: per molti i collegamenti Internet ad alta velocità sono anche più importanti, ed è a questa nascente borghesia intellettuale, colta e attivissima in Rete, che la Soho offre le sue soluzioni abitative. A patto, ovviamente, che i clienti possano permettersi da 250.000 dollari in su. Zhang Xin e il marito, Pan Shiyi, figurano con 1 miliardo e 600 milioni di dollari nell'ultima lista *Forbes*. E questo dopo aver pagato pedaggio al crollo del mattone che ha accompagnato quello delle Borse.

Donne piene di determinazione e di fantasia. I soldi li hanno fatti non saccheggiando le materie prime, che la Cina non ha, ma inventando un business, creando un nuovo settore commerciale. Zhang Lehua si è laureata in medicina all'Università del New Jersey, ma sebbene il suo nome significhi «felicità», a fare il medico non era felice affatto. Così è tornata casa e ha cominciato con il creare lo Youlan Women's Club («il club dell'orchidea»), «per educare le donne a essere belle dentro e fuori». Da lì è nato un marchio che si tira dietro gioielli, abiti griffati, profumi. E parecchi milioni sul conto in banca della dottoressa.

Ma chi può invidiare un successo generato dalla passione? Come per Lehua Chen, per anni la donna più ricca di Cina prima di cedere il posto alle nuove arrivate. È stata sempre orgogliosa soprattutto di due cose. Di discendere direttamente dalla dinastia imperiale Qing, l'ultima del Regno di Mezzo. E di essere diventata proprietaria del 90 per cento di tutto il sandalo rosso in circolazione, legno pregiato oggetto per lei di adorazione. Per tutta la vita l'ultima erede del Figlio del Cielo ha ripetuto il vecchio adagio della sua terra: «Un centimetro di sandalo vale più di un grammo d'oro». Chi può negare che avesse ragione?

11

C'era una volta il «dono silenzioso»

QUANDO il presidente cinese Hu Jintao ha cominciato a parlare di «società armoniosa», i ricchi hanno capito che non era più il caso di mostrarsi sulle riviste patinate a bordo dello yacht attraccato a Saint-Tropez. Ancor prima dello scoppio della crisi, la crescente diseguaglianza aveva spinto i capi comunisti a cambiare accenti. E a sottolineare la necessità di maggiori investimenti sociali nelle campagne povere. I miliardari hanno scoperto che come simbolo di status anche la beneficenza va magnificamente. E soprattutto suscita meno risentimento.

Non che sia facile in Cina, per un milionario, scansare le critiche anche quando fa del bene. Subito dopo il catastrofico terremoto nel Sichuan (nel maggio del 2008), Wang Shi annunciò che la sua società immobiliare Vanke avrebbe immediatamente donato 2 milioni di renminbi (circa 200.000 euro) per i primi soccorsi. Wang è famoso anche per le sue imprese sportive da scalatore di alta quota, che hanno dato lustro al Paese: ha partecipato a varie spedizioni sulla catena dell'Everest. Nemmeno questa popolarità lo ha salvato dalle accuse di essere tirchio. Da un anonimo blogger il messaggio più sanguinoso, immediatamente diffuso tra il popolo della Rete: «Ha scalato i picchi più alti del mondo ma non riesce a fare nemmeno un passo verso una tomba a Wenchuan».

Wang in realtà era andato sui luoghi del sisma, per dirigere personalmente l'opera di soccorso sovvenzionata dalla sua società. Ma questo non gli ha risparmiato l'alluvione di critiche che ha sommerso il suo blog individuale. Alla fine è stato costretto a scusarsi per la sua insensibilità e ad aumentare la donazione a 100 milioni di RMB.

La pressione sociale spiega molto dell'improvvisa mania filantropica che ha colpito i miliardari cinesi. Solo che se Confucio esaltava la bellezza del «dono silenzioso», loro hanno bisogno che faccia il massimo fragore possibile. Questo non vuol dire che non lo facciano di cuore, che non sentano di dover restituire alla società – secondo il motto di Buffett – almeno qualcosa del molto che hanno ricevuto. In ogni caso, diciamo che non hanno realmente scelta.

Anche Zhang Xin, nel 2008 settima miliardaria cinese con un patrimonio di 3 miliardi di dollari, all'inizio prese sottogamba la tragedia del Sichuan, e se la cavò con un paio di milioncini di RMB donati alla Croce Rossa locale. A mano a mano che i notiziari sgranavano il numero terribile dei morti – ufficialmente ventimila, ma forse cinque volte tanti – e le tv documentavano la devastazione, comprese che bisognava fare di più. In capo a una settimana gli RMB diventarono 20 milioni. Come abbiamo visto, la signora Zhang ha creato con il marito Pan Shiyi la società immobiliare Soho China appena tre lustri fa: una delle grandi storie di successo del business nel Celeste Impero. Dice: «Di fronte al terremoto ognuno in Cina ha cercato di fare qualcosa. Il mondo degli affari oggi ha una diversa piattaforma. I *decision-makers*, i capi azienda, possono prendere la decisione di donare».

Ed è quello che è accaduto. Un flusso costante e massiccio di aiuti è scaturito dalla nuova classe dei super-ricchi verso gli sventurati del Sichuan. Soho è stata tra le prime imprese a muoversi, ma non la sola e nemmeno il donatore più generoso.

Entro una settimana dal sisma, si stima che i cento cinesi più ricchi avessero già donato collettivamente oltre 120 milioni di dollari, saliti a 135 poco dopo. Per dare l'idea, è quattro volte gli stanziamenti dello Stato subito dopo la tragedia. Huang Guangyu, che come sappiamo era già vicino all'arresto (anche se all'epoca lo ignorava), gareggiò con un altro imprenditore dell'elettrodomestico, Zhang Jindong, per la maggiore donazione singola: 7,1 milioni di dollari del primo contro 7,9 del secondo. In seguito, ci furono elargizioni anche più grosse. In realtà il terremoto suggellò un cambiamento di mentalità che si era già fatto strada negli anni precedenti.

Più ricchezza, più responsabilità. Una parte almeno dei nuovi miliardari cominciava a essere influenzata dai comportamenti dei super-ricchi americani alla Gates, alla Buffett, alla Rockefeller. La signora Zhang Xin lo dice apertamente. Da regolare frequentatrice dei convegni di Davos le è capitato spesso di sentire Bill Gates parlare del lavoro della sua organizzazione benefica. E ha cercato di copiarne il modello quando ha messo in piedi la propria fondazione filantropica. Non ha cambiato idea nemmeno nel primo duro semestre del 2009, quando il crollo di Borsa ha dimezzato la sua fortuna a un miliardo e mezzo di dollari.

Solo che non è facile per i cinesi condurre un'attività privata di beneficenza. Come fa con gli organismi non governativi, è qualcosa che il governo del Partito unico guarda con diffidenza. Chi vuole cimentarsi, deve passare attraverso un complicato processo di partnership con l'amministrazione pubblica. In breve, sintetizza Zhang Xin, diciamo che «il sistema semplicemente non c'è». Con il risultato che tre quarti dei soldi donati sono gestiti da fondazioni prive di controlli e certificazione esterni.

Il denaro affluisce lo stesso copiosamente, in parallelo a un rapporto meno sospettoso tra partito e miliardari. È interessante che circa un terzo dei super-ricchi censiti nelle ultime liste abbia preso la tessera comunista. È ovvio che abili e astuti imprenditori cerchino di stabilire buoni rapporti con la classe politica dirigente. Ma è significativo che, a differenza del passato, questa rete di relazioni venga pubblicamente dichiarata. È, per così dire, una verniciata di rispettabilità.

Grati, i turbocapitalisti donano. Il Gates cinese vive in realtà a Honk Kong, che resta formalmente una realtà autonoma. Si chiama Li Ka Shing ed è l'uomo che ha messo un telefonino in tasca a ogni cittadino della Repubblica Popolare (be', quasi...). Il suo conglomerato Hutchison Whampoa copre un raggio d'affari da 40 miliardi di dollari di ricavi l'anno. Dentro c'è di tutto, dai porti agli alberghi, dalle telecomunicazioni (H3G) alle infrastrutture. Il suo patrimonio personale è calcolato in 10 miliardi di dollari: ha annunciato che ne donerà un terzo alla sua fondazione che già finanzia università, centri di ricerca medica, progetti per il welfare. I maligni notano però che non c'è nemmeno lo straccio di un bilancio pubblico e si chiedono se tanta carità non punti piuttosto a nascondere il tesoro al fisco.

La generosità di Yu Pengnian, invece, si tocca, e soprattutto si vede. Il verbo va preso in senso letterale: la fondazione che porta il suo nome è in prima linea nel finanziamento degli interventi di cataratta e delle cure oftalmologiche per i poveri. In cinque anni Mr Yu, ottantaseienne costruttore, ha donato più di 3 miliardi di dollari: ultimo versamento, 420 milioni di dollari, circa l'80 per cento dei suoi profitti netti annuali. Soldi per assistenza sanitaria, chirurgia d'urgenza, lotta all'analfabetismo. Yu è uno che parla poco: «Non sono mica come Alfred Nobel. Io capisco bene le sofferenze della gente». Anche lui ha sofferto di cataratta, ma aveva i soldi per curarsi. Non da giovane. Emigrato da Hong Kong, lavorava per dieci ore al giorno e poi si sdraiava a dormire sul marciapiede. Come fanno ancora oggi molti dei contadini che lui aiuta a ritrovare la vista.

Al secondo posto tra i donatori c'è ancora un immobiliarista, Zhu Mengyi: 158 milioni offerti in un lustro. Segue Huang Rulun, il boss della catena alberghiera Jinyuan, con 120 milioni, e l'ammissione dell'influenza esercitata dall'antica tradizione cinese: «Mi ha molto spinto Confucio, che dice che la gente di successo deve donare agli altri». Ancora un po' più giù, in sesta posizione assoluta, entra anche una donna: Yang Lan, capo di Sun Media Investment, con elargizioni per 45 milioni di dollari.

È vero che con l'aumento degli sgravi fiscali al 10 per cento per le aziende, e al 2 per cento ai privati, le donazioni in beneficenza diventano anche convenienti. Ma lo sono soprattutto per la cura di quella cosa tipicamente cinese che è il *guan zhi*, ovvero la rete di attività e relazioni che conferisce prestigio all'individuo. E il cielo sa se ne hanno bisogno non solo i «nuovi ricchi» del Regno di Mezzo, ma pure i loro colleghi e concorrenti dall'altra parte dell'Himalaya, nell'India della crescita record che riscopre la ricchezza leggendaria dei Moghul e dei nababbi.

Da Akbar il grande ad Agarwal il prodigo

Anil Agarwal non ha neppure una goccia di sangue degli imperatori Moghul nelle sue vene. Eppure, con il più grande di loro, il conquistatore Akbar, sembra condividere la passione per il gigantismo urbanistico, il sogno di ridisegnare il paesaggio e creare la città perfetta. Per il Padishah, il «re del mondo» sovrano dell'India a metà Cinquecento, si trattava solo di superare irrilevanti difficoltà tecniche come il trasferimento forzoso di decine di migliaia di muratori, carpentieri, artigiani e artisti d'ogni specie. Alla fine, nel 1571, la sua meravigliosa nuova capitale di Fatehpur Sikri prese forma sull'orlo del deserto del Rajasthan, che tornò a reclamarne il possesso alla morte dell'imperatore. Per Mr Agarwal la faccenda è più complessa.

Al suo caso potrebbe anzitutto applicarsi il celebre verso di Virgilio: *Timeo Danaos et dona ferentis*... In verità, il sospetto dei Troiani di fronte al nefasto cavallo donato dagli Achei si affaccia anche dinanzi a molta attività caritatevole dei super-ricchi globali. E sebbene difficilmente si possano immaginare lettori dell'*Eneide* tra i contadini indiani della costa del Bengala, se ne trovano tantissimi ferocemente avversi all'università gigante che Anil Agarwal vorrebbe regalare ai loro figli.

Mr Agarwal passa molto più tempo nella sua magione londinese che non in India, come tanti dei suoi connazionali titolari di colossali nuove fortune. Ma a differenza della maggior parte di loro, non vede l'ora di liberarsi di un miliardo di dollari tondo a favore dei ragazzi del Paese natio. È precisamente lì, lungo le spiagge interminabili del Golfo del Bengala, che sogna di costruire letteralmente dal nulla un campus universitario di 3000 ettari, modellato sulla leggendaria Stanford University. Fosse facile.

Prima di vedere perché, diamo un'occhiata al business di Agarwal, un tarchiato cinquantacinquenne che ha costruito la sua ricchezza scavando in mezzo mondo. India, Australia, Zambia: le sue miniere, controllate attraverso la Vedanta Resources quotata alla Borsa di Londra, estraggono rame, alluminio, zinco, ferro. E bauxite. Accidenti alla bauxite. Uno dei giacimenti che Agarwal vorrebbe sfruttare si trova proprio a 350 chilometri dalla progettata università, all'altro capo dello Stato indiano dell'Orissa. E gli ambientalisti sono sul piede di guerra perché l'attività di estrazione distruggerebbe l'equilibrio ambientale dell'area, oltre a sfrattare dal sito ancestrale una vecchia comunità tribale. Temi estremamente sensibili nell'India dei seicentomila villaggi e del mosaico etnico-religioso.

Sfortunatamente l'ostilità alla nuova miniera si riflette sul progetto dell'ateneo. Non sarà un gioco di prestigio ideato per distrarre l'attenzione dal vero obiettivo? Un miraggio fatto balenare per tappare la bocca ai critici mentre le trivelle sbudellano le ricche colline di Niyamgiri? Agarwal ovviamente nega indignato e si accalora a disegnare il suo sogno. Arruolamento dei migliori docenti da ogni angolo del pianeta. Avanzati centri di ricerca in bio e nanotecnologie, laboratori di genetica, studio delle energie alternative per salvare la Terra dall'asfissia dei gas serra. Dalla testa del miliardario esce completo nei dettagli un megacampus capace di ospitare fino a centomila studenti, in un'India affamata di educazione ai livelli più alti. diecimila studenti, almeno per cominciare, sembra più realistico. Non è comunque una buona idea?

Sembrerebbe di sì, ma Agarwal trova opposizioni su tutti i fronti. Per costruire l'università secondo i suoi mastodontici piani, diciotto villaggi dovrebbero essere spianati. E d'altra parte, anche le comunità tribali che abitano i siti della bauxite non hanno nessuna intenzione di andarsene. Anzi, le loro proteste si fanno semmai più clamorose, come la catena umana di 16 chilometri realizzata nel gennaio del 2009.

Lui comunque non si scoraggia.

Nemmeno il calo nella richiesta e nei prezzi delle materie prime pare affievolirne lo slancio filantropico. Come proprietario del 55 per cento della società Vedanta, Agarwal possiede un pacchetto azionario che al novembre 2007 valeva la bellezza di 7,4 miliardi di dollari. Nel 2009 si era ridotto a un miliardo e mezzo. Ma anche così il tycoon si dice deciso a devolvere alla Foundation for Vedanta University il 75 per cento della sua fortuna: dovesse mantener fede all'impegno di versare qualcosa come un miliardo di dollari, la cifra sarebbe più di quanto qualsiasi istituzione educativa americana abbia mai ricevuto da un singolo donatore. E il record è certificato dal *Chronicle of Philanthropy,* la rivista diventata una specie di gazzetta ufficiale della beneficenza dei super-ricchi.

Alla Fondazione, Agarwal ha già trasferito 250 milioni di dollari. E ha comperato 4000 acri sui 6000 previsti per l'estensione del campus. Ma l'acquisizione di tanta terra non ha fatto che rinfocolare polemiche e sospetti. L'ex avvocato generale dello Stato dell'Orissa, Jayant Das, non è andato per il sottile. Secondo lui, il miliardario alla fine non costruirà un'università, ma piuttosto scaverà miniere in un terreno ricco di ilmenite e rutile – minerali di ferro e titanio –, oltre che di zircone.

Beneficenza o truffa? Il dubbio accompagna spesso le cronache della generosità dei filantropi miliardari. E certo non solo in Asia ma anche dall'altra parte del Pacifico, nell'America del Nord. Anzi, proprio da lì, dalla maggior concentrazione di ricchezza privata del pianeta arrivano casi molto meno edificanti delle iniziative benefiche dei vari Gates e Buffett.

Gli amanti della musica sanno bene che pochi uomini sono stati così generosi con il mondo delle note quanto Alberto Vilar. Il desiderio di donare la sua favolosa ricchezza era eguagliato solo dalla sua necessità, quasi fisica, di sentirsi adulato. Non contento di avere il nome inciso sullo splendido edificio della nuova Royal Opera House di Londra, il miliardario si riteneva in diritto di ricevere anche applausi a scena aperta: giacché – come chiese una volta – «che cosa mi rende meno importante di Placido Domingo?»[1]

La musica è cambiata quando il mago della finanza, nel novembre del 2008, è stato riconosciuto colpevole da una corte americana di tutti e dodici i capi di imputazione contestatigli: dal riciclaggio a ogni genere di frode immaginabile. A sessantotto anni, sa che da un momento all'altro potrebbe dover scambiare i marmi del suo appartamento di New York per una cella destinata a ospitarlo per i prossimi due decenni. E tutto perché, sostengono gli amici, non ha mai saputo dire di no. «Chiedere denaro ad Alberto era come offrire da bere a un alcolista», ha detto uno dei suoi intimi.

Vizio che gli costerà caro. Vilar ha sempre condotto una vita di lussi. Dappertutto limousine con chauffeur, in aereo solo prima classe o jet privati. E dio solo sa se viaggiava, con una media di cento rappresentazioni di opere all'anno alle quali non faceva mancare la sua presenza, in qualsiasi angolo di mondo. Quando la polizia lo ha arrestato nel 2005, lui ha subìto lo choc di una permanenza (allora breve) in cella: «Era una gabbia, mi sentivo come un animale in procinto di essere stivato nella pancia di un aereo». Ma anche il mondo dell'arte ha subìto uno choc non meno violento. Finiva in galera l'uomo una volta collocato da *Forbes* al posto 256 nella lista dei ricchi, con una fortuna personale valutata un miliardo di dollari.

Ma spettacolare era soprattutto l'ammontare delle sue donazioni. Secondo calcoli credibili, aveva elargito una cifra molto vicina ai 300 milioni di dollari alle principali istituzioni musicali del mondo, ed era corteggiato come uno dei maggiori benefattori del pianeta.

Dispensava fortune e rubava una mela. La sua rovina è partita dalla denuncia di un'anziana ereditiera, alla quale aveva truffato appena 5 milioni di dollari. Dopo la settantenne Lily Cates, altri clienti privati del suo fondo Amerindo hanno accusato Vilar di averli truffati. In tutto, la cifra arrivava a stento a 20 milioni di dollari, appena l'1 per cento dei capitali gestiti dal finanziere per conto soprattutto di grandi società e fondazioni. Ma è bastato che la notizia dell'incriminazione si diffondesse perché il suo impero di carta collassasse. Lui, indifferente, continuava a far piovere soldi sui palcoscenici.

Non aveva del resto mai smesso. Perfino quando, nel 2001, lo scoppio della «bolla Internet» decimò il suo patrimonio costruito soprattutto sulle azioni tecnologiche. Non aveva più i contanti per pagarsi nemmeno il conto della lavanderia o della domestica, ma s'impegnò a versare 100 milioni di dollari per le cause più disparate, dal Kennedy Center a Washington all'Opera di Stato a Vienna.

Che cosa lo spingeva? Più l'amore per la musica o il piacere di una grandezza parassitaria? Il Festival di Salisburgo ha ricevuto da lui la maggior donazione in tutti i suoi ottantun anni di storia, e in cambio gli ha tributato una foto a colori a tutta pagina in ogni programma di sala. È il solo onore che la Metropolitan Opera di New York gli ha negato, dopo aver stampato il suo nome dappertutto, dai ristoranti alla prima fila dei palchi, in cambio dei 45 milioni di dollari promessi: avendone ricevuti solo 12, il nome è stato cancellato. Come del resto a Londra al Covent Garden: la magnifica hall disegnata come una gigantesca serra si chiamava Alberto Vilar Floral Hall, e adesso è stata ribattezzata in onore del nuovo donatore, Paul Hamlyn.

Edgar Vincent, scomparso nel 2008, è stato manager di Placido Domingo e conosceva bene il miliardario prodigo: «La mia sensazione è che quest'uomo fosse un insicuro e cercasse di avere l'amore e il rispetto di quanta più gente possibile. Non faceva altro che pensare a nuove donazioni, nuovi impegni. Aveva bisogno di adulazione».

Si può legittimamente sospettare che non sia il solo superricco afflitto da questa sindrome. E se uno la considera giustamente una nevrosi, si può perfino provare simpatia per un tipo come l'ex benefattore e prossimo galeotto Alberto Vilar. Tranne quando pretendeva nome e foto sull'opuscolo dell'opera messa in scena anche grazie ai suoi finanziamenti. «Che importa chi ha firmato il libretto?» ha dichiarato una volta. «Non conta di più chi ha firmato l'assegno?»

Il progresso dei Godrej: lucchetti e sapone per tutti

In India non è mai mancata né la ricchezza né l'ostentazione. La nostra parola «nababbo» è notoriamente una corruzione di *nawab*: nella lingua urdu dei dominatori Moghul designava i ricchissimi principotti spesso solo nominalmente subordinati alla corte imperiale di Delhi. *Nawab* era il titolo onorario dei *nizam* (governanti) musulmani di Hyderabad, uno stato semi-indipendente nel centro dell'India, grande quasi due volte l'Italia. Asaf Jah VII, ultimo nizam sul trono, comparve sulla copertina del settimanale *Time*, il 22 febbraio 1937, come «l'uomo più ricco del mondo».

Settantadue anni dopo l'India può vantare il settimo e l'ottavo classificato tra i miliardari del pianeta, ovvero Mukesh Ambani e Lakshmi Mittal. La recessione, il crollo delle materie prime e il *credit crunch* gli hanno portato via una trentina di miliardi di dollari a testa ma sono riusciti a conservarne rispettivamente 19,5 e 19,3. Sono anche gli uomini più ricchi dell'intero bacino del Pacifico, Cina e Giappone inclusi, sebbene nel 2009 il numero dei miliardari cinesi abbia superato per la prima volta quello dei colleghi indiani.

Le antiche corti dei *nawab* islamici come dei *raja* indù traboccavano di un lusso quasi per definizione esagerato, strabiliante, esibito a testimonianza di una ricchezza che voleva apparire (e lo diventò) leggendaria. Le mitiche miniere di Golconda racchiudevano l'immagine di un impero ammantato di oro e di gemme. Le innumerevoli famiglie reali del subcontinente annegavano nello sfarzo più di qualsiasi oligarca contemporaneo. Ne restano i segni sparsi nelle antiche regge.

Nel palazzo di città dei *maharaja* di Jaipur, il Diwan-i-Khas, o «padiglione delle udienze private», domina il meraviglioso cortile interno e offre alla vista dei visitatori due spettacolari olle di argento massiccio. Sono alte due metri e larghe in proporzione: le più grandi del mondo, vantano le guide locali. E a che servivano, questi due ciclopi? Le ha fatte realizzare nell'Ottocento il maharaja Sawai Madho Singh II: in procinto di partire per l'Europa per rendere omaggio alla regina-imperatrice Vittoria, se le portò dietro colme di acqua del sacro Gange per le abluzioni rituali. Sono lussi che l'ultimo raja, un distinto gentiluomo ultrasettantenne molto british, non può più permettersi, anche se continua a giocare a polo con il principe Carlo.

Per reazione all'India sprecona e insensibile dei suoi principi, l'aristocrazia industriale, nata con l'idea stessa di nazione, ha sempre avuto come cifra l'attenzione sociale, la riservatezza, lo stile misurato dei gentlemen vecchio stampo. Insomma, proprio il ritratto di Adi Godrej, capo del gruppo industriale omonimo, uno dei maggiori conglomerati indiani. Come i Tata e i Wadia, anche la sua famiglia appartiene a quella manciata di grandi dinastie industriali fondate da *parsi*, profughi iraniani di religione zoroastriana rifugiatisi a Bombay e dintorni. Nella capitale del Maharashtra vive un terzo dei centoventicinquemila parsi del mondo, e le tante statue dedicate alle figure eminenti della comunità parlano di costruttori di ospedali, collegi, scuole e parchi. Insomma, la filantropia sembra essere nel DNA di questi ex perseguitati divenuti in qualche caso miliardari.

Godrej vale nell'ultima lista *Forbes* 3,3 miliardi di dollari, ma alle otto ogni mattina è già in ufficio, nella cittadella industriale costruita dalla famiglia a Vikroli, sobborgo di Mumbai un tempo regno del tessile. In questi lindi capannoni intervallati dalle palazzine degli uffici, nonché dalle mense e dalle scuole per i figli dei dipendenti, si produce quasi tutto ciò che serve alla vita quotidiana degli indiani. Il motto della ditta è «dal lucchetto all'armadio», e in effetti Godrej è diventato un aggettivo: la gente compra un tavolo Godrej, un armadio Godrej, e saponi, creme, tè, olio, tinture per capelli. E ovviamente lucchetti.

«Siamo stati i primi a produrli», ricorda orgoglioso Adi Godrej quando mi riceve a Vikroli nell'imponente sala conferenze in stile Walter Scott, tutta boiserie, tappezzerie scure e alte sedie di foggia medievale. «Lucchetti, e poi frigoriferi, macchine per scrivere, saponi estratti da oli vegetali, insetticidi, e sempre con tecnologia indiana. Non abbiamo mai importato nessun brevetto dall'estero.» Una volta l'orgogliosa affermazione avrebbe suscitato qualche ilarità. Non era stato addirittura l'allora primo ministro di Singapore, Lee Kuan Yew, a ridicolizzare pubblicamente la cattiva qualità delle stoviglie a una cena ufficiale del governo indiano, dove un coltello gli si era spezzato in mano, rischiando di ferirlo al viso?[2] Oggi è lo stesso Lee Kuan Yew, artefice della ricchezza del suo Paese, a predire che «nei prossimi decenni la Cina e l'India faranno tremare il mondo».

Per arrivare all'universo ordinato e verde delle industrie Godrej bisogna uscire da Mumbai, come il nazionalismo indù ha voluto ribattezzare la coloniale Bombay. Lasciare il centro, il lungomare rutilante di boutique di Marina Drive, i grattacieli scintillanti degli alberghi di lusso, i segni di opulenza che confermano una crescita rallentata dalla crisi ma pur sempre a ritmi tumultuosi. All'uscita dalla città, la strada si immerge nel pianeta sconfinato della miseria indiana. A perdita d'occhio, la distesa di lamiera e cartone dei grandi slum, l'inferno in terra di chi è condannato a vivere con meno di un dollaro al giorno, e non tutti i giorni riesce a guadagnarlo. Inevitabile chiedere a uno dei grandi industriali del Paese come può l'India svilupparsi se quasi metà del suo miliardo e duecento milioni di abitanti vivono ancora sotto la soglia di povertà.

«Ma non ci sono solo loro», obietta questo ingegnere dall'aria calvinista che confessa la civetteria di tingersi di nero i pochi capelli superstiti, «ovviamente con la nostra tintura» (e raccomanda anche il ricostituente tricologico Anoop, «se sono diventato calvo è perché ho cominciato a usarlo troppo tardi»). La tesi di Godrej è che la crescita ha finalmente prodotto il primo embrione di una classe media, ma essendo pur sempre su scala indiana anche questo nucleo embrionale può contare su qualcosa come due-trecento milioni di persone: «Come vede, l'equivalente dell'intero mercato europeo. Basta il decollo di questi consumi a fare dell'India una grande potenza economica. Vuol dire che avremo un'economia a due velocità, per la parte più ricca della società e per quella in via di sviluppo. Non coesistono anche su scala planetaria?»

Non è così semplice. C'è consenso universale sul fatto che la priorità assoluta per l'India sia rappresentata dalla riduzione della miseria attraverso una rapida crescita economica. Secondo i dati della Banca Mondiale, nel 2005 all'incirca 456 milioni di indiani, vale a dire il 42 per cento, viveva sotto la soglia di povertà. Nel 1981, erano 420 milioni, pari al 60 per cento della popolazione. Non c'è dubbio che l'indigenza si stia riducendo a un ritmo fin troppo lento. Come dimostrano altre, più drammatiche statistiche. Nel Paese dei nuovi Moghul ci sono 60 milioni di bambini malnutriti, il 40 per cento del totale mondiale. Nel 2006 ne sono morti 2,1 milioni, cinque volte più che in Cina.

Sono numeri che Adi Godrej conosce benissimo. E l'azienda di famiglia, del resto, non ha mai prodotto solo per il mondo dei benestanti, né intende limitarsi a farlo oggi. La filantropia del nonno fondatore, che nel 1926 regalò 300.000 rupie al Mahatma Gandhi per sostenere la causa degli «intoccabili», è diventata filosofia del business: «Noi abbiamo sempre puntato sulla possibilità d'acquisto per tutti». Il che vuol dire che non è nemmeno il lucchetto il prodotto di minor prezzo. Ci sono in commercio perfino microconfezioni di sapone o detersivo Godrej, per uso quotidiano. Costano mezza rupia, un centesimo di dollaro, e permettono un minimo di igiene anche ai miserabili prigionieri degli slum.

Il miliardo fantasma del genio dell'outsourcing

Le vecchie dinastie industriali sono nate e cresciute nel mito di Gandhi, nell'adesione a un'idea di indipendenza indiana che non fosse solo la sovranità politica ma anche l'autosufficienza economica, l'emancipazione dai prodotti inglesi. Per questo i «cervelli» sono indispensabili, e l'educazione è il più importante settore d'investimento. Ma anche, purtroppo, quello più trascurato dallo Stato.

I risultati fanno tremare i polsi. Perché è vero che l'India sforna ogni anno due milioni di laureati, e per di più tutti correntemente anglofoni. Ma questo è il più giovane Paese del mondo, con metà della popolazione sotto i venticinque anni e il 40 per cento sotto i diciotto. Così, ogni anno quattordici milioni di persone vanno ad aggiungersi al mercato del lavoro, e non tutte ovviamente possono trovare impiego nei call center o nelle altre mecche locali dell'IT, la Information Technology. Al contrario, vista la carenza di istruzione di base, solo il 20 per cento di chi cerca lavoro ha un qualche tipo di preparazione specialistica.[3]

L'ignoranza naturalmente ha molto a che fare con lo svantaggio di essere poveri. Però l'esperienza del Bangladesh, Paese molto più povero e arretrato dei suoi vicini nel subcontinente, dimostra che questo può anche essere un alibi. Nel 1990 la percentuale di bambini che frequentavano la scuola elementare era inferiore al 65 per cento in Bangladesh e Pakistan e pari a circa l'80 per cento nell'Unione Indiana. Dieci anni più tardi, il Pakistan era al 67 per cento, l'India all'83 e il Bangladesh era balzato all'87 per cento.[4]

I Godrej sono così convinti del ruolo fondamentale dell'istruzione da aver fondato interamente a spese loro un ciclo di studi completo, dalle elementari al liceo, per i figli dei dipendenti. Cinquant'anni fa nessuno di quei bambini avrebbe avuto la possibilità di ricevere un'istruzione statale, molti oggi invece sono dottori, avvocati, businessmen. È questo senso di integrità e responsabilità sociale che tira in India una linea tra vecchie e nuove ricchezze.

A gran parte dei «vecchi soldi» di Hyderabad, nello stato dell'Andhra Pradesh, un nuovo arrivato come B. Ramalinga Raju aveva fatto in verità una buona impressione. Il miliardario venuto su dal nulla non mostrava affatto l'esibizionismo cafone di tanti suoi colleghi, e per questo trovava l'approvazione delle famiglie dell'establishment locale. «Era sempre molto misurato, un vero gentiluomo», racconta ai giornali Chandana Chakrabarti, un noto scienziato di Hyderabad nonché esponente dell'alta società locale.[5] Alle sue buone maniere, così *old style*, si accompagnava per di più un'abilità negli affari già diventata materia di leggenda. Adesso invece è materia penale.

Raju appartiene alle avanguardie di quell'industria dell'outsourcing che, grazie ai computer, ha cambiato il panorama economico dell'India, e anche quello mondiale. È lui il fondatore di uno dei giganti del settore, la Satyam Computer Services, e la leggenda – appunto – vuole che si sia presentato dal suo primo grosso cliente, la fabbrica di trattori John Deere, con la seguente proposta: se non sarete soddisfatti dei nostri servizi, non ci pagherete.

Strappato l'assenso di massima, nel lontano 1991, Raju mise i suoi programmatori di computer a lavorare dall'altra parte della strada del quartier generale della Deere, ma senza alcun contatto fisico con i manager della grande azienda. I maghetti indiani della tecnologia digitale, lavorando solo di notte, svolsero magnificamente i loro compiti. E Raju fu in grado di dimostrare che avrebbero potuto farlo altrettanto bene anche dall'India. Cominciava l'era dei call center, e l'outsourcing consegnava in appalto fuori azienda i costosi lavori d'ufficio. A migliaia di chilometri di distanza, in località dai nomi esotici: Hyderabad, Bangalore, Gurgaon, subito ribattezzate le «Silicon Valley» del subcontinente.

C'erano ancora campi d'avena attorno a Gurgaon, quando ci sono arrivato un pomeriggio novembrino di cinque anni fa. La città a 15 chilometri da New Delhi era in costruzione, un altro scoppio periodico della sindrome edilizia di Akbar: l'idea di edificare dal nulla una City tutta grattacieli stavolta aveva folgorato K.P. Singh, presidente della DLF, il più grosso costruttore del Paese. A causa della stretta creditizia, Gurgaon è incompiuta ancor oggi.

Andavo a visitare uno dei primi call center, all'inizio del turno più importante, dalle 18 alle 3, quando grazie alla differenza di fuso orario l'America è sveglia. E sveglissimi erano i ragazzi che al telefono rispondevano, offrivano, discutevano con i clienti dall'altra parte del Pacifico, in un inglese dalla giusta coloritura yankee. Oggi lavorano in gran parte per le società recupero crediti a 300 euro scarsi al mese. E lungo il filo telefonico cercano di convincere gli americani insolventi a pagare i loro debiti. Alla cornetta sempre pazienti, comprensivi, tenaci, mai insistenti.

Il loro mito deve essere stato Ramalinga Raju. Ma non solo per loro la caduta dell'iconoclasta capitano d'industria è stata repentina, inattesa, scioccante. Sotto inchiesta per una piccola irregolarità emersa nel bilancio 2004, alla fine Raju ha confessato di aver falsificato incassi per circa un miliardo di dollari, gonfiando enormemente i margini di profitto. Lo faceva per attrarre clienti in un business sempre più competitivo.

Al creatore della Satyam non bastava più avere tra i suoi contratti un terzo delle prime cinquecento aziende mondiali elencate da *Fortune*. Non bastava più aprire uffici in Europa e spedire i suoi dipendenti lontano dai centri abitati indiani, in una ricerca spasmodica di taglio dei costi. L'ingresso in campo di giganti come la Tata Consultancy Services, Infosys e Wipro lo ha messo in angolo e costretto al fallo da espulsione. Dopo aver falsificato settemila fatture per centinaia di milioni di dollari, all'inizio di gennaio del 2009 Rajn è finito in galera assieme al fratello Rama e al direttore finanziario della società, Srinivas Vladamani. Li avevano preceduti i revisori dei conti, lautamente pagati perché chiudessero tutti e due gli occhi.

La collina dei nababbi e la guerra degli Ambani

Adi Godrej sarà pure un miliardario frugale e *workaholic*, ma sua moglie sembra più in linea con lo stile sgargiante adottato dai «nuovi ricchi». Grande protagonista della mondanità di Mumbai, è di casa pure a Delhi, Londra, New York. Le riviste glam vanno pazze per la vistosa signora Parmeshwar, alla quale la triplice maternità non ha tolto nulla del corpo scultoreo da ex hostess. I sari coloratissimi dalle generose scollature ne esaltano il fascino e giustificano sempre ampi servizi fotografici, di solito accanto alle celebrità di cui è amica e partner nelle opere di carità. Con Richard Gere ha lanciato Heroes Project, prima campagna nazionale anti-AIDS in cui ha arruolato non solo stelle e stelline di Bollywood, la mecca del cinema indiano, ma pure Bill e Melinda Gates: da loro, un contributo di 2,4 milioni di dollari per tre anni.

La casa dei Godrej, racconta chi ci è stato, somiglia a «un castello rovesciato, che invece di innalzarsi sulla collina sprofonda verso il mare... La porta d'ingresso dà su una scala di pietra a due ali, affacciata su un immenso salone dai soffitti altissimi, la cui grande vetrata si spalanca sulla baia di Mumbai. Un antro racchiuso dall'acqua, tra l'oceano e la densa pioggia del monsone, una scena teatrale carica di tappeti assottigliati dal tempo, pesanti tende di broccato alle grandi finestre, porte di legno dipinto, pareti affrescate, specchi, sculture di pietra presumibilmente antiche, insieme a pezzi di design contemporaneo come il tavolo di cristallo sorretto da una mano femminile di bronzo nero di un paio di metri che accoglie chi scende la scala».[6]

A qualsiasi cosa somigli questa versione indiana del neogotico «Castello d'Otranto» inventato da Walpole, è destinata a impallidire dinanzi al grattacielo privato di ventiquattro piani, tutti per sé e i suoi cari, che Mukesh Ambani si è fatto costruire a Cumbala Hill, a Mumbai. Questa cresta di collina spogliata d'alberi si può considerare la risposta indiana alla londinese Billionaire Row, e infatti qui già la chiamano «Billionaire Boulevard», il viale dei miliardari. Più che giusto, dal momento che nel raggio di qualche centinaio di metri si specchiano l'una nell'altra le magioni degli uomini più ricchi dell'India.

Finora l'indirizzo giusto per le grandi fortune di Mumbai era Malabar Hill. Acqua passata. Mukesh Ambani, il numero uno della lista *Forbes* indiana, ne ha stabilito uno ancora più esclusivo lungo il viale una volta quieto e ombroso che avvicinandosi alla cima della collina diventa Carmichael Road. È lì che è sorto, su un lotto di 4000 metri quadri, il suo grattacielo da un miliardo di dollari. Cinquecento operai divisi in due turni da dodici ore hanno tirato su in quattro anni ventiquattro piani di acciaio vetro e cemento, per una superficie complessiva superiore a quella dell'intera reggia di Versailles.

Che se ne farà, Mr Ambani? Ma come, ci va a vivere lui, la mamma Kokilaben, la moglie Neeta e i loro tre figli. In tutto, ben sei persone. Se ne prenderanno cura i seicento dipendenti dello staff di servizio. Di sicuro la residenza personale più opulenta del pianeta, la torre si chiamerà Antilia, come una mitica isola dell'Atlantico, e sarà ovviamente completa di eliporto, palestre, giardini, piscina sul tetto e piscina coperta, cine-teatro.

In contemporanea con Ambani, anche un rappresentante del «vecchio denaro» come Kumar Mangalam Birla ha deciso di venire a vivere a Cumbala Hill. La famiglia dell'ottavo miliardario dell'India si è stabilita in una villa di cinque piani in stile indo-gotico, eredità britannica restaurata dal soffitto alle fondamenta (soprattutto queste, e capirete presto perché).

Dall'altra parte della strada, quasi di fronte, si trova The Cairn, un maestoso bungalow in stile coloniale che apparteneva al leggendario J.R.D. Tata, il fondatore del primo impero industriale del subcontinente. Il suo discendente Ratan Tata, l'uomo che si è inventata la Nano (una sorta di risposta indiana alla Smart), non dà segni di voler lasciare il suo appartamento a Bakhtavar, nella zona chic di Colaba, però ha fatto radicalmente rinnovare il vecchio edificio. Forse ne farà il quartier generale della sua più recente acquisizione, la Jaguar Land Rover. Sempre che riesca a tenersela. In pieno *credit crunch* aveva dovuto chiedere al governo inglese un prestito d'emergenza di un miliardo di sterline, per saldare i debiti più urgenti.

In un'interessante alternanza di antiche fortune e nuova ricchezza, anche Anil Agarwal ha tirato su una villa a due piani poco più avanti, e accanto a lui vivono nella loro torre di dieci piani i Jain, che posseggono il gruppo editoriale Times of India. Una simile concentrazione di patrimoni è qualcosa del tutto nuova anche per Mumbai, che pure da sempre ospita i boss dei maggiori gruppi industriali del Paese. Il fatto è – spiega soddisfatto Anuj Puri, presidente dell'immobiliare Jones Lang La Salle Meghraj – che «tutta la gente di successo vuole venire a vivere qui», e di conseguenza i prezzi sono schizzati alle stelle. Appunto, solo roba da miliardari.

Con qualche tic e parecchie ossessioni, sembrerebbe. Kumar Birla si è trasferito nella nuova villa tre anni fa ma non le ha ancora dato un nome. Il posto è incantevole: piscina in terrazza, prati soffici e curati come tappeti persiani, disseminati di fontane e giochi d'acqua, un teatro privato con venti posti e larghi porticati ad archi gotici. I vecchi residenti di Cumbala Hill si sono tuttavia chiesti ragione dell'insolita profondità delle fondamenta scavate nella dura roccia della collina. Finché non si è sparsa la voce che i Birla hanno fatto scavare sotto il parcheggio sotterraneo un bunker a prova di tutto. Dal terremoto alla bomba atomica.

Ma il vero disastro, secondo gli architetti conservazionisti, è già avvenuto. Ed è la crescita cittadina a macchia d'olio, senza l'ombra di una pianificazione. I tuguri degli slum scacciati dal centro si arrampicano lungo i fianchi della collina, mentre le torri stile Manhattan hanno ormai cancellato alla vista le villette Art Déco degli antichi quartieri coloniali. Il vialetto alberato di Cumbala Hill non era pensato per ospitare grattacieli e cortei di limousine. Ma c'è sempre qualcuno pronto a difendere i diritti dei ricchi. L'architetto della Hafeez Contractor è categorico: «Se Mukesh Ambani fosse in America, vivrebbe in un ranch esclusivo esteso su qualche centinaio di acri. A Mumbai non c'è spazio, così tocca andare verso il cielo. Mi sembra un uso efficiente dello spazio».[7]

Tanto i problemi non saranno per lui. Per le mille famiglie da tempo residenti in zona si prospettano blackout elettrici, riduzione del flusso idrico, congestione automobilistica. Il clan Ambani, però, non deve preoccuparsene. Come una vera isola, Antilia ha non solo il suo car-park sotterraneo per duecento mac chine, ma pure una subcentrale elettrica e una propria riserva d'acqua. L'eliporto sul tetto garantisce agli Ambani il volo diretto fino all'aeroporto dove è sempre a disposizione la loro flotta di sei jet privati. Oh, dimenticavo, la torre è pure un organismo semivivente, intessuta com'è di piante idroponiche che entrano ed escono dalle maglie di cemento dell'edificio.

La famiglia del resto ha sempre vissuto in un grattacielo, ma una volta si stringevano tutti in un solo appartamento dell'Usha Kiran, ventiquattro piani sulla vicina Carmichael Road. Altri tempi, quando i due fratelli Mukesh e Anil erano costretti a sopportarsi sotto l'occhio autoritario del padre Dhirubhai, il vero autore di una storia di successo che la faida tra i due eredi maschi minacciava di distruggere.

Quella di Dhirubhai Ambani è la classica vita *rags-to-riches*, dagli stracci alla ricchezza. Era il figlio di un povero maestro di scuola di un villaggio del Gujarat, nell'India occidentale. La sua carriera nel business del petrolio è cominciata nel 1958 come inserviente a una pompa di benzina. Quando è morto, ha lasciato un impero industriale che comprende la più vasta raffineria di greggio in India, e la quinta del mondo. Dhirubhai era un abile manipolatore, amico dei politici e dei funzionari statali più influenti. Un duro che piegava le regole a suo vantaggio ma sapeva affascinare egualmente ricchi e poveri. Al momento della sua scomparsa, nel 2002, il gruppo Reliance – tessile, telecomunicazioni, petrolchimico, gas, assicurazioni, servizi finanziari – aveva un bilancio annuale attorno ai 15 miliardi di dollari. Due anni dopo era cresciuto di un quarto, e copriva da solo il 3 per cento del PIL indiano.

È qui che la storia d'affari si trasforma in soap opera. Perché Dhirubhai muore senza testamento e i due figli ed eredi si odiano cordialmente. Anil, due anni meno di Mukesh, morde il freno di fronte agli atteggiamenti da capo azienda del fratello maggiore. I due del resto non potrebbero essere più differenti. Riservato, conservatore, serio e innamorato del lavoro il primogenito. Amante della bella vita, delle luci dei flash e dello spettacolo, sempre in compagnia di stelle e starlet di Bollywood, il secondo. Per di più, anche le rispettive mogli si prendono poco. È la guerra. A chi andrà il controllo delle Reliance Industries Limited?

Né all'uno né all'altro. Perché mentre la Borsa si deprime e teme il peggio, mamma Kokilaben afferra il nodo e invece di tagliarlo lo scioglie. Il 18 giugno 2005 un comunicato della formidabile signora mette fine alla guerra degli Ambani: nessuna divisione delle spoglie tra i due contendenti, ma piuttosto una separazione di responsabilità. Mukesh si occuperà del core business petrolifero mentre Anil prenderà le redini delle società energetiche, finanziarie e di telecomunicazione. L'accordo – raccontano gli insider – è stato raggiunto alle quattro del mattino di un sabato al Sea Wind, il grattacielo-residenza che ospita tutta la famiglia a Cuffe Parade. Mamma, fratelli, sorelle, erano tutti lì. E poi chiamano mammoni gli italiani.

Pochi si aspettavano che funzionasse, e invece la tregua regge. E l'azienda prospera. Invece di dimezzarsi, tra 2007 e 2008 la capitalizzazione di Borsa dei due tronconi di Reliance quadruplica. 43 miliardi di dollari per Mukesh, quinto uomo più ricco del mondo, e subito dietro di lui Anil, con 42 miliardi. Ci vorrà la crisi per distanziarli. Il più giovane perde tre quarti della sua fortuna, e con 10,1 miliardi di dollari scivola al trentaquattresimo posto. Dopotutto, Mukesh aveva le sue buone ragioni per cambiare indirizzo.

Se la spada di Tipu Sultan finisce in un reality show

Nell'ottobre del 2008 le Borse di tutto il mondo scendevano nel maelstrom della crisi, ma la faccenda non preoccupava minimamente Chinnakannan Sivasankaran, miliardario indiano originario delle Seychelles. Siva, come lo chiamano affettuosamente gli amici di Chennai (ex Madras), era semmai eccitato all'idea di diventare il primo socio di un club veramente esclusivo: Dragon Blaze, società di servizi di lusso con base a Labuan, in Malesia. Siva firmò dunque giulivamente l'assegno da un milione di dollari corrispondente alla quota d'iscrizione annua.

Un po' salata? Non siete dei super-ricchi. Con quei soldi, che agli umani «normali» possono pure apparire tanti, avete libero accesso ogni volta che serve a una flotta di quattro jet privati e a due megayacht. Uno si chiama *Moecca*, un 50 metri spesso ormeggiato di fronte a Singapore; e l'altro, *Raja Laut*, è un po' più piccolo, poco oltre i 30 metri, ma è un autentico classico. Se siete interessati, e vi avanza un milione di dollari l'anno, affrettatevi, perché il club non accetta più di cinquanta membri.

Per un signore che, come Sivasankaran, a cinquantatré anni guida un conglomerato da 2 miliardi di dollari la passione per lo sfarzo certo non stupisce. Il fatto è che ha già speso di suo 80 milioni di dollari per comprarsi tre aerei privati, un Boeing Business Jet e due Embraer Legacy 600. Che bisogno aveva di assicurarsi, attraverso Dragon Blaze, l'accesso a una flotta aggiuntiva di altri quattro velivoli? La risposta è disarmante: «Così potrò godere di un volo privato anche se i miei jet sono momentaneamente usati dalla famiglia o non possono volare per altre ragioni». Un tipo viziato? Niente affatto, dice lui: «Il tempo è denaro. Il futuro degli affari dipende da quanto ricavi dal tempo che spendi. Voi potete pensare che un aereo privato sia un lusso. Per me è soltanto uno strumento di lavoro».[8]

L'economia indiana ha scambiato il passo d'elefante per quello della gazzella, e i suoi nuovi protagonisti le tengono dietro. Ma c'è di più. In un singolare rovesciamento di prospettive, gli uomini nuovi del Ventunesimo secolo si riappropriano dello stile di vita dei nababbi del Diciottesimo come segno di status ma anche prerogativa di funzione. Le vecchie fortune invece si tengono strette ai classici valori imprenditoriali della modernità novecentesca: riservatezza, rigore, filantropia. Sarà interessante vedere quale di questi due modelli riuscirà a sopravvivere alla crisi.

Vijay Mallya è il prototipo del miliardario stravagante, eccessivo, teatrale. E anche peggio: urtante, prodigo, buffonesco. Non un Adone, corpulento e barbuto com'è. Ma nessuno ne ha mai messo in dubbio l'acume negli affari. Ha ereditato dal padre la United Breweries, produttrice di birra, e in ventidue anni l'ha trasformata nel primo produttore indiano di alcolici, con 1,2 miliardi di dollari di vendite annuali e investimenti nei settori più disparati, dai farmaceutici all'informatica, dall'elettricità ai fertilizzanti. È fiero di essere diventato il numero 2 al mondo dopo Pernod Ricard, ed è deciso a espandersi. Punta soprattutto sull'Inghilterra per aumentare le esportazioni della sua birra Kingfisher. Che è diventato anche il nome della compagnia aerea fondata da poco: aveva appena aperto le iscrizioni alle hostess più avvenenti, che la crisi ha provveduto a chiuderle, lasciando a terra migliaia di graziose aspiranti.

Sembra impossibile che questo tosto capitano d'industria sia lo stesso Fregoli che adora i travestimenti e, nell'ordine, si è presentato mascherato da: maharaja con tanto di turbante e orecchini, californiano con berretto da baseball e blusa a fiori, playboy con camicia aperta sul petto villoso e regolamentare catena d'oro al collo, scozzese con kilt, calzettoni bianchi e giacca rosa durante una visita nelle Highlands, in mutande da bagno sdraiato su un materassino nella piscina della villa di famiglia… Basta.

Vijay Mallya appare difficilmente definibile, ma una cosa è certa. Gli piace stupire, sbalordire. E spendere. La villa di Nepean Sea Road, una delle strade più eleganti di Mumbai ai piedi di Malabar Hill, è solo una delle ventisei che possiede in giro per il mondo, più un castello in Inghilterra. Ha casa nelle maggiori città indiane, e poi a San Francisco, Sausalito, Singapore,

Londra, e in Sudafrica. Se vuole andare a vedere in giro per il mondo una partita di cricket, autentico sport nazionale indiano, carica gli amici su uno dei tre Boeing 707 che si è regalato e parte senza indugi. Gli piace il mare, gli piace Capri e anche Portofino, e gli piacciono gli yacht. Aveva il *Kalizma*, muto testimone degli amori di Liz Taylor e Richard Burton. Lo ha sostituito con *Indian Princess*, più lungo e soprattutto più lussuoso. Ah, scordavo le macchine. Mercedes. Toyota. Maserati. In quantità variabile ma sempre ingente, come la servitù.

Gli mancava di entrare in politica. Lo ha fatto nel 2002. Fino allora i produttori di alcolici in India si erano limitati a finanziare le campagne elettorali dei candidati amici. Mallya ha deciso di agire in prima persona. Ha investito un po' di soldi e si è fatto eleggere alla Camera dei Lord del Rajya Sabha, il Parlamento indiano.

La notte prima del voto manda in onda in diretta tv il colpo di scena accuratamente preparato. Sono io – dice – il misterioso compratore della spada del sultano Tipu, venduta all'asta a Londra. E davanti alle telecamere sguaina la lama che per molti indiani è un venerato simbolo di identità nazionale. Con quella in pugno è morto il valoroso principe chiamato «la tigre di Mysore», protagonista nel 1799 dell'ultima sfortunata battaglia contro gli inglesi, a Srirangapatna.

L'India si è commossa di più quando da un miserabile slum di Howrah, nel Bengala Occidentale, è spuntata nel giugno 2009 l'ultima discendente diretta della dinastia Moghul. Madhu Bedar Bakht è figlia del pronipote di Bahadur Shah Zafar, l'imperatore deposto e deportato dagli inglesi nel 1858 per aver appoggiato la Mutiny, la sanguinosa rivolta delle truppe indigene. Madhu è una giovane donna di trentatré anni che le onde della storia hanno depositato in una stamberga di latta e cartone sulle rive del fiume Hoogly. Viveva con le mance di poche rupie, raccolte servendo il té ai passanti. Due giornalisti l'hanno scoperta e hanno raccontato la sua storia. La società nazionale del carbone le ha offerto finalmente un posto di lavoro come tuttofare:

«Un Paese deve ripagare il suo debito con la famiglia di chi ha sacrificato la propria vita per la sua libertà», ha detto un portavoce.

L'India che corre verso il futuro ha fame del suo passato non coloniale. Dovrebbe trarre conforto dalla profezia di un economista del calibro di Martin Wolf, per il quale l'ascesa economica asiatica «preannuncia la fine, in un futuro non troppo lontano, di almeno cinque secoli di dominazione europea».[9] Ma non c'è niente che eguagli la forza dei simboli, si tratti di una donna o di una spada. O perfino degli odierni nababbi, soprattutto quando recuperano come un'eredità i segni lasciati da quelli di duecento anni addietro. Anche se un *nawab* autentico non si sarebbe mai vantato, come ha fatto Mallya, di quanto ha pagato la spada. Saranno pure un milione e mezzo di rupie, ma dirlo fa proprio cafone.

12

Alì Babà si compra l'Europa

TRE milioni e mezzo di euro di fuochi artificiali. Non semplici zampilli colorati nel cielo buio del Golfo. Non fontane di scintille arabescate di luce. Ma vere e proprie cascate del Niagara pirotecniche, come una marea di fuoco rovesciata dalle stelle sulla terra. Dallo spazio comunque lo spettacolo si vedeva, assicurano gli organizzatori. Ed era il minimo, trattandosi della festa privata forse più cara mai data sul pianeta. Padrone di casa, giovedì 20 novembre 2008, il miliardario sudafricano Sol Kerzner, che i soldi del resto li ha fatti grazie al divertimento: hotel, casinò, slot machine.

Quella sera a Dubai celebrava il lancio della sua più recente creazione, l'*Atlantis Hotel*, 1539 stanze di puro lusso costruite su un enorme arcipelago artificiale disegnato come un albero di palma. Un investimento da un miliardo e mezzo di dollari per una stravaganza che allinea un acquario con sessantacinquemila pesci e suites da 35.000 dollari per notte. Non meritava forse una festa costata 15 milioni di euro? Ostriche e aragosta per i selezionatissimi ospiti – da Charlize Theron a Lindsay Lohan, da Michael Jordan a Robert De Niro – e un assegno da 2 milioni e mezzo di euro per la diafana Kylie Minogue incaricata di intrattenerli.

A Dubai, ahimè, non ero stato invitato – insufficiente conto in banca? – ma Sol Kerzner mi è capitato di incontrarlo un paio di volte a Londra ai party che Riccardo Mazzucchelli, ex marito di Ivana Trump, offriva ogni tanto al bel mondo nel suo ristorante *Floriana*, a Beauchamp Place, cuore di Chelsea. Affollatissime feste piene di *Sloane rangers* (le parioline londinesi), ormai cresciute, e di grossi nomi dell'establishment, Camilla non ancora duchessa, Fergie «la rossa», il segaligno duca di Kent… E uomini d'affari come Sol Kerzner. Piccolo di statura, un gran testone allora pieno di capelli nero-tinti, il boss sudafricano dell'*hôtellerie* mondiale era sempre accompagnato dalla fidanzata Christina Estrada, una statuaria supermodella 20 centimetri più alta di lui. La lasciò per sposarne l'amica più cara, Heather Murphy, pur arrivandole – anche in questo caso – più o meno alla spalla.

Egocentrico e volgare per chi non lo ama, geniale e alla mano per gli estimatori, Kerzner non mancava mai di impressionare le nuove conoscenze con il racconto della sua clamorosa arrampicata sociale. Quarto figlio di una povera famiglia di immigrati lituani in Sudafrica, ha cominciato dal niente, con un alberghetto nella località marina di Durban. Da lì è arrivato a possedere una catena di trentuno tra gli alberghi più esclusivi del mondo, da *Le Saint Géran* sull'isola Mauritius al *Reethi Rah* nelle Maldive, posti frequentati da ricchi e famosi come Cindy Crawford, Randy Gerber, Sienna Miller.

Parla meno, l'astuto Kerzner, della vera chiave del suo successo: il gioco d'azzardo. La fortuna, la sua perlomeno, arrivò con Sun City, subito ribattezzata Sin City (la città del peccato). Nel Sudafrica dell'apartheid razziale e delle leggi antiazzardo Kerzner aprì non un casinò, ma un'intera città dedicata al gioco (e altre forme di divertimento) in uno dei *bantustan*, gli staterelli neri formalmente indipendenti dal governo di Pretoria. Ai sudafricani bastava passare il «confine» con il Bophuthatswana per abbandonarsi alla *débauche* vietata a casa.

I movimenti antiapartheid storcevano il naso, ma lui si è sempre difeso attaccando: «Quello che mi eccitava era che in un Paese dove la gente era divisa per legge, noi avevamo creato un posto dove gente di ogni colore poteva mangiare insieme, giocare insieme, guardare insieme spettacoli internazionali. Perfino dormire insieme». Insomma, quasi un benefattore. Di sicuro per George Matanzima, leader del bantustan del Transkei, al quale Kerzner passava bustarelle per avere licenze di gioco anche nel suo staterello-fantoccio. Succedeva negli anni Ottanta, ma nel '93 le imputazioni della Procura sudafricana sono cadute nel nulla. E pure Mandela lo ha elogiato come uno dei più grandi imprenditori del Paese.

Passata la soglia dei settanta, celebrati in splendore allo *Sporting Club* di Montecarlo, che Sol abbia perso il suo tocco magico? L'inaugurazione dell'ultimo albergo nella sabbia degli Emirati, una specie di *Le mille e una notte* rivisitata da Disney, non poteva coincidere con un momento peggiore. I fuochi li avranno pure visti dalla luna, ma tutt'attorno il miracolo di Dubai cadeva a pezzi. Col petrolio crollato da 150 a 70 dollari il barile, i mercati azionari del Golfo ai minimi storici e il settore immobiliare prossimo alla paralisi, non sembrava ci fosse tanto da celebrare. «La festa ovviamente era stata pianificata prima che arrivasse la recessione», spiegava allegro tra un'ostrica e un sorso di champagne Richard Branson, il miliardario padrone del marchio Virgin. «Certo, questo sarà il party del decennio. Anzi, probabilmente, l'ultimo party del decennio.»

Un anno dopo, lo *spleen* di Branson sembra già datato, fuori luogo. A dispetto della crisi, o forse proprio grazie a essa, sceicchi arabi e maharaja indiani fanno shopping tra i grandi marchi d'Europa. Dopo tutto, Kerzner aveva ragione a sparare i suoi fuochi d'artificio.

Non è dato sapere se tra i miliardari invitati ci fosse anche l'indiano Lakshmi Mittal, uno che di feste se ne intende. È lui, il magnate dell'acciaio ma dal cuore di latta, che ha speso per il matrimonio della figlia Vanisha con il banchiere Amit Bhatia la fantasmagorica cifra di 34 milioni di sterline: inclusi però i regali per la famiglia e gli ospiti. Con quel che gli è avanzato si è comprata l'industria europea dell'acciaio.

Il profumo e la colonia, storia di due industriali

I giornalisti naturalmente non erano ammessi alle celebrazioni nuziali di Vanisha Mittal. Circostanza che ha solo reso più semplice ricamarci sopra. Come si fa a spendere quella montagna di soldi? Be', basta cominciare dagli aerei, viaggio in prima classe per mille invitati, e poi ospitalità completa per sei giorni di interminabili e sfarzosi eventi: la festa di fidanzamento nella reggia di Versailles, la cerimonia delle nozze nel castello di Vaux le Vicomte (forse il più bello di Francia), la commedia musicale di un'ora che racconta come la coppia si è incontrata e innamorata, il pranzo al Giardino delle Tuileries preparato da Munna Maharaj, principe dei cuochi fatto arrivare apposta da Calcutta, le serenate d'amore eseguite dalle star di Bollywood preferite dai Mittal più l'immancabile Kylie Minogue. Nella pièce teatrale amorosa, scritta dal famoso sceneggiatore Javed Akhtar con musica di Shankar Mahadevan e coreografia del re gista Farah Khan, Mittal e la moglie Usha hanno perfino accondisceso a interpretare se stessi.

I giornali indiani hanno ovviamente ricamato su questa stravaganza parigina. «Papà, comprami l'Eiffel», ha titolato *Outlook*, uno dei settimanali più diffusi. Altri si sono soffermati sul cartoncino d'invito, che era in realtà un vero e proprio volumetto argentato di venti pagine. All'interno, non solo i programmi dettagliati delle varie cerimonie, ma pure poemetti romantici scritti da qualcuno della famiglia: «*From the château steeped in history / We enter a world of maharajahs and mistery / A gilded palace from Bikaner brings / A lavish feast fit for a king...*»[1] «Questo è solo un segno che i Mittal si vedono come maharaja al livello delle antiche case reali del Rajasthan», ha commentato maligno l'indiano *The Telegraph.*

Né l'ironia dei cronisti né le spesucce della festa potevano lasciare il minimo segno sul patrimonio di famiglia, valutato in quel giugno del 2004 sopra i 27 miliardi di sterline.

La ricchezza è come le maree. Sale e scende. Da allora il

mucchio d'oro su cui siede Lakshmi Mittal è cresciuto fino a toccare i 50 miliardi di dollari, per precipitare a meno della metà, l'abbiamo visto, per effetto del crollo congiunto della Borsa e delle materie prime. Ma il mondo avrà sempre bisogno d'acciaio per crescere, e la storia di questo mite guerriero sanscrito che conquista dopo lungo assedio il castello più turrito dell'industria europea merita un'occhiata da vicino.

Certe volte il destino sta scritto nel nome. Lakshmi è quello della dea indù della ricchezza, anche se quando Mohan Lal e Gita Devi lo imposero al loro primogenito non potevano contare su nessun reddito regolare e abitavano in una casupola di poche stanze con altri venti parenti. Niente acqua corrente né luce elettrica. La famiglia Mittal, profuga da Karachi al tempo della spartizione tra India e Pakistan, si era stabilita nella cittadina di Sadulpur, sull'orlo del deserto di Thar, nel Rajasthan. A sei anni Lakshmi seguì i genitori che andavano a cercare fortuna a Calcutta. E l'avrebbero trovata. Perché, spiegava ormai vecchio Mittal padre, «quelli del Bengala amano la vita facile, mentre noi venuti dal Rajasthan non avevamo niente da mangiare».

Mohan Lal tirò su dal nulla la sua industria dell'acciaio negli anni in cui il figlio studiava contabilità dai gesuiti del prestigioso St. Xavier's College. Alla fine degli studi, a Lakshmi fu offerto di restare a insegnare. «D'accordo», rispose lui, «a che ora devo essere qui domattina?» «Comincerai con i primi corsi alle sei precise.» «Alle sei? Mai più. L'ho fatto abbastanza nei miei tre anni da studente», fu la sua risposta.[2] Almeno stando all'agiografia, che attribuisce a quest'avversione per le ore dell'alba la scelta di entrare piuttosto nell'industria paterna.

Il rifiuto della levataccia conferma la duplicità di carattere che Mittal mostrerà negli anni a venire. Un *workaholic* capace di lavorare ventiquattr'ore di fila, ma anche un *bon vivant* deciso a non lasciarsi sfuggire nessuna delle delizie della vita, per sé e per la sua famiglia. L'istinto del piacere lo ha spinto però anche a mettere insieme uno dei più pregiati portafogli immobiliari di Londra, tre fantastiche proprietà lungo Kensington Palace Gardens. Al picco della bolla immobiliare il valore combinato delle tre ville assommava a 440 milioni di sterline: a questi livelli non è roba che perde valore sul mercato nemmeno oggi che la bolla è scoppiata.

Mittal cominciò nel 2004 a comprare per sé l'imponente magione appartenuta a Bernie Ecclestone. A 57 milioni di sterline, il minuscolo boss della Formula 1 deve aver pensato che la vendita fosse un affare. Peccato per lui che quattro anni dopo questa autentica reggia fosse valutata non meno di 250 milioni. Lo sfottò lievemente razzista dei taxisti londinesi l'ha ribattezzata Taj Mittal, giocando sull'assonanza con il Taj Mahal di Agra, il più importante monumento dell'architettura Moghul.

Ma in effetti questo palazzo di oltre 5000 metri quadri nel cuore di Londra almeno quanto a sfarzo non ha niente da invidiare alle antiche residenze imperiali. La leggenda vuole che i suoi marmi provengano dalla stessa cava usata per il Taj Mahal, e di sicuro lo batte sul fronte degli agi: bagno turco, sala da ballo, piscina scintillante, galleria delle foto tappezzata di pannelli di quercia. «Nel centro di Londra è probabilmente l'abitazione più grande dopo Buckingham Palace», è l'opinione di Noel De Keyzer, dell'immobiliare Savills.

Sarà l'indirizzo, sarà la favolosa rivalutazione dell'immobile, fatto sta che Mittal si è messo a comprare tutte le proprietà disponibili lungo quelle poche centinaia di metri ombreggiate dai tigli. A maggio del 2008 ha incamerato, per la cifra da record mondiale di 117 milioni di sterline, la villa dei primi del Novecento incuneata tra la sua e l'ambasciata israeliana all'angolo della strada. Non è tanto grande per gli standard della zona – «solo» 1200 metri quadri – ma l'ex proprietario, il tycoon dei fondi di copertura Noam Gottesman, gliel'ha venduta lussuosamente arredata e completa di una bella collezione d'arte. La magione di quattro piani con cinque suite da letto e ampi quartieri per la servitù, ha offerto un tetto al figlio maggiore Aditya, che finora, poverino!, era costretto a vivere tra quegli snob di Belgravia.

E Vanisha, cuoricino di papà? Niente paura, è arrivata anche la terza casa su Billionaire Row: l'ex ambasciata delle Filippine comperata direttamente dal Crown Estate, cioè il Tesoro britannico.

Ne ha fatta di strada in trentatré anni, Lakshmi Mittal. Nel 1976 lascia l'azienda paterna e va in Indonesia a costruire il suo primo altoforno. Con i profitti di un anno, trova più conveniente comprarli, gli impianti, anziché costruirli da zero, e da allora non si è mai più fermato. Nemmeno dinanzi ai cancelli magici della fortezza Arcelor.

È stata una battaglia epica. Il conquistatore venuto dall'Indo ha fatto giustizia di tutte le peggiori snobberie europee. Nella cassaforte di Arcelor Francia, Spagna, Belgio e Lussemburgo avevano fatto confluire ciò che restava delle rispettive siderurgie statali. La società non era soltanto un colosso dell'acciaio, sia pure gestito senza alcun criterio di efficienza, ma soprattutto il salotto buono dell'antica aristocrazia industriale del vecchio continente. Come osava questo *parvenu* indiano anche solo immaginare di prenderne il controllo? Mittal «ha un problema di grammatica», tagliò corto il ministro delle Finanze francese Thierry Breton. Agli inizi del 2006, quando l'imprenditore indiano venne allo scoperto con un'offerta di 22,6 miliardi di dollari per Arcelor, l'amministratore delegato Guy Dollé lasciò filtrare sulla stampa quello che ne pensava: «*Monkeys' money*», denaro delle scimmie, ossia senza valore.

Le «scimmie» erano un gruppo già multinazionale, numero due mondiale nel settore, che produceva 40 milioni di tonnellate annue d'acciaio negli stabilimenti di quattordici Paesi. L'industria del ferro, che pareva decotta negli anni Novanta, era esplosa con il boom delle economie emergenti, Cina in testa, crescendo del 30 per cento dal 2000. I prezzi andavano anche meglio: quadruplicati tra il 2002 e il 2006. Mittal aveva ragione. Dalla fusione sarebbe nato il maggior colosso siderurgico mondiale, capace di sfornare 100 milioni di tonnellate l'anno. Dollé fece l'impossibile per impedirlo. Chiamò in soccorso il «cavaliere bianco» Severstal, l'azienda russa controllata dall'oligarca Mordashov. Fallito il colpo per l'opposizione dei suoi stessi azionisti, invocò perfino le regole della profumeria per scongiurare la fusione: «Noi siamo come un profumo raffinato, che non si può mescolare con acqua di colonia».[3]

Nessuno gli ha più dato retta, e l'acquisizione di Arcelor è diventata un caso da manuale di come funziona la globalizzazione. Non è solo outsourcing e delocalizzazione, esportazione di capitali sui mercati emergenti e sfruttamento di manodopera a basso costo. È molto di più. La bilancia del potere tende a spostarsi da Ovest a Est, dai ricchi di un tempo ai poveri di una volta. E questo trasferimento di potere si rivela pienamente nell'avventura industriale di Lakshmi Mittal, nella sua trasformazione da sconosciuto contabile indiano in re dell'acciaio mondiale, con il 10 per cento della produzione del pianeta e trecentomila dipendenti in sessanta Paesi.

Volete che l'uomo non pecchi di autoindulgenza? Nel 2004, dopo aver acquistato l'ennesimo gruppo siderurgico, l'americano ISG, decise di elargirsi un bonus di 1,1 miliardi di sterline. Sapete com'è, doveva sposare la figlia... Certo non è un tipo che spreca soldi in beneficenza. A parte una decina di milioni di dollari per sostenere altrettanti atleti indiani impegnati nelle competizioni olimpiche, non si segnalano exploit filantropici. Esattamente il contrario di un altro grande tycoon, Sir Ratan Tata, erede della famiglia che centocinquanta anni fa avviò l'industrializzazione dell'India. L'uomo guida un impero industriale da 60 miliardi di dollari, dal tè Tetley alle acciaierie Corus alle auto Jaguar, e ha consegnato due terzi delle sue azioni Tata Sons a fondazioni benefiche: lui vive, da solo, in un appartamento tutto sommato modesto, a Mumbai.

Altro stile. Anche sulle tasse. Mittal non ama pagarle. Perché farlo del resto, se la rete fiscale inglese lascia buchi apposta per i pesci più grossi? Con passaporto indiano ma residente nel Regno Unito dal 1995, Mittal ha potuto sfruttare in tutti questi anni la norma che consente agli stranieri di evitare la tassazione dei guadagni all'estero. Come abbiamo già visto, la benevola distrazione del fisco è una delle ragioni che hanno attratto sulle rive del Tamigi la crema dei miliardari globali. È vero, dalla primavera del 2008 il governo Brown ha introdotto una tassa secca di 30.000 sterline sui cosiddetti *non-doms*, «non domiciliati». Come ha osservato un deputato liberaldemocratico, Vince Cable, «un morso di pulce a confronto dei miliardi che questa gente ricava regolarmente dagli affari e dai guadagni sul capitale». A febbraio 2008, per dire, Lakshmi Mittal ha incassato il dividendo del suo 43 per cento di azioni della ditta: 393,3 milioni di sterline. Si sarà accorto delle 30.000 versate al Tesoro di Sua Maestà?

L'ospite indiano è stato certamente più generoso con il partito di governo. Dal 2001 ha donato ai laburisti suppergiù 4 milioni di sterline. «*Cash for influence*», hanno titolato scandalizzati i giornali britannici, denaro in cambio di favori. Niente di illegale, si capisce. Ma certo il barone della siderurgia avrà molto apprezzato l'intervento diretto di Tony Blair (allora premier) sul governo di Bucarest per aiutarlo a comprare un'acciaieria in Romania. Se ne dovrebbe concludere, parafrasando Agnelli, che «ciò che va bene per Mittal va bene per il Paese».

Sheherazade è tornata, ma stavolta abita a Doha

Che novembre, quel novembre del 2008 tra le sabbie del Golfo. La Borsa di Dubai era sotto del 46 per cento rispetto all'inizio dell'anno. Il debito della città-Stato raggiungeva il 103 per cento del PIL. L'Unione degli Emirati Arabi aveva dovuto iniettare 33 miliardi di dollari di liquidità nel sistema bancario per scongiurare il peggio. Eppure, solo due giorni dopo la tempesta pirotecnica di Dubai un'altra sbalorditiva cuccagna di fuochi artificiali illuminava il deserto del vicino Qatar. La festa, stavolta, aveva ragioni nobili: l'inaugurazione dello splendido Museo dell'Arte Islamica nella capitale dello staterello, Doha. Ma com'è noto, *no celebrity, no party*, e dunque a illuminare mediaticamente l'evento c'erano non solo artisti di gran nome come Jeff Koons e Damien Hirst, ma pure personaggi come Robert De Niro e Ronnie Wood, star dei Rolling Stones.

Costruito dall'architetto sinoamericano Ming Pei, l'autore della piramide del Louvre, il nuovo museo offriva ai mille invitati da tutto il mondo la visione in anteprima della collezione statale di arte islamica. Un piacere per gli occhi, che per qualche ospite si arricchiva di altre sapide anticipazioni. Bill Ruprecht, boss di Sotheby's, era alla festa, insieme con parecchi specialisti della casa d'aste e anche della concorrente Christie's. E Ruprecht ha colto l'occasione per annunciare che proprio in Qatar si sarebbe tenuta, la primavera successiva, la prima asta di Sotheby's in Medio Oriente.

Incuriosita, Georgina Adam sul *Financial Times* si è chiesta come mai «sia stata scelta la sonnacchiosa ma colossalmente ricca Doha a scapito dei vicini Abu Dhabi o Dubai, che offre il mercato d'arte più sviluppato della regione. Spiega un portavoce di Sotheby's: 'Dipende dalle relazioni che la ditta ha qui' – che tradotto vuol dire essenzialmente *una relazione*, con la famiglia regnante».[4]

La semplice verità è che il Qatar attrae mercanti d'arte e case d'asta come un vaso di miele un orso. La famiglia al potere, gli Al Thani, è da almeno un decennio tra i maggiori collezionisti del pianeta. La figlia dell'emiro, la sceicca Mayassa, è accreditata di essere l'acquirente nominale di capolavori contemporanei come il *White Center (Yellow, Pink and Lavender on Rose)* di Rothko per 72,8 milioni di dollari, un dipinto di Bacon (*Studio dal ritratto di Papa Innocenzo X di Velázquez*) per 52,7 milioni e *Lullaby Spring* di Hirst per 19,2 milioni. Anche un cugino della principessa Mayassa, lo sceicco Hassan, compra arte moderna, ma solo araba, che andrà ad animare un altro museo di prossima costruzione.

C'è pure un terzo membro della famiglia che è stato per anni il maggior acquirente d'arte del mondo. Finché non è incorso in un piccolo incidente. Lo sceicco Saud Al Thani, cugino dell'emiro, ha costruito molta parte delle collezioni di Stato, compresa la raccolta di arte islamica appena collocata nel nuovo centro espositivo. Ha speso centinaia di milioni in soli otto anni, mettendo voracemente assieme manufatti musulmani, fotografie, pezzi d'antichità, tutti destinati al progettato museo. Un'impresa foraggiata senza riserve dagli inesauribili forzieri statali finché qualcuno non ha controllato meglio i conti e ha accusato il principe di malversazione. Immediata la perdita dei favori dell'emiro, e l'allontanamento nel 2005. Ora, perdonato dal sovrano – lo Stato dopo tutto è affare di famiglia –, è tornato a svolgere un ruolo almeno consultivo nella gestione del nuovo museo.

Questa corsa al capolavoro è molto più che sacro fuoco per il bello. Gli staterelli del Golfo Persico, a cominciare dai sette scatoloni di sabbia e petrolio federati nell'Unione degli Emirati, sono da tempo in forte competizione tra di loro per aggiudicarsi il ruolo di *hub* culturale della regione, con tutto quanto segue in termini di attrazione turistica e sviluppo immobiliare.

Perciò non è solo il Qatar a investire pesantemente nei musei. Prima che la crisi costringesse a una momentanea sospensione dei progetti, Dubai si accingeva a trasferire il tipico gigantismo urbanistico dell'ultimo decennio al settore artistico e culturale. Sulla carta aveva già messo, nientemeno, il «museo universale», con l'obiettivo di riunire le principali istituzioni culturali del pianeta in un accordo di collaborazione e condivisione delle collezioni. Puntava insomma ad avere «il più vasto museo stabile del globo». Accantonato per mancanza di fondi il titanismo statale, l'iniziativa è passata ai privati: Art Dubai, prima fiera del genere nel mondo arabo, in un paio d'anni è raddoppiata, anche grazie alla sponsorizzazione del più ricco premio d'arte in circolazione. 200.000 dollari ognuno ai tre artisti vincitori nelle sezioni Medio Oriente, Africa del Nord, Asia del Sud.

Ad Abu Dhabi invece fioriscono i musei. Lavori a passo di carica nei cantieri del cosiddetto «Louvre delle sabbie» nonché della sezione distaccata del Guggenheim, affidata all'architetto

Frank Gehry. Ma nemmeno il leone inglese è rimasto a guardare. Su Saadiyat Island, l'«isola della felicità» trasformata in distretto della cultura, anche il British Museum pianterà la sua bandierina, in un altro magnifico edificio progettato da Norman Foster. E si tratta di affari d'oro. Per la concessione del marchio e di alcune collezioni, il Louvre ha strappato oltre un miliardo di dollari, più un extra di 747 milioni per consulenze su eventi speciali. Si capisce che il presidente della Regione Toscana se la prenda per l'assenza degli Uffizi da questo mercato miliardario.

In questa corsa il piccolo ma ricchissimo Qatar è scattato con netto anticipo sui più rinomati contendenti. Si entusiasma perfino uno dei maggiori scrittori arabi, Tahar Ben Jelloun: «Il Qatar dà il buon esempio al resto del mondo arabo ricco mostrando che senza cultura lo sviluppo economico manca di spessore».[5] Gran parte del merito, concordano gli osservatori, va a una donna: la bellissima sceicca Mozah Bint Nasser Al Missned, seconda moglie – e preferita – dell'emiro Hamad Bin Khalifa Al Thani.

Il monarca è un tipo deciso, come dimostra il fatto che non abbia aspettato la scomparsa del padre per succedergli. Lo ha semplicemente deposto mentre era in vacanza in Svizzera, nel 1995. Colpo di Stato del tutto incruento, e tuttavia al momento rovinoso per il Paese: costretto all'esilio, il vecchio sovrano decaduto si è consolato con un tesoretto petrolifero di parecchi miliardi di dollari. Ma da allora il nuovo emiro ha avviato un rapidissimo processo di integrazione del suo minuscolo Stato nell'economia globalizzata, seguendo una strategia con tratti originali rispetto al modello conservatore dell'Arabia Saudita o «occidentalizzante» di Dubai e Abu Dhabi.

Dietro questa modernizzazione in guanti di velluto, sostengono le fonti di corte, c'è lei, la sceicca. Lei ha voluto a tutti i costi l'apertura di Al Jazeera, raro esempio di tv mediorientale che privilegi le news alla propaganda. Lei guida Education City, 1000 metri quadri di edifici in pieno deserto con l'ambizione di diventare una Harvard delle sabbie. Per riuscirci, l'emirato ha messo sul piatto 250 milioni di dollari, capaci di attrarre i nomi più prestigiosi dei grandi atenei americani. In cambio, le università si impegnano a consegnare agli studenti qatarini diplomi di laurea equivalenti ai loro. C'è ancora la principessa ad animare la Qatar Foundation che in pochi anni ha fatto di Doha un polo d'attrazione planetario per la cultura, le arti e – come si è visto per il museo «firmato» da Ming Pei – l'architettura. Non a caso si è guadagnato il posto di membro permanente della francese Académie des Beaux-Arts.

L'onnipresente sceicca è pure il motore dell'iniziativa che forse le procurerà la maggior riconoscenza dei sudditi. Su suo impulso, lo Stato ha stanziato la somma record di 7,9 miliardi di dollari per l'apertura di un centro specializzato nelle cure alle donne e ai bambini, il Sidra Medical and Research Center. Dotato di attrezzature tra le più avanzate tecnologicamente, l'ospedale è destinato agli abitanti dell'emirato ma è aperto anche ai cittadini del Golfo che fino a ora erano costretti a farsi curare a Londra o negli Stati Uniti.

L'affascinante Mozah mostra una straordinaria abilità a mantenersi in equilibrio tra due mondi che in genere collidono piuttosto che comunicare. Intelligente, colta, plurilaureata, ma così ancorata alla tradizione musulmana da accettare senza batter ciglio la vita nell'harem reale: aveva appena diciotto anni quando è diventata la seconda moglie dell'allora sceicco Hamad. Madre di sette figli (fra cui l'erede al trono) ma, a cinquant'anni suonati, seducente come una pin-up. Determinata a far entrare il suo Paese di ex poveri pescatori nel Ventunesimo secolo, ma ferma nel difendere un assetto politico che fa dello Stato una proprietà della famiglia Al Thani, e i confini tra il Tesoro pubblico e le casse dell'emiro a dir poco labili, confusi. Democrazia? «Bisogna vedere cosa s'intende», ha detto la sceicca in un'intervista alla BBC. «Se lei pensa solo ai modelli applicati in Occidente, io rispondo di no. Se lei pensa invece a un processo di modernizzazione, allora dico di sì.»

Lo sceicco al volante della Porsche

Aperti all'esterno ma insofferenti di ogni dissenso interno, i governanti del Qatar hanno idee molto precise. In poche parole, la gestione dell'enorme ricchezza derivante dal più vasto giacimento sottomarino di gas del pianeta, quello di North Field nel Golfo Persico, deve restare in mano alla famiglia. Che generosamente provvede a ripartirne i dividendi tra la popolazione. Solo quella originaria, naturalmente, che supera di poco il 10 per cento del totale. Su quasi un milione e mezzo di abitanti del Qatar, i «purosangue» sono a malapena duecentomila, ma non devono preoccuparsi di come vivere. Il reddito annuo pro capite per i fortunati sudditi degli Al Thani è di 85.000 dollari: il più alto del mondo, alla pari con il Lussemburgo. Negli shopping center di Doha i grandi nomi del lusso, da Porsche e Ferrari a Prada e Dior, non accusano flessioni.

Ma per paternalista che sia, il governo dell'emiro capisce perfettamente che il bel sogno potrebbe finire. Gli alti e bassi dei prezzi delle materie prime non risparmiano nemmeno il Tesoro del Qatar. Non basta sedere su un immenso deposito di 25.000 miliardi di metri cubi di metano per assicurarsi il futuro. Con una simile rendita, che allo zenith dei prezzi aveva rovesciato nel 2006 più di 25 miliardi di dollari nelle casse dello Stato, anche il Qatar avrebbe potuto permettersi una pista da sci nel deserto, come Dubai, o un albergo d'oro massiccio come Abu Dhabi. Invece, la piccola élite illuminata attorno all'emiro coltiva un sogno ambizioso: passare un giorno dal ruolo di semplice percettore di rendita petrolifera a quello di autentico attore dell'economia globale. Magari il viceministro degli Affari esteri, Mohammed Al Rumaihi, esagera alquanto ma dice convinto che «noi vogliamo essere la Singapore del Golfo».[6]

Il suo capo, il ministro Hamad Bin Jassim Bin Jabr Al Thani, è anche cugino dell'emiro nonché primo ministro, e come se non bastasse pure amministratore delegato della Qatar Investment Authority, il «fondo sovrano» che fa fruttare gli enormi surplus commerciali del piccolo principato. Si capisce che una volta il monarca si sia lasciato scappare: «Io guido questo Paese. Ma lui lo possiede». Adesso possiede anche un pezzo decisivo della prima industria europea dell'automobile, quella Volkswagen che proprio grazie ai soldi degli sceicchi ha potuto finalmente fare un solo boccone della odiata Porsche.

È stata l'operazione più brillante e ambiziosa condotta dal fondo d'investimenti del Qatar. Stando ai bene informati, anche dietro questa mossa ci sarebbero i suggerimenti dell'intelligentissima sceicca Mozah. Ma il cugino Hamad si muove perfettamente anche da solo. Uno degli uomini più ricchi del mondo, è da un decennio tra i più attivi sui mercati finanziari. Passa metà del tempo a Doha, dove cura oltre a quelli dello Stato anche gli interessi suoi, come la Qatar Airways e il famoso hotel *Four Seasons*. L'altra metà lo spende in giro per il mondo a caccia di buone occasioni d'affari. Londra è la sua seconda base, e dalla sua magione di regale sontuosità ha condotto in porto, nel 2008, l'acquisizione del 10 per cento di Barclays Bank.

Il colpo grosso però è stato l'ingresso in Volkswagen. Agli inizi di giugno del 2009 lo sceicco Hamad Bin Jassim era stato contattato da Wendelin Wiedeking, presidente della Porsche, per un ingresso del fondo del Qatar nel capitale dell'azienda di Stoccarda. La Porsche aveva conquistato il controllo della Volkswagen ma era rimasta schiacciata sotto il peso dei debiti, oltre 10 miliardi di euro, contratti per la scalata. Wiedeking sperava di aver trovato il suo «cavaliere bianco», il suo salvatore, e invece l'emirato ha accettato di metterci i soldi, ma in un piano del tutto diverso. È la Volkswagen che assorbe il prestigioso marchio sportivo, e dà vita a un gruppo automobilistico integrato in grado di spodestare la Toyota, entro il 2018, dal primato mondiale. Contro un assegno da 5 miliardi di euro, il fondo del Qatar sarà padrone nel 2011 del 19 per cento della nuova società. E delle sue tecnologie, tra le più avanzate dell'industria europea.

Sarà insomma una delle chiavi d'accesso alla «modernizzazione» sognata dalla sceicca Mozah. Cinquecento anni dopo la caduta di Granada, gli arabi tornano alla conquista dell'Europa ma stavolta armati non di scimitarra, bensì del libretto degli assegni. È certamente una condizione più favorevole per quel «dialogo fra le diverse civiltà» auspicato dalla principessa del Qatar. Quando è stata accolta a Parigi come membro permanente dell'Académie des Beaux-Arts, nel giugno del 2009, ha voluto citare come esempio l'artista arabo Zinyad: nella Cordoba capitale dell'Occidente musulmano seppe diffondere «una sintesi di culture araba, persiana, indiana e greca che ha prodotto una straordinaria fioritura di attività artistiche». Nell'Islam così spesso misogino è significativo che sia la voce di una donna a immaginare un nuovo Rinascimento.

Mansour, prendi i soldi e scappa

Sua Altezza Reale lo sceicco Mansour Bin Zayed Al Nahyan non se la prenderà, spero, per la giocosa citazione cinematografica ricamata sul suo nome. Dopo tutto, quegli insolenti inglesi del *Sun* si sono permessi non di scherzare, ma di irriderlo in modo decisamente volgare. A gennaio del 2009, sopra una sua foto a tutta pagina in prima, stamparono a caratteri cubitali questo titolo: «Sheikh in the Kaka».[7] Il riferimento era doppio: alla perdita di valore della sua quota di azioni in Barclays Bank e al fallito tentativo di acquistare il giocatore per la sua squadra del Manchester City. Anche in inglese la frase si presta all'evidente, sgradevole doppio senso.

La vendetta sull'arroganza britannica è stata servita pochi mesi dopo, e non è difficile immaginare il compiaciuto sorriso sulle labbra del compassato principe di Abu Dhabi, undicesimo figlio dell'ex sceicco e fratellastro del sovrano regnante. Nella prima settimana di giugno, la società da lui presieduta, la International Petroleum Investment Company (IPIC), ha infatti rivenduto la quota azionaria di Barclays realizzando un profitto netto di quasi un miliardo e mezzo di sterline. E tanto basti per lo sceicco «in the Kaka».

La mossa del finanziere in *dishdash*, la tunica bianca degli arabi del Golfo, ha lasciato interdetti gli gnomi della City. La maggior parte aveva infatti immaginato che l'acquisto di una bella fetta della banca inglese (il 16 per cento) solo pochi mesi prima fosse un investimento di lungo periodo, più in linea con la strategia tradizionalmente conservativa dei Paperoni degli Emirati. E invece, sfruttando la sorpresa, il *raider* dalla corta barbetta, già iconica tra i connazionali, ha portato a casa un bel guadagno. «Molto furbo», è stato il commento ammirato dei banchieri mediorientali.

Il trentottenne Mansour è il rappresentante forse più significativo della nuova generazione di miliardari che fiorisce all'ombra dei troni del petrolio. Come è il caso del Qatar, o degli altri emirati del Golfo, da queste parti vige ancora un'idea di «Stato patrimoniale», insomma di proprietà del regnante. Il confine tra politica e affari è labile, per non dire inesistente. Così come la linea di demarcazione tra le finanze pubbliche e quelle private dei sovrani. Ma se il lusso, anzi lo sfarzo continua ad affascinare i super-ricchi del Golfo, maggiore è diventata anche l'attenzione a un uso più redditizio dei patrimoni accumulati grazie alla rendita petrolifera. Il blitz su Barclays indica un cambio di marcia nella finanza araba, più dinamica e aggressiva.

Abu Dhabi, il più ricco dei sette Emirati Arabi Uniti, che siede tranquillo sopra il 9 per cento delle riserve mondiali di petrolio, è stato il protagonista di una vera e propria frenesia di acquisti. Nel luglio del 2008 strappò i titoli dei giornali di mezzo mondo comprandosi per 800 milioni di dollari uno dei simboli di New York, il grattacielo della Chrysler. Poi è arrivata la quota Barclays acquistata per 2,2 miliardi di sterline. A marzo del 2009 il fondo sovrano del principato – il più grande del pianeta, un colosso da 600 miliardi di dollari – ha investito altri due miliardi, di euro stavolta, per diventare con il 9 per cento il primo socio della Daimler, davanti al Kuwait con il 7 per cento. Al confronto, i 120 milioni spesi da Mubadala, un altro fondo di Abu Dhabi, per acquistare il 5 per cento della Ferrari, sembrano noccioline. Ai manager con la *kefia* il sistema Italia piace: hanno anche il 5 per cento di Mediaset e una significativa presenza in Finmeccanica.

Le casse dell'Emirato sembrano, per fortuna loro, senza fondo. Da lì è arrivato anche il salvagente per il vicino Dubai, che fino all'ondata di piena della recessione rappresentava la stella più brillante nel firmamento del Golfo. La città dell'esagerazione è momentaneamente in svendita. Una volta questo era il posto che si vantava di far lavorare contemporaneamente un quarto di tutte le gru del pianeta. Adesso arrugginiscono accanto alle torri abbandonate a mezz'aria, come ciclopici mozziconi di sigaretta.

Negli ultimi dieci anni la speculazione immobiliare qui era diventata lo sport nazionale. Il prezzo di case e appartamenti, molti non ancora costruiti, era cresciuto del 43 per cento nei soli tre primi mesi del 2008. A giugno dello stesso anno Dubai aveva 4 milioni di metri quadri di uffici in costruzione, più di qualsiasi altra città al mondo, inclusa Shanghai.[8] Adesso il mercato è crollato del 50 per cento, e a fine anno ci sarà forse un altro 20 per cento in meno. Le case non si vendono più. Ce ne sono centomila vuote. Il proprietario di una villa sulla spiaggia di Palm Jumeirah ha calato il prezzo da 4,9 milioni di dollari a 3,6 e poi ancora a 3,1 milioni, aggiungendoci per soprammercato anche la sua Bentley. Ha finito con il vendere solo la Bentley, separatamente. Gli investitori scappano, la manodopera straniera è rimpatriata verso i Paesi d'origine: India, Filippine, Pakistan.

Attraccato in un angolo del porto, si ricopre di ruggine il glorioso transatlantico *Queen Elizabeth II*, che avrebbe dovuto trasformarsi in un altro degli alberghi superlusso che infestano

Dubai. Niente si muove nemmeno sulle ultime tre isolette a forma di palma costruite dalla mano dell'uomo lungo la linea della costa. Il crollo combinato della Borsa e dei valori immobiliari ha scavato voragini nelle finanze del microemirato. Il debito statale è schizzato a 80 miliardi di dollari (ma c'è chi dice 120), cioè il 103 per cento del PIL. E il turismo, che contava ormai per quasi il 50 per cento del prodotto interno lordo, si è ridotto da un fiume in piena a un misero rigagnolo. A salvare la famiglia regnante degli Al Maktoum, grandi esperti di cavalli ma sembrerebbe meno di finanza, è arrivato un bond da 20 miliardi di dollari, garantito per metà dal ricchissimo Abu Dhabi.

Servirà a tener buoni i vecchi creditori e ad aprire nuove linee di finanziamento, in attesa che il peggio passi. Perché «sul lungo periodo Dubai ha tutte le risorse per tirarsi fuori dai guai», dice un banchiere dell'emirato-gemello, ed elenca il business del trasporto navale, le attrezzature portuali, l'aviolinea efficiente, il turismo, gli ottimi servizi del terziario. Non ci sono solo i debiti dello Stato, ma anche le sue molte proprietà, calcolate attorno ai 350 miliardi di dollari. E in giro per il mondo, Dubai possiede il 43 per cento del Nasdaq, il mercato americano dei titoli tecnologici, il 20,6 per cento della Borsa di Londra, nonché aziende come Travelodge nel Regno Unito, Mauser in Germania, Barney's e Loehmann's a New York.

A marzo del 2009, la Dubai World Cup, la più ricca del circuito ippico con i suoi 21 milioni di dollari in palio, ha richiamato all'ippodromo della città-Stato oltre 40.000 spettatori. I cantieri saranno fermi, ma Dubai resta piena di gente con i soldi in tasca e tanta voglia di divertirsi, nella città che ancora non c'è ma ama immaginarsi. Come osserva un viaggiatore un po' speciale, lo scrittore Walter Siti, «perfino nelle mappe, nelle guide turistiche, molte zone sono indicate con la sigla 'u.c.', *under construction*; stranamente, invece che produrre insoddisfazione o ironia, questa incompiutezza genera fascino – perché quel che i turisti vengono ad ammirare qui non sono i monumenti ma la fede nell'onnipotenza del denaro».[9]

La verità è che, a dispetto della crisi, negli Emirati Arabi circola una liquidità enorme. Non a caso questa è la sola area che nell'anno della recessione ha mantenuto inalterato il numero dei miliardari nella lista *Forbes*, e li ha perfino visti aumentare di oltre un miliardo di dollari la loro ricchezza complessiva. Ecco la ragione della grande attività dei fondi sovrani e del crescente flusso di petrodollari nel Vecchio Continente, dove il *credit crunch* ha offerto occasioni a prezzo da saldo. Molti soldi sono finiti anche nelle banche, e non solo quelle europee. Per esempio, l'Arabia Saudita e il fondo Temasek hanno investito 11 miliardi di dollari nella svizzera UBS, mentre il 20 per cento dell'americana Citigroup è finito a Singapore, Kuwait e Abu Dhabi per 20 miliardi di dollari.

La spinta a diversificare gli investimenti ha indirizzato una larga corrente d'oro anche verso l'Africa. Gli sceicchi se la comprano a pezzi. Larghe fette di savana intatta, terra vergine e lussureggiante che deve avere un effetto inebriante sui nuovi padroni abituati alle dune del deserto. La prateria primigenia del Sudan sudorientale è forse la più vasta porzione d'Africa ancora priva di qualsiasi pista disegnata dall'uomo. Ci passano solo ogni anno le colossali migrazioni dei grandi mammiferi, paragonabili a quelle più famose che attraversano a sud gli altipiani del Serengeti, fra Kenya e Tanzania. Ma qui, quando una società degli Emirati Arabi ha cercato di acquistare 6500 chilometri quadri, le autorità hanno risposto picche. In Sudan, invece, il governo musulmano di Khartoum ha firmato un contratto che consegna per i prossimi cinquant'anni un'area di 16.800 chilometri quadri a una compagnia di Abu Dhabi. Non è difficile vedere dietro la società Al Ain la famiglia regnante Al Nahyan.

Che cosa ci faranno con una tenuta grande quanto il Lazio? Chi sperava che li guidasse la preoccupazione di preservare una vasta area di vita selvaggia, dovrà presto ricredersi. Una copia del contratto segreto è finita nelle mani dell'*Economist*: la società Al Ain s'impegna a costruire hotel a cinque stelle e campi di tende semipermanenti, per la delizia degli operatori di safari della fascia alta di mercato. In ogni caso, Al Ain sarà libera di governare come le pare una striscia di terra grande quanto una regione: sulla pista tagliata nella savana già atterrano e decollano aeroplani con la bandiera degli Emirati, senza alcun controllo delle autorità sudanesi.[10]

Per avere un'idea del trasferimento di ricchezza che si è realizzato in questi mesi – fra industrie, terra, banche – bastano due cifre: la dotazione dei 38 «fondi sovrani» dei Paesi emergenti, che nel 2008 totalizzava 3700 miliardi di dollari, è scesa a 2400 dopo la forsennata campagna acquisti in ogni angolo del pianeta.

Gli sceicchi furbi come Mansour hanno potuto concludere affari d'oro. Lui, poi, anche sul terreno di gioco. Ironie e sfottò per il mancato acquisto di Kaká a una cifra stratosferica si sono trasformati in sollievo e soddisfazione quando per molto meno (12 milioni di sterline) il principe arabo ha dotato il Manchester City, comprato da poco, di un centrocampista di fama come Gareth Barry. Ma le sue ambizioni vanno ben al di là della Premier League. Forse fino al trono.

Come molti altri personaggi in seno alle famiglie regnanti del Golfo, il giovane sceicco riesce a dividersi tra parecchi incarichi e lavori. Oltre a presiedere la società IPIC, è anche presidente di una banca locale, capo dell'amministrazione giudiziaria, patrono di una fondazione benefica, consigliere d'amministrazione dell'Abu Dhabi Investment Authority. Al tempo stesso è ministro degli Affari presidenziali, il che vuol dire che tiene le chiavi d'accesso al presidente dell'Unione degli Emirati, il fratellastro sceicco Khalifa, ed è stato appena nominato vicepremier.

«Queste posizioni non sono più solamente da parata. La gente che viene nominata è quella che ha mostrato di valere», è l'opinione di un osservatore molto vicino alla corte, che aggiunge:

«Lo sceicco sta emergendo come un leader della prossima generazione».[11] Inoltre, si occupa della gestione del suo patrimonio personale, che è stimato a poco meno di 5 miliardi di dollari. Insomma, un Creso ma tutt'altro che un fannullone, anche se le sue molteplici attività sottolineano la confusione tra amministrazione dello Stato e famiglia regnante, e i rispettivi bilanci: per esempio, quando ha investito nelle azioni Barclays, lo ha fatto a titolo personale o operava per conto del governo?

Il miliardario che vorrebbe farsi re

È probabile che questa ossessione tutta occidentale per una distinzione netta tra beni della Corona e patrimonio personale del principe sia considerata irrilevante nelle petro-dinastie che si accaparrano la ricchezza del Golfo. Non a caso, l'abilità negli affari esibita dallo sceicco Mansour lo fa ritenere anche un buon candidato al ruolo di Crown Prince, cioè principe ereditario, secondo una tradizione che qui lascia interamente al monarca regnante la scelta del suo successore. E a differenza del passato, quando ad appassionarli era soprattutto una «dolce vita» da califfi, oggi è piuttosto il potere politico ad apparire come il nuovo oggetto del desiderio degli Alì Babà d'Arabia. Nemmeno il più ricco di tutti sembra resistere al fascino celato nell'ombra di una corona.

Il principe Alwaleed Bin Talal è uno dei cinquemila che compongono la sterminata famiglia reale dell'Arabia Saudita, ma rispetto agli altri ha qualche miliardo di dollari di vantaggio. Si è comprato pure il castello di Carla Bruni a Castagneto Po, per 17,5 milioni di euro, ma lo ha già rimesso sul mercato. Forse anche per tappare i molti buchi aperti dalla crisi nel suo bilancio personale. Tuttavia, un patrimonio residuo di 13,3 miliardi di dollari appare ancora abbastanza confortevole per un uomo di cinquantaquattro anni che si dice nutra ambizioni reali.

Se qualcuno ne dubitasse, basterebbe sfogliare la sua biografia autorizzata, vergata da tale Riz Khan. Titolo: *Alwaleed. Businessman, Billionaire, Prince.*[12] Lui naturalmente figura in foto di fronte a George W. Bush, allo zio re d'Arabia, Abdullah, al presidente egiziano Mubarak, al re di Giordania Abdallah... La fotografia risulta scattata a un vertice del 2003 a Sharm El Sheikh, in Egitto. In realtà, nella foto originale, a trovarsi di fronte al resto del gruppo di personalità è proprio Abdallah, il sovrano hascemita di Giordania, non Alwaleed. Colto in castagna da un paio di giornalisti, lui si è limitato a fare spallucce: «Sì, la foto è stata ritoccata».

Forse anche per questo gli osservatori sono parecchio scettici sul suo futuro reale. «Non ha un briciolo di speranza», è la sentenza inoppugnabile di Simon Henderson, esperto della successione nella Casa di Saud presso il Washington Institute for Near East Policy. «Suo padre, il principe Talal, si è spesso segnalato per le critiche alla famiglia reale. E sua madre non è nemmeno saudita.» Secondo un altro esperto, Rochdi Younsi, direttore del Middle East Program del Gruppo Eurasia, Alwaleed «è il Donald Trump dell'Arabia Saudita. Può essere un simbolo di successo per qualcuno, ma la maggior parte lo considera troppo gaudente».

Non hanno tutti i torti, sembrerebbe. L'arabo più ricco del mondo si è comprato anche l'aereo privato più grande del mondo, il nuovo Airbus A380, ribattezzato il Palazzo Volante. Lo ha pagato 160 milioni di dollari come prezzo di listino, a cui va aggiunto l'importo per la decorazione degli interni, dalle tende e tappezzerie di seta ai mosaici di sabbia cangiante. Sui tre ponti del velivolo i designer della Lufthansa Technik si propongono di realizzare al piano più alto la suite del principe, inclusa palestra e saletta cinematografica. Sul ponte principale, che di solito accoglie cinquecentocinquanta sedili, ci saranno invece salotti, area conferenze, sala da pranzo e sauna, a uso di Alwaleed e del suo entourage di cinquanta persone.

Lo stile di volo appare in armonia con il ménage che Sua

Altezza conduce a terra. Vive a Riyad in un palazzo di quattrocentoventi stanze, con centoventi persone di servizio. La reggia è dotata di due campi da tennis coperti e parecchie piscine al chiuso. Attorno a una vasca le pareti sono tappezzate di trofei di caccia grossa che il principe e i suoi figli più grandi hanno portato con sé dai safari in Africa e in Australia. Alwaleed ama anche il silenzio del deserto. Alle porte di Riyad si è fatta costruire quella che chiama con modestia la sua «fattoria». Prati verdi, palme fronzute. E cinque laghi artificiali, uno per ognuna delle residenze sparse nell'immensa tenuta. Ah, sì, e in un angolo c'è anche un minizoo con giraffe, gazzelle, struzzi, cammelli, antilopi...

Non ci crederete, ma questo maturo *enfant gâté* manifesta perfino una certa coscienza sociale. Tra i suoi dipendenti, molte sono donne, anzi la larga maggioranza: addirittura il 65 per cento dello staff nel suo palazzo di Riyad e nella sua società Kingdom Holding. Per strada, sono obbligate come tutte le saudite a indossare la *abaya*, il mantello nero che le copre dai capelli alle caviglie. Ma negli uffici e a palazzo, è come una sfilata di moda occidentale: tailleur-pantalone, gonne corte, tacchi a spillo. Li comprano con i 10.000 dollari che ricevono appositamente ogni sei mesi da Alwaleed per provvedere al guardaroba.

Almeno questo lo rende simpatico. «Alcuni sceicchi ce l'hanno con me perché spingo avanti le donne», confida in un raro momento di realismo. E il primo ad attaccarlo violentemente è proprio il fratello Khaled, che gli rimprovera anzitutto di sostenere il diritto alla guida e al lavoro del gentil sesso: «Corrompe i sudditi, non rispetta la sharia né le tradizioni».

Alwaleed fa spallucce: «E allora? Assumo le donne. Ho assunto perfino il primo pilota donna del Paese. Ma il re pensa che vada bene. Se mi di dicesse di non farlo, obbedirei. Ma come si può far avanzare un Paese se il 50 per cento della popolazione non fa niente?» È una riflessione interessante, ma si può immaginare che non lo terrà occupato a lungo.

Sul «Beautiful Game» troppi schizzi di petrolio

È l'ultimo giocattolo milionario scoperto dagli sceicchi. *The Beatiful Game*, come gli inglesi chiamano il football che hanno inventato, ha sempre meno a che fare con il cuore e con i piedi, e sempre più con il portafogli. E su questo terreno di gioco i miliardari del Golfo minacciano di essere imbattibili. A guidare la falange calcistica dei grandi investitori arabi lo stesso personaggio che ha già sbalordito la City. Proprio lui, lo sceicco Al Mansour: che non a caso in arabo vuol dire «il vittorioso».

All'inizio del sacro mese di Ramadan del 2008 il principe di Abu Dhabi ha mandato in campo il suo rappresentante Suleiman Al Fahim, uno dei costruttori più ricchi del mondo, con un assegno di 250 milioni di euro stretto in pugno. Non c'è stato nessun tentativo di tackle. Thaksin Shinawatra, detto anche il «Berlusconi thailandese», che aveva comprato la squadra del Manchester City per 80 milioni di sterline, è stato felicissimo di rivenderla a due volte e mezzo il prezzo d'acquisto.

Gli emiri d'altronde hanno già scoperto da un pezzo che il pallone non è solo divertimento ma anche potere. La battaglia per la poltrona nel Comitato Esecutivo della FIFA, la Federazione internazionale del calcio, ha spinto i rivali da due vicini staterelli del Golfo a livelli di bassezza sconosciuti perfino in un mondo tutt'altro che candido. Insinuazioni, accuse di corruzione, sospetti di compravendita dei voti: questo e ancora molto altro ha visto lo scontro feroce tra l'uscente Mohammed Bin Hammam, uomo politico e d'affari del Qatar, e lo sceicco Salman Bin Ibrahim al-Khalifa, membro della famiglia reale del Bahrein.

Bin Hammam, in carica da quattordici anni, ha sempre appoggiato il presidente Blatter e ne ha ricevuto in cambio la fiducia. Il Qatar, a sua volta, coscienziosamente alluvionava di miliardi di dollari il programma di assistenza sportiva della FIFA, del quale Hammam è responsabile con Platini come vice. Ma tra i suoi rappresentati della Federazione asiatica l'uomo d'affari del Qatar non riscuoteva, a quanto pare, altrettanta fiducia. Lo sceicco del vicino Bahrein è riuscito a organizzare un cartello di no, alla fine battuto solo per due voti. Ma in mezzo, mesi di battaglia a colpi di fango (e secondo molti, anche di bustarelle).

Ignari dei sanguinosi segreti del trono, i tifosi inglesi del Manchester City hanno invece accolto gli emiri come salvatori. Erano stufi di sostenere un team considerato da una vita la «sorella povera» del ben più famoso Manchester United. Be', le cose sono destinate a cambiare. Come si è visto subito con l'acquisto del campione brasiliano Robinho, per l'astronomica cifra di 33 milioni di sterline, la più alta mai pagata nella Premier League britannica. Anche Abramovich lo voleva, per il suo Chelsea. Ma che può fare un povero oligarca di fronte a una famiglia reale come quella di Abu Dhabi, che appoggia il trono su riserve petrolifere per 1200 miliardi di euro?

Il neopresidente Al Fahim lo aveva detto subito: «Nei prossimi tre anni vogliamo vincere non solo il titolo nazionale inglese ma pure la Champions League, e per costruire una squadra all'altezza siamo pronti a spendere 600 milioni di euro». I conti sono presto fatti, dal medesimo Al Fahim: «I giocatori per centrare un simile obiettivo costano una media di 40 milioni di euro l'uno, e al City ne servono almeno 18».

Quattro, anzi cinque con Gareth Barry, ormai li ha già presi. Dopo Robinho, all'inizio dell'estate del 2009 è arrivato Carlos Tevez, e ai tifosi al settimo cielo è parso un vero e proprio passaggio di testimone. Perché il campione argentino era proprio un portabandiera dei Red Devils, e se ha lasciato lo United per trasferirsi armi e bagagli al rivale City, vuol dire che la sfida dello sceicco al perenne dominio di Sir Alex Ferguson sta per essere lanciata. Per il cartellino di Tevez, il suo manager ha ricevuto 30 milioni di euro, e l'attaccante un contratto quinquennale da 6 milioni di euro per stagione. Ma il giorno dopo la firma dell'accordo i dirigenti del City hanno potuto affiggere nel centro della città un enorme cartellone con la scritta WELCOME TO MANCHESTER, e al centro del poster una foto del giocatore sudamericano. Benvenuto, insomma, nell'unica autentica squadra cittadina.

30 milioni è costato anche l'attaccante Emmanuel Adebayor, strappato all'Arsenal, e 21 Roque Santa Cruz, punta del Blackburn. Finora lo sceicco del pallone ha mancato solo un colpo, quel Kaká per il quale aveva offerto al Milan la follia di 120 milioni di euro. Poi qualcosa è andato storto nella trattativa. O forse la società di Berlusconi aveva già preso altri impegni. Ma la caccia alle stelle prosegue, e gli europei sono avvertiti: gerarchie e classifiche dovranno vedersela con i petrodollari. Del resto, è da quando Edoardo Agnelli si comprò la Juventus, nel 1923, che «il calcio moderno diventava il balocco dei ricchi, che attraverso lo sport si compravano popolarità, consenso e divertimenti altrimenti impossibili. Si compiva il ciclo possente del denaro, si arrivava a comprare la felicità».[13]

In questo caso, almeno, pagandola. La principessa saudita Maha Al Sudairi, invece, è convinta che le sia dovuta gratis.

La sultana che si crede Arsenio Lupin

Nella seconda settimana del caldo giugno 2009 una straordinaria processione di gioiellieri, albergatori, avvocati e procuratori dei marchi più lussuosi di Francia ha sfilato dinanzi all'hotel *George V*. Erano tutti lì per una sola ragione. Esigere il pagamento dei conti vertiginosi non saldati dalla consorte di Nayef Bin Abdul Aziz, ministro degli Interni dell'Arabia Saudita e uno degli uomini più potenti del regno. Maha Al Sudairi però è certa che per una persona del suo rango i piaceri della vita siano un tributo a carico di chi li fornisce. Nell'albergo sugli Champs-Élysées, uno dei più famosi del pianeta e ora di proprietà di un parente, il principe Alwaleed, la gentildonna araba si è trattenuta per quasi un mese. Ma si è sempre risolutamente rifiutata di aprire la porta della suite 115 alla folla dei creditori. Perfino quando si sono presentati con l'ufficiale giudiziario.

È il caso dell'avvocato di Chaumet, il celebrato gioielliere di Place Vendôme. È arrivato con una fattura di 600.000 euro, per svariati anelli e collier, accompagnato dall'incaricato del tribunale con relativa ingiunzione di pagamento. La moglie del ministro saudita li ha ignorati. E Chaumet, ben attento ad alienarsi simpatie e clientela di una delle famiglie più ricche del globo, si è astenuto da ogni commento. Ma un'altra trentina di grandi brand del lusso, da Dior a Key Largo all'*Hôtel de Crillon*, si sono invece coalizzati per svergognare pubblicamente la principessa nella speranza che un sussulto di dignità la spinga a pagare. Quanto? Si calcola che i conti lasciati in sospeso nel cosiddetto «Triangolo d'oro», tra gli Champs-Élysées e Rue du Faubourg St. Honoré, ammontino a 15 milioni di euro.

Una buona metà sono le fatture non saldate dell'*Hôtel de Crillon*, lo spettacolare albergo di Place de la Concorde dove Sua Altezza usava soggiornare prima che pretendessero di essere pagati. Ma la sultana Al Sudairi ha lasciato anche un debito di 38.000 euro nel negozio di biancheria da letto Frette. Quasi quattro volte tanto, 139.000 euro, è la somma che deve a Key Largo, un outlet sportivo di lusso rappresentato oggi dall'avvocato Jacky Benazerah: «Ha ordinato che gli acquisti le fossero consegnati in albergo, e quando il nostro rappresentante ha cercato di addebitare l'importo sulla sua carta di credito, la carta è stata rifiutata».

Alla boutique Caprices de Lili, raffinatissimo negozio di lingerie proprio di fronte all'hotel *George V*, la signora ha lasciato un buco di 70.000 euro sin dall'anno scorso. Furiosa, la proprietaria Jamila Boushaba racconta del trattamento ricevuto: «Quando cercavo di contattarla mi sentivo dire sempre 'Madame sta dormendo'. Una volta finalmente è venuta al telefono per insultarmi, chiamandomi 'sporca puttana marocchina'». D'altro canto non è facile combattere contro la seconda grande fortuna saudita. «È folle», commenta sconsolata l'elegante Jamila: «Loro tagliano le mani ai ladri per un filone di pane, e quella lì viene in Europa convinta di poter rubare quel che vuole e farla franca...» Primo caso dichiarato di cleptomiliardaria.

13
Epilogo in laguna

COME si sbagliava Richard Branson, a decretare la stravaganza araba di Sol Kerzner come l'ultimo party del decennio. Nemmeno sei mesi dopo, nel pieno della temuta recessione, il solito miliardario russo – e nemmeno tra i più noti – confermava che per i grandi ricchi il tempo delle feste non finisce mai. Sulla costa turca di Antalya, Telman Ismailov ha celebrato con una parata di stelle il suo trionfo di *parvenu* assieme forse all'inizio dell'esilio.

Ismailov è un baffuto commerciante di origine azera che ha fatto fortuna costruendo a Mosca il mercato all'aperto Cherkizovskij, il più grande d'Europa. Una città nella città, 160 ettari di bancarelle che con il passare degli anni sono diventate uno dei principali canali di distribuzione in Russia dei prodotti made in China. Legali e illegali, ovviamente, senza che mai un vigile o un poliziotto si accorgesse del contrabbando, delle macellerie senza permessi igienici, dello stato di semischiavitù di decine di migliaia di venditori immigrati.

Il Consiglio dei Migranti della Federazione Russa ha calcolato che al Cherkizovskij lavorasse un'armata di almeno centomila stranieri. Cinquantamila cinesi, e poi tutte le etnie dell'Asia, azeri, tagiki, vietnamiti, afgani, nordcoreani. Strettamente sorvegliati da una polizia privata, privi anche della più rudimentale conoscenza del russo, molti di questi moderni schiavi per anni non si sono mai allontanati dal mercato. Gran parte dei diciottomila facchini tagiki, per esempio, dormiva nei sotterranei del vicino stadio abbandonato o nei container vuoti. Un consolato della repubblica centroasiatica appositamente aperto in zona assicurava un flusso costante di manodopera a basso costo.

Ismailov invece, grazie alla rendita del feudo commerciale moscovita, si è lanciato nel business globale, compresa l'*hôtellerie* di gran lusso.

In una calda sera del maggio 2009, ad Antalya, la celebre località di villeggiatura sulle sponde dell'Anatolia, ha inaugurato in pieno stile califfo il suo albergo, uno dei più costosi del mondo. Il *Mardan Palace* (sentimentale! Mardan era il nome del papà...) è un investimento da 1,4 miliardi di dollari: allinea cinquecentosessanta camere zeppe d'oro, diciassette bar, dieci ristoranti, una piscina così grande che secondo la leggenda richiede mezz'ora per essere attraversata in barca. Questa magari sarà un'esagerazione, ma lo sfarzo della festa, proprio no. Tra gli invitati spiccavano personaggi come Richard Gere, Monica Bellucci, Sharon Stone, quella sciroccata di Paris Hilton, e nessuno di loro ovviamente era volato in Turchia senza un sostanzioso compenso. Quanto abbia preso la cantante Mariah Carey per cantare *Dreamlover* al padrone di casa e ai suoi ospiti è solo oggetto di congetture.

Per Ismailov d'altronde queste frequentazioni non sono una novità. Alle celebrazioni del suo cinquantesimo compleanno aveva voluto Jennifer Lopez a cantare e ballare, in cambio di un assegno da un milione di dollari. E per quella cifra la formosa Jennifer aveva spinto l'entusiasmo fino ad abbracciare e baciare il neocinquantenne davanti alle fotocamere. Ma la festa in Turchia è andata oltre il segno.

A Putin, impegnato a rassicurare i connazionali tra i marosi della crisi, le foto esagerate sui rotocalchi russi non sono piaciute affatto. La sarabanda di sprechi, di ori, di danze e di bellone gli ha fatto saltare la mosca al naso. E soprattutto, pare, le immagini di Ismailov che balla sotto una pioggia di banconote da cento dollari. Vere. Alla faccia della recessione.

Immediata la vendetta dello zar. La magistratura a Mosca improvvisamente si è accorta che il mercato di Cherkizovskij è una colossale illegalità sotto gli occhi di tutti. Regole igieniche calpestate, sicurezza antincendio ignorata, lavoratori stranieri privati di ogni diritto. Non che ai moscoviti, abituati a chiamarli sprezzantemente *ciorni dzhopi* («culi neri»), la condizione degli immigrati provochi il mal di testa...

Ma ecco che il primo ministro s'interroga: «Com'è che le indagini non hanno ancora prodotto degli arresti?» sollecita un Putin più sarcastico del solito. E detto fatto, i giudici si sono mossi. Il capo della Procura, Aleksandr Bastrykin, ha ordinato il sequestro di seimila container di merce contraffatta e a fine giugno il mercato è stato chiuso. Forse per sempre. Ismailov saggiamente se n'è rimasto in Turchia. A pagare le spese della sua mirabolante festa, i centomila poveri diavoli che lavoravano per lui. E adesso si aggirano come fantasmi laceri per i bassifondi di Mosca, senza manco i soldi per tornare a far la fame in Asia.

La storia del *bazarì* («mercante») azero senza scrupoli e dei suoi sventurati iloti sembra un apologo sulla semplice verità di questa crisi. I più ricchi perdono spiccioli, i più poveri tutto. Ma sì, lo scoppio delle «bolle», i rovesci della Borsa hanno ridotto i ranghi dei «felici pochi». Il rapporto Merrill Lynch-Capgemini annuncia con dolore la dipartita di un quarto dei patrimoni superiori a 30 milioni di dollari. Sul pianeta ne sono rimasti appena 78.000. Ma che significa perdere qualche milione per chi comunque ne ha tanti? Forse rinunciare, al massimo, all'ennesimo braccialetto di diamanti. I conti veri di un ventennio di sconsiderata finanza allegra li pagano tutti gli altri: *middle class* d'Occidente, piccola borghesia dei Paesi emergenti, e le masse dei poveri del pianeta che, finito il boom, tornano disoccupati.

I milionari, invece, possono già contare su più rosee prospettive. I fortunati possessori di un patrimonio finanziario superiore a un milione di dollari sono calati suppergiù del 15 per cento a fine 2008, e oggi sono 8 milioni e 600.000 in tutto il mondo. Di poco meno del 20 per cento è scesa la loro ricchezza complessiva, tornando sotto i livelli del 2005: in soldoni, 32.800 miliardi di dollari. Niente paura. Le previsioni per il 2013 sono più che confortanti: fra quattro anni questa montagna d'oro sarà cresciuta fino a toccare quota 48.500 miliardi di dollari.[1] Un aumento stimato di quasi il 50 per cento. Come dire che la crisi servirà ai più ricchi ad accrescere le loro fortune.

«Testa vinco io, croce perdi tu»

Ma c'è chi non deve nemmeno aspettare il 2013. Una cospicua falange di «padroni dell'universo» ha già anticipato i tempi. Ricordate quei maghi della finanza che appena un anno fa si nascondevano per la vergogna del disastro dovuto anche alla loro avidità? Non hanno fatto in tempo a cospargersi il capo di cenere. Il 15 luglio 2009 tutti i giornali del mondo riportavano il ritorno a utili record di una delle principali istituzioni finanziarie coinvolte nell'«autunno del disastro».

Anzi, mai in centoquarant'anni di storia Goldman Sachs aveva guadagnato tanto quanto nel secondo trimestre del 2009: un profitto netto di 3,44 miliardi di dollari, su entrate per 13,76 miliardi. E qual è stata la prima decisione del top management sulla destinazione di questi soldi? Accantonare 6,6 miliardi di dollari, da aggiungere ai 4,5 di utili del trimestre precedente, per distribuirli come gratifiche al personale. Continuando di questo passo, a fine anno ognuno dei 29.400 dipendenti di Goldman Sachs riceverà in media un bonus di 770.000 dollari. In media. Il che vuol dire che il pugno di massimi dirigenti sarà inondato da una pioggia di milioni.

L'America, e non solo, si è indignata. Ma come? Non era Goldman una delle società dichiarate in fase pre-agonica? Non è stato il maxiprestito di 10 miliardi di dollari concesso dal governo federale a mantenerle aperta la canna dell'ossigeno? E allora, com'è che adesso, appena superata la crisi acuta, e nemmeno del tutto, la prima cosa che fanno è tornare al banchetto dei bonus milionari? Dove sono finite tutte le critiche, e autocritiche, alla «cultura del rischio» che trasforma i banchieri in gente che prende i soldi e scappa?

Si può immaginare il gran capo di Goldman Sachs, il mitico Lloyd Blankfein, sollevare un sopracciglio con evidente riprovazione, forse addirittura un breve moto di disgusto. Questo è l'uomo che perfino nel 2008, l'anno del tracollo, è riuscito a portarsi a casa, tra premi e stipendio, una remunerazione complessiva di 63 milioni e 215.422 dollari. Come osa la plebe impicciarsi degli arcani della finanza? Blankfein non si è nemmeno degnato di prendere in considerazione le critiche.

Ha incaricato della bisogna il direttore finanziario nonché vicepresidente operativo David Viniar, numero tre della gerarchia, con incasso 2008 di 34 milioni e 942.903 dollari. «La nostra politica è quella di remunerare il personale in base alle performance. Riteniamo di farlo in modo appropriato.» Diciannove parole per dire soltanto: affari nostri.

Desolato il commento del premio Nobel Paul Krugman. I giganteschi bonus assegnati ai banchieri di Goldman mostrano che i papaveri dell'industria finanziaria «operano ancora con un sistema 'testa vincono loro, croce perdono gli altri'. Se sei un banchiere, e produci grossi profitti a breve termine, ne sarai lautamente ricompensato – e non devi restituire i soldi nel caso i profitti promessi si rivelino un miraggio. Insomma, hai tutte le ragioni per guidare gli investitori ad assumersi rischi che non capiscono».[2] Se le cose stanno così, e appare una descrizione onesta, non si può che concludere con Krugman: l'exploit di Goldman è una buona notizia per Goldman, i suoi dipendenti, e in generale tutte le superstar della finanza che vedono le loro retribuzioni tornare rapidamente ai livelli pre-crisi. Ma è una cattiva notizia per quasi chiunque altro.

Le banche sopravvissute, e impegnate a ricostruire tra le rovine delle rivali, hanno ripreso a far piovere denaro su quelli che considerano i migliori talenti del settore. Anche se in passato hanno contribuito al disastro. Salvata dai soldi dello Stato, la

Royal Bank of Scotland ha appena arruolato come amministratore delegato Stephen Hester, garantendogli un compenso di 9,6 milioni di sterline se riesce a raddoppiare il valore delle azioni in tre anni.

A Londra, Lord Myners, il sottosegretario alle Finanze incaricato da Brown di far pulizia al London Stock Exchange, si è detto così disgustato dall'avidità dei banchieri da annunciare l'intenzione di non rimetter piede nella City: «Per la comunità finanziaria il denaro è diventato tutto. La gente ha smarrito il senso dell'esistenza. L'assenza di un chiaro scopo morale è qualcosa che mi turba molto».[3] Tanto da spingere lo sconvolto Myners a dedicarsi in futuro allo studio della teologia.

Non sembra tuttavia che l'avidità sia una prerogativa esclusiva dei finanzieri. Nelle stesse ore in cui si annunciava il ritorno dei superbonus, il mondo dello spettacolo era allietato dalla notizia di un fantastico contratto: tal Ryan Seacrest, che a noi italiani dice poco ma oltre Atlantico è famoso come conduttore del popolarissimo programma *American Idol*, ha accettato di rimanere al suo posto per altri tre anni. Il compenso è stato concordato in 45 milioni di dollari.

Datemi un pizzicotto.

Basta una Kelly per sollevare il mondo

Stappa champagne, eccome se lo stappa, l'industria del lusso. La «plutonomia», l'economia al servizio dei ricchi, ha già ripreso a girare a pieno regime. Da segnalare, per dire, il debutto italiano dell'ultima Aston Martin, la sfacciata One-77: il numero si riferisce alla quantità complessiva di esemplari che ne verranno prodotti. Settantasette in tutto. Sembrano un po' pochi anche per una fuoriserie? Non se il prezzo di listino è un milione e mezzo di euro, optional esclusi.

È il modello più costoso che la casa di Gaydon abbia mai prodotto, e forse anche l'auto più cara mai messa in commercio.

La supercar non è esagerata soltanto nel prezzo, ma anche in tutto il resto. Un monumentale motore 12 cilindri da 7,3 litri, una velocità massima di 320 chilometri all'ora, un'accelerazione da razzo per Saturno: 3,5 secondi per arrivare da 0 a 100 chilometri orari. Ma il lusso non aveva deciso di trovare il riscatto anche sul fronte ambientale?

Così ci aveva detto per esempio François Pinault, ma forse il messaggio non è arrivato fino alle ovattate officine Aston Martin. Il patron francese di PPR (Pinault-Printemps-Redoute), la multinazionale francese del lusso, aveva annunciato con gran clamore l'investimento di 10 milioni di euro in un documentario prodotto da Luc Besson dal significativo titolo *Home*. E quale sarebbe mai questa casa se non la nostra terra? Ecco dunque per la regia del fotografo Yann Arthus-Bertrand le spettacolari riprese aeree, dall'Amazzonia all'Africa, per testimoniare lo stato di salute del pianeta. Ed ecco anche, prodotte da alcuni marchi del gruppo come Saint Laurent e Gucci, le T-shirt in edizione limitata per celebrare il lancio contemporaneo del film in tutto il mondo, per la Giornata dell'ambiente.

Nemmeno i gioiellieri se ne stanno con le mani in mano. Boucheron, il preferito degli ultraricchi, ha messo all'asta su eBay un cubo realizzato con quattro tipi d'oro. Obiettivo? Finanziare col ricavato una campagna per la sicurezza nelle miniere di metalli preziosi. Basta così? Manco per idea. I proventi del film pagato da Pinault andranno a GoodPlanet e saranno spesi per progetti di energia sostenibile in India.

La scoperta della sensibilità «verde» è l'ultima trovata del lusso per rendersi presentabile in tempo di crisi, e anche per accelerare la ripresa. Perfino LVMH, come dire il top dei consumi – dallo champagne Moët alla pelletteria Louis Vuitton –, be', perfino LVMH è entrato al 50 per cento nell'azienda tessile «equosolidale» creata dal cantante Bono degli U2: si utilizza solo cotone organico coltivato in Uganda senza sostanze chimiche artificiali. In un colpo solo, tutela dell'ambiente e sostegno all'economia dei contadini più poveri del pianeta. E poi dicono che i ricchi non hanno un cuore. Il neofilantropo Bernard Arnault, alla testa di LVMH, con i suoi 16,5 miliardi di dollari ha la più grossa fortuna di Francia e la quindicesima del mondo.

Le statistiche 2009 dicono che anche il lusso ha accusato il colpo. In termini assoluti sembra vero. È sceso da un fatturato globale di 170 miliardi di dollari a quota 153 miliardi: 10 per cento in meno. Ma con differenze significative. Come spiega una che se ne intende, Caroline Gruosi-Scheufele, copresidente della famosa Chopard, orologi e gioielli: «Abbiamo avvertito un calo di vendite nel segmento tra i 25.000 e i 50.000 dollari. Ma la fascia alta del mercato, sopra i 100.000 dollari il pezzo, ha tenuto molto meglio. Ci sono ancora un sacco di soldi là fuori, e i diamanti o le grandi gemme colorate non sono affatto andati giù».

Se è per questo nemmeno le borse griffate e i foulard di seta. Il secondo trimestre 2009 non ha portato bene soltanto a Goldman Sachs. A Parigi il gruppo Hermès ha registrato un balzo del 12 per cento nelle vendite. La crisi non ha spento l'appetito per le classiche borse Kelly e Birkin, sebbene i prezzi ormai siano astronomici. E i famosi carré di seta disegnata da maestri, che fanno impazzire le donne da tre generazioni? Un affare, a 400 euro. Ancora meglio, per Hermès: i giapponesi tornano a comprare. Le vendite della maison nelle isole del Sol Levante sono aumentate nel secondo trimestre 2009 del 25 per cento rispetto allo stesso periodo dell'anno precedente. Per capire quanto pesi, basta ricordare che il Giappone è per Hermès il primo mercato nazionale, e quello che assorbe un quinto delle vendite globali.[4]

Insomma, parafrasando Evelyn Waugh sulla presunta morte dell'aristocrazia inglese, si potrebbe dire che tutte le giaculatorie sulla fine del lusso sono state pronunciate davanti a una tomba vuota. E non solo per i solidi segnali di ripresa. Le stesse statistiche cinerine che riportano la flessione, irradiano ottimismo su un vicinissimo futuro: previsto fra tre anni un nuovo boom dei beni voluttuari. Per le *shopaholic*, le shopping-dipendenti, appuntamento nel 2012.

Diciotto buche e una città di cartone

Ma nemmeno i rovesci di Borsa, come avrete notato in queste pagine, hanno impedito agli imprenditori dei grandi alberghi di continuare a sfornare resort a cinque e a sette stelle, insomma parodie di un paradiso riservato in terra soltanto ai miliardari. «Una brezza leggera gonfia le grandi vele candide distese sopra il ristorante *De la Plage*, al *Majestic Barrière*. Il Festival di Cannes sta per cominciare... Una bella bionda alla sua sinistra, Dominique Desseigne, il padrone dei luoghi, aspetta gli amici per pranzare. Ma guarda, è Pierre Sarkozy, il figlio del presidente, che sbarca dopo una notte di baldoria, desolato di essere in ritardo...» Questo pezzo di lirismo dedicato al re degli alberghi di lusso in Francia è comparso sul *Nouvel Observateur*, portabandiera della sinistra radical-chic transalpina. Rapita, la giornalista Natacha Tatu racconta come Monsieur Desseigne, a sessantaquattro anni, «silhouette di un giovanotto, sempre conforme alla sua immagine di playboy, amico del popolo e dei potenti», si accinga a investire 72 milioni di euro nell'ingrandimento del suo celebrato *Majestic*. Ma come, non c'è la crisi pure a Cannes?

Spiega il bel tenebroso: «Un gruppo famigliare come il nostro sfugge alla pressione dei mercati. Bisogna investire al contrario del ciclo, quando tutti gli altri si fermano. E così saremo pronti per la ripresa, nel 2010». A capo di un impero da 1,1 miliardi di euro, che ha ereditato dalla moglie Diane Barrière, il seduttore Desseigne non si lascia certo spaventare da una flessione del 10 per cento del fatturato: con quaranta casinò, sedici hotel di lusso, più di cento ristoranti – e un'amicizia ventennale con Nicolas Sarkozy –, fiuta l'aria e aspetta. Anche lui, come la proprietaria di Chopard, è convinto che «lì fuori c'è un sacco di gente piena di soldi». Perfino dove meno te l'aspetti.

Come in Venezuela, per esempio. Nel Paese che ama presentarsi come la «Cuba del Ventunesimo secolo», i dieci anni di regime di Hugo Chávez hanno prodotto una nuova specie di uomini d'affari: i «boligarchi», neologismo derivato dalla stretta vicinanza che questi nuovi miliardari godono con il «socialismo bolivariano» del governo in carica. Come nella Russia di Putin, nel Venezuela dell'ex parà populista la ricchezza è una benedizione che deve molto più alla politica che all'acume negli affari. Wilmer Ruperti, per esempio, dieci anni fa era soltanto un ambizioso businessman. Oggi è un armatore miliardario e uno degli uomini più ricchi del Paese. Che cosa è successo?

Una serrata dei petrolieri e un fallito *putsch*. Nel 2002-2003 gli industriali del petrolio, in blocco nemici di Chávez, tentarono di rovesciarlo chiudendo i rubinetti degli oleodotti di greggio. Ruperti giocò tutto sul numero del colonnello. Mise a disposizione una flotta di petroliere e riuscì ad aggirare il blocco. Dopo la vittoria di Chávez, l'armatore che lo aveva appoggiato si trovò ovviamente nella posizione ideale per diventare il trasportatore principale del petrolio estratto dalla compagnia statale, la PDVSA.

Come Ruperti, un'intera classe di «nuovi ricchi» si è formata in Venezuela attorno alle commesse pubbliche e al commercio della materie prime, naturalmente su licenza statale. Ah sì, c'è anche il mercato nero delle valute. Dopo anni di cambio fisso contro il dollaro, la moneta locale è oggi fortemente sopravvalutata, e un attivissimo mercato clandestino consente ai banchieri più astuti di costruirsi fortune colossali: specialmente quelli che hanno legami più stretti con il governo.

Insomma il «socialismo del Ventunesimo secolo», come Chávez definisce la sua dottrina parecchio sincretista, non ha impedito a molti capitalisti amici di fiorire. Di solito si incontrano al golf del *Caracas Country Club*, che resta la località preferita dell'élite del business. Nel 2006 gli alleati politici del colonnello avevano promesso di espropriare la terra e costruirci sopra case per i poveri, l'esercito incalcolabile sparso tra le casupole di fango e cartone dei *barrios*, le borgate abusive sulle colline e tra i burroni di Caracas. I poveri, sembra, dovranno aspettare. Viene prima la flotta di petroliere di Ruperti e dei suoi compagni di golf.

Miliardari in Italia: le sorprese della provincia

Come già sapete, il primo miliardario italiano nella lista *Forbes* è Michele Ferrero, il capo dell'omonima industria dolciaria che ha trasformato una crema di nocciole in un mito: la Nutella. Con i suoi 9,5 miliardi di dollari (che certo devono molto anche al mio consumo infantile di Nutella) Ferrero è al quarantesimo posto nel mondo, parecchio più avanti di Silvio Berlusconi e Leonardo Del Vecchio, al settantesimo e settantunesimo posto rispettivamente con 6,5 e 6, 3 miliardi. Le tv hanno sofferto del calo di pubblicità così come gli occhiali da sole del calo di consumi voluttuari, e i due tycoon di Mediaset e Luxottica hanno visto assottigliarsi di un terzo il loro patrimonio.

Ho tralasciato fin qui i super-ricchi italiani per una serie di motivi. Anzitutto perché sono pochi, come in Francia o in Spagna: dodici, contro i cinquantaquattro – per esempio – della Germania. In secondo luogo, con la significativa eccezione del nostro primo ministro e delle sue innumerevoli ville, il loro stile di vita è molto diverso da quello della «razza sprecona» pedinata in queste pagine. La cosa non sorprende affatto se si tiene a mente che pure al piano attico, quello delle grandi fortune, il capitalismo italiano mantiene ancora in larga misura intatta la sua fondamentale caratteristica famigliare. Pensate, su dodici miliardari, ben quattro portano lo stesso cognome: Benetton. Carlo, Gilberto, Giuliana, Luciano, tutti a pari merito con 1,5 miliardi di dollari.

Sotto il miliardo l'impronta famigliare è ovviamente ancora più profonda. I super-ricchi italiani, come quelli cinesi (ma immagino, per ragioni diverse...) amano tenersi lontano dai riflettori. E pure dalla Borsa. Niente grandi operazioni finanziarie, niente rapide fortune frutto di quotazione sui mercati del Toro.

Una ricerca del *Sole 24 ORE* ha cercato di tracciare una mappa di questa Italia della ricchezza nascosta, e ha individuato trenta grandi gruppi, dal Nord al Sud, che vantano capitali milionari ma non cercano la ribalta della grande finanza. Pochi conoscevano Vittorio Malacalza, industriale genovese dell'acciaio, prima che Marco Tronchetti Provera lo invitasse nell'azionariato della Camfin, holding del gruppo Pirelli. E lo stesso vale per Bruno Arosio, commercialista milanese che ha rilevato il *Vista Palace Hotel* tra Montecarlo e Cap Martin.

In Lombardia, visto che ci siamo, si concentra – com'è facile attendersi – il maggior numero di Paperoni nascosti. A Como la famiglia Catelli ha fondato la Chicco Artsana (1,4 miliardi di ricavi). A Milano gli Squinzi controllano la Mapei, gigante chimico che produce vernici e collanti per un fatturato di 1,3 miliardi di euro. Milanesi anche i Mentasti Granelli, ex proprietari dell'acqua San Pellegrino: l'hanno venduta al gigante Nestlé accumulando un patrimonio che nel 2006 valeva 270 milioni. Il profilo di questi super-ricchi, ben rappresentati anche al Sud (Yamamay a Napoli, MerMec a Bari), è abbastanza omogeneo. Sono i fondatori di grandi aziende, che restano attaccati al timone in attesa di passare la mano alla generazione successiva. Perciò alla larga dalla Borsa e dai rischi che il mercato comporta per la successione famigliare.

Alla larga anche, si capisce, da certa pubblicità indiscreta. Ancora il rapporto Merrill Lynch-Capgemini informa che a fine 2008 i grandi ricchi italiani (definiti al solito come i titolari di un patrimonio finanziario netto superiore a un milione di dollari) erano 163.700: 20 per cento in meno rispetto all'anno precedente, ma pur sempre un bel numero per un Paese in cui solo 370.000 contribuenti (su 40 milioni!) dichiarano al fisco un reddito superiore ai 100.000 euro, e appena 70.000 sopra i 200.000 euro.

Spreconi, i nostri Cresi? Sembra poco, e quasi niente. A uno dei rari miliardari che conosco bene, e da molti anni, chiedo: «Che ci fai con il tuo miliardo e mezzo di dollari?» Mario Moretti Polegato, padrone della Geox e inventore della «scarpa che respira», è quasi disarmante: «Il denaro può dare alla testa ma io sono rimasto con i piedi per terra. Certo che potrei permettermi il lusso, e tutte quelle cose lì, ma non mi interessano. Mi interessa di più essere amico di Gates e Negroponte. Non ho bisogno di esibire la ricchezza. Piuttosto il denaro mi serve per arricchirmi di cultura, per essere qualcuno e parlare con Peres, con Kissinger...» «E via, Mario, ce l'avrai almeno uno yacht di 50 metri, un aereo personale...»

«Ma no, figurati. Quando ho bisogno di lusso, me lo prendo. Non ho un jet privato. Ma siccome viaggio molto, come sai, ho una partecipazione in una società che mi mette a disposizione l'aereo ogni volta che mi serve.» E le case? (Dovete sapere che la famiglia Moretti Polegato è proprietaria da due generazioni di Villa Sandi, una delle più belle dimore palladiane del trevigiano, e centro di una tenuta che produce prosecco in milioni di bottiglie.) «Cinque-sei anni fa ho comprato un palazzo sul Canal Grande. Io adoro Venezia. Poi, si capisce, ho la casa di Treviso, una ad Asolo, una villa importante a Cortina...» Insomma, saggio investimento nel mattone, più che sfarzosa ostentazione. E accorta preparazione della successione.

«Mio figlio Enrico è entrato da poco in azienda. Ha ventotto anni e gli ho passato il 10 per cento della LIR, la finanziaria che controlla il 71 per cento del gruppo Geox. Abbiamo trentamila addetti in giro per il mondo. E da poco abbiamo acquisito anche un marchio storico come Diadora. A questo livello la conduzione manageriale è una necessità per crescere. Io e mio figlio ci occupiamo delle attività finanziarie e delle strategie.»

Le riviste lo ritraggono accanto a Carlo d'Inghilterra, o mentre «ciacola» con Klaus Schwab, il fondatore del Forum di Davos. Non c'è rischio che Mario Moretti Polegato finisca immortalato sotto una pioggia di banconote da 100 euro. In ogni caso, non sarebbero sicuramente soldi suoi.

I Dogi si riprendono Venezia

Sono bastati un matrimonio e una Biennale per riconsacrare Venezia nel suo ruolo di capitale mondiale del lusso, dell'opulenza, città sontuosa che rappresenta da sempre, e forse per sempre, un palcoscenico unico del potere e dell'eccellenza. Venezia che ha ritrovato i Dogi, anche se parlano francese e invece di commerciare in spezie prosperano sulle borse di Gucci e quelle più raffinate e *cult* della Bottega Veneta. Ma non c'è dubbio che l'estate del 2009, l'estate temuta e pure esorcizzata come il punto più basso della crisi, sia stata invece la stagione dei Pinault, e della baldoria doppia intestata al padre e al figlio.

Ha cominciato il più giovane, François-Henri, che ha scelto la laguna per impalmare la sua compagna Salma Hayek, bella attrice hollywoodiana che trovò l'acclamazione mondiale nel ruolo della triste e deforme pittrice messicana Frida Kahlo. Tutto il contrario di lei, affascinante, seduttiva, formosa, madre di una bimba di diciannove mesi che comunque si presenta alla cerimonia nuziale veneziana (la seconda in due mesi) in abito rigorosamente bianco con strascico virginale. Fu, dicono i fortunati ospiti, una gran festa, una festa da sballo.

Alle cinque del mattino lo sposo François-Henri era ormai senza cravatta e con camicia semisbottonata. Salma allegra più di quanto normalmente una sposa. L'amica Charlize Theron traballava sui tacchi, Emir Kusturica aveva scordato la strada dell'albergo e il resto del cast di Hollywood – da Penelope Cruz a Javier Bardem – era forse finito sotto i tavoli. Più che una festa nuziale, un happening molto alcolico e anche transumante. Perché la folla degli invitati celebri, tutti con il volto coperto da mascherina per rispettare l'esclusiva fotografica concessa a *Vogue*, ha cominciato a bere alla Fenice, ha continuato alla Punta della Dogana e ha finito (ma per poco...) all'esclusivo *B-Bar* del *Bauer Hotel*. Solo l'affitto delle sale è costato allo sposo 200.000 euro (gli operai infuriati che a Parigi lo avevano sequestrato, questo non lo sapevano, meno male...).

La saga dei Pinault riporta a Venezia un'era di fastose celebrazioni che nessuna dinastia italiana del denaro aveva invece voglia di rinverdire. Il vecchio François, fondatore della ditta, vale 2 miliardi di dollari e venti posti di meno del nostro Michele Ferrero. Ma questi preferisce la soddisfazione segreta della filantropia, quello il lampo dei flash e il fragore della mondanità. Non solo Palazzo Grassi: la sua magnifica collezione di arte contemporanea tracima adesso in quella meraviglia che è diventata la Punta della Dogana, trasformata in museo dal genio dell'archi-star Tadao Ando. E François Pinault si gode una città che come nessun'altra adora il fasto, e sa trasformarlo in bellezza.

È, dopo tutto, il percorso di Pinault. Il proprietario di marchi storici del lusso, l'imprenditore che si è preso pure Christie's, alla fine è rimasto prigioniero della sua passione. Ha mollato al figlio le redini dell'impero finanziario e lui si è concentrato sull'arte. Non per lucrare, non per investire ma perché – dice – «l'arte lascia liberi», e «le mie scelte riflettono il mio sguardo, la mia curiosità, i miei impegni e i rischi che mi assumo». E avverte: «Io credo che coloro che investono nell'arte si sbaglino, perché l'arte finisce per vendicarsi».[5]

Magari non proprio tutti tra le migliaia di invitati che hanno invaso la laguna per la Biennale 2009 condividono tanto puro entusiasmo. Mercanti d'arte, critici, investitori e battitori di case d'asta sono calati in massa sulle calli. L'ondata di feste che ha segnalato al mondo l'apertura della mostra è davvero tornata a far splendere l'oro di Venezia, tra notti pazze e ricevimenti sontuosi. Stavolta, meno male, ero stato invitato. Alessandro Benetton, il rampollo più fascinoso della casata, apre il suo storico albergo *Monaco & Grand Canal* agli amici arrivati da tutto il mondo per fare corona a Tina Brown, sapete, la ex regina di *Vanity Fair* che festeggia l'apertura di una galleria d'arte internazionale e anche il suo celebre sito *The Daily Beast.*

L'appuntamento è per l'aperitivo pre-cena, nei saloni Rococò rinnovati da Philippe Starck. Ma prima, in anticipo sul tramonto, una folla di ricchi e famosi si è già riversata sulla Punta della Dogana, dove Pinault ha appena spalancato le porte della seconda sede della sua collezione. Tra la Punta e i vicini ex magazzini del sale, dove splendono le tele di Vedova, saranno stati in cinque-seimila, il giro completo della mondanità d'arte tra cui spiccano l'ex imperatrice di Persia Farah Diba e l'ex modella Naomi Campbell, Stella McCartney e la regina di Norvegia, il ministro francese della Cultura Christine Albanel e la regista Agnès Varda, l'israeliano Amos Gitai e Bernard-Henry Lévy... E con loro direttori di musei, curatori, giornalisti e critici, collezionisti, miliardari e belle ragazze, insomma il mondo variopinto delle celebrità che offrono il volto *glamour* della ricchezza globalizzata.

Al *Monaco* per fortuna arriva solo un gruppo ridotto e scelto, da Timothy Taylor, mercante d'arte imparentato con i Windsor, alla mamma di Carla Bruni al designer Starck, che ormai di Venezia ha fatto pure la sua casa. Non si vede invece l'onnipresente Roman Abramovich, che in laguna è arrivato in barca. La sua: i 115 metri del megayacht *Pelorus* occupano una larga porzione del porto. E poiché all'àncora ce ne sono una ventina di questi panfili giganteschi, che valgono ognuno per tre, di ormeggi non se ne trova più nemmeno l'ombra. Incupito, il tenebroso Roman, per i miliardi svaniti in Borsa? Ma per piacere. La sera prima a Palazzo Grassi, al gran ballo offerto dai Pinault, era l'anima della festa, circondato da star come il pittore Cy Twombly e la fotografa Cindy Sherman. Anche loro ricordano che alla sua Daria, per il compleanno, ha regalato una galleria d'arte a Mosca.

Instancabile, la folla dei ricchi inebriata di alcol, bellezza, opulenza, bizzarria, piacere, continua a muoversi per Venezia dal tramonto all'alba, come se volesse far durare la festa in eterno. Come se la sorgente dello champagne non dovesse mai esaurirsi. Come se i tanti strambi oggetti d'arte sparpagliati per la città – scheletrini e pipistrelli e temperamatite e raccolte di vecchi giornali, tutto il bric-à-brac del «concettuale» – fossero un talismano di felicità, o un nuovo tipo di pietra filosofale. Ma loro, gli *happy few* che tanto pochi non sono, non hanno bisogno di segreti alchemici. Crisi o non crisi, le loro tasche rigurgitano d'oro. Lontani, come echi da altri mondi, arrivano le proteste dei disoccupati, i cigolii dei cancelli delle fabbriche che chiudono. Sono solo rumori di fondo. Sul Canal Grande il lusso è impegnato a celebrare se stesso.

Ringraziamenti

SI parla molto di Russia e di russi, nelle pagine che avete appena finito di leggere, e non sempre in modo lusinghiero. Ma la Russia più autentica, il Paese straordinario che ha resistito settant'anni al più violento esperimento di genetica sociale del secolo scorso, somiglia poco ai «nuovi ricchi» che ne sono i temporanei dominatori. Questo Paese magnifico, nei paesaggi della terra e del cuore, ha per me il volto e la sensibilità di mia moglie Iolanta, che lì è nata e lì ha lasciato le sue memorie.

I miei lettori sanno che l'ho sempre indicata come la coautrice occulta di molti dei miei volumi precedenti. Mai però come stavolta è giusto che riservi a lei il primo grazie, dell'autore e del marito innamorato. Non solo per le correzioni ortografiche al mio povero russo. Non solo per gli spunti e i suggerimenti preziosi, che risalgono fino agli anni lontani del nostro soggiorno moscovita. Ma soprattutto perché la sua pazienza e dedizione mi hanno reso possibile tuffarmi a capofitto in questo libro. Alla mia stanchezza o nervosa insofferenza ha sempre offerto la sua terapia di pianista: pochi eseguono con il suo vigore romantico il *Preludio in do diesis minore* di Rachmaninov. L'intera famiglia, peraltro, ha dovuto sopportare, e senza neppure il conforto di questa splendida musica, il mio umore fastidioso e distratto: è un segno dell'amore che mi portano, e per il quale sono infinitamente grato a mia madre Annamaria, a Serenella e a Natasha.

Aggiungo che perfino la bassottina Cloe ha mostrato una certa affettuosa comprensione e partecipazione, abbaiando un po' meno.

I miei amici della Sperling & Kupfer hanno fatto il resto. Editor anche di questo volume, come dei quattro precedenti pubblicati dalla stessa casa editrice, Antonella Bonamici è una benedizione che tocca a pochi fortunatissimi autori, con la sua carica inesauribile di passione e competenza. Qualità che posseggono in pari misura, e per questo li ringrazio tutti, Paola Caviggioli e Stefano Peccatori, Francesca Ciampi e Alessandra Frigerio: insomma, il *dream team* (dal punto di vista dello scrittore...) che fa arrivare il libro all'attenzione dei lettori.

Un grazie particolare lo riservo a Ornella Robbiati e Giuseppe Baroffio. Devo a Ornella, brillante e inventivo direttore editoriale, l'insistenza che mi ha spinto a scrivere questo libro, la cui prevedibile difficoltà mi suggeriva piuttosto un continuo rinvio. E a Baroffio non saprò mai dire quanto ho apprezzato i momenti in cui ha fatto rifulgere, risolutivo, il suo *aplomb* di presidente e gentiluomo.

È facile intuire che dietro queste pagine c'è stato un ciclopico lavoro di ricerca. Non ne sarei mai venuto a capo senza l'inestimabile aiuto di Odilia Anaclerio, giovane cronista alla quale mi è facile predire uno splendido futuro giornalistico. Da ultimo, ma non per ultima, un grazie ancora a Paoletta Allegrini, la collaboratrice più preziosa e leale dei miei anni romani, che giungono al termine assieme a queste righe.

Note

1. Specie in pericolo? Salvate il caviale!

1. *The Times*, 12 marzo 2009.

2. www.vocidallastrada.com/2009/02/gruppo-bildenberg-massone ria.html

3. David Rothkopf, *Superclass*, Mondadori, Milano 2008.

4. Glauco Maggi, «Superclass, l'élite padrona del mondo», *La Stampa*, 15 settembre 2008.

5. «Under attack (Get the rich!)», *The Economist*, 4-10 aprile 2009.

6. Margaret Atwood, *Dare e avere*, Ponte alle Grazie, Milano 2009

7. Robert Frank, *Richistan. Come i ricchi sfondati spendono i loro fantastilioni*, Isbn, Milano 2008.

8. Charles Bremner, «Russian oligarch 'invader' pays record £ 392m for Riviera villa», *Timesonline.co.uk*, 11 agosto 2008.

9. Andrew Jack e Catherine Belton, «Russian oligarch in dispute over villa», *Financial Times*, 24 febbraio 2009.

2. Squali sul Tamigi (non tutti in formalina...)

1. Polly Toynbee e David Walker, *Unjust Rewards*, Granta, Londra 2009.

2. Marco Niada, *La nuova Londra*, Garzanti, Milano 2008.

3. James Meck, «Super rich», *The Guardian*, 17 aprile 2006.

4. Francesca Paci, «Londra: la City naufraga nel sesso», *La Stampa*, 29 maggio 2009.

5. Desmond Flower, «London docks bombed, 7 september 1940», in *The Faber Book of Reportage*, Faber and Faber, Londra 1996.

6. Matt Wells, «Heavenly blaze lights up the Thames», *The Guardian*, 1° gennaio 2000.

7. Carol Vogel, «In 'a recalibrated market', auction buyers take over», *International Herald Tribune*, 12 maggio 2009.

8. Philip Beresford e William D. Rubinstein, *The Richest of the Rich*, Harriman House, Petersfield 2007.

9. «Through excess, British bankers find themselves in the cross hairs», *International Herald Tribune*, 1° ottobre 2008.

10. Tom Rawstorne, «The bizarre truth about the bankrupt playboy who faces extradition over the death of his girlfriend», *Daily Mail*, 6 giugno 2009.

11. Sean O'Neill, «Ports on alert after fugitive tycoon's Porsche is found», *The Times*, 1° giugno 2009.

3. Benvenuti a Chelsea. Pardon, Chelskij!

1. Mark Hollingsworth e Jack Grimston, «Safe as houses: the KGB-proof mansion», *Timesonline.co.uk*, 6 maggio 2007.

2. *Argumenty i Fakty*, n. 41, 2004.

3. *Ibidem.*

4. Anne Ashworth, «Russian buyers snap up prime London property», *Timesonline.co.uk*, 30 gennaio 2009.

4. Oligarchi alla guerra del metro

1. «Russia's richest men spend hundreds of millions of dollars to renovate their luxury yachts», *Pravda.ru*, 9 luglio 2007.

2. Polly Toynbee e David Walker, *op. cit.*

3. Robert Frank, *op. cit.*, pp. 114-115.

4. Alice Thomson, «Superyachts, megayachts, gigayachts: where the seriously rich play and plot», *The Times*, 23 ottobre 2008.

5. Robert Frank, *op. cit.*, p. 121.

6. Margaret Atwood, *op. cit.*, p. 173.

7. Cristiana Allievi, «Quel che non si vede», *First*, n. 4, giugno 2009.

8. Dana Thomas, *Deluxe. Come i grandi marchi hanno spento il lusso*, De Agostini, Novara 2008.

5. Tornano i sanculotti ma griffati Gucci

1. Ajay Kapur, «The global investigator. Plutonomy: buying luxury, explaining global imbalances», in *Citigroup Equity Research*, 14 ottobre 2005, p. 11.

2. Jenny Davey, «End of the road for icelandic raiders», *The Sunday Times*, 8 febbraio 2009.

3. In Islanda è in corso da tempo un progetto per disegnare il genoma dell'intera popolazione dell'isola.

4. Rosie Millard, «The queen of diamonds has a neat trick for you, Olaf», *The Sunday Times*, 1° febbraio 2009.

5. Perno della dottrina neoliberista applicata da Ronald Reagan negli USA e Margaret Thatcher in Gran Bretagna: un'abolizione generalizzata di regole e controlli, soprattutto sui mercati finanziari, per liberare di nuovo i benèfici «spiriti animali» del capitalismo.

6. Rebecca English, «One's £18m pay packet», *Daily Mail*, 22 giugno 2009.

7. Daniel Gross, «Don't hate them because they're rich», *The New York Magazine*, 11 aprile 2005.

8. Marco Gasperetti, «Abramovich vola su Lucca per portare i russi in Versilia», *Corriere della Sera*, 14 giugno 2009.

9. Marco Gasperetti, «Al Forte Piazza Rossa e un finto Cremlino per attirare i russi», *Corriere della Sera*, 28 febbraio 2009.

10. Elaine Sciolino, «For the French, crisis in luxury is a lesson in morality», *International Herald Tribune*, 15 gennaio 2009.

11. Robert H. Frank, *Luxury fever. Money and happiness in an era of excess*, Free Press, Princeton 1999.

12. «Under attack (Get the rich!)», cit.

13. John Tagliabue, «Italian food eases pain for Swiss bankers», *International Herald Tribune*, 2 giugno 2009.

14. Katrina Manson, «A nation's lone tannery feels global crunch», *International Herald Tribune*, 16 aprile 2009.

6. Miliardari modello filibusta

1. Romain Gubert, «L'escroc du siècle», *Le Point*, n. 1894, 1° gennaio 2009.

2. Acronimo per *White Anglo-Saxon Protestant*, i bianchi anglosassoni protestanti che hanno a lungo rappresentato l'élite americana.

3. Mark Seal, «Madoff's World», *www.vanityfair.com*, aprile 2009.

4. Antonella Olivieri, «Madoff, la pista dei fondi-fotocopia», *Il Sole 24 ORE*, 21 dicembre 2008.

5. Mèlanie Delattre, «Iles Caymans, eaux transparentes et fonds opaques...», *Le Point*, 26 febbraio 2009.

6. David Brown, «Trouble in Island paradise provokes call for Britain to take back control», *The Times*, 13 febbraio 2009.

7. Robert Smith, «Land grabs, secret bank accounts and dodgy developers», *ibidem*.

7. Mosca non ama le lacrime

1. Miriam Elder,«Shopping is our favourite pastime», *Financial Times*, 21-22 marzo 2009.

2. *Chozjani Stolicy*, «Lica», gennaio 2005, cit. in Carlo Benedetti, *L'Armata Rossa dei nuovi ricchi*, Datanews, Roma 2005, p. 150.

3. Cit. in Leonardo Coen, *Putingrad*, Alet, Padova 2008, p. 19.

4. Roy Medvedev, *Moskovskaya model'Yuriya Luzhkova*, Vremia, Mosca 2005.

5. Ellen Barry, «Russia's richest woman wants help», *International Herald Tribune*, 16 marzo 2009.

6. Peter Finn, «Russian case show no holds barred in business and politics», *Washington Post*, 16 gennaio 2006.

7. *Nezavisimaja gazeta*, 14 aprile 1994.

8. Gli oligarchi? Hanno cambiato indirizzo

1. Mark Franchetti, «How the oligarchs lost billions», *The Sunday Times*, 22 febbraio 2009.

2. *Vedi* in merito John Lloyd, *Rebirth of a nation. An anatomy of Russia*, Penguin, Londra 1998; David E. Hoffman, *The oligarchs: wealth and power in the new Russia*, Perseus, New York 2003.

3. Diminutivo per Roman, il nome proprio di Abramovich.

4. *Pravda*, 8 gennaio 2006.

5. Victoria Gomelsky, «Russian jewelers revive spirit of Fabergé», *International Herald Tribune*, 12 dicembre 2008.

6. *Ibidem.*

7. Letteralmente vuol dire «quello che batte alla porta», dal verbo *stuciàt*, appunto «bussare». Intere generazioni di russi sono cresciute con l'incubo del KGB che bussa alla porta all'alba: prima stazione della via crucis del gulag.

8. Mark Franchetti, *op. cit.*

9. Anita Raghavan, «Last man standing», *Forbes*, 30 marzo 2009.

10. Marcello Foa, «Il super miliardario russo fa il pastore in una baita senza tv e riscaldamento», *il Giornale*, 5 gennaio 2009.

11. Ellen Barry, «Bartering rises as economy founders», *International Herald Tribune*, 9 febbraio 2009.

9. Nelle segrete del Cremlino

1. Marina Litvinenko, «How to poison a spy», *BBC News*, 22 gennaio 2007.

2. Owen Matthews e Anna Nemtsova, «Under a quiet surface», *Newsweek*, 10 dicembre 2007.

3. «A new sick man», *The Economist*, 6 giugno 2009.

4. John Lloyd, «The autumn of the oligarchs», *The New York Times*, 8 ottobre 2000.

5. Yevgenia Albats, «Putin mi ha fatto arrestare perché ero fuori dal coro», *la Repubblica*, 20 giugno 2000.

6. Charles Clover, «The oligarchs: shrinking pie threatens large-scale business battles», *Financial Times*, 15 aprile 2009.

7. Mark Franchetti, «The future ruling class of Russia», *The Sunday Times*, 4 maggio 2008.

10. La fenice nel nido di piccione

1. Carnegie Endowment for International Peace, dati 2008.

2. Viktor Zhikai Gao, «Another day, another renminbi», *International Herald Tribune*, 14 maggio 2009.

3. David Smith, *Il dragone e l'elefante*, Il Sole 24 ORE, Milano 2007, p. 1.

4. Angus Maddison, *L'economia mondiale. Una prospettiva millenaria*, Giuffrè, Milano 2005.

5. Melinda Liu, «Beijing reborn», *Newsweek*, 13 agosto 2007.

6. Geoff Dyer, «China's new wealthy», *Financial Times*, 26 giugno 2008.

7. Xinhua, 27-30 novembre 2008.

8. Geoff Dyer e Jamil Anderlini, «The vanishing billionaire», *Financial Times*, 29-30 novembre 2008.

9. Circa un milione e mezzo di euro. Il renminbi, in sigla RMB, vale approssimativamente un decimo di euro.

10. Renata Pisu, *Cina. Il drago rampante*, Sperling & Kupfer, Milano 2006, p. 244.

11. Federico Rampini, «Zhang l'imperatrice 'verde'. È donna il cinese più ricco», *la Repubblica*, 5 febbraio 2008.

12. James M. Popkin e Partha Iyengar, *Made by Cindia. Come Cina e India stanno cambiando il futuro della tecnologia e dell'innovazione*, Sperling & Kupfer, Milano 2007, p. 59.

11. C'era una volta il «dono silenzioso»

1. «Opera's Mr Money heads for Sing Sing», *The Sunday Times*, 23 novembre 2008.

2. Lee Kuan Yew, *From Third World to First. The Singapore Story: 1965-2000*, HarperCollins, New York 2000.

3. «An elephant, not a tiger», *The Economist*, 13 dicembre 2008.

4. Kaushik Basu, *Elé belé*, Laterza, Roma-Bari 2008, p. 111.

5. Heather Timmons e Jeremy Kahn, «In an Indian legend, the seed of disaster?», *International Herald Tribune*, 12 gennaio 2009.

6. Maria Pace Ottieri, *Ricchi tra i poveri*, Longanesi, Milano 2006, p. 60.

7. Sandeep Unnithan, «Billionaire Boulevard», *India Today*, 8 maggio 2008.

8. Crystal Chan, «Seychelles billionaire is first member of super yacht club», *The New Paper*, 28 ottobre 2008.

9. Martin Wolf, «Asia's Giants Take Different Routes», *Financial Times*, 22 febbraio 2005.

12. Alì Babà si compra l'Europa

1. (Dal castello intriso di storia / Entriamo in un mondo di maharaja e mistero / Un palazzo dorato di Bikaner offre / Una festa sfarzosa adatta a un re.) Amit Roy, «A marriage made by Bollywood», *The Telegraph*, 21 giugno 2004.

2. Tim Bouquet e Byron Ousey, *Cold steel*, Abacus, Londra 2008, p. 27.

3. Heather Timmons, James Kanter e Andrew Kramer, «Arcelor to merge with russian steel company», *International Herald Tribune*, 26 maggio 2006.

4. Georgina Adam, «Qatar steals the show», *Financial Times*, 29 novembre 2008.

5. Tahar Ben Jelloun, «La sfida del Qatar. Nasce il Louvre dell'arte islamica», *la Repubblica*, 28 novembre 2008.

6. Mélanie Delattre, «Les rêves d'un émir entreprenant», *Le Point*, 9 agosto 2007.

7. Steve Hawkes e Virginia Wheeler, «Sheikh in the Kaka», *The Sun*, 17 gennaio 2009.

8. Christopher Dickey, «Is Dubai's party over?», *Newsweek*, 15 dicembre 2008.

9. Walter Siti, *Il canto del diavolo*, Rizzoli, Milano 2009, pp. 84-85.

10. «An odd deal over land», *The Economist*, 11 luglio 2009.

11. Andrew England e Simeon Kerr, «Shrewd sheikh on a roll», *Financial Times*, 6-7 giugno 2009.

12. Riz Khan, *Alwaleed. Businessman, Billionaire, Prince*, HarperCollins, Londra 2005.

13. Mario Sconcerti, «I miliardi degli emiri falsano le gerarchie ma non sono una novità», *Corriere della Sera*, 8 settembre 2008.

13. Epilogo in laguna

1. Merrill Lynch Global Wealth Management-Capgemini, 2009 World Wealth Report.

2. Paul Krugman, «Fool's gold», *International Herald Tribune*, 18-19 luglio 2009.

3. Marie Woolf, «Finance minister attacks bankers'greed and finds God», *The Sunday Times*, 19 luglio 2009.

4. Paul Betts, «Good vibrations», *Financial Times*, 23 luglio 2009.

5. Francesco Dal Co, «Pinault, l'uomo di Punta dell'arte», *Il Sole 24 ORE*, 29 maggio 2009.

Finito di stampare nell'ottobre 2009
presso la Mondadori Printing S.p.A.
Stabilimento N.S.M. di Cles (TN)
Printed in Italy

Dello stesso autore

DIO CI SALVI DAGLI INGLESI... O NO!?
LA RAGAZZA DEI PASSI PERDUTI (con Giorgio Rossi)
COM'È DOLCE PARIGI... O NO!?
GLI ITALIANI LA SANNO LUNGA... O NO!?
PAPAVERI & PAPERE